LE DERNIER ROYAUME

Morgan Rhodes

Le Dernier Royaume

Acte I
Les Cendres d'Auranos

Traduit de l'anglais (États-Unis)
par Marianne Roumy

DU MÊME AUTEUR
À PARAÎTRE

Le Dernier royaume
Acte II : *Le Roi du Sang*

Titre original : *Falling Kingdoms*

118, avenue Achille-Peretti
CS70024 - 92521 Neuilly-sur-Seine Cedex
www.lire-en-serie.com

Mytica
LIMEROS
PAELSIA
Montagnes interdites
MER
D'ARGENT
Contrées sauvages
AURANOS

PERSONNAGES

AURANOS

Royaume du Sud

Corvin Bellos	Roi d'Auranos
Elena Bellos	Défunte reine d'Auranos
Cléiona (Cléo) Bellos	Princesse auranienne, cadette
Emilia Bellos	Princesse auranienne, aînée
Théon Ranus	Garde du corps de Cléo
Simon Ranus	Père de Théon
Aron Lagaris	Noble du palais, promis de Cléo
Nicolo (Nic) Cassian	Écuyer du roi, ami de Cléo
Mira Cassian	Sœur de Nic et dame d'honneur d'Emilia
Rogerus Cassian	Défunt père de Nic et Mira
Cléiona	Déesse du Feu et de l'Air

PAELSIA

Royaume du Milieu

Silas Agallon	Viticulteur, père de Jonas, Tomas et Felicia
Jonas Agallon	Fils cadet du viticulteur
Tomas Agallon	Fils aîné du viticulteur
Felicia Agallon	Fille du viticulteur
Paulo	Époux de Felicia
Brion Radenos	Meilleur ami de Jonas
Eirene	Villageoise
Sera	Petite-fille d'Eirene
Hugo Basilius	Chef des Paelsians
Laelia Basilius	Fille du chef Basilius
Eva	Sorcière originelle, Sentinelle

LIMEROS

Royaume du Nord

Gaius Damora	Roi de Limeros
Althéa Damora	Reine de Limeros
Magnus Lukas Damora	Prince de Limeros
Lucia Damora	Princesse de Limeros
Sabina Mallius	Maîtresse du roi Gaius, sorcière
Jana	Sœur de Sabina
Michol Trichas	Timide soupirant de Lucia
Tobias Argynos	Fils bâtard du roi Gaius
Andreas Psellos	Soupirant de Lucia, rival de Magnus
Amia	Aide de cuisine
Valoria	Déesse de la Terre et de l'Eau

SENTINELLES

Alexius	Second Sentinelle
Timothéus	Premier Sentinelle
Phèdre	Seconde Sentinelle
Danaus	Premier Sentinelle

PROLOGUE

Elle n'avait jamais tué avant ce soir.

– Ne bouge pas, siffla sa sœur.

Jana se colla contre le mur de pierre de la villa. Elle inspecta les ombres autour d'elles, et leva brièvement les yeux vers les étoiles qui brillaient comme autant de diamants dans le ciel noir.

Elle ferma alors les paupières et murmura une prière à l'ancestrale enchanteresse. *Je t'en prie, Eva, donne-moi ce soir la magie nécessaire pour la trouver.*

Quand elle rouvrit les yeux, elle fut glacée par la peur. À quelques pas, sur une branche d'arbre, trônait un faucon doré.

– Ils nous observent, murmura-t-elle. Ils savent ce que nous avons fait.

Sabina regarda à peine le rapace.

– Il faut y aller. Tout de suite. Nous n'avons pas de temps à perdre.

Détournant le visage de l'oiseau, Jana s'éloigna de la sécurité du mur pour suivre sa sœur jusqu'à la lourde porte en chêne à ferrures de la villa. Sabina y plaqua les paumes de ses mains, canalisant la magie amplifiée par le sang qu'elles venaient de faire couler. Jana constata que ses cuticules arboraient encore des traces rouges. Elle frissonna à ce souvenir. Les mains de Sabina s'embrasèrent alors d'une lumière ambrée. Un instant plus tard, la porte n'était plus qu'un amas de sciure. Le bois ne pouvait rien contre la magie de la Terre.

Sabina lui adressa un sourire victorieux par-dessus son épaule. Un filet de sang coulait de son nez.

Au cri étouffé de sa sœur, le large sourire de Sabina s'évanouit. Elle s'essuya et entra dans la grande maison.

– Ce n'est rien.

Ce n'était pas rien. Si elles abusaient de cette magie temporairement renforcée, cela pouvait leur faire du mal. Voire les tuer, si elles n'y prenaient garde.

Mais Sabina Mallius n'était pas du genre à agir avec prudence. Elle n'avait pas hésité, un peu plus tôt ce soir-là, à user de ses charmes pour conduire à son destin un homme naïf trouvé dans une taverne. Jana, elle, avait attendu bien trop longtemps avant que sa lame aiguisée ne fasse mouche, en plein dans le cœur de l'individu.

Sabina était forte, passionnée et férocement téméraire. Quand elle la suivit à l'intérieur en retenant son souffle, Jana regretta de ne pas ressembler davantage à sa sœur aînée. Mais elle avait toujours été la plus prudente. La prévoyante. Celle qui lisait les signes dans les astres car elle avait étudié les cieux nocturnes toute sa vie.

L'enfant annoncée par la prophétie était née, et elle se trouvait là, dans cette vaste et luxueuse villa de pierre et de bois, bien plus robuste que les pauvres petites chaumières en paille et en terre du village d'à côté.

Jana était sûre que c'était ici.

Elle était le savoir. Sa sœur était l'action. Ensemble, rien ne pouvait les arrêter.

Sabina tourna devant elle dans le couloir et poussa un cri. Jana, le cœur battant la chamade, accéléra le pas. Dans ce passage enténébré, seulement éclairé par la faible lueur tremblotante de quelques flambeaux accrochés aux murs, un garde tenait sa sœur par la gorge.

Jana réagit instinctivement.

Tendant brusquement les mains, elle fit appel à la magie de l'Air. Sabina échappa à l'emprise du garde, propulsé avec violence contre le mur de pierre. Il s'y écrasa suffisamment fort pour s'y briser les os, et retomba inerte, comme une masse.

Une vive douleur transperça les tempes de Jana, qui poussa un gémissement de souffrance. Elle essuya le sang chaud et épais qui coulait désormais de son nez. Sa main tremblait.

Sabina, la mort dans l'âme, toucha sa gorge meurtrie.

– Merci, ma sœur.

La magie du Sang, encore fraîche, les aida à accélérer le rythme et à mieux voir dans l'obscurité des étroits couloirs de pierre qu'elles connaissaient mal. Mais cela ne durerait pas longtemps.

– Où est-elle ? demanda Sabina.

– Tout près.

– Je te fais confiance.

– L'enfant est là. Je le sais.

Elles avancèrent de quelques pas dans le passage plongé dans le noir.

– Ici.

Jana s'arrêta devant une porte.

Elle la poussa. Elle n'était même pas verrouillée, et les deux sœurs se glissèrent vers le berceau de bois sculpté qui trônait au centre de la pièce. Elles regardèrent le bébé, emmitouflé dans un doux couvre-lit en poil de lapin. Sa peau était pâle, et il avait de bonnes joues roses.

Jana l'adora immédiatement. Un sourire s'épanouit sur son visage, le premier depuis de nombreux jours.

– Viens, ma belle, murmura-t-elle en attrapant délicatement le nouveau-né dans le berceau.

– Tu es sûre que c'est elle ?

– Oui.

Plus que tout, en dix-sept ans de vie, Jana en avait la conviction. Elle regarda le magnifique nourrisson qu'elle tenait au creux de ses bras, ses yeux bleu céleste et ses cheveux fins qui, un jour, seraient aussi noirs que l'aile d'un corbeau. L'enfant qui, selon la prophétie, posséderait une magie suffisamment puissante pour trouver les Quatre sœurs, les quatre objets à l'origine de l'*elementia*, la magie fondamentale. Terre, Eau, Feu et Air.

Son pouvoir serait celui d'une enchanteresse, pas d'une sorcière ordinaire comme Jana ou sa sœur. La première depuis mille ans, depuis qu'Eva elle-même avait foulé cette terre. Ni le sang ni la mort n'aurait besoin de jouer quelque rôle que ce soit dans sa magie.

Jana avait vu sa naissance dans les étoiles. Trouver cet enfant était sa destinée.

– Reposez ma fille, gronda une voix dans l'ombre. Ne lui faites aucun mal.

Jana se retourna brusquement, serrant le nouveau-né contre sa poitrine. Son regard se posa sur la dague que la femme pointait sur elles. Son bord tranchant brillait à la lueur de la bougie. Le cœur de la sorcière se serra. C'était le moment qu'elle redoutait : elle avait pourtant prié pour qu'il n'arrive jamais.

Les yeux de Sabina étincelèrent.

– Lui faire du mal ? Ce n'est pas du tout notre intention. Vous ne savez même pas qui elle est, n'est-ce pas ?

Les sourcils de la femme s'arquèrent, mais la fureur durcit son regard.

– Je vous tuerai plutôt que vous laisser sortir de cette pièce avec elle !

– Non, répliqua Sabina en levant les mains. Vous n'en ferez rien.

Les yeux de la mère s'écarquillèrent et sa bouche s'ouvrit, cherchant de l'air. Elle ne pouvait plus respirer – Sabina bloquait la circulation de l'air dans ses poumons. Jana se détourna, les traits crispés par la tristesse. En l'espace d'un instant, ce fut terminé. Le corps de la femme tomba sans vie, agité de soubresauts, alors que les sœurs s'éclipsaient.

Jana dissimula le bébé sous sa cape ample tandis qu'elles quittaient la villa et se ruaient vers la forêt. Le nez de Sabina saignait désormais à profusion : elle avait utilisé trop de magie destructrice. Du sang gouttait, rouge, sur le blanc de la neige.

– Trop, murmura Jana quand elles finirent par ralentir le pas. Trop de morts ce soir. Je déteste ça.

– Elle ne nous aurait pas laissées prendre sa fille. Montre-la-moi.

Curieusement, Jana hésita avant de lui tendre le bébé, à contrecœur.

Sabina l'attrapa et scruta son visage dans l'obscurité. Son regard se posa subitement sur sa sœur, qu'elle gratifia d'un sourire malicieux.

– On y est arrivées !

Jana ressentit une excitation soudaine, en dépit de toutes les difficultés qu'elles avaient rencontrées.

– Oui, on y est arrivées.

– Tu as été incroyable ! Si seulement je pouvais avoir des visions comme toi !

– Je ne les ai qu'au prix de grands efforts et de sacrifices.

La voix de Sabina se teinta brusquement de mépris :

– Bien trop. Mais pour cet enfant, un jour, la magie sera si simple ! Je l'envie.

– Nous l'élèverons ensemble. Nous lui donnerons des cours particuliers et nous serons là pour elle, et quand le moment viendra d'accomplir son destin, nous resterons à son côté à chaque étape.

Sabina secoua la tête.

– Pas toi. Je vais l'emmener loin d'ici.

Jana fronça les sourcils.

– Quoi ? Sabina, je pensais que nous étions d'accord pour prendre toutes les décisions à deux ?

– Pas celle-ci. J'ai d'autres projets pour cet enfant, dit-elle en durcissant son expression. Toutes mes excuses, ma sœur, mais tu n'en fais pas partie.

En fixant les yeux brusquement glacés de Sabina, Jana ne sentit pas, tout d'abord, le bout pointu de la dague s'enfoncer dans sa poitrine. Elle haleta quand la douleur s'infiltra peu à peu en elle.

Elles avaient partagé chaque journée, chaque rêve… chaque secret.

Toutefois, semblait-il, pas *chaque* secret. Jamais Jana n'aurait songé à essayer de prédire celui-ci.

– Pourquoi me trahir de la sorte ? parvint-elle à dire. Tu es ma *sœur*.

Sabina essuya le sang qui continuait à goutter de son nez.

– Pour l'amour.

Quand elle retira sa lame d'un coup sec, Jana s'effondra à genoux sur le sol gelé.

Sans un regard en arrière, Sabina s'éloigna, rapidement engloutie par les ténèbres de la forêt.

La vue de Jana se troubla et son cœur ralentit. Elle observa le faucon qu'elle avait vu un peu auparavant s'envoler… et la laisser mourir seule.

CHAPITRE 1

PAELSIA

SEIZE ANS PLUS TARD

– Une vie sans vin ni beauté ne vaut pas d'être vécue. N'est-ce pas, princesse ?

Aron passa un bras autour des épaules de Cléo, tandis que le groupe de quatre avançait le long du sentier de rocaille poussiéreuse.

Voilà moins de deux heures qu'ils étaient arrivés au port et il était déjà saoul. De la part d'Aron, cela n'avait rien de surprenant.

Le regard de Cléo se porta sur le garde du palais qui les accompagnait et ses yeux étincelant de mécontentement chaque fois qu'Aron s'approchait aussi près de la princesse d'Auranos. Mais son inquiétude n'était pas justifiée. En dépit du poignard orné de pierres qu'Aron arborait toujours à sa ceinture, le jeune homme n'était pas plus dangereux qu'un papillon. Un papillon ivre.

– Je ne saurais être plus d'accord, répondit-elle, mentant un peu.

– Sommes-nous bientôt arrivés ? demanda Mira.

Cette splendide jeune fille aux longs cheveux auburn

et à la peau douce était à la fois l'amie de Cléo et la dame d'honneur de sa sœur aînée. Lorsque Emilia avait décidé de rester chez elle à cause d'une soudaine migraine, elle avait insisté pour que Mira entreprenne le voyage avec Cléo. Quand le navire était arrivé au port, une dizaine de leurs amis avait choisi de rester tranquillement à bord pendant que Cléo et Mira se joignaient à l'expédition d'Aron dans un village alentour, pour dénicher la bouteille « idéale ». Les caves à vin du palais étaient remplies de milliers de grands crus qui provenaient aussi bien d'Auranos que de Paelsia, mais Aron avait entendu parler d'un vignoble à la production prétendument sans égale. À sa demande, Cléo avait réservé l'un des bateaux de son père, et invité de nombreux proches à entreprendre le voyage à Paelsia, dans le but précis de trouver cette bouteille de vin parfaite.

– Ce serait une question pour Aron. C'est lui, l'initiateur de cette quête particulière.

Cléo s'emmitoufla dans sa cape de velours doublée de fourrure, pour se protéger du froid glacial. Si la neige n'accrochait pas encore sur le sol, de légers flocons glissaient sur leur chemin parsemé de grosses pierres. Paelsia se trouvait plus au nord qu'Auranos, et la température ici la saisissait. À Auranos, le climat était chaud et tempéré, même dans les mois les plus rudes de l'hiver. Les collines ondoyantes étaient vertes, les oliviers robustes, et il y avait hectare sur hectare de riches terres arables. Paelsia, en revanche, semblait grise et poussiéreuse à perte de vue.

– Bientôt arrivés ? répéta Aron. Bientôt arrivés ? Mira, ma petite, tout vient à point à qui sait attendre, ne l'oubliez pas.

– Seigneur, je suis la personne la plus patiente que je connaisse. Mais j'ai mal aux pieds, dit-elle en atténuant sa plainte d'un sourire.

– C'est une journée merveilleuse, et j'ai la chance d'être accompagné de deux filles splendides. Nous devons remercier la déesse pour la splendeur de son accueil.

Cléo vit le garde rouler brièvement les yeux. Quand il constata qu'elle l'avait remarqué, il ne détourna pas immédiatement la tête comme n'importe quel garde l'aurait fait. Il soutint son regard avec une audace qui l'intrigua. Elle s'aperçut qu'elle n'avait pas vu – ou du moins pas remarqué – cet homme jusqu'à ce jour.

– Quel est votre nom ? lui demanda-t-elle.

– Théon Ranus, Votre Altesse.

– Bien, Théon, avez-vous quelque chose à ajouter à notre discussion sur la distance parcourue cet après-midi ?

Aron gloussa et but une lampée à même sa flasque.

– Non, princesse.

– J'en suis étonnée, dans la mesure où vous devrez vous-même rapporter les caisses de vin jusqu'au navire.

– C'est mon devoir, et c'est un grand honneur de vous servir.

Cléo le dévisagea un instant. Ses cheveux sombres étaient de la couleur du bronze, et sa peau hâlée n'était pas marquée. Il aurait très bien pu passer pour l'un de ses riches amis qui l'attendaient sur le bateau, plutôt que pour le garde en uniforme qui les accompagnait sur l'insistance de son père.

Aron avait dû penser exactement la même chose.

– Vous êtes jeune, pour un garde du palais. Vous ne semblez guère plus âgé que moi, dit-il, articulant mal, d'un ton aviné, et plissant les yeux pour regarder Théon.

– J'ai dix-huit ans, seigneur.

Aron pouffa :

– Je me suis trompé, je le reconnais. Vous êtes bien plus âgé que moi. De loin.

– D'un an, lui rappela Cléo.

– Une année, cela peut être une merveilleuse éternité, observa Aron, tout sourire. J'ai l'intention de me raccrocher à ma jeunesse et à mon absence de responsabilités pour celle qui me reste.

Cléo l'ignora, car le nom du garde avait déclenché une alarme dans sa tête. Elle avait entendu son père, à l'issue d'une réunion du conseil, discuter brièvement avec la famille Ranus. Le père de Théon était mort il y avait une semaine seulement, d'une chute de cheval. Son cou s'était rompu sur-le-champ.

– Toutes mes condoléances pour le décès de votre père, dit-elle, sincère. Simon Ranus était très respecté, en tant que garde du corps personnel du roi.

Théon opina avec raideur.

– C'est une charge qu'il a remplie avec grande fierté. Et pour laquelle j'espère avoir l'honneur d'être choisi, lorsque le roi Corvin décidera d'un remplaçant.

Théon fronçait les sourcis, comme s'il était surpris qu'elle soit au courant de la mort de son père. Une pointe de chagrin se faufila derrière ses yeux sombres.

Il reprit :

– Merci pour vos paroles aimables, Votre Altesse.

Aron ronchonna distinctement, et Cléo lui adressa un regard méprisant.

– Était-il un bon père ? demanda-t-elle.

– Le meilleur. Il m'a appris tout ce que je sais, depuis que je suis capable de tenir une épée.

La jeune fille opina avec compassion.

– Alors, ce savoir continuera à vivre à travers vous.

Depuis que la beauté solaire du jeune garde avait attiré son attention, elle avait de plus en plus de mal à reposer les yeux sur Aron, dont la silhouette menue et la peau pâle trahissaient une vie passée à l'intérieur. Les épaules de Théon étaient carrées, ses bras et son torse musclés, et il remplissait l'uniforme bleu foncé des gardes du palais bien mieux qu'elle ne l'aurait cru possible.

Se sentant coupable, elle se força à reporter son attention sur ses amis.

– Aron, il te reste encore une demi-heure avant de retourner au bateau. Nous faisons attendre les autres.

Les Auraniens aimaient s'amuser, mais ils n'étaient pas réputés pour leur patience infinie. Toutefois, depuis que le navire de son père les avait déposés sur les docks de Paelsia, ils n'avaient eu d'autre choix que d'attendre que Cléo soit prête à repartir.

– Il suffit de marcher tout droit pour rejoindre le marché, expliqua Aron avec un geste du bras.

Cléo et Mira aperçurent un groupe d'étals en bois et de tentes colorées usées, qui devaient se trouver à encore dix minutes de marche. C'était le premier signe de vie humaine qu'ils décelaient, depuis qu'ils avaient croisé des enfants dépenaillés regroupés autour d'un feu, une heure auparavant.

– Vous comprendrez bien vite que cela valait le détour.

Le vin de Paelsia était réputé digne de la déesse. Délicieux, moelleux, sans égal dans nulle autre contrée, il ne rendait pas malade et ne donnait pas mal au crâne le lendemain, quelle que soit la quantité ingurgitée. Certains affirmaient que c'était une puissante magie de la Terre qui alimentait le sol de Paelsia et se répandait dans les vignes mêmes pour les rendre si parfaites dans un pays qui avait pourtant tant d'imperfections.

Cléo n'avait pas l'intention d'y goûter. Elle ne buvait plus de vin depuis des mois. Auparavant, elle avait consommé plus que sa part de vin auranien, qui ne valait pas mieux que du vinaigre. Mais les gens – elle, en tout cas – ne le buvaient pas pour son goût, mais pour ses effets enivrants, la sensation de ne plus avoir le moindre souci. Une telle sensation, sans ancrage pour se raccrocher à la rive, pouvait faire sombrer en territoire dangereux. Et Cléo n'était pas du tout pressée, dans un avenir proche, de siroter quoi que ce soit de plus fort que de l'eau ou du jus de pêche.

La jeune fille regarda Aron vider sa flasque d'un trait. Il mettait un point d'honneur à boire la part de Cléo et la sienne, sans jamais s'excuser pour ses agissements sous l'emprise de la boisson. En dépit de ses défauts, ils étaient nombreux à la cour à penser qu'il serait le seigneur que son père choisirait pour devenir son futur époux. Cette pensée faisait frissonner Cléo, et pourtant elle le ménageait. Car Aron connaissait un secret sur elle. Même s'il ne l'avait pas évoqué depuis plusieurs mois, elle était sûre qu'il n'avait pas oublié. Et qu'il n'oublierait jamais.

Révéler ce secret pouvait la détruire.

Pour cette raison, elle le supportait socialement, sourire aux lèvres. Nul n'aurait jamais pu deviner qu'elle le détestait.

– Nous y sommes, annonça enfin Aron lorsqu'ils passèrent les portes du marché du village.

Derrière les étals, non loin d'eux sur la droite, Cléo remarqua des petites fermes et chaumières. Bien que moins prospères que celles qu'elle avait vues dans la campagne auranienne, elle constata avec surprise que les minuscules structures en argile, aux toits de chaume et aux petites fenêtres, semblaient propres et bien entretenues, contrairement à l'idée qu'elle se faisait de Paelsia. C'était une contrée peuplée de paysans pauvres, gouvernée non pas par un roi, mais par un chef de tribu – un puissant sorcier, à ce que l'on racontait. En dépit de la proximité de Paelsia et d'Auranos, Cléo pensait rarement à ses voisins du Nord – sinon lorsqu'on lui racontait, de temps en temps, des histoires sur les Paelsians, bien plus « sauvages ».

Aron s'arrêta devant un étal drapé d'un tissu pourpre qui retombait sur le sol poussiéreux.

Mira poussa un soupir de soulagement.

– Enfin !

Cléo se retourna vers sa gauche, face à un regard noir brillant dans un visage hâlé. Instinctivement, elle sentit Théon, rassurant, juste derrière elle. Le Paelsian paraissait fruste, pour ne pas dire inquiétant, un peu comme les rares individus qui avaient croisé son chemin depuis son arrivée à Paelsia. Le viticulteur avait une dent cassée sur le devant, mais blanche sous le soleil vif. Il portait des vêtements simples, du lin et de la peau de mouton élimée, avec une épaisse tunique de laine contre le froid. Gênée, Cleo serra sa cape doublée de zibeline sur sa robe en soie bleue brodée d'or.

Aron regarda l'homme avec intérêt.

– Es-tu Silas Agallon ?

– Oui.

– Bien. C'est ton jour de chance, Silas. On m'a dit que ton vin était le meilleur de tout Paelsia.

– On ne vous a pas menti.

Une jolie brune adorable sortit de derrière l'étal.

– Mon père est un viticulteur doué.

– Voici Felicia, ma fille, dit Silas en la gratifiant d'un signe de tête. Qui devrait, en ce moment même, se préparer pour son mariage.

Elle rit.

– Et te laisser transporter des caisses de vin toute la journée ? Je suis venue te convaincre de fermer plus tôt.

– Peut-être. Et vous, qui êtes-vous donc ?

La lueur de joie dans les yeux noirs de Silas se mua en dédain, lorsqu'il remarqua les vêtements délicats d'Aron.

– Votre charmante fille et vous-même avez le privilège de rencontrer Son Altesse royale, la princesse Cléiona Bellos d'Auranos.

Aron la désigna d'un signe de tête, puis Mira.

– Voici dame Mira Cassian, ajouta-t-il. Et je suis Aron Lagaris, mon père est seigneur de la Faille des Anciens, sur la côte sud d'Auranos.

La fille du viticulteur, surprise, regarda Cléo et baissa la tête avec respect.

– C'est un honneur, Votre Altesse.

– Oui, un grand honneur, acquiesça Silas, et Cléo ne parvint pas à déceler de sarcasme dans sa voix. Il est rare que des membres de la famille royale d'Auranos ou de Limeros visitent notre humble village. Je ne me souviens pas de la dernière fois. Je serais honoré de vous en faire déguster avant de discuter de votre achat, Votre Altesse.

Cléo secoua la tête en souriant.

– C'est Aron que vos marchandises intéressent. Je me contente de l'accompagner ici.

Le marchand eut l'air déçu, voire un peu blessé.

– Tout de même, me ferez-vous le grand honneur de goûter mon vin, pour porter un toast au mariage de ma fille ?

Comment refuser une telle requête ? Elle hocha la tête, tâchant de masquer sa réticence.

– Bien sûr. Avec plaisir.

Plus vite elle le ferait, plus vite ils pourraient quitter ce marché. Bien que coloré et fortement peuplé, il ne sentait pas bon du tout, comme si l'odeur d'une fosse d'aisance à proximité flottait dans l'air, sans herbes aromatisées ni fleurs pour en dissimuler la puanteur. En dépit de l'excitation palpable de Felicia pour son mariage imminent, la pauvreté de ce pays et de ces gens était consternante. Peut-être Cléo aurait-elle dû rester sur le bateau pendant qu'Aron allait chercher le vin pour leurs amis ?

Tout ce qu'elle savait au sujet de la petite et pauvre Paelsia, c'était qu'elle possédait une forme de richesse qu'aucun des deux autres royaumes voisins ne pourrait jamais revendiquer. Sur le sol paelsian étaient plantés des vignobles qui auraient fait honte à n'importe quel autre pays. Nombreux étaient ceux qui prétendaient que la magie de la Terre en était l'origine. Elle avait entendu des histoires de vignes volées sur ce sol, qui se flétrissaient et mouraient presque immédiatement une fois la frontière passée.

– Vous serez mes derniers clients, déclara Silas. Ensuite, je ferai ce que ma fille me demande et fermerai la boutique pour la journée, afin de préparer son mariage au crépuscule.

– Mes félicitations à tous, lança Aron d'un ton froid, les lèvres pincées alors qu'il passait les bouteilles exposées en revue. Avez-vous des verres appropriés à notre dégustation ?

– Bien sûr.

Silas se rendit derrière le chariot et fouilla tout au fond d'une caisse en bois branlante. Il sortit trois verres qui reflétaient le soleil, puis déboucha une bouteille. Il versa le liquide ambré dans les verres et tendit le premier à Cléo.

D'un seul coup, Théon se retrouva à côté d'elle et arracha le verre des mains du marchand avant même qu'elle n'y ait touché. Le regard noir du garde fit reculer Silas d'un pas chancelant, qui échangea un regard interloqué avec sa fille.

Cléo eut un hoquet de surprise.

– Que faites-vous ?

– Vous goûteriez sans réfléchir à ce qu'un inconnu vous offre ? demanda Théon d'un ton brusque.

– Ce n'est pas empoisonné.

Il examina attentivement le fond du verre.

– En êtes-vous sûre ?

Elle le regarda d'un air impatient. Croyait-il qu'on voulait l'empoisonner ? Dans quel but ? La paix entre les contrées durait depuis plus d'un siècle. Il n'y avait rien à craindre. Qu'un garde du palais l'accompagne visait davantage à apaiser les inquiétudes de son père qu'à répondre à une véritable nécessité.

– Bien, poursuivit-elle avec un petit geste de la main dans sa direction. Je vous en prie, buvez-le. Je veillerai bien à ne pas boire si jamais vous vous écroulez après y avoir goûté.

– Oh, comme c'est ridicule ! lança Aron d'une voix traînante.

Il inclina son verre et, sans hésiter, le vida d'un trait.

Cléo le regarda un instant.

– Alors ? Ça y est ? Vous mourez ?

Les yeux fermés, il savourait.

– Seulement de soif.

Elle reporta son attention sur Théon, à qui elle adressa un sourire légèrement moqueur.

– Pourrais-je récupérer mon verre, à présent ? Ou pensez-vous que le marchand ait pris le temps de tous les empoisonner un par un ?

– Bien sûr que non, je vous en prie, goûtez.

Il lui tendit le verre. Après les histoires que le garde avait faites, les yeux noirs de Silas étaient emplis de gêne plutôt que d'agacement.

Cléo tâcha de ne pas montrer qu'elle évaluait la propreté douteuse du verre.

– Je suis sûre qu'il est délicieux.

Le viticulteur eut l'air reconnaissant. Théon recula pour se poster à droite de la charrette, au repos, mais sur ses gardes. Et elle se dit que son père était vraiment surprotecteur. Du coin de l'œil, elle vit Aron incliner son verre et le vider cul sec, le deuxième que la fille du marchand venait de lui servir.

– Incroyable. Absolument incroyable. Exactement comme on me l'avait assuré.

Mira but une gorgée avec un peu plus de distinction, puis arqua ses sourcils de surprise.

– Il est merveilleux !

Bien. À son tour. Cléo dégusta le liquide avec hésitation. À la minute où il toucha sa langue, elle fut consternée. Non pas qu'il fût tourné, mais parce qu'il était délicieux, sucré, moelleux, rien à voir avec ce qu'elle avait goûté auparavant. Cela réveilla une envie au fond d'elle-même. Son cœur se mit à battre plus vite. Quelques petites gorgées supplémentaires lui suffirent pour vider entièrement son verre, et elle jeta un œil autour d'elle, sur ses amis. Le monde sembla brusquement chatoyer de halos de lumière dorée, les rendant chacun plus beaux qu'ils n'étaient en réalité. Aron lui sembla même légèrement moins répugnant.

Et elle trouva Théon, en dépit de son comportement impérieux, incroyablement séduisant.

Ce vin était dangereux, pas de doute. Il valait bien n'importe quelle somme d'argent que ce viticulteur pourrait demander. Et Cléo devait veiller à s'en approcher le moins possible, à présent et à l'avenir.

– Votre vin est très bon, déclara-t-elle à voix haute, en tâchant de ne pas avoir l'air trop enthousiaste.

Elle aurait voulu en boire un autre verre, mais se retint.

Silas rayonna.

– Je suis tellement heureux de l'entendre !

Felicia opina.

– Comme je l'ai dit, mon père est un génie.

– Oui, je trouve votre vin digne d'être acheté, dit Aron en articulant mal.

Il avait bu sans interruption pendant tout le voyage, à même la flasque gravée en or qu'il gardait toujours sur lui. À ce stade, c'était une surprise qu'il tienne encore debout sans aide.

– Je veux que vous nous expédiiez quatre caisses aujourd'hui, ordonna-t-il, et douze autres dans ma villa.

Les yeux de Silas s'illuminèrent.

– Cela peut très bien se faire.

– Je vous donnerai quinze *centimos* auraniens par caisse.

La peau bronzée du marchand pâlit.

– Mais il en vaut au moins quarante *centimos* la caisse ! Et même cinquante !

Les lèvres d'Aron s'étrécirent.

– Quand ? Il y a cinq ans ? Il n'y a pas suffisamment d'acheteurs aujourd'hui pour vous faire vivre. Limeros n'a pas été un très bon client ces dernières années, n'est-ce pas ? Importer du vin hors de prix est le cadet de ses soucis, compte tenu de tous ses problèmes à l'heure actuelle. Ce qui nous laisse Auranos, car tout le monde sait que vos campagnards abandonnés par la déesse n'ont pas mis deux sous de côté. Quinze par caisse, c'est mon dernier mot. Étant donné que j'en veux seize, voire plus dans un futur proche, je dirais que c'est une sacrée bonne journée de travail. Est-ce que ça ne serait pas une belle dot à faire à votre fille pour son mariage ? Felicia ? Cela ne vaudrait-il pas mieux que de fermer plus tôt sans rien avoir gagné ?

Felicia se mordit la lèvre inférieure et haussa les sourcils.

– C'est mieux que rien. J'ai conscience que mon mariage coûte trop cher, justement. Mais... je ne sais pas. Père ?

Silas était sur le point de dire quelque chose, mais il hésita. Cléo ne regardait qu'à moitié, se concentrait davantage pour essayer de résister à l'envie pressante de boire dans le verre que Silas avait déjà rempli pour elle. Aron adorait marchander. C'était une passion d'obtenir le meilleur prix, quoi qu'il recherche.

– Sans vouloir me montrer irrespectueux, bien sûr, reprit Silas en se tordant les mains, seriez-vous prêt à monter jusqu'à vingt-cinq centimes par caisse ?

– Non, pas du tout, répondit Aron en inspectant ses ongles. Aussi bon votre vin soit-il, je sais qu'il y a beaucoup d'autres commerçants sur ce marché bondé, ainsi que sur notre chemin de retour jusqu'au bateau, qui accepteraient volontiers mon offre. Je pourrais faire affaire avec eux si vous préférez perdre cette vente. Est-ce ce que vous souhaitez ?

– Non... je... dit Silas en déglutissant, le front plissé de rides. Je veux vendre mon vin, oui. C'est la raison de ma présence ici. Mais pour quinze centimes…

– J'ai une meilleure idée. Et si nous disions quatorze par caisse ?

Une lueur de méchanceté brilla dans les yeux verts d'Aron.

– Et vous avez jusqu'à dix pour accepter, sinon mon offre baissera d'un autre centime.

Mira, gênée, détourna les yeux du débat. Cléo ouvrit la bouche. Puis, se rappelant ce qu'Aron ferait de son secret si elle décidait de le contredire, elle garda le silence. Il était déterminé à obtenir son vin au prix le plus bas possible. Et ce n'était pas comme s'il n'avait pas les moyens de payer, car Cléo savait qu'il avait largement assez d'argent sur lui pour acheter de nombreuses caisses, même au plein tarif.

– Bien, finit par dire Silas, entre ses dents, qui paraissait extrêmement peiné.

Il jeta un coup d'œil sur Felicia avant de reporter son attention sur Aron :

– Quatorze par caisse pour seize caisses. J'offrirai à ma fille le mariage qu'elle mérite.

– Excellent. Comme nous vous l'avons toujours assuré, nous, Auraniens…

Avec un petit sourire de victoire, Aron fouilla dans sa poche pour sortir un rouleau de billets, et les compta dans la paume ouverte de l'homme. Il était désormais plus qu'évident que la somme totale ne représentait qu'un infime pourcentage de ce que le noble avait sur lui. L'expression scandalisée dans les yeux de Silas prouvait que cet affront ne lui avait pas échappé.

– Les vignobles… poursuivit Aron, ne manqueront jamais de nourrir votre nation.

Deux silhouettes s'avancèrent vers l'étal, à gauche de Cléo.

– Felicia, fit une voix grave. Que fais-tu ici ? Ne devrais-tu pas être en train de t'habiller en compagnie de tes amies ?

– Bientôt, Tomas, murmura-t-elle. Nous avons presque terminé.

Cléo jeta un coup d'œil sur sa gauche. Les garçons qui s'étaient approchés de l'étal avaient tous les deux les cheveux bruns, presque noirs. Leurs sourcils foncés couronnaient des yeux de cuivre. Ils étaient grands, larges d'épaules et très bronzés. Tomas, le plus âgé, vingt ans à peine, scruta son père et sa sœur.

– Quelque chose ne va pas ?

– Ne va pas ? répéta Silas entre ses dents. Bien sûr que non. Je traite une transaction, c'est tout.

– Vous mentez. Vous êtes énervé. Ça se voit.

– Non.

L'autre garçon jeta un regard noir sur Aron, puis sur Cléo et Mira.

– Ces gens essaient-ils de vous escroquer, père ?

– Jonas, dit Silas d'un ton accablé, ce ne sont pas tes affaires.

– Ce sont mes affaires, père. Combien ce garçon – Jonas jaugea Aron avec un dégoût non dissimulé – a-t-il daigné vous payer ?

– Quatorze la caisse, répondit Aron d'un ton décontracté. Un prix juste que votre père a bien volontiers accepté.

– Quatorze ? cracha Jonas. Vous osez lui faire un tel affront ?

Tomas attrapa Jonas par sa chemise et le tira en arrière.

– Du calme.

Les yeux noirs de Jonas étincelèrent.

– Quand un bâtard ridicule tout de soie vêtu profite de notre père, je m'offusque.

– Bâtard ? (La voix d'Aron était devenue glaciale.) Qui traites-tu de bâtard, paysan ?

Tomas, les yeux emplis de colère, se retourna lentement.

– Mon frère te traite de bâtard. *Bâtard.*

Et cela, songea Cléo, angoissée, était la pire des insultes que l'on puisse adresser à Aron. Personne ne le savait, mais *c'était* un bâtard, fils d'une jolie domestique blonde que son père avait aimée un jour. Comme la femme de Sébastien Lagaris était stérile, elle avait accepté le bébé à la minute où il était né. La bonne, la vraie mère d'Aron, était morte peu après dans de mystérieuses circonstances que nul n'avait osé remettre en question, ni à l'époque ni maintenant. Mais on jasait encore. Et Aron avait eu vent de ces rumeurs lorsqu'il avait été en âge de comprendre ce que tout cela signifiait.

– Princesse ? fit Théon, comme s'il attendait son ordre pour intervenir.

Elle mit une main sur son bras pour l'arrêter. Ce n'était pas la peine de se donner davantage en spectacle.

– Allons-y, Aron.

Elle échangea un regard inquiet avec Mira, qui reposa nerveusement son deuxième verre de vin.

Aron ne quitta pas Tomas des yeux.

– Comment oses-tu être aussi insolent ?

– Tu devrais obéir à ta petite amie et partir, lui conseilla Tomas. Le plus vite sera le mieux.

– Dès que ton père ira me chercher les caisses, je serais plus que ravi de le faire.

– Oublie le vin. Va-t'en, et estime-toi heureux que je n'aie pas fait plus d'histoires parce que tu as insulté mon père. Il fait trop confiance aux gens, et il ne sait pas se vendre. Ce n'est pas mon cas.

Aron se hérissa, tout calme envolé suite à l'affront et de par son état d'ébriété, qui le rendait bien plus téméraire qu'il n'aurait dû l'être face aux deux Paelsians grands et musclés.

– Avez-vous la moindre idée de qui je suis ?

– Qu'est-ce que ça peut nous faire ?

Jonas et son frère échangèrent un regard.

– Je suis Aron Lagaris, fils de Sébastien Lagaris, seigneur de la Faille des Anciens. Je me trouve ici dans votre marché en compagnie de la princesse Cléiona Bellos d'Auranos en personne. Veuillez nous montrer du respect à tous les deux.

– C'est ridicule, Aron.

Cléo souffla entre ses dents. Elle aurait tellement préféré qu'il évite de prendre des grands airs. Mira glissa son bras sous celui de la jeune fille et lui serra affectueusement la main. *Allons-y,* semblait-elle vouloir dire.

– Oh, Votre Altesse. Vos deux Altesses. C'est un véritable honneur que de se trouver en votre resplendissante présence.

Le sarcasme dégoulinait de la voix de Jonas quand il lui fit une fausse révérence.

– Je pourrais vous faire décapiter pour irrespect, lança Aron d'une voix avinée. Vous deux, ainsi que votre père. Votre sœur également.

– Laissez-la en dehors de tout cela, grommela Tomas.

– Laissez-moi deviner : si elle se marie aujourd'hui, je suppose qu'elle a déjà un enfant ? J'ai entendu dire que les Paelsiannes n'attendaient pas le mariage, pour quiconque possède assez d'argent. J'en ai, de l'argent. Peut-être pourrais-tu m'accorder des égards pendant une demi-heure avant le crépuscule ?

Aron jeta un coup d'œil sur Felicia, qui semblait mortifiée et indignée.

– Aron ! lança Cléo d'un ton sec, consternée.

Qu'il l'ignore complètement n'était pas surprenant. Jonas la foudroya du regard.

Tomas, manifestement le moins impétueux des deux frères, lança sur Aron le regard le plus noir et le plus haineux qu'elle ait jamais vu de sa vie.

– Je pourrais te tuer pour avoir dit ce genre de choses à ma sœur.

Aron le gratifia d'un petit sourire.

– Essaie donc.

Cléo finit par jeter un coup d'œil par-dessus son épaule sur un Théon frustré, à qui elle avait, en gros, ordonné de ne pas intervenir. Il était évident, à présent, qu'elle ne contrôlait absolument pas cette situation. Tout ce qu'elle désirait, c'était retourner sur le bateau et laisser toute cette tension loin derrière elle. Mais c'était trop tard.

Poussé par l'affront fait à sa sœur, Tomas sauta sur Aron, les poings serrés. Mira haleta et se mit les mains sur les yeux. Sans nul doute, Tomas n'aurait aucun mal à remporter la bataille entre les deux et à réduire Aron, plus mince, en une bouillie ensanglantée. Mais il avait une arme – le poignard orné de pierreries qu'il arborait à la hanche.

Et qu'il tenait à présent entre ses mains.

Tomas ne vit pas la lame. Quand il se rapprocha et attrapa la chemise d'Aron, celui-ci la lui planta dans la gorge. Les mains de Tomas se posèrent brusquement sur son cou, et le sang jaillit brutalement ; ses yeux s'écarquillèrent sous le choc et la douleur.

Une minute plus tard, il tomba à genoux, puis heurta lourdement le sol, ses mains serrant sa gorge là où le poignard était profondément enfoncé. Rapidement, le sang forma une flaque cramoisie autour de la tête du garçon.

Tout s'était déroulé si vite...

Cléo mit la main sur sa bouche pour ne pas crier. Une autre hurla, en revanche. Felicia laissa échapper un gémissement d'horreur qui lui glaça le sang. Et d'un seul coup, le reste du marché prit conscience de ce qui s'était passé.

Des cris fendirent l'air. Des corps se pressèrent brusquement tout autour d'elle, la bousculèrent sans ménagement. Elle laissa échapper un hurlement perçant. Théon passa une main autour de la taille de Cléo et la tira brutalement en arrière. Jonas se dirigeait vers Aron et Felicia, le chagrin et la colère gravés sur le visage. Théon poussa Mira devant lui et prit Cléo sous son bras, Aron juste derrière eux. Ils quittèrent le marché à toute allure, poursuivis par les paroles enragées de Jonas.

– Vous êtes morts ! Je vous tuerai pour cela ! Tous les deux !

– Il l'a mérité, ronchonna Aron. Il allait m'assassiner. Je me suis défendu.

– Continuez, votre seigneurie, grommela Théon, dégoûté.

Ils se frayèrent un chemin à travers la foule, et reprirent la route qui menait au bateau d'un pas chancelant.

Tomas ne verrait jamais sa sœur se marier. Felicia avait assisté à la mort de son frère le jour même de son mariage. Le vin que Cléo avait bu bouillonnait dans son ventre et vira à l'acide. D'un coup, elle se détacha de l'étreinte de Théon et alla vomir sur la route.

Elle aurait pu demander à Théon d'empêcher cela avant que tout n'échappe à son contrôle, mais elle ne l'avait pas fait.

Apparemment, personne ne les poursuivait, et au bout d'un moment il sembla évident que les Paelsians les laisseraient repartir. Ils ralentirent leur course pour avancer à grandes enjambées. Cléo garda la tête baissée et marchait cramponnée à Mira. Tous quatre traversèrent le paysage poussiéreux dans un silence absolu.

Cléo se dit que jamais elle ne pourrait chasser de son esprit les yeux emplis de douleur du garçon.

CHAPITRE 2

PAELSIA

Jonas s'écroula à genoux et fixa, horrifié, le poignard qui dépassait de la gorge de Tomas. Celui-ci leva la main, comme pour essayer de le retirer, mais il en fut incapable. Tremblant, Jonas enroula la main autour du manche. Il eut du mal à l'extirper. Puis il flanqua son autre paume sur la blessure. Du sang rouge et chaud jaillit entre ses doigts.

Felicia hurla derrière lui.

– Tomas, je t'en prie, non !

La vie disparaissait des yeux de leur frère à chaque battement de cœur, de plus en plus lent.

Les pensées de Jonas étaient confuses et obscures. On aurait dit que cet instant s'était figé pour lui, alors que la vie de son frère s'évanouissait.

Un mariage. Il y avait un mariage aujourd'hui. Celui de Felicia. Elle avait accepté d'épouser un de leurs amis, Paulo. Pour plaisanter, ils lui en avaient fait voir de toutes les couleurs quand ils avaient annoncé leurs fiançailles voilà un mois. Du moins avant de l'accueillir dans leur famille à bras ouverts.

Une belle fête était prévue, comme leur pauvre village n'en reverrait plus avant très longtemps. À manger, à boire... et beaucoup de jolies amies de Felicia, parmi lesquelles les frères Agallon feraient leur choix, pour oublier leurs difficultés quotidiennes à se forger une existence dans un pays moribond comme Paelsia. Les garçons étaient les meilleurs amis, imbattables dans tout ce qu'ils entreprenaient ensemble.

Jusqu'à maintenant.

Jonas sentit la panique monter en lui, et il passa frénétiquement en revue la nuée d'autochtones pour trouver de l'aide.

– Peut-on faire quelque chose ? Y a-t-il un guérisseur, par ici ?

Le sang de Tomas inondait ses mains. Le corps de son frère se convulsa et produisit un gargouillis écœurant.

– Je ne comprends pas. Ça s'est passé si vite. Pourquoi ? Pourquoi ?

La voix de Jonas se brisa. Felicia se cramponna à son bras, avec des gémissements assourdissants de panique et de chagrin. Son père, impuissant, se tenait à son côté, le visage ravagé de douleur, mais stoïque.

– C'est le destin, fils.

– Le destin ? cracha Jonas, sa fureur éclatant en lui. Ce n'est pas le destin ! Il n'en avait pas décidé ainsi ! C'est... à cause des membres de la famille royale auranienne, qui nous traitent comme des chiens !

Paelsia connaissait un déclin constant depuis des générations. Le pays dépérissait lentement, tandis que ses plus proches voisins continuaient à vivre dans le luxe et l'abondance, lui refusant leur aide, et même le droit de chasser sur leurs terres encombrées de bétail, alors qu'à l'origine c'était leur faute si Paelsia n'avait plus les ressources suffisantes pour nourrir les siens. L'hiver s'était montré le plus rude que l'on eût connu. Les journées étaient supportables, mais les nuits étaient glaciales entre les murs peu épais de leurs chaumières. Des dizaines d'entre eux, au moins, étaient morts de froid ou de faim dans leurs petites maisons.

À Auranos, on ne mourait pas de faim, ni par la colère des éléments. Cette inégalité avait toujours écœuré Jonas et Tomas. Ils haïssaient les Auraniens – surtout les membres de la famille royale. Mais il s'agissait d'une haine vague et indéfinissable, d'un dégoût général envers un peuple que Jonas n'avait jamais appris à connaître.

À présent, sa haine avait une substance. À présent, elle avait un nom.

Il regarda fixement son aîné. Le sang recouvrait la peau mate et les lèvres de Tomas. Ses yeux le piquèrent, mais il se retint de pleurer. Pour son frère, il devait être fort. Tomas avait toujours insisté pour que son cadet le soit. Même si quatre ans seulement les séparaient, c'est ainsi qu'il avait élevé Jonas depuis la mort de leur mère, dix ans auparavant.

Tomas lui avait tout appris – comment chasser, comment jurer, comment se comporter avec les filles. Ensemble, ils avaient subvenu aux besoins de leur famille. Ils avaient volé, ils avaient braconné, ils avaient fait tout ce qu'il fallait pour survivre, tandis que dans leur village les autres dépérissaient.

« Si tu veux quelque chose, avait toujours dit Tomas, tu dois le prendre. Parce que personne ne te le donnera jamais. Ne l'oublie pas, petit frère. »

Jonas ne l'oubliait pas. Il ne l'oublierait *jamais*.

Tomas avait cessé de convulser, et son sang – tant de sang – avait cessé de couler sur les mains de Jonas.

Il y avait quelque chose dans les yeux de Tomas, au-delà de la douleur. C'était de l'indignation.

Non seulement pour l'injustice de son assassinat par un seigneur auranien. Mais aussi par celle d'une vie passée à se battre chaque jour – pour manger, pour respirer, pour survivre. Et comment avaient-ils fini de la sorte ?

Un siècle auparavant, le chef paelsian de l'époque avait rendu visite aux souverains de Limeros et Auranos, les pays limitrophes au nord et au sud, pour leur demander de l'aide. Limeros avait refusé, au prétexte qu'elle avait suffisamment à faire pour remettre son peuple d'aplomb à la suite d'une guerre contre Auranos qui venait de prendre fin. Auranos la prospère, en revanche, conclut un accord avec Paelsia. Elle subventionna la plantation de vignobles sur toutes les terres arables de Paelsia – un sol que cette dernière aurait pu cultiver pour nourrir son peuple et son bétail. À la place, elle promit d'importer du vin paelsian à des prix favorables, ce qui, à son tour, permettrait à Paelsia d'importer des produits auraniens à des tarifs tout aussi avantageux. Cela donnerait un coup de pouce aux économies des deux pays, avait alors assuré le roi d'Auranos, et le chef paelsian, naïf, lui avait serré la main en signe d'accord.

Mais ce marché était limité dans le temps. Au bout de cinquante ans, les prix fixés pour les importations et les exportations devaient devenir caducs, ce qui s'était confirmé. À présent, les Paelsians ne pouvaient plus se permettre d'importer de nourriture auranienne. Pas au prix de leur vin, qui baissait dans la mesure où Auranos était leur seule cliente et pouvait impitoyablement diminuer les tarifs, ce dont elle ne se privait pas. Paelsia ne disposait pas de bateaux pour exporter vers d'autres royaumes *via* la mer d'Argent, et Limeros l'austère, au nord, vénérait avec ferveur une déesse qui avait désapprouvé tout alcool. Le reste du pays continuait à mourir lentement, comme il le faisait depuis des décennies. Et tout ce que les Paelsians pouvaient faire, c'était le regarder dépérir.

Le bruit des sanglots de sa sœur, alors que ce jour aurait dû être le plus beau de sa vie, brisa le cœur de Jonas.

– Bats-toi, murmura Jonas à son frère. Bats-toi pour moi. Bats-toi pour vivre.

Non, Tomas semblait-il essayer de dire, alors que la lumière quittait ses yeux. Il ne pouvait pas parler. Le poignard auranien avait tranché son larynx. *Bats-toi pour Paelsia. Pour nous tous. Fais en sorte que ce ne soit pas la fin. Ne les laisse pas gagner.*

Jonas s'efforça de ne pas laisser échapper le sanglot qu'il retenait tout au fond de son cœur. En vain. Il pleura, quelque chose en lui se brisa, et une rage noire et insondable l'emplit, là où le chagrin avait si vite creusé un gouffre.

Le seigneur Aron Lagaris paierait pour cela.

Et la blonde princesse Cléiona. Avec un sourire froid et moqueur, elle avait regardé son ami assassiner Tomas sans bouger le petit doigt.

– Je te jure que je te vengerai, Tomas, parvint-il à dire entre ses dents. Ce n'est que le début.

Son père toucha son épaule, et Jonas se tendit.

– Il est parti, mon fils.

Jonas finit par ôter ses mains tremblantes et ensanglantées de la gorge ravagée de son aîné. Il faisait des promesses à quelqu'un dont l'esprit était déjà dans l'au-delà. De Tomas, il ne restait qu'une coquille vide.

Jonas leva les yeux sur le ciel bleu sans nuages au-dessus du marché, et laissa sortir de sa gorge un cri strident d'une tristesse infinie. Un faucon doré s'envola de l'étal de vin où il s'était perché, et passa au-dessus d'eux.

CHAPITRE 3

LIMEROS

Quelqu'un posa une question à Magnus, mais il n'écoutait pas. Au bout d'un moment, tous les banquets finissaient par se ressembler, et les invités formaient un essaim de mouches bourdonnantes. Agaçantes, mais impossibles à écraser d'un simple geste.

Il colla ce qu'il espérait une expression agréable sur son visage, et se tourna vers sa gauche pour affronter l'un des insectes les plus bruyants. Il prit une autre bouchée de *kaana* et l'avala sans même mâcher, afin d'éviter le goût. Il regarda à peine le bœuf salé sur son assiette en étain. Il perdait vite son appétit.

– Mes excuses, madame, dit-il. Je n'ai pas très bien entendu.

– Votre sœur, Lucia, reprit dame Sophia en se tapotant le coin de la bouche avec une serviette brodée en jacquard, est devenue une charmante jeune femme, n'est-ce pas ?

Magnus cilla. Échanger des banalités était si ardu.

– Certes, oui.

– Rappelez-moi l'âge qu'elle a aujourd'hui ?
– Seize ans.
– Une charmante jeune fille. Et si polie.
– Elle a été bien élevée.
– Bien sûr. Est-elle déjà fiancée ?
– Pas encore.
– Mmmm. Mon fils Bernardo est très doué, plutôt séduisant, et sa petite taille, il la compense largement par son intelligence. À mon avis, ils formeraient un beau couple.
– C'est, madame, quelque chose dont je vous suggère de parler à mon père.

Pourquoi fallait-il qu'il se retrouve assis juste à côté de cette femme ? Elle était vieille et sentait la poussière, ainsi que, pour une raison étrange, les algues. Peut-être sortait-elle de la mer d'Argent et avait-elle gravi les falaises rocheuses jusqu'au château de granite étincelant de givre de Limeros, au lieu de traverser à pied le pays glacé comme tout le monde ?

Son mari, le seigneur Lenardo, se pencha sur sa chaise à haut dosseret.

– Assez joué les entremetteuses, femme. Je suis curieux de savoir ce que pense le prince des problèmes à Paelsia.
– Problèmes ? répondit Magnus.
– Les troubles récents provoqués par le meurtre du fils d'un pauvre viticulteur, au su et au vu de tous sur un marché, voilà une semaine.

Magnus fit glisser nonchalamment son index sur le bord de son verre à pied.

– L'assassinat du fils d'un viticulteur ? Pardonnez mon désintérêt apparent, mais cela n'a rien d'extraordinaire. Les Paelsians sont une race sauvage, prompte à la violence. J'ai entendu dire qu'ils mangeraient volontiers leur viande crue si leurs feux mettaient trop de temps à prendre.

Le seigneur Lenardo le gratifia d'un sourire en coin.

– Certes. Mais c'est inhabituel, dans la mesure où c'était le fait d'un membre de la famille royale d'Auranos, qui était de passage.

Voilà qui était plus intéressant. Légèrement.

– Vraiment ? Qui donc ?

– Je ne sais pas, mais à ce que l'on raconte, la princesse Cléiona en personne serait impliquée dans l'altercation.

– Ah. J'ai appris que les rumeurs avaient beaucoup de points communs avec les plumes : il est rare que l'une ou l'autre pèsent vraiment lourd.

À moins, bien sûr, que ces rumeurs ne soient fondées.

Magnus connaissait la princesse cadette d'Auranos. Elle était d'une grande beauté, et du même âge que sa sœur. Il l'avait rencontrée lorsqu'ils étaient enfants. Il n'éprouvait plus aucun intérêt à retourner à Auranos. De plus, son père n'aimait pas du tout le roi auranien, et pour ce qu'il en savait, ce sentiment était réciproque.

Son regard traversa la grande salle et croisa celui de son père, qui le lui rendit avec une froide désapprobation. Ce dernier méprisait l'expression qu'arborait Magnus quand il s'ennuyait lors d'une réception comme celle-ci. Il la trouvait insolente. Mais le jeune homme luttait pour dissimuler ses sentiments, même s'il devait reconnaître qu'il n'avait pas fait beaucoup d'efforts.

Il leva son verre d'eau et porta un toast à son père, le roi Gaius Damora de Limeros.

Celui-ci pinça les lèvres.

Sans importance. Ce n'était pas à Magnus de faire en sorte que ce festin se passe bien. Tout n'était que mascarade, de toute façon. Son père n'était-il pas ce tyran qui forçait son peuple à se soumettre à chacune de ses règles ? Ses armes préférées étaient la peur et la violence, il disposait d'une horde de chevaliers et de soldats pour imposer sa volonté et faire obéir ses sujets. Il travaillait très dur à sauver les apparences et se montrer fort, compétent et prospère.

Mais Limeros était tombé dans la misère durant les douze années où Gaius-à-la-main-de-fer, le « roi du sang », avait pris le trône à son père, le tant aimé roi Davidius. Les luttes économiques n'avaient pas encore directement touché tous ceux qui vivaient au palais, même dans la mesure où la religion limérienne n'encourageait pas le luxe. Mais on ne pouvait ignorer les ennuis financiers dans l'ensemble du royaume. Que le roi n'ait jamais parlé de cela publiquement amusait Magnus.

Tout de même, on servait aux membres de la famille royale une portion de *kaana* avec leur repas – des haricots jaunes réduits en purée au goût de colle – et l'on s'attendait qu'ils les mangent. Voilà avec quoi de nombreux Limériens s'étranglaient, alors que l'hiver n'en finissait plus.

Par ailleurs, on décrochait les tapisseries et peintures les plus ornées des murs du château et on les entreposait, laissant les murs vides et froids. On interdisait la musique, tout comme le chant et la danse. On n'autorisait que les livres les plus instructifs au sein du palais de Limeros ; rien qui racontât simplement une histoire pour se divertir. Le roi Gaius ne s'intéressait qu'aux idéaux limériens de *la force, la foi et la sagesse* – pas à l'art, à la beauté ou au plaisir.

On racontait que Limeros avait entamé son déclin – comme Paelsia depuis des générations – à cause de la mort de l'*elementia*, la magie fondamentale. La magie essentielle qui donnait vie au monde se tarissait complètement, un peu comme une oasis en plein désert.

Il ne restait que des vestiges de l'*elementia*, quand les déesses rivales Cléiona et Valoria s'étaient détruites voilà des siècles. Mais même ces traces, murmuraient ceux qui croyaient en la magie, commençaient à disparaître. Limeros gelait chaque année, et son printemps et son été ne duraient que deux courts mois. Paelsia se flétrissait, son sol dur se desséchait. Seul le sud d'Auranos ne montrait aucun signe de délabrement.

Limeros était un pays profondément religieux, dont le peuple se raccrochait à sa foi en la déesse Valoria, surtout par des temps difficiles. Mais Magnus pensait, en son for intérieur, que ceux qui se cramponnaient à leur croyance au surnaturel, sous quelque forme que ce soit, faisaient preuve de faiblesse.

La *plupart*, en tout cas. Il lui arrivait de faire une exception pour un très petit nombre. Il braqua son regard à la droite de son père, où sa sœur était assise, invitée d'honneur de ce banquet prétendument organisé pour son anniversaire.

La robe qu'elle portait ce soir était d'un orange tirant sur le rose qui évoquait un coucher de soleil. C'était une nouvelle tenue qu'il ne l'avait jamais vue porter auparavant. Magnifiquement confectionnée, elle reflétait l'image de la richesse et de la perfection constante que son père exigeait de la famille Damora. Bien qu'il dût reconnaître lui-même s'étonner de la voir aussi colorée dans l'océan de gris et de noir que son père avait tendance à préférer.

La princesse avait la peau laiteuse, et de longs cheveux d'un brun soyeux. Quand ils n'étaient pas attachés en un strict chignon, ils tombaient jusqu'à sa taille en douces ondulations. Ses yeux étaient d'un bleu céleste. Ses lèvres étaient charnues et naturellement rosées. Lucia Eva Damora était la plus belle fille de tout Limeros. Sans exception.

D'un seul coup, le verre à pied que Magnus serrait si fort se brisa et lui coupa la main. Il jura, puis attrapa une serviette pour panser sa blessure. Dame Sophia et le seigneur Lenardo le regardèrent, paniqués, comme s'ils craignaient que leur conversation sur les fiançailles et l'assassinat l'aient contrarié.

Ce n'était pas cela.

Stupide, tellement stupide.

L'expression sur le visage de son père refléta cette pensée – rien ne lui avait échappé. Sa mère, la reine Althéa, installée à la gauche du roi, s'en rendit également compte. Elle détourna immédiatement ses yeux froids pour poursuivre sa discussion avec sa voisine de table.

Son père ne détourna pas la tête. Il le foudroya du regard, comme s'il était gêné de se trouver dans la même pièce. Le prince Magnus, maladroit et insolent. L'héritier. *Pour l'instant en tout cas,* songea-t-il avec aigreur, ses pensées se reposant brièvement sur Tobias… le bras droit de son père. Magnus se demanda si un jour celui-ci aurait une bonne opinion de lui. Il supposait qu'il devait lui être reconnaissant de prendre la peine de l'inviter à cette manifestation. Mais après tout, il tenait à faire croire que la famille royale de Limeros était unie et forte, aujourd'hui et pour toujours.

Quelle blague !

Magnus aurait déjà quitté Limeros, glaciale et terne, pour explorer tranquillement les royaumes de l'autre côté de la mer d'Argent, mais une seule raison le faisait rester là, bien qu'il fût à l'aube de ses dix-huit ans.

– Magnus ! s'écria Lucia en se précipitant à son côté avant de s'agenouiller, entièrement concentrée sur la main de son frère. Tu t'es fait mal ?

– Ce n'est rien, dit-il d'un ton sec. Juste une égratignure.

Du sang avait déjà imprégné le bandage de fortune. Il fit une grimace inquiète.

– Juste une égratignure ? Je ne crois pas. Viens avec moi, je vais t'aider à faire un vrai pansement.

Elle tira son poignet.

– Allez avec elle, lui conseilla dame Sophia. Il vaudrait mieux que cela ne s'infecte pas.

– Non, en effet. Bien, ma sœur la guérisseuse. Je vais te laisser me rafistoler.

Sa mâchoire se contracta. La douleur n'était pas assez forte pour le déranger, mais la gêne le piqua au vif, en revanche.

Elle lui adressa un sourire rassurant qui fit se tordre quelque chose tout au fond de lui. Quelque chose qu'il tâcha d'ignorer au mieux.

Magnus ne jeta pas un seul coup d'œil à son père ni à sa mère lorsqu'il quitta la salle du banquet. Lucia le conduisit dans une pièce adjacente, où il faisait plus froid sans la chaleur dégagée par les invités. Un buste en bronze du roi Gaius lui lança un regard mauvais, le jugeant sévèrement depuis sa console entre deux piliers de granite. Lucia demanda à une domestique du palais d'aller chercher une bassine d'eau et des bandages, puis le fit asseoir sur un siège à côté d'elle et défit la serviette sur sa blessure.

Il la laissa faire.

– Le verre était trop fragile, expliqua-t-il.

Elle arqua un sourcil.

– Alors comme ça, il s'est brisé tout seul sans aucune raison, n'est-ce pas ?

– Exactement.

Elle soupira, puis trempa un torchon dans l'eau et se mit à nettoyer la plaie délicatement. Magnus ne se rendait plus compte de sa douleur.

– Je sais parfaitement pourquoi cela s'est produit.

Il se tendit.

– Tu le sais ?

Ses yeux bleus s'illuminèrent pour croiser les siens.

– C'est père. Tu es en colère contre lui.

– Et tu crois que j'ai imaginé son cou à la place du pied du verre, comme de nombreux sujets doivent le faire ?

– C'est le cas ?

Elle appuya fermement sur sa main pour que le sang cesse de couler.

– Je ne suis pas en colère contre lui. Plutôt le contraire. Il me déteste.

– Il ne te déteste pas. Il t'aime.

– Alors, il serait bien le seul.

Un sourire illumina le visage de la princesse.

– Oh, Magnus, ne sois pas idiot ! Je t'aime. Plus que personne d'autre au monde. Tu dois le savoir, n'est-ce pas ?

Il eut l'impression que l'on venait de percer un trou dans sa poitrine, qu'on lui avait arraché le cœur, et qu'on l'on serrait très fort. Il s'éclaircit la gorge et regarda sa main.

– Bien sûr. Et moi aussi, je t'aime.

Ces paroles rendaient sa langue pâteuse. Mentir ne lui avait jamais posé problème, mais dire la vérité n'était pas aussi facile.

Ce qu'il ressentait pour Lucia n'était que l'amour d'un frère pour une sœur.

Ce mensonge était bien doux comme de la soie. Même lorsqu'il se le disait à lui-même.

– Voilà, lança-t-elle en tapotant le bandage dont elle avait enveloppé sa main. C'est beaucoup mieux.

– Tu devrais vraiment devenir guérisseuse.

– Je ne crois pas que nos parents trouvent que ce soit une occupation digne d'une princesse.

– Tu as raison. Ils ne seraient pas d'accord.

– Remercions la déesse que tu ne sois pas plus blessé que cela.

– Oui, remercions la déesse, dit-il d'un ton sec avant que ses lèvres ne se retroussent. Ton dévouement à Valoria me fait honte. Il m'a toujours fait honte.

Elle le regarda d'un air sévère, mais sans cesser de sourire.

– Je sais que tu trouves idiot d'avoir une foi si forte dans l'invisible.

– Je ne sais pas si j'emploierais le mot *idiot*.

– Parfois, tu dois essayer de croire en quelque chose de plus grand que toi-même, Magnus. Quelque chose que tu ne peux ni voir ni toucher. D'autoriser ton cœur à croire en quelque chose, peu importe ce que c'est. C'est ce qui te donnera de la force en cette époque troublée.

Il l'observa patiemment.

– Si tu le dis.

Le sourire de Lucia s'élargit. Son pessimisme l'avait toujours amusée. Ils avaient eu cette discussion à de nombreuses reprises.

– Un jour, tu le croiras. Je le sais.

– Je crois en toi. Est-ce que cela ne suffit pas ?

– Alors, j'imagine que je devrais montrer l'exemple à mon cher frère. Je dois retourner au banquet. Après tout, il est censé être en mon honneur. Mère sera furieuse si je disparais sans revenir.

Elle se pencha et effleura sa joue de ses lèvres. Il opina et toucha son pansement.

– Merci de m'avoir sauvé la vie.

– Loin de là ! Mais essaie de conserver ton sang-froid lorsque tu es en présence d'objets fragiles.

– Je garderai cela à l'esprit.

Elle lui adressa un dernier sourire et s'empressa de repartir dans la grande salle.

Magnus resta encore quelques minutes à écouter le bourdonnement des conversations de la foule de nobles au banquet. Apparemment, il ne parvenait pas à trouver l'énergie nécessaire ni l'intérêt d'y retourner. Si on devait lui poser la question le lendemain, il répondrait simplement qu'avoir perdu tout ce sang l'avait rendu malade.

En effet, il se sentait mal. Ce qu'il ressentait pour Lucia était anormal. Et cela s'intensifiait de jour en jour, même s'il faisait tout pour l'ignorer. Pendant une année entière, il avait été totalement incapable de regarder une autre jeune noble, à une époque où son père le pressait de choisir sa future épouse.

De toute évidence, le roi ne tarderait pas à imaginer que son fils n'était pas du tout attiré par les filles. Très franchement, Magnus se moquait bien de ce qu'il pouvait croire. Même s'il préférait les garçons, le monarque l'obligerait tout de même à épouser quelqu'un de son choix lorsqu'il serait à bout de patience.

Ce ne serait pas Lucia, pas même dans les délires les plus fous de Magnus. De telles unions incestueuses, même parmi les membres de la famille royale, étaient interdites tant par la loi que par la religion. Et si Lucia apprenait la profondeur de ses sentiments pour elle, elle serait dégoûtée. Il ne voulait pas que cette lueur dans ses yeux, quand elle le regardait, s'affaiblisse d'une façon ou d'une autre. C'était la seule chose qui lui procurait de la joie.

Tout le reste le rendait extrêmement malheureux.

Une jeune et jolie domestique le croisa dans le couloir frais et sombre, lui jeta un coup d'œil et s'arrêta. Elle avait des yeux gris et des cheveux couleur noisette attachés en chignon. Sa robe en laine était délavée, mais propre et sans pli.

– Prince Magnus, puis-je faire quelque chose pour vous ce soir ?

Alors que l'omniprésence même de sa sublime sœur le torturait, il s'autorisait quelque distraction insignifiante. Amia était extrêmement utile, d'innombrables façons.

– Pas ce soir, ma douce.

Elle se rapprocha d'un air de conspirateur.

– Le roi a quitté le banquet et retrouve en ce moment même dame Mallius sur le balcon, et ils parlent à voix basse. Intéressant, non ?

– Peut-être.

Amia s'était révélée précieuse ces derniers mois pour lui livrer des bribes d'information. Elle était les yeux et les oreilles très complaisants de Magnus, ici, dans le château, et n'avait aucun scrupule à espionner pour le prince chaque fois que l'occasion se présentait. Un mot gentil de temps à autre ou un semblant de sourire suffisaient à ce qu'elle lui reste loyale et qu'elle ait envie de lui plaire. Amia s'imaginait être éternellement sa maîtresse. Le destin en déciderait autrement. À moins que la jeune fille ne se trouve juste devant lui comme à ce moment même, il avait tendance à oublier jusqu'à son existence.

Magnus lui caressa la taille, la congédia et se dirigea en silence vers le balcon de pierre qui surplombait la mer noire et les falaises rocheuses sur lesquelles le château et la capitale de Limeros étaient perchés. C'était l'endroit préféré de son père pour réfléchir, en dépit du froid glacial des soirées hivernales comme celles-ci.

– Ne sois pas ridicule, sifflait-il depuis le balcon. Cela n'a rien à voir avec de telles rumeurs. Tu es superstitieuse.

– Quelle autre explication pourrait-il y avoir ? fit une autre voix familière.

Celle de dame Sabina Mallius, la veuve de l'ancien conseiller du roi. Du moins, c'était son titre officiel. L'autre, non officiel, était celui de maîtresse du roi, un statut qu'elle occupait depuis près de deux décennies. Le monarque ne le cachait à personne, ni à la reine ni à ses enfants.

La reine Althéa supportait son infidélité en silence. Magnus se demandait même si la femme froide qu'il qualifiait de « mère » se souciait d'une façon ou d'une autre de ce que faisait son mari, et avec qui.

– Quelle autre explication pour les difficultés de Limeros ? disait le roi. Beaucoup. Dont aucune n'est liée à la magie.

Ah, songea Magnus, *on dirait que les rumeurs des paysans sont aussi devenues un sujet de conversation royal.*

– Tu n'en sais rien.

Une longue pause s'ensuivit.

– J'en sais suffisamment pour en douter.

– Si toutes ces dissensions sont liées à l'*elementia*, alors cela signifie que nous ne nous étions pas trompés. Que *je* ne m'étais pas trompée. Que toutes ces années n'ont pas été gâchées à attendre patiemment un signe.

– Tu as vu le signe il y a des années. Les étoiles t'ont dit ce que tu avais besoin de savoir.

– Ma sœur a vu les signes, pas moi. Mais elle avait raison.

– Cela fait seize ans, et il ne s'est rien passé. Juste une attente interminable. Ma déception grandit chaque jour.

Elle soupira.

– Si seulement j'en étais sûre. Tout ce que j'ai, c'est la conviction que tu doives patienter encore un peu plus.

Le roi rit, d'un rire sans humour.

– Combien de temps devrai-je attendre avant de te chasser dans les Montagnes interdites pour une telle tromperie ? Ou peut-être trouverai-je une punition qui conviendrait mieux à quelqu'un comme toi ?

La voix de Sabina devint glaciale.

– Je te conseillerais de ne jamais envisager ce genre de choses.

– Est-ce une menace ?

– C'est un avertissement, mon amour. La prophétie reste aussi vraie aujourd'hui que toutes ces années auparavant. Je le crois encore. Et toi ?

Il y eut une longue pause.

– Oui. Mais ma patience est à bout. Nous ne tarderons pas à dépérir comme Paelsia, et nous devrons nous mettre à vivre comme de misérables paysans.

– Lucia a désormais seize ans. Le moment de son éveil se rapproche de plus en plus.

– Prions pour que tu aies raison. Ça ne me plairait pas du tout d'être mené en bateau, Sabina. Et tu sais parfaitement comment je gère la déception.

Il n'y avait pas une once de chaleur dans le ton glacial du roi.

Ni dans celui de Sabina.

– Je ne me trompe pas, mon amour. Et tu ne seras pas déçu.

Magnus se colla contre le mur en pierre froide derrière lui pour qu'on ne le voie pas, lorsque son père quitta le balcon. Ce qu'il avait entendu lui tournait la tête de confusion. Si près de la rambarde, son souffle chaud créait des nuages glacés dans l'air nocturne. Sabina surgit peu après et suivit le roi dans la salle du banquet. Mais elle s'arrêta, inclina la tête et se retourna pour poser les yeux sur Magnus.

Un frisson parcourut sa colonne vertébrale, mais il n'en montra rien.

La beauté de Sabina n'avait pas encore perdu de son éclat : longs cheveux bruns brillants, yeux d'ambre. Elle portait toujours des tissus somptueux dans des tons rouges, qui moulaient les courbes de son corps et ressortaient parmi les couleurs plus sobres que la plupart des Limériens arboraient. Magnus ne savait pas du tout quel âge lui donner, et d'ailleurs n'y pensait pas trop. Elle fréquentait le palais depuis qu'il n'était encore qu'un nouveau-né et lui avait toujours semblé pareille à ses yeux, froide, magnifique, hors du temps. Comme une statue de marbre vivante, qui espérait parfois une conversation fastidieuse.

– Magnus, mon chéri.

Un sourire s'étala sur son visage. Ses yeux foncés, soulignés de khôl noir, restèrent méfiants, comme si elle avait deviné qu'il écoutait.

– Sabina.

– Tu ne t'amuses pas au banquet ?

– Oh, vous me connaissez, répondit-il d'un ton sec. Je m'amuse toujours.

Ses lèvres se retroussèrent alors qu'elle balayait son visage du regard. Il sentit un picotement désagréable sur la cicatrice qui suivait les contours de sa pommette.

– Bien sûr que tu t'amuses.

– Si vous voulez bien m'excuser, je me retire dans mes appartements pour la soirée.

Elle ne bougea pas. Les yeux de Magnus se plissèrent.

– Allez-y. Vous n'aimeriez pas faire attendre mon père.

– Non, en effet. Il déteste être déçu.

Il la gratifia d'un sourire froid.

– En effet.

Comme elle ne faisait toujours pas mine de bouger, Magnus se détourna d'elle et entreprit de descendre le couloir d'un pas nonchalant. Il sentit son regard brûlant dans son dos.

La conversation qu'il avait surprise résonnait dans ses oreilles. Ce que son père et Sabina avaient raconté ne voulait rien dire. Il les avait entendus discuter de magie et de prophéties. Et tout cela paraissait dangereux. Quel secret le roi et Sabina partageaient-ils sur Lucia ? De quel « éveil » parlaient-ils ? Était-ce juste une blague idiote qu'ils avaient inventée pour s'amuser à l'occasion de son anniversaire ? S'ils avaient eu l'air un tant soit peu amusés, il aurait pu donner du poids à cette théorie. Mais non. Ils paraissaient tendus, inquiets et furieux.

Les mêmes émotions montèrent en Magnus. Seule Lucia l'intéressait. S'il ne pouvait jamais révéler la profondeur de ses véritables sentiments, il ferait tout son possible pour la protéger de ceux qui avaient le pouvoir de lui faire du mal. Et à présent, il classait assurément dans cette catégorie son père, le roi, l'homme le plus froid, le plus dangereux et le plus implacable qu'il connût.

CHAPITRE 4

LE SANCTUAIRE

Alexius ouvrit les yeux et prit une profonde bouffée d'un air doux et chaud. L'herbe verte réchauffée par le soleil avait fait office de lit douillet, il se redressa et s'assit. Il mit un moment à retrouver complètement son corps, étant donné qu'il voyageait sans lui depuis un certain temps.

Il contempla ses mains. La peau avait remplacé les plumes. Les ongles avaient remplacé les serres. Il lui fallait toujours un instant pour s'y réhabituer.

– Qu'as-tu vu ?

Peut-être ne disposerait-il pas d'autant de temps qu'il le souhaiterait. Alexius tendit le cou pour regarder celui qui attendait son retour. Timothéus était assis à côté, sur un banc de pierre sculpté, les jambes croisées, sa longue cape blanche et vaporeuse, l'allure toujours impeccable.

– Comme d'habitude, répondit Alexius, même si c'était un mensonge.

Lui-même, ainsi que ses pairs, qui pouvaient quitter à loisir ce monde, étaient convenus de partager leurs découvertes entre eux avant de fournir la moindre information importante aux Anciens qui ne pouvaient plus se transformer en faucons.

– Pas le moindre indice ?

– Sur les Quatre sœurs ? Rien. Elles sont cachées aujourd'hui comme elles l'étaient il y a un millénaire.

La mâchoire de Timothéus se serra.

– Nous disposons de moins en moins de temps.

– Je sais.

S'ils ne trouvaient pas les Quatre sœurs, le dépérissement que connaissait le royaume des mortels ne tarderait pas à toucher le Sanctuaire à son tour.

Les Anciens ignoraient comment procéder. Tant de siècles, et rien. Aucun indice. Aucune piste. Même le paradis pourrait devenir une prison, à condition que l'on ait le temps de remarquer les murs.

– Toutefois, il y a une fille, déclara Alexius, quelque peu à contrecœur.

Ce qui attira l'attention de Timothéus.

– Une fille ?

– Elle pourrait être celle que nous attendons. Elle vient d'avoir seize années mortelles. J'ai ressenti quelque chose de sa part – quelque chose qui émane d'elle et va au-delà de tout ce que j'ai pu éprouver auparavant.

– De la magie ?

– Je crois bien que oui.

– Qui est-elle ? Où est-elle ?

Alexius hésita. En dépit de l'accord qu'il avait conclu avec les autres, il était tenu par son devoir de dire aux Anciens ce qu'ils désiraient savoir, et il faisait confiance à Timothéus. Mais quelque chose dans tout cela lui paraissait fragile, comme un petit semis qui n'avait pas encore pris racine. S'il se trompait, il passerait pour un imbécile à avoir donné l'alarme.

Mais s'il avait raison, alors la fille était extrêmement précieuse et il faudrait la traiter avec douceur.

– Fais-moi confiance, j'en saurai plus, dit plutôt Alexius. Je continuerai à la surveiller et vous rendrai compte de tout ce que je vois. Mais pour cela, je dois abandonner ma quête des Quatre sœurs.

– Les autres s'en chargeront. Oui, garde l'œil sur cette fille dont tu souhaites me cacher l'identité.

Le front de Timothéus se plissa.

Alexius le regarda attentivement.

– Je sais que tu ne lui veux aucun mal. Pourquoi voudrais-je la protéger de toi ?

– C'est une bonne question.

Un petit sourire effleura les lèvres de la première Sentinelle. Il reprit :

– Désires-tu quitter complètement le Sanctuaire pour la rejoindre, ou continuer à la surveiller de loin ?

Alexius en connaissait plusieurs qui s'étaient profondément épris du monde des mortels et de ceux qu'ils surveillaient, mais si l'on quittait le Sanctuaire, il était impossible d'y revenir.

– Je vais rester où je suis, affirma-t-il. Pourquoi souhaiterais-je autre chose ?

– Ta sœur avait déclaré la même chose, à l'époque.

Son cœur se serra vivement.

– Elle a commis une erreur.

– Peut-être. Lui rends-tu parfois visite ?

– Non, elle a fait son choix. Je n'ai pas besoin de voir le résultat. Je préfère me souvenir d'elle comme elle était, éternellement jeune. Elle serait une vieille femme à présent, en train de dépérir tout comme le pays qu'elle aimait tant, avec ses précieux pépins pour seule et unique compagnie.

Sur quoi, Alexius reposa sa tête sur l'herbe chaude et douce, ferma les yeux et se transforma. Il retourna à tire-d'aile dans le monde des mortels, froid et impitoyable.

CHAPITRE 5

AURANOS

– Les oiseaux m'observent, lança Cléo en faisant les cent pas dans la cour du palais.

– Vraiment ?

Emilia réprima un sourire, ajoutant un coup de pinceau sur sa toile. C'était une peinture du palais d'Auranos, bien connu pour sa façade d'or enchâssée dans la pierre polie, ce qui lui donnait l'apparence d'un bijou étincelant sur la terre verte et luxuriante qui l'entourait.

– Ma petite sœur est-elle paranoïaque ou commence-t-elle à croire aux vieilles légendes ?

– Les deux, peut-être, admis Cléo en indiquant le coin de l'enclos, faisant froufrouter ses jupes couleur citron. Mais je te jure que la colombe blanche dans ce pêcher scrute chacun de mes mouvements depuis que je suis arrivée ici.

Emilia rit et échangea un regard amusé avec Mira, qui travaillait sur sa broderie juste à côté d'elle.

– Les Sentinelles sont censés voir à travers les yeux des faucons, pas de n'importe quel oiseau de passage.

Un écureuil aux longues oreilles grimpa à toute vitesse sur le tronc d'un arbre, effrayant l'oiseau, qui s'envola.

– Si tu le dis. C'est toi l'experte en mythes et religions de notre famille.

– Uniquement parce que *tu* refuses d'étudier, observa Mira.

Cléo tira la langue à son amie.

– J'ai mieux à faire de mon temps que de lire.

Cette semaine, par « mieux à faire », elle entendait beaucoup de tracas et de soucis le jour, et de cauchemars la nuit. Même si elle avait eu envie de lire, elle aurait eu du mal, car ses yeux étaient injectés de sang et irrités.

Emilia reposa enfin son pinceau pour accorder toute son attention à Cléo.

– Nous devrions rentrer. À l'intérieur, tu seras à l'abri des yeux de fouine des oiseaux-espions.

– Tu peux te moquer de moi autant que tu le souhaites, ma sœur, mais c'est ce que je ressens. Je n'y peux rien.

– Tout à fait. Peut-être te sens-tu coupable de ce qui s'est passé à Paelsia ?

Elle fut prise de nausée. Elle leva le visage vers le soleil, si différent du froid qui l'avait gelée jusqu'aux os à Paelsia. Tout le voyage de retour chez elle, Cléo avait frissonné, incapable de se réchauffer. Ce froid glacial était resté en elle plusieurs jours après, même une fois qu'elle eut retrouvé la chaleur de son foyer.

– Ridicule, mentit-elle. J'ai déjà oublié.

– Sais-tu que c'est de cela que père va parler avec son conseil aujourd'hui ?

– De quoi ?

– De... toi. Et d'Aron. Et de tout ce qui s'est passé ce jour-là.

Cléo sentit son visage se vider de toute couleur.
– Que raconte-t-on là-dessus ?
– Aucun souci à te faire.
– Si c'était le cas, tu n'aurais pas du tout abordé le sujet, n'est-ce pas ?
Emilia balança les jambes et se mit debout. Elle perdit momentanément l'équilibre. Mira, inquiète, leva les yeux et reposa ses travaux d'aiguille pour venir l'aider. Depuis deux semaines, Emilia étaient assaillie de migraines et de vertiges.
– Dis-moi ce que tu sais, implora Cléo, l'air préoccupé.
– Apparemment, la mort du fils du viticulteur a eu des répercussions politiques. Maintenant, cela frôle le scandale, vraiment. Tout le monde en parle, et on désigne plusieurs responsables. Père fait de son mieux pour apaiser l'animosité que cela a soulevé. Même si Auranos importe une grande partie du vin de Paelsia, son exportation a désormais pratiquement cessé jusqu'à ce que la crise se calme. De nombreux Paelsians refusent de traiter avec nous. Ils sont en colère contre père, parce qu'il a laissé cela se produire. Bien sûr, ils exagèrent tout.
– Tout cela est si horrible ! s'exclama Mira. Si seulement je pouvais oublier que cela s'est produit !
Elles étaient deux. Cléo se tordit les mains. Son désarroi se reflétait sur le visage de Mira.
– Et combien de temps faudra-t-il avant que tout revienne à la normale ?
– Honnêtement, je ne sais pas, répondit Emilia.
Cléo méprisait la politique, principalement parce qu'elle ne la comprenait pas. Mais elle n'avait pas à la comprendre. Emilia était l'héritière du trône. Elle serait la prochaine reine, pas Cléo.

Pour cela, il fallait remercier la déesse ! Jamais Cléo ne pourrait affronter les interminables réunions du conseil, se montrer polie et cordiale envers ceux qui ne l'avaient pas mérité. Emilia avait été élevée depuis toujours pour être une princesse parfaite, à même de faire face à tout problème éventuel. Cléo… eh bien, elle aimait prendre le soleil, faire de longues balades à cheval à la campagne, et consacrer du temps à ses amis.

Elle n'avait encore jamais été associée à un tel scandale. À l'exception du secret qu'Aron gardait, nul ne pouvait rien dire de scandaleux sur la princesse Cléiona. Jusqu'à aujourd'hui, réalisa-t-elle avec angoisse.

– Je dois parler à père, déclara-t-elle. Pour découvrir ce qui se passe.

Sans rien ajouter, elle laissa Emilia et Mira dans la cour et entra au château, traversa en trombe les couloirs bien éclairés, jusqu'à ce qu'elle parvînt devant la salle du conseil. Par la porte voûtée, on voyait le soleil se déverser par les nombreuses fenêtres aux volets de bois grands ouverts. Un feu dans la cheminée illuminait également la vaste pièce. La jeune fille dut attendre qu'ils eussent terminé, qu'ils sortent tous un à un et que son père se retrouve seul. Pétillant d'énergie, elle fit les cent pas devant la salle. La patience était un don que Cléo n'avait jamais reçu.

Une fois tout le monde parti, elle entra à toute allure pour trouver son père toujours assis au bout d'une longue table en bois ciré, assez grande pour accueillir une centaine d'hommes. Elle avait été commandée par l'arrière-grand-père de Cléo, qui l'avait fait tailler dans le bois des oliviers poussant derrière les murs du palais. Une tapisserie large et colorée, accrochée au mur opposé, décrivait l'histoire d'Auranos. Enfant, Cléo avait passé de nombreuses heures, pleine d'admiration, à en apprécier les splendides motifs. Sur l'autre mur étaient suspendues les armoiries de la famille Bellos ainsi qu'une des innombrables mosaïques vives et étincelantes qui représentaient la déesse Cléiona, dont Cléo portait le nom.

– Que se passe-t-il ? demanda-t-elle.

Son père leva les yeux d'un tas de parchemins et de paperasserie. Il était habillé simplement, d'un pantalon de cuir et d'une tunique délicatement tricotée. Sa barbe châtaine, bien entretenue, était parsemée de gris. Certains disaient que les yeux de Cléo et de son père étaient exactement de la même couleur, d'un bleu-vert éclatant, tandis que sa sœur Emilia avait hérité des yeux noisette de leur défunte mère. Emilia et Cléo, en revanche, étaient nées toutes deux avec les cheveux blonds de cette dernière. C'était inhabituel à Auranos. La reine Elena avait été la fille d'un propriétaire fortuné des collines orientales d'Auranos, avant que le roi Corvin ne la voie et ne tombe amoureux d'elle au cours de son sacre, deux décennies auparavant. La tradition familiale voulait que les ancêtres d'Elena aient émigré de l'autre côté de la mer d'Argent.

– Avais-tu les oreilles qui sifflaient, ma fille ? demanda-t-il. Ou Emilia t'a-t-elle parlé des événements actuels ?

– Quelle différence cela fait-il ? Si cela me concerne, vous devriez me mettre au courant. Alors, dites-moi !

Il soutint tranquillement son regard. Les exigences de sa cadette le laissaient de marbre. Son tempérament fougueux n'était pas une nouveauté pour lui, et il l'ignora comme toujours. Cléo ne créait jamais d'histoires, à part quelques mots lancés à tort et à travers. Elle râlerait et fulminerait, puis oublierait rapidement ce qui la perturbait quand son attention serait attirée par autre chose. Le roi l'avait récemment comparée à un oiseau-mouche voletant de fleur en fleur. Elle n'avait pas pris cela pour un compliment.

– Ton voyage à Paelsia la semaine dernière est un sujet de discorde, Cléo. Croissant, je le crains.

Immédiatement, la peur et la culpabilité la submergèrent. Jusqu'à aujourd'hui, elle n'avait pas réalisé qu'il serait au courant. À part lorsqu'elle s'était confiée à Emilia, elle n'en avait pas dit un mot depuis qu'elle était montée sur le bateau dans le port de Paelsia. Elle avait espéré chasser de son esprit le meurtre du fils du viticulteur, mais cela n'avait pas très bien fonctionné. Elle le revivait chaque nuit dès qu'elle fermait les yeux et cherchait le sommeil. Et le regard meurtrier du frère, Jonas, la hantait.

– Mes excuses, murmura-t-elle, les mots coincés dans sa gorge. Je ne voulais pas que tout cela se produise.

– Je te crois. Mais on dirait que les problèmes te suivent partout.

– Comptez-vous me punir ?

– Pas précisément. Toutefois, ces récentes difficultés m'ont fait décider que tu resterais ici au palais à compter d'aujourd'hui. Jusqu'à nouvel ordre, je ne t'autoriserai pas à reprendre mon bateau pour tes explorations.

En dépit de la honte que lui inspiraient les événements de Paelsia, l'idée même de ne plus avoir le droit de voyager la mettait hors d'elle.

– Vous ne pouvez pas exiger de moi de rester ici comme une prisonnière !

– Ce qui s'est passé est inadmissible, Cléo.

Sa gorge se serra.

– D'après vous, cela ne me rend-il pas malade ?

– Je n'en doute pas, mais cela n'y change rien.

– Cela n'aurait pas dû arriver.

– Mais c'est arrivé. Tu n'avais rien à faire là-bas, de toute façon. Les princesses n'ont rien à faire à Paelsia. C'est trop dangereux.

– Mais, Aron…

– Aron. C'est lui qui a tué le paysan, exact ?

Les yeux de son père lancèrent des éclairs. La crise de violence inattendue d'Aron au marché avait même surpris Cléo. Bien qu'elle éprouvât de la méfiance pour ce garçon, son absence totale de culpabilité l'avait déconcertée.

– C'est lui, confirma-t-elle.

Le roi resta longuement silencieux, tandis que Cléo retenait son souffle. Elle redoutait ce qu'il allait ajouter.

– Remercions la déesse qu'il ait été là pour te protéger, dit-il enfin. Je n'ai jamais fait confiance aux Paelsians, et j'ai encouragé l'arrêt du commerce entre nos nations. C'est un peuple sauvage et imprévisible. Prompt à la violence. J'ai toujours admiré le seigneur Aron et sa famille, mais la récente tournure des événements l'a confirmé pour moi. Je suis très fier de lui, comme son père doit l'être aussi, j'en suis sûr.

Cléo dut se mordre la langue pour ne pas contredire l'avis de son père.

– Toutefois, poursuivit le roi, je déplore que cette malheureuse altercation se soit produite en public. Quand tu quittes ce palais, quand tu quittes ce royaume, tu ne dois jamais oublier que tu es une représentante d'Auranos. On m'a informé qu'à présent des dissensions couvaient à Paelsia. Ils ne sont pas contents de nous, encore moins que d'habitude.

Ils sont déjà jaloux de nos ressources alors qu'ils ont laissé les leurs dépérir jusqu'à presque rien. Bien sûr, ils considéreront le meurtre de l'un des leurs – quel qu'il soit – comme une affirmation de la supériorité auranienne.

Cléo déglutit.

– Une… affirmation de la supériorité ?

Il agita la main sans appel.

– Cela va se calmer. Les Auraniens doivent faire très attention quand ils traversent Paelsia. Une telle pauvreté et un tel désespoir conduisent au vol, à l'agression, aux attaques… C'est un pays dangereux. Et tu n'y retourneras plus jamais, pour quelque raison que ce soit.

Son visage se crispa.

– Ce n'est pas ce que je souhaite, croyez-moi, mais… jamais ?

– Jamais.

Surprotecteur, comme d'habitude. Cléo se retint de lui répondre. Autant elle détestait l'idée qu'Aron puisse passer pour un héros aux yeux du roi pour avoir tué Tomas Agallon, autant elle savait se taire afin de ne pas s'attirer plus de problèmes.

– Je comprends, dit-elle.

Il opina et feuilleta des papiers devant lui. Ce qu'il déclara ensuite la glaça.

– J'ai décidé d'annoncer très bientôt tes fiançailles officielles avec le seigneur Aron. Cela montrera clairement qu'il a tué le jeune garçon pour te protéger – toi, sa future épouse.

Horrifiée, elle le regarda fixement.

– Quoi ?

– Cela te pose-t-il un problème ?

Le regard du roi trahissait de l'inquiétude. Il y avait quelque chose sous la surface. Les paroles de protestation de Cléo moururent sur ses lèvres. Son père ne pouvait absolument pas être au courant de son secret… n'est-ce pas ?

Elle se força à sourire.

– Bien sûr, père. Comme vous voudrez.

Elle trouverait sûrement le moyen de le pousser à changer d'avis une fois que les choses se seraient calmées. Et une fois qu'elle serait sûre et certaine qu'il ignorait tout de cette nuit-là. Si jamais il apprenait ce qu'elle avait fait, Cléo savait qu'elle ne pourrait pas le supporter.

Il hocha la tête.

– C'est bien, ma fille.

Elle se dirigea vers la sortie voûtée, dans l'espoir de s'échapper rapidement.

– Autre chose, Cléo.

Elle s'immobilisa et se retourna lentement.

– Oui ?

– Je t'affecte un garde du corps à temps plein, dont la tâche principale consistera à éloigner de ma cadette tout problème éventuel.

Son horreur s'intensifia.

– Mais il n'y a aucun problème ici à Auranos. Si je promets de ne pas repartir à Paelsia, où est le souci ?

– La tranquillité d'esprit de ton père, ma chérie. Et non, ce n'est pas négociable. Je confie cette tâche à Théon Ranus. Je l'attends d'une minute à l'autre pour l'informer de son nouveau poste.

Théon. Le garde qui l'avait accompagnée à Paelsia. Aussi beau qu'elle le trouvât, ce n'était rien en comparaison du fait qu'il serait à son côté à toute heure du jour. Où qu'elle aille. Il ne lui laisserait aucune intimité ni aucun moment pour elle.

Elle regarda son père et discerna alors une lueur d'amusement dans ses yeux. Cela faisait partie de sa punition pour avoir traîné le nom d'Aron dans la boue et durci les relations entre les deux pays. Elle se força à rester calme et inclina légèrement la tête.

– Comme vous voudrez, père.

– Très bien. Je sais que tu peux te montrer tout aussi agréable que ta sœur, si tu t'en donnes la peine.

Cléo était sûre qu'Emilia avait tout bonnement appris au fil des années à se mordre la langue quand elle devait affronter son père, afin d'être la princesse idéale. Cléo n'était pas aussi parfaite. Et ne l'avait jamais désiré.

La marche à suivre était évidente à ses yeux. À la minute où Théon se présenterait à elle pour son tout nouveau travail, elle l'en soulagerait tout simplement. Il pourrait faire ce qu'il voulait, elle aussi. Le roi, qui ne la voyait d'habitude qu'aux repas, ne ferait jamais la différence.

Simple.

Ses futures fiançailles avec Aron posaient davantage de problèmes. Après ce qui s'était passé à Paelsia, et le comportement ridiculement vain et égoïste d'Aron durant le voyage de retour – quand tout ce qui semblait l'inquiéter, c'était qu'il avait perdu son précieux poignard dans la gorge du fils du viticulteur, et qu'il n'avait pas obtenu de vin en dépit de tous ses efforts –, elle avait décidé que jamais plus on ne l'associerait à lui en aucune manière, alors un *mariage* !

Non négociable, en effet. Son père ne pourrait pas la forcer.

Où avait-elle la tête ? *Bien sûr* qu'il pourrait l'obliger à se marier à quelqu'un qu'elle n'aimait pas. Il était le roi ! Personne ne lui disait non, pas même une princesse.

Elle sortit de la salle du conseil en courant, traversa la cour, gravit une volée de marches et prit un couloir avant de laisser échapper un hurlement de frustration.

– Aïe ! Vous n'avez donc aucun égard pour mes tympans, princesse ?

Cléo, sous le choc, se retourna d'un coup. Son cœur battait la chamade. Elle avait cru qu'elle était seule. Elle poussa un long soupir de soulagement lorsqu'elle vit de qui il s'agissait. Et éclata aussitôt en sanglots.

Nicolo Cassian s'adossa au mur de marbre poli, les bras croisés sur la poitrine. La curiosité disparut de son visage et ses sourcils se froncèrent.

– Oh, non, ne pleure pas. Les larmes, je ne sais pas les gérer.

– Mon… mon père est cruel et injuste, sanglota-t-elle.

Puis elle s'écroula dans ses bras. Il lui tapota délicatement le dos.

– Le plus cruel au monde. Il n'y a pas plus barbare que le roi Corvin. S'il n'était pas roi et si je n'étais pas l'écuyer qui doit obéir à chacun de ses ordres, je l'abattrais. Rien que pour toi.

À dix-sept ans, Nic était l'aîné de Mira. Si la chevelure de sa sœur était brune, parsemée de mèches rousses éclaircies par le soleil, et sa silhouette chaleureusement voluptueuse, les cheveux de Nic étaient peu communs à Auranos : roux carotte et rebiquant dans tous les sens. Son visage était également moins parfait, avec des traits plus anguleux et un nez légèrement tordu vers la gauche. Et sa peau était couverte de taches de rousseur qui s'intensifiaient à mesure qu'il prenait le soleil. Cléo put sans aucun mal passer ses bras autour de sa taille quand elle enfouit sa tête dans sa poitrine, et ses larmes inondèrent sa tunique de laine.

Nic et Mira étaient les enfants du sieur Rogerus Cassian, un proche ami du roi, mort avec sa femme dans un accident de canotage, sept ans auparavant. Le roi avait donné des postes officiels aux orphelins, les avait autorisés à vivre et à prendre leurs repas avec lui, Cléo et Emilia, ainsi qu'à être éduqués par les tuteurs du palais. Si Mira était la dame d'honneur d'Emilia, Nic s'était révélé un écuyer très utile au monarque, un emploi que beaucoup lui enviaient.

Et si Mira était la plus proche amie de Cléo, alors Nic était son plus proche ami masculin. Elle se sentait plus à l'aise en sa compagnie qu'avec personne, hormis sa sœur. Et ce n'était pas la première fois, ni la dernière, pensait-elle, qu'elle pleurait sur son épaule.

– Mon royaume pour un mouchoir, murmura-t-il. Allez, allez, Cléo, qu'est-ce qui ne va pas ?

– Mon père a l'intention d'annoncer très vite mes fiançailles avec Aron, haleta-t-elle. Officiellement !

Il grimaça.

– Maintenant, je comprends pourquoi tu es si énervée. Se fiancer à un beau seigneur. Cela doit être horrible !

Elle lui frappa l'épaule et tâcha de ne pas rire parmi ses larmes.

– Arrête. Tu sais que je ne veux pas l'épouser.

– Je sais. Mais fiançailles ne signifie pas forcément mariage.

– Pas encore.

Il haussa les épaules.

– Je suppose que je pourrais te proposer une solution simple si cela te bouleverse à ce point.

Elle le regarda avec impatience.

– Quoi ?

Il arqua un sourcil.

– Dis à ton père que tu es follement amoureuse de moi et que tu refuses d'en épouser un autre. Et s'il fait des problèmes, menace de t'enfuir avec moi.

Il réussit à enfin à lui arracher un sourire, et elle l'étreignit de nouveau.

– Oh, Nic ! J'aurais dû savoir que tu me remonterais le moral !

– Est-ce un oui ?

Cléo, tout sourire, regarda fixement son visage familier.

– Arrête tes bêtises ! Comme si tu pouvais vouloir de moi ! Nous sommes trop bons amis pour envisager autre chose !

Il haussa une épaule osseuse.

– J'aurai essayé.

Elle laissa échapper un soupir tremblant.

– De plus, mon père aurait une attaque si jamais je le lui suggérais. Tu n'es pas précisément un membre de la famille royale.

– Le moins royal du monde, en fait, répondit-il avec un sourire de guingois. Et sacrément fier ! Vous êtes tellement vieux jeu, vous autres ! Mira, en revanche, regrette à chaque minute qui passe de ne pas être née d'une famille royale.

– Ta sœur peut être fichtrement enquiquinante, parfois !

– Nous ferions mieux de nous assurer qu'elle épouse un homme suffisamment patient pour la supporter.

– Existe-t-il ?

– J'en doute sincèrement.

Elle entendit des pas lourds sur le sol de marbre.

– Votre Altesse.

C'était Théon, l'air froid dans son uniforme bleu guindé.

– Le roi m'a envoyé vous chercher.

Elle poussa un long soupir tremblant. *Ça y est, ça commence.*

Nic laissa aller son regard de l'un à l'autre.

– Y a-t-il un problème ?

– Voici Théon Ranus, annonça-t-elle.

Il avait désormais le visage tendu, sans l'arrogance qu'elle avait décelée chez lui l'autre jour à Paelsia.

– Théon, vous n'avez pas l'air ravi. Mon père vous a-t-il demandé de faire quelque chose qui ne vous convient pas ?

Le jeune garde garda ses yeux noirs rivés droit devant lui.

– J'obéis aux ordres que le roi me donne.

– Je vois. Et que voulait-il de vous, cette fois ? s'enquit-elle d'un ton entendu.

La mâchoire de Théon se tendit.

– Il a décidé que je serais votre garde du corps personnel.

– Humm. Et qu'en pensez-vous ?

– Je suis… *honoré,* grinça-t-il entre ses dents.

– Garde du corps ? demanda Nic en haussant les sourcils. Pourquoi en aurais-tu besoin ?

– Mon père estime que je n'aurai aucun problème avec une protection à temps plein. Il a l'intention de m'empêcher de m'amuser.

– Le frère du paysan a proféré une menace de mort, observa Théon.

L'estomac de Cléo se serra à ce souvenir, mais elle agita une main.

– Je n'ai plus peur de lui, maintenant que je suis de retour. Il n'a jamais franchi les murs du palais.

– Eh bien c'est amusant, lança Nic. Un garde du corps. Même ici au palais.

– C'est ridicule et totalement inutile, s'exclama Cléo. De plus, Théon m'a confié que son objectif professionnel était de devenir le garde du corps de mon père, et on lui demande de s'occuper de moi à la place. Ce doit être extrêmement décevant pour quelqu'un qui a une telle ambition, n'est-ce pas ?

– Totalement décevant, renchérit Nic avec compassion en regardant Théon.

Le jeune garde se raidit, mais ne dit rien.

Cléo poursuivit :

– Il va devoir me surveiller quand je prends le soleil. Quand on me confectionne une robe sur mesure. Quand je prends des cours de dessin. Quand une domestique me fait des nattes. Je suis sûre qu'il trouvera cela absolument fascinant.

– S'il regarde d'assez près, il pourra peut-être t'aider à faire tes nattes, ajouta Nic d'un ton léger.

On aurait dit que chaque mot était un nouveau couteau planté dans le dos de Théon.

– Vous ne trouvez pas ça drôle, Théon ? le taquina-t-elle. De m'accompagner lors de mes nombreuses excursions et aventures locales... pour le reste de ma vie ?

Il croisa son regard, et elle s'arrêta immédiatement. Elle s'attendait à du dégoût, mais il y avait autre chose. De plus sombre, et pourtant légèrement intrigué.

– Les désirs du roi sont des ordres, déclara-t-il d'un ton égal.

– M'obéirez-vous ?

– Raisonnablement.

– Qu'est-ce que cela signifie ? demanda Nic.

Ses yeux noirs se posèrent brusquement sur le rouquin.

– Cela signifie que si la princesse se mettait en danger, je n'hésiterais pas à intervenir. Je refuse que se produise un autre incident comme la semaine dernière. Ce meurtre aurait pu être évité si l'on m'avait donné une chance de l'arrêter.

La culpabilité avait pris une place permanente en Cléo, enterrée tout au fond de son cœur. Elle cessa de le taquiner.

– Aron n'aurait jamais dû tuer ce garçon.

Il la foudroya du regard.

– Ravi de savoir que nous sommes d'accord sur ce point.

Elle soutint son regard intense, regrettant très fort de trouver ce garde inconvenant si fascinant. Mais l'expression dans ses yeux, ce regard provocateur...

Aucun garde ne l'avait jamais regardée avec une telle audace. En fait, personne ne l'avait jamais regardée comme cela. Furieux, féroce et extrêmement inamical... Mais il y avait autre chose. Comme si Cléo était l'unique fille dans le monde entier, et qu'à présent il possédait une partie d'elle. La voix de Nic interrompit ses pensées :

– Ouh ! là ! là ! Peut-être voudriez-vous que je vous laisse seuls tous les deux, pour que vous puissiez continuer à vous dévisager ainsi toute la journée ?

La chaleur gagna ses joues et Cléo détourna les yeux de Théon.

– Ne sois pas ridicule !

Nic rit, mais son rire n'était pas teinté d'amusement comme avant. Il était bien plus sec et moins agréable, cette fois. Il se pencha et murmura, afin que Théon ne puisse pas l'entendre :

– Garde une seule chose à l'esprit quand tu t'engageras avec ton nouveau garde du corps…

Elle le regarda avec intérêt.

– Laquelle ?

Il soutint son regard.

– Il n'est pas de sang royal non plus.

CHAPITRE 6

PAELSIA

Jonas avait nettoyé la dague par deux fois, mais il avait encore l'impression d'y voir le sang de son frère. Il la rangea dans la gaine de cuir à sa hanche et contempla la frontière qui séparait Paelsia d'Auranos, un enchevêtrement touffu de forêts, connu sous le nom de « Contrées sauvages », que seuls les plus courageux ou les plus imprudents envisageaient de traverser. On voyageait par bateau entre les trois pays, le long de la rive occidentale, rarement autrement. C'était la manière « civilisée » de voyager.

En dépit de ses dangers inhérents – animaux carnivores aux crocs acérés, terrain rude, voleurs et assassins ayant décidé de s'y cacher, pour n'en citer que quelques-uns – la frontière était surveillée. Des sentinelles auraniennes montaient la garde depuis la mer d'Argent à l'ouest, et jusqu'aux montagnes à l'est. Des gardes furtifs, car on ne pouvait pas les détecter facilement – sauf si l'on savait ce que l'on cherchait.

Jonas savait. C'était le meilleur qui lui avait tout enseigné : Tomas. La première fois qu'il s'était approché de cette zone dangereuse, il n'avait que dix ans, et son frère quatorze. Tomas gardait un secret qu'il n'avait jamais confié à personne, jusqu'à ce qu'il décidât de le partager avec son jeune frère. Il bravait la forêt et les champs au-delà pour aller braconner chez les voisins. C'était un crime, assorti d'une exécution immédiate, s'il se faisait prendre. Mais il pensait que ce risque était justifié, si cela lui permettait d'aider sa famille à survivre. Jonas était d'accord.

Paelsia avait été jadis une région de jardins, de forêts luxuriantes et de rivières poissonneuses, une région surpeuplée de gibier sauvage. Cela avait commencé à changer trois générations auparavant. Lentement, depuis les montagnes recouvertes de neige à l'est, jusqu'à l'océan à l'ouest, Paelsia était devenue moins fertile. Tout avait commencé à mourir, laissant l'herbe marron, la pierre grise et le sol stérile. Un désert. Près de la côte, la situation était meilleure, mais seul un quart de la surface était encore capable de maintenir la vie comme elle l'était jadis.

Toutefois, grâce à Auranos, le peu de terre fertile qui restait servait désormais à faire pousser des vignobles. Ce qui permettait de vendre du vin bon marché au voisin du Nord et de se saouler jusqu'à l'hébétude, au lieu de planter des produits agricoles pour nourrir les habitants. Pour Jonas, le vin était devenu un symbole de l'oppression des Paelsians. Un symbole de leur stupidité : au lieu de refuser cet état de fait et de se mettre en quête d'une solution, ils vivaient au jour le jour dans une lassitude résignée.

Beaucoup pensaient que leur dirigeant, le chef Basilius, finirait par avoir recours à la magie pour les sauver. Ses plus fervents sujets imaginaient qu'il était un sorcier et le vénéraient comme un dieu lié à ce monde par la chair et le sang. Il usait des trois quarts des bénéfices engrangés par le vin comme d'un impôt. Son peuple s'en acquittait généreusement, convaincu qu'il ne tarderait pas à faire appel à des sortilèges pour les sauver.

Naïfs, songea Jonas, fou de rage. *D'une naïveté impardonnable.*

Tomas, quant à lui, n'avait pas adhéré à ce genre d'ineptie. S'il avait respecté la position du chef en tant que dirigeant, il croyait uniquement en la réalité de la vie, dure et froide. Il n'avait aucun mal à braconner régulièrement à Auranos. Il aurait été plus qu'heureux de chasser illégalement à Limeros aussi, mais les terrains rocheux, les vastes landes et les températures glaciales que leurs voisins du Nord avaient à offrir n'étaient pas aussi favorables à la vie sauvage que le climat tempéré et les vallées herbeuses du Sud.

Jonas avait été stupéfait la première fois que Tomas lui avait fait traverser la frontière en douce jusqu'à Auranos. Un cerf à la queue blanche avait pratiquement surgi devant eux et offert sa gorge aux lames des garçons, comme pour leur souhaiter la bienvenue dans ce royaume prospère. Quand les garçons disparaissaient pendant une semaine et revenaient chargés de nourriture, leur père, aussi aveugle à l'époque que maintenant, supposait qu'ils avaient trouvé un coin de chasse secret à Paelsia, ce qu'ils ne contredirent jamais. Si le vieil homme préférait qu'ils travaillent de longues heures dans les vignobles, il leur autorisait sans broncher ces voyages fréquents.

Un jour, avait dit Tomas à son frère alors qu'ils se tenaient à cet endroit même, juste avant de traverser la frontière, *tout le monde à Paelsia connaîtra la beauté et l'abondance que les Auraniens connaissent chaque jour de leur vie privilégiée. Tout cela sera à nous.*

À ce souvenir, les yeux de Jonas se mirent à piquer, et le chagrin lui serra la gorge, un chagrin qui ne l'avait pratiquement pas quitté une seule minute depuis le meurtre.

Je regrette tellement que tu ne sois pas là en ce moment, Tomas. Tellement.

Sa main effleura le manche du couteau que le seigneur Aron avait utilisé pour poignarder son frère. Tout cela sous le regard amusé d'une princesse hautaine et magnifique.

Cette princesse était vite devenue l'obsession de Jonas – sa haine pour elle s'intensifiait de jour en jour. Lorsqu'il en aurait terminé avec le seigneur Aron, Jonas se servirait de la même lame pour la tuer lentement à son tour.

– C'était écrit, avait déclaré son père, alors que les flammes du bûcher funéraire de Tomas illuminaient le ciel sombre.

– Non, avait rétorqué Jonas entre ses dents.

– Il n'y a pas d'autre façon de voir les choses. De les supporter. C'était son destin.

– Un crime a été commis, père. Un meurtre par la main des mêmes membres de la famille royale à qui tu continuerais à vendre ton vin sans la moindre hésitation. Et personne ne le paierait. Tomas est mort pour rien, et toi, tu parles de destinée ?

L'image déchirante de l'enveloppe sans vie de son frère bien-aimé gravée à tout jamais dans sa mémoire, Jonas s'était éloigné de la foule rassemblée pour le rituel funéraire. Son regard avait croisé les yeux rougis de sa sœur.

– Tu sais ce qu'il te reste à faire, avait murmuré Felicia d'un ton féroce. Le venger.

Et le voilà donc. Un prédateur prêt à chasser un tout nouveau type de proie.

– Tu as l'air très sérieux, fit une voix dans l'obscurité.

Chaque muscle de son corps se tendit. Il se tourna vers la droite, mais avant de pouvoir s'emparer de son arme, il reçut un coup de poing dans le ventre. À bout de souffle, il recula en titubant. Un corps le heurta de plein fouet et le cloua fermement sur la terre humide recouverte de mousse.

Une lame tranchante se colla sur sa gorge avant qu'il ne trouve l'énergie de se remettre debout. Il cessa de respirer et releva les yeux vers un regard sombre.

Une bouche se tordit d'amusement.

– Mort. Juste comme ça. Tu vois comme ça pourrait être facile ?

– Bas les pattes, grommela Jonas.

La lame s'éloigna de sa gorge. Il poussa la silhouette, qui finit par le libérer avec un petit ricanement.

– Idiot. Tu penses que tu peux disparaître comme ça, sans que personne ne s'en rende compte ?

Jonas foudroya son meilleur ami du regard. Brion Radenos.

– Je ne t'ai pas invité à m'accompagner.

Brion passa une main dans ses cheveux bruns ébouriffés. Ses dents blanches étincelaient.

– J'ai pris la liberté de te suivre. Tu laisses une trace substantielle. Ça facilite les choses.

– Je suis étonné de ne pas t'avoir remarqué, observa Jonas en essuyant sa chemise, à présent sale et déchirée. Tu pues comme un sale porc.

– Tu n'as jamais été doué pour les insultes. Personnellement, je prends cela pour un compliment. (Brion le renifla.) Tu n'es pas exactement la fleur la plus fraîche de la vallée non plus. N'importe quel garde-frontière te sentirait à quinze mètres. Idem pour une bestiole affamée à la recherche de son prochain repas.

Jonas lui lança un regard noir.

– Occupe-toi de tes affaires, Brion.

– Mon ami qui s'enfuit pour se faire massacrer, ce sont mes affaires.

– Non.

– Tu peux te disputer avec moi toute la journée et toute la nuit si tu veux, si cela peut t'empêcher de pénétrer dans ce royaume.

– Ce ne serait pas la première fois que j'y entrerais.

– Mais la dernière. Tu crois que je ne connais pas tes intentions ? dit-il en secouant la tête. Je vais le répéter : im-bé-ci-le.

– Je ne suis pas un imbécile.

– Tu souhaites entrer dans le palais auranien pour tuer deux membres de la famille royale. Pour moi, c'est un plan d'imbécile.

– Ils méritent tous deux de mourir, grommela-t-il.

– Pas comme cela.

– Tu n'étais pas là. Tu n'as pas vu ce qui est arrivé à Tomas.

– Non, mais j'en ai suffisamment entendu. Je vois ton chagrin, tempéra Brion en reprenant lentement sa respiration tout en examinant son ami. Je sais ce que tu penses, Jonas. Ce que tu ressens. J'ai perdu mon frère, moi aussi, tu te souviens ?

– Il est mort en glissant d'une falaise quand il était ivre. Ce n'est pas du tout la même chose.

Brion tressaillit au souvenir de ces détails, et Jonas grimaça pour avoir osé aborder un sujet aussi douloureux.

– La perte d'un frère est pénible, quelle que soit la façon dont il trouve la mort, déclara Brion au bout d'un moment. Et celle d'un ami aussi.

– Je ne peux pas laisser les choses ainsi, Brion. Je ne peux pas faire la paix avec cela.

Jonas contempla le champ derrière la forêt épaisse et sauvage qui séparait les deux pays. À pied, le palais se trouvait encore à une bonne journée de route. C'était un excellent grimpeur. Il avait l'intention d'escalader les murs du château. Il n'avait jamais vu le palais lui-même, mais il avait entendu bien des choses à son sujet. Lors de la dernière guerre entre les pays, voilà près d'un siècle, le roi auranien avait érigé un rempart de marbre étincelant tout autour des terres royales, pour mettre à l'abri le château et les villas d'importants citoyens auraniens. Certains prétendaient que ces murs protégeaient une ville d'un kilomètre carré. Il est certain qu'une enceinte aussi longue ne pouvait être entièrement surveillée, d'autant plus qu'il n'y avait pas eu de véritable menace depuis très longtemps.

– Tu crois que tu peux tuer le seigneur ? demanda Brion.

– Sans problème.

– Et la princesse aussi ? Tu imagines que tu pourras aisément trancher la gorge d'une fille ?

Jonas croisa son regard dans le noir.

– Elle symbolise ces ordures de riches qui se moquent de nous, qui nous mettent le nez dans notre pauvreté et dans notre pays mourant. Son assassinat sera un message de l'inacceptable au roi Corvin. Tomas a toujours attendu une révolution entre nos royaumes. Peut-être que cela fera l'affaire.

Brion secoua la tête.

– Tu as beau être un chasseur, tu n'es pas un assassin, Jonas.

Il se détourna de Brion quand ses yeux commencèrent à le piquer. Il refusait de pleurer devant son ami. Il ne montrerait plus jamais une telle faiblesse devant personne. Ce serait l'ultime défaite.

– Il faut faire quelque chose.

– Je suis d'accord, mais il existe un autre moyen. Tu dois penser avec ta tête, pas seulement avec ton cœur.

Il ne put s'empêcher de pouffer légèrement.

– Tu crois que je me sers de mon cœur en ce moment ?

Brion roula des yeux

– Oui. Et en cas de doute, ton cœur est un idiot comme le reste. Tomas voudrait-il que tu t'enfuies à Auranos et que tu poignardes des membres de la famille royale, même s'il était un révolutionnaire en puissance ?

– Peut-être.

Brion inclina la tête.

– Vraiment ?

Jonas se rembrunit en imaginant ce qu'en dirait son frère.

– Non, admit-il enfin. Il ne le voudrait pas. Il dirait que je suis un imbécile suicidaire.

– Guère mieux que se saouler pour oublier tous tes malheurs et tomber d'une falaise, n'est-ce pas ?

Jonas laissa échapper un long soupir tremblant.

– Il était tellement arrogant. *Seigneur* Aron Lagaris. Il nous a donné son nom comme si nous allions nous mettre à genoux devant lui, comme les paysans que nous sommes, et baiser sa chevalière.

– Je ne dis pas que ce salaud ne devrait pas payer de son sang. Mais pas avec le tien, c'est tout.

Un muscle se contracta convulsivement dans la joue de Brion.

S'il se montrait extrêmement réfléchi, à l'exception de la mise à terre la minute précédente, Brion n'était ni le plus sage des amis de Jonas ni un donneur de conseils. Il était habituellement le premier à sauter dans des bagarres qui se terminaient, pour lui ou son adversaire, par plus de peur que de mal. Une cicatrice partageait un de ses sourcils en deux, souvenir de quelque échauffourée. Contrairement à la plupart de ses compatriotes, Brion n'était pas du genre à se laisser faire, ni à accepter une quelconque destinée d'oppression et de famine.

– Te souviens-tu du projet de Tomas ? demanda Jonas, après qu'un silence se fut installé entre eux.

– Lequel ? Il en avait beaucoup.

Cela fit brièvement sourire Jonas.

– C'est vrai. Mais l'un d'eux consistait à obtenir une audience avec le chef Basilius.

Les sourcils de Brion se froncèrent.

– Es-tu sérieux ? Personne ne voit le chef. C'est lui qui te voit.

– Je sais.

Basilius vivait en reclus depuis plusieurs années, sans recevoir personne, hormis sa famille et son cercle le plus proche de conseillers et de gardes du corps. Certains prétendaient qu'il consacrait son temps à un voyage spirituel pour trouver les Quatre sœurs, quatre objets légendaires renfermant une magie infinie perdue depuis mille ans.

Jonas, toutefois, comme Tomas, réservait sa foi à des réponses d'ordre plus pratique. En pensant à Tomas, justement, il prit une décision et modifia ses plans.

– Je dois le rencontrer, murmura-t-il. Je dois faire ce que voulait Tomas. Les choses doivent changer.

Brion le regarda, surpris.

– Donc, en deux minutes, tu es passé d'une vengeance acharnée à une audience avec le chef ?

– On pourrait dire ça comme ça.

Tuer les membres de la famille royale, réalisa Jonas avec mesure, aurait été un splendide moment de vengeance auréolé de gloire. Mais cela n'aiderait pas son peuple à tracer une nouvelle voie vers un avenir plus éclatant. C'était là ce que Tomas aurait désiré plus que tout.

Jonas ne pensait pas que Basilius soit un sorcier. Mais il ne doutait pas que le chef soit suffisamment puissant et influent pour apporter un changement, pour conduire le peuple de Paelsia loin de la pauvreté et du désespoir croissants qui l'avaient paralysé ces dernières années. À condition qu'il le décide.

Il vivait en marge de l'ensemble de la communauté et n'avait peut-être pas conscience que la vie à Paelsia était devenue vraiment misérable. Il fallait quelqu'un d'audacieux pour se lancer et lui dire la vérité.

– Tu as brusquement l'air très déterminé, observa Brion, mal à l'aise. Cela devrait-il me rendre nerveux ?

Jonas lui prit le bras et se fendit du premier véritable sourire depuis la mort de Tomas.

– Je suis déterminé. Les choses vont changer, mon ami.

– Maintenant ?

– Oui, maintenant. Sinon, quand ?

– Donc, on ne prend plus le palais d'assaut et on ne poignarde plus les membres de la famille royale ?

– Pas aujourd'hui.

Jonas imaginait Tomas se moquant de son frère cadet et de ses priorités en perpétuel changement. Mais c'était ce qui était juste. Il n'en avait jamais été plus sûr de toute sa vie.

– M'accompagneras-tu pour rencontrer Basilius ? Ou préfères-tu rester ici ?

– Et manquer de l'entendre ordonner ta décapitation et ne pas voir ta tête plantée au bout d'une pique pour avoir fomenté une révolution au nom de ton frère ? rit Brion. Pas pour tout l'or d'Auranos !

CHAPITRE 7

AURANOS

Tomas tendit la main vers Cléo, comme s'il l'implorait de l'aider. Il voulut parler, mais en était incapable, la lame était enfoncée trop profondément dans sa gorge. Il ne dirait jamais plus rien. Le sang jaillissait à profusion de sa bouche sans s'arrêter, formant rapidement un lac écarlate à leurs pieds.

Cléo s'y noya. Le sang la submergea, la recouvrit, l'étouffa.

– Pitié, aidez-moi ! Aidez-moi !

Elle essaya de se relever dans l'air glacial, de s'extirper du sang épais et chaud.

Une main s'empara de la sienne pour la tirer à la surface.

– Merci !

– Ne me remerciez pas, princesse. Suppliez-moi de ne pas vous tuer.

Ses yeux s'écarquillèrent quand elle regarda le visage du frère du garçon assassiné. Les traits de Jonas Agallon étaient profondément marqués par le chagrin et la haine. Ses sourcils bruns se froncèrent au-dessus de ses yeux acajou.

– Suppliez-moi, répéta-t-il, enfonçant douloureusement ses doigts dans sa chair, assez fort pour la contusionner.

– Je vous en prie, ne me tuez pas ! Je suis désolée, je ne voulais pas que votre frère meure. Je vous en prie, ne me faites pas de mal !

– Mais je veux vous en faire ! Je veux que vous souffriez pour vos actes !

Il la repoussa. Elle eut un cri perçant lorsque le garçon assassiné attrapa lui-même sa cheville et la tira plus profondément dans cet océan de mort.

Cléo se redressa sur son lit en hurlant. Elle était empêtrée dans ses draps de soie, le corps trempé de sueur, le cœur battant à tout rompre dans ses oreilles. Elle passa frénétiquement la pièce en revue depuis son lit à baldaquin.

Elle était seule. Ce n'était qu'un rêve.

Le même cauchemar la hantait chaque nuit depuis un mois. Depuis le meurtre de Tomas Agallon. Si vivant. Si réel. Mais ce n'était qu'un rêve avivé par une culpabilité infinie. Elle laissa échapper un long soupir tremblant et retomba sur ses oreillers de soie.

– C'est de la folie, chuchota-t-elle. C'est fait. C'est terminé. On ne peut rien y faire.

Si cela avait été possible, elle aurait demandé à Théon d'intervenir pour faire cesser le marchandage d'Aron. Les poses qu'il prenait. Son arrogance. Elle y aurait mis un terme avant que cela ne dégénère abominablement en meurtre.

Elle évitait Aron depuis qu'ils étaient rentrés à Auranos. S'il se montrait à une fête, elle s'en allait. S'il s'approchait pour lui parler, elle portait son attention sur un autre groupe d'amis. Il n'avait pas protesté, mais elle devinait que ce n'était qu'une question de temps.

Aron aimait faire partie de son cercle. Et s'il menaçait de révéler son secret à cause de quelque affront imaginaire…

Elle ferma les yeux, tâchant d'éloigner la panique.

Au bout d'un mois entier à éviter Aron, Cléo savait qu'elle devait lui parler. Elle se surprit à se demander s'il faisait lui aussi des cauchemars. S'il ressentait la même culpabilité. Si elle devait obéir à l'insistance de son père et se fiancer à ce garçon. Elle voulait être sûre que ce n'était pas un monstre capable de tuer quelqu'un de sang-froid, sans souci aucun de la douleur provoquée.

Si Aron était tenaillé par la culpabilité, cela pouvait changer les choses. Peut-être qu'il était, comme elle, profondément peiné par ses actes et qu'il tâchait de cacher au monde entier ses véritables sentiments. Ils partageraient cela. Au moins, ce serait un début. Elle décida de lui parler en privé dès que possible.

Malgré tout, elle passa le reste de la nuit à se tourner et se retourner dans son lit.

Le matin, elle se leva, s'habilla et prit un petit déjeuner de fruits, de fromage doux et de pain qu'une domestique du palais apporta dans sa chambre. Puis elle inspira profondément et ouvrit sa porte.

– Bonjour, princesse, lança Théon.

Comme à son habitude, il attendait dans le couloir en face de sa chambre tous les matins, prêt à exercer ses fonctions de garde du corps, y compris rôder dans sa vision périphérique toute la journée.

– 'Jour, répondit-elle le plus nonchalamment possible.

Elle devrait fausser compagnie à son ombre, si elle voulait parler à Aron en privé. Par chance, elle savait que ce n'était pas impossible. Depuis les nouvelles attributions de Théon, elle avait fait plusieurs essais pour vérifier si elle pouvait se cacher à son insu. Elle en fit un jeu qu'elle gagnait souvent. Théon, quant à lui, ne trouvait pas cela très drôle.

– Je dois voir ma sœur, annonça-t-elle d'un ton ferme.

Théon opina.

– Bien sûr. Rien ne vous en empêche.

Elle traversa le hall, surprise de rencontrer Mira au détour d'un couloir. Son amie semblait bouleversée et distraite et son joli visage rond ne souriait pas comme à son habitude, lorsqu'elle avisa la princesse.

– Que se passe-t-il ? demanda Cléo en attrapant le bras de la jeune fille.

– Rien, j'en suis sûre. Mais je vais chercher un guérisseur pour soigner Emilia.

Cléo fronça les sourcils.

– Est-elle encore malade ?

– Ses migraines et ses vertiges s'aggravent de jour en jour. Elle prétend qu'elle a simplement besoin de sommeil, mais je crois qu'il vaut mieux que quelqu'un l'examine.

L'inquiétude monta en Cléo.

– Bien sûr. Merci, Mira.

Celle-ci opina et, après un coup d'œil sur Théon qui se tenait à proximité, reprit sa marche dans le couloir.

– Ma sœur, dit Cléo à voix basse, n'a jamais été du genre à accepter de l'aide si on lui laisse le choix. Le devoir avant tout, comme une vraie princesse. Mon père devrait en être fier !

– Elle a l'air si courageuse, rétorqua Théon.

– Peut-être, mais c'est moi, la têtue de la famille. Si j'avais tout le temps des vertiges, je ferais venir une dizaine de guérisseurs à mon chevet, conclut-elle en s'arrêtant devant les appartements d'Emilia. S'il vous plaît, laissez-moi parler en privé à ma sœur.

– Bien sûr. Je vous attendrai juste ici.

Elle entra dans la chambre à coucher d'Emilia et referma la porte derrière elle. Depuis le balcon, sa sœur contemplait les jardins en contrebas. Le soleil du matin effleura ses pommettes saillantes et fit briller les reflets d'or de ses cheveux – un peu plus foncés que ceux de Cléo, car Emilia n'était pas aussi encline à passer du temps à l'extérieur. Elle jeta un coup d'œil par-dessus son épaule.

– Bonjour, Cléo.

– Il paraît que tu ne vas pas bien.

Emilia soupira, mais un sourire effleura ses lèvres.

– Je t'assure que si.

– Mira est inquiète.

– Mira est toujours inquiète.

– Tu as peut-être raison.

Mira avait en effet tendance à exagérer, se rappela Cléo, comme la fois où elle s'était comportée comme une hystérique, affirmant qu'il y avait une vipère dans sa chambre, alors qu'en fait il ne s'agissait que d'un serpent de jardin parfaitement inoffensif. Cléo se détendit légèrement. De plus, Emilia paraissait en pleine santé.

Emilia examina le visage de sa sœur et regarda brièvement vers la porte.

– Tu as l'air d'une conspiratrice, ce matin. Aurais-tu quelque bêtise en tête ?

Cléo ne put s'empêcher de sourire.

– Peut-être.

– De quelle sorte ?

– M'échapper, avoua-t-elle en jetant un œil par la fenêtre. En me servant de ton treillage, comme auparavant.

– Vraiment. Puis-je te demander pourquoi ?

– Je dois voir Aron. Seule à seul.

Emilia arqua un sourcil désapprobateur.

– Notre père n'a même pas encore annoncé vos fiançailles. Et tu t'esquives pour un rendez-vous amoureux illicite avant que tout cela ne soit officiel ?

L'estomac de Cléo fit une embardée.

– Ce n'est pas pour cela que je veux le voir.

– Il fera un bon mari pour toi, tu sais.

– Bien sûr, acquiesça Cléo, le sarcasme dégoulinant de sa voix. Comme Darius l'a été pour toi.

Le regard d'Emilia se durcit.

– Tu as la langue bien pendue, Cléo. Tu devrais la tourner sept fois dans ta bouche avant de parler, sinon tu pourrais bien blesser quelqu'un.

Cléo rougit, penaude. Elle venait d'aborder un sujet tout particulièrement sensible. Le seigneur Darius Larides était l'homme auquel Emilia avait été fiancée voilà un an, à l'âge de dix-huit ans. Mais plus ils s'approchaient du mariage, plus Emilia dépérissait à l'idée de l'épouser, quoique, tout bien considéré, ce fût un bon choix : grand, beau, charismatique. Personne ne savait pourquoi. Cléo supposa que sa sœur était tombée amoureuse d'un autre. En revanche, en admettant que ce fût vrai, elle n'avait pas la moindre idée de qui il pouvait s'agir. Emilia n'avait jamais jeté un seul regard charmeur sur les hommes du palais, et d'ailleurs elle avait semblé plutôt triste ces dernières semaines. Gênée, Cléo changea de sujet.

– Je dois y aller tant que j'en ai l'occasion, murmura-t-elle en regardant le balcon.

Dehors, le treillage était solide et aussi efficace qu'une quelconque échelle.

– Tu tiens tant que cela à échapper à ton nouveau garde du corps ? Et à le laisser, j'imagine, rôder devant mes appartements ?

Cléo lui sourit d'un air suppliant.

– Je reviendrai dès que possible. Il ne saura même pas que je suis partie.

– Et que me suggères-tu de lui dire, si jamais il décide de venir voir si tout va bien ?

– Que j'ai brusquement découvert que je possédais la magie de l'Air et que je me suis fait disparaître.

Déterminée à exécuter son plan, elle serra affectueusement les mains de sa sœur. Elle ne partirait pas plus d'un quart d'heure.

– Tu as toujours aimé l'aventure, observa Emilia, qui se laissait fléchir. Eh bien, histoire d'amour ou pas... bonne chance.

– Merci, je pourrais en avoir besoin.

Cléo enjamba le balcon, descendit sans problème le long du treillis et atterrit délicatement sur l'herbe. Sans lever les yeux sur la fenêtre, elle traversa rapidement les jardins du palais, contourna le bâtiment principal jusqu'au quartier des somptueuses villas qui se dressaient encore dans l'enceinte du château. Seuls les plus nobles pouvaient y vivre, protégés de toute menace extérieure.

Les terres du palais constituaient une ville émaillée de tavernes de plein air, de commerces, de boutiques, de rues pavées entrecroisées, et de jardins d'agrément magnifiquement entretenus, dont l'un était agencé en un immense labyrinthe de haies où Cléo et Emilia avaient organisé une fête quelques mois auparavant. Plus de deux mille personnes y vivaient joyeusement dans la prospérité. Certaines prenaient même rarement la peine de quitter l'enceinte du palais.

La villa-cité des Lagaris était l'une des demeures les plus impressionnantes, à cinq minutes à pied seulement du château, construite dans le même mélange de matériaux que le palais. Aron, assis à l'extérieur, fumait un cigarillo. Il regarda Cléo s'approcher, un sourire se dessinant lentement sur son beau visage.

– Princesse Cléiona, dit-il d'une voix traînante en soufflant une longue bouffée de fumée. Quelle délicieuse surprise !

Elle contempla le cigarillo avec dégoût. Elle n'avait jamais compris l'intérêt que certains éprouvaient à inspirer la fumée brûlante de feuilles de pêcher écrasées avec d'autres herbes, puis à l'expirer. Contrairement au vin, les cigarillos sentaient mauvais, ils n'avaient plus aucune fragrance de pêche et dégageaient un parfum âcre.

– Je veux te parler, lança-t-elle.

– Je regardais la matinée s'écouler, et je m'ennuyais tellement que je me disais qu'il allait falloir que j'y remédie.

Il articulait mal comme d'habitude, mais rien de trop prononcé. Beaucoup n'y auraient rien trouvé d'anormal, mais Cléo savait très bien qu'Aron avait déjà commencé à boire. Il n'était même pas midi.

– Et que comptais-tu faire ? demanda-t-elle.

– Pas encore décidé, répondit-il, son sourire s'élargissant. Mais maintenant, c'est inutile. Tu es ici.

– Est-ce une bonne chose ?

– Bien sûr, c'est toujours un plaisir de te voir.

Il baissa les yeux, fixant sa jupe en soie bleu clair, sale et froissée à cause de sa descente tumultueuse de la chambre d'Emilia.

– On a fait la culbute dans les parterres de fleurs ?

Elle frotta la tache d'un air absent.

– On peut dire ça comme ça.

– Je suis honoré que tu aies fait cet effort. Tu aurais simplement pu demander que je vienne te voir.

– Je tenais à te parler en privé.

Il la regarda avec curiosité.

– Tu veux discuter de ce qui est arrivé à Paelsia, n'est-ce pas ?

Elle se sentit pâlir.

– Entrons, Aron. Je n'ai pas envie que l'on nous écoute.

– Comme tu voudras.

Il poussa la lourde porte et la laissa passer. Elle pénétra dans l'entrée opulente, agrémentée d'un dôme majestueux et dont les sols carrelés de marbre suivaient le motif d'un rayon de soleil coloré. Sur le mur trônait le portrait d'Aron, jeune et le teint pâle, avec ses parents, beaux mais austères. Il resta près de la porte, qu'il entrouvrit pour que la fumée ne laisse pas d'odeur persistante. Ses parents n'acceptaient pas qu'il fume à l'intérieur. Aron avait beau être arrogant et sûr de lui, il avait encore dix-sept ans et devait se conformer à leurs règles jusqu'à son prochain anniversaire, à moins de déménager plus tôt que prévu. Et Cléo savait sans l'ombre d'un doute qu'il ne voulait pas de responsabilités, financières ou autres.

– Alors, Cléo ? la pressa-t-il, comme elle ne disait rien depuis au moins une minute.

Elle trouva le courage nécessaire et se tourna vers lui. Elle espérait plus que tout que leur discussion dissiperait sa culpabilité liée au meurtre et l'aiderait à faire cesser ses cauchemars. Elle voulait qu'il prouve le bien-fondé de ses actes, pour leur donner plus de sens qu'ils n'en avaient à ses yeux.

– Je n'arrête pas de penser à ce qui s'est passé avec le fils du viticulteur. Pas toi ?

Elle cilla, choquée de constater que ses propres yeux s'étaient brusquement remplis de larmes.

Le regard d'Aron se durcit.

– Bien sûr que non.

– Que... ressens-tu ?

Elle retint son souffle.

Ses joues se contractèrent. Il jeta le cigarillo à moitié consumé par la porte d'entrée et chassa la fumée restante de sa main.

– Je me sens en conflit.

Déjà, elle éprouva un grand soulagement. Si elle devait se fiancer à Aron, il fallait qu'elle sache qu'ils avaient le même ressenti pour la plupart des choses.

– Je fais des cauchemars. Toutes les nuits.

– À cause de la menace du frère ? demanda-t-il.

Elle hocha la tête. Elle avait l'impression que les yeux de Jonas Agallon continuaient à la transpercer. Personne ne l'avait jamais regardée avec une haine aussi débridée.

– Tu n'aurais pas dû tuer ce garçon.

– Il allait m'attaquer. Tu l'as bien vu !

– Il n'avait pas d'arme !

– Il avait des poings. Il avait la rage. Il aurait pu m'étrangler, vu où je me trouvais.

– Théon l'en aurait empêché.

– Théon ? demanda-t-il en fronçant les sourcils. Ah, le garde ? Écoute, Cléo. Je sais que cela te bouleverse, mais ce qui est fait, est fait, et il n'y a pas de retour en arrière. Chasse-le de ton esprit.

– J'aimerais bien, mais je n'y arrive pas, avoua-t-elle avec un soupir tremblant. Je n'aime pas la mort.

Il rit, et elle le gratifia d'un regard sévère. Il se calma immédiatement.

– Mes excuses, mais bien sûr que tu n'aimes pas la mort. Qui l'aime ? C'est sale, c'est désagréable, mais cela arrive. Souvent.

– Regrettes-tu que cela se soit passé ?

– Quoi ? La mort du fils d'un viticulteur ?

– Il s'appelait Tomas Agallon, dit-elle d'un ton calme. Il avait un nom. Il avait une vie et une famille. Il était heureux et riait quand il est arrivé sur l'étal. Il allait assister au mariage de sa sœur. As-tu vu cette expression sur son visage ? Elle était détruite. Cette dispute n'aurait jamais dû se produire, pour commencer. Si tu aimais tant le vin, tu aurais dû payer un prix juste à Silas Agallon.

Aron appuya son épaule sur le mur près de la porte.

– Oh, Cléo, ne me dis pas que tu te soucies réellement de ce genre de choses !

Elle fronça les sourcils.

– Bien sûr que si.

Il roula des yeux.

– Arrête ! Le gagne-pain d'un viticulteur à Paelsia ? Depuis quand t'embêtes-tu avec des histoires aussi futiles ? Tu es une princesse d'Auranos, tu as absolument tout ce que tu désires, quand tu le désires. Il te suffit de demander et c'est à toi.

Cléo ne voyait pas trop le rapport avec le prix exigé par le viticulteur.

– C'est vraiment comme cela que tu me considères ?

– Je te vois telle que tu es. Une magnifique princesse. Et je suis désolé de ne pas avoir le cœur brisé comme tu le voudrais. J'ai fait ce que j'avais à faire à ce moment-là, et je ne regrette rien, fit-il, et son regard se durcit. J'ai agi uniquement à l'instinct. J'ai chassé à de nombreuses reprises avant cela, mais cette fois, c'était différent. Prendre la vie d'un autre… je ne me suis jamais senti aussi puissant de toute ma vie.

Un frisson de dégoût la parcourut.

– Comment peux-tu rester aussi serein ?

Il la regarda fixement.

– Préférerais-tu que je mente et que je te raconte que je fais des cauchemars, moi aussi ? Cela apaiserait-il ta propre culpabilité ?

Elle se démonta. C'était exactement ce qu'elle aurait voulu.

– Je souhaiterais la vérité.

– Et je te l'ai dite. Tu devrais me remercier, Cléo. Il n'y a pas grand-monde qui dise la vérité par ici.

Aron était bel homme. Il venait d'une famille noble. Il était plein d'ironie et avait l'esprit vif. Mais elle n'avait jamais détesté personne autant que lui.

Elle ne pouvait pas l'épouser. C'était tout simplement impossible.

Elle se sentit soudain animée d'une détermination d'acier. Avant de se rendre à Paelsia, elle avait été prête à céder jusqu'à un certain point, et à autoriser son père à prendre une décision importante pour elle. Après tout, il était le roi.

– Es-tu au courant des projets de mon père ? demanda-t-elle.

Aron pencha la tête en continuant à fixer son visage.

– On change déjà de sujet ?

– Peut-être.

– Je suis désolé que ce qui s'est produit à Paelsia t'ébranle à ce point.

Il le formula sans la moindre émotion. Il avait beau être vaguement désolé qu'elle soit aussi bouleversée, ce qui s'était passé ne l'emplissait pas de remords et les échos de la menace de mort du frère en deuil ne le hantaient pas plus.

– Merci, dit-elle.

– Maintenant, suis-je au courant des projets de ton père ?

Il croisa les bras sur sa poitrine et tourna lentement autour d'elle. Elle eut brusquement l'impression d'être un faon que guettait un loup affamé.

– Ton père est le roi. Il a beaucoup de projets.

– Celui-ci nous concerne tous les deux, rétorqua-t-elle simplement, se retournant en même temps que lui pour qu'ils puissent continuer à se regarder dans les yeux.

– Nos fiançailles.

Elle se raidit.

– Celui-là.

– Quand, d'après toi, va-t-il les annoncer ?

Un filet de transpiration glaciale coula le long de sa colonne vertébrale.

– Je ne sais pas.

Il opina.

– On dirait que c'est un choc pour toi.

Elle laissa échapper un autre soupir tremblant.

– Je n'ai que seize ans.

– C'est jeune pour ce genre d'annonce, j'en conviens.

– Mon père t'aime bien.

– Ce sentiment est tout à fait réciproque.

Il inclina la tête de l'autre côté.

– Je t'aime bien, toi aussi, Cléo, au cas où tu l'aurais oublié. N'en doute pas, si c'est le problème.

– Ce n'est pas ça.

– Cela n'aurait pas dû trop te surprendre. Cela fait un moment que l'on raconte que nous finirons par nous fiancer.

– Donc, cela te convient ?

Il haussa une épaule, la balayant du regard de la tête aux pieds, comme un prédateur.

– Oui, cela me convient.

Dis-le, Cléo. Ne laisse pas cela se prolonger une minute de plus.

Elle s'éclaircit la gorge.

– Je ne crois pas que ce soit une très bonne idée.

Il cessa de tourner en rond.

– Pardon ?

– Cette… union. Ça ne va pas. Pas tout de suite, en tout cas. Nous sommes amis. Bien sûr que nous sommes amis. Mais nous ne sommes pas…

Sa bouche était sèche. L'espace d'un instant, elle aurait voulu boire du vin, n'importe lequel, pour que le monde redevienne doré et merveilleux.

– Amoureux ? finit Aron.

Elle cilla et opina, posant les yeux sur le sol de marbre richement carrelé.

– Je ne sais pas quoi dire.

Elle attendit qu'il prenne la parole, lui enlève cette pression et calme son angoisse, mais il garda le silence. Enfin, elle osa le défier du regard.

Il la scruta, sourcils froncés.

– Tu veux demander à ton père de ne pas faire cette annonce, n'est-ce pas ?

Elle déglutit.

– Si nous sommes tous les deux d'accord, alors ce sera plus simple de le convaincre que ce n'est pas le bon moment.

– Cela a un rapport avec ce qui s'est passé à Paelsia, pas vrai ?

Elle soutint son regard.
– Je ne sais pas.
– Bien sûr que si. Tu es bouleversée à cause de ce qui est arrivé à quelqu'un qui n'a aucune importance dans ta vie. Pleures-tu aussi lorsque l'on abat une biche ? Sanglotes-tu dans ton assiette chaque soir, quand on te sert un dîner que les chasseurs ont rapporté ?
Elle rougit.
– Ce n'est pas tout à fait la même chose, Aron.
– Oh, je ne sais pas. Tuer une biche, tuer ce garçon, ç'a à peu près la même importance pour moi, l'un ou l'autre. Je pense que tu n'as simplement pas le sens des proportions. Tu es trop jeune.
Elle se hérissa.
– Tu n'as qu'un an de plus que moi.
– Cela suffit pour voir le monde avec un peu plus de clarté.
Il se rapprocha d'elle et lui prit le menton. Sa peau sentait la fumée.
– Je refuse que tu annonces au roi que je ne veux pas me fiancer. Parce que je le veux.
– Tu veux m'épouser ?
– Bien sûr.
– M'aimes-tu ?
Les lèvres d'Aron se retroussèrent.
– Oh, Cléo. Tu as la chance d'être belle. Cela t'absout de nombreux défauts.
Elle le foudroya du regard et le repoussa, mais il ressera sa prise, presque assez fort pour lui faire mal. Ses intentions étaient limpides : il ne voulait pas qu'elle bouge.
– Je me souviens de cette nuit, Cléo. Elle est claire comme le jour dans mon esprit.
Elle haleta.

– N'en parle pas.

– Nous sommes seuls. Personne n'écoute, dit-il, et son regard se posa sur ses lèvres. Tu en avais envie. N'essaie pas de le nier.

Ses joues s'enflammèrent.

– J'avais bu trop de vin. Je n'avais pas les idées claires. Je le regrette.

– C'est ce que tu prétends. Mais cela a eu lieu. Toi et moi, Cléo. Nous sommes faits l'un pour l'autre. Ce n'était qu'un avant-goût. Si ton père avait choisi un autre que moi pour devenir ton fiancé, j'aurais été obligé de dire quelque chose. Je sais que cela ne t'aurait pas plu. Tu ne voudrais pas que le roi sache que sa princesse parfaite a terni sa réputation dans le lit de quelqu'un qui ne devait pas devenir son mari.

Elle se rappelait à peine cette nuit, six mois auparavant, seulement qu'il y avait du vin, beaucoup trop. Et des lèvres au goût de fumée. Des mains qui tâtonnent, des vêtements que l'on enlève maladroitement, des mensonges que l'on se murmure dans le noir.

Une jeune fille convenable, une princesse, était censée rester vierge et intacte jusqu'à sa nuit de noces. Sa virginité était un don à son époux. Que Cléo ait commis une telle erreur avec quelqu'un comme Aron, qu'elle supportait à peine quand il était sobre, lui faisait terriblement honte. Personne ne devait jamais le savoir.

Les joues rouge vif, elle repoussa sa main.

– Je dois y aller.

– Pas encore.

Aron combla la distance qui les séparait et la colla contre son torse, défit son chignon strict et plongea la main dans ses longs cheveux, de sorte qu'ils tombèrent jusqu'à sa taille.

– Tu m'as manqué, Cléo. Et je suis content que tu sois venue me voir en privé ce matin. Je pense souvent à toi.

– Laisse-moi partir, murmura-t-elle. Et pas un mot de cela.

Il caressa le bord de sa gorge. Son regard s'assombrit.

– Une fois que nous serons fiancés, je veillerai à ce que des moments d'intimité comme celui-ci arrivent plus fréquemment. J'ai hâte.

Cléo tâcha de le repousser, mais il était fort. Plus qu'il en avait l'air. Elle avait simplement réussi à lui faire penser à la nuit où elle avait déshonoré sa famille et elle-même. Il semblait se délecter de ce secret qu'ils partageaient, alors qu'elle aurait préféré l'éliminer de son esprit à tout jamais.

Et à son haleine, on aurait dit qu'il buvait et fumait depuis le lever du soleil.

On frappa fermement à la porte. Les doigts d'Aron s'enfoncèrent dans ses côtes, et il jeta un regard noir par-dessus son épaule, tandis que l'on entrouvrait légèrement.

– Vous voilà, princesse, lança Théon d'un ton nonchalant.

Aron la relâcha si brusquement qu'elle eut du mal à retrouver l'équilibre et à ne pas s'étaler de tout son long.

Théon laissa aller son regard d'elle à Aron, et ses yeux se plissèrent.

– Est-ce que tout va bien, ici ?

– Oui, répondit-elle, gênée. Très bien.

Son air féroce montrait qu'il ne trouvait absolument pas drôle qu'elle se soit enfuie derrière son dos. Son regard en était même brûlant.

Toutefois, partir avec son garde du corps furieux valait mille fois mieux que de rester avec Aron.

– Je veux rentrer au palais, annonça-t-elle d'un ton ferme.

– Quand vous serez prête.

– Je le suis.

Elle redressa les épaules et jeta un œil sur Aron.

Il avait l'air de s'ennuyer. En surface, en tout cas. Tout au fond de ses yeux brillait une étincelle désagréable, la promesse tacite que la nuit d'ivresse qu'elle tenait tant à oublier ne serait que la première d'une longue série. Elle frissonna.

Elle *devait* convaincre son père de mettre un terme à ces absurdités. Le roi n'avait pas forcé Emilia à épouser son fiancé. Il devait en faire autant pour elle.

Si jamais Aron finissait par révéler son secret, elle le nierait… tout simplement. Elle pourrait le faire. Elle était la princesse. Son père la croirait plus qu'Aron, même si, par la force des choses, elle racontait des mensonges. Cette nuit ne la détruirait pas. Jamais. Elle refusait de laisser Aron exercer ce genre de pouvoir sur elle une journée de plus.

– À bientôt, Cléo, lança celui-ci en sortant en même temps qu'eux.

Il alluma un autre cigarillo en les regardant partir.

Cléo garda le silence, bien déterminée à s'éloigner de la villa le plus vite possible.

La chaleur du regard furieux de Théon transperçait sa nuque. Enfin, quand ils furent presque arrivés au château, elle se retourna d'un coup, face à lui.

– Besoin de dire quelque chose ? demanda-t-elle en faisant de son mieux pour cacher qu'elle était au bord des larmes.

La nausée bouillonnait tout au fond de son ventre.

Si Théon n'était pas intervenu…

Elle se réjouissait qu'il l'ait fait, mais elle était toujours hors d'elle. Et passer ses frustrations et sa colère sur le premier venu était le seul moyen qu'elle avait trouvé pour s'en sortir.

L'expression féroce de Théon n'avait rien du respect que l'on doit à un membre de la royauté, mais tout de l'ennui de celui qui avait affaire à une enfant têtue.

– Vous ne devrez plus essayer de vous sauver !

– Je ne me suis pas sauvée. Il fallait que je m'entretienne seule avec Aron.

– Oui, j'ai bien vu.

Il jeta un œil par-dessus son épaule en direction de la villa dorée au bas de la route, bordée d'arbres verts et de parterres de fleurs bien entretenus.

– Mes excuses pour avoir interrompu votre rendez-vous galant. On dirait que vous deux…

– … Nous ne faisions rien du tout, le coupa-t-elle, le son de sa voix reflétant ses propos. Ce n'était pas ce que vous pensez.

Si elle estimait ne pas devoir trop s'inquiéter de l'avis de son nouveau garde du corps, elle préférait qu'il ne devine pas que sa chasteté n'était plus qu'un souvenir.

– Vraiment ?

– Oui, vraiment. C'était une conversation.

– Une conversation intéressante, alors.

Elle s'essuya furieusement les yeux avec les longues manches de sa robe.

– Non.

En l'espace d'une seconde, l'expression de Théon changea, la colère le cédant à l'inquiétude.

– Êtes-vous sûre que tout va bien ?

– Qu'est-ce que ça peut vous faire ? Tout ce que je suis pour vous, c'est une mission ordonnée par le roi.

Un muscle se convulsa dans sa joue, comme si elle venait de le gifler. Il se radoucit.

– Excusez-moi de vous poser la question. Mais vous êtes allée affronter le seigneur Aron à cause de ce qui s'est passé à Paelsia. Vous vous en voulez ?

Elle eut mal au cœur. Ses propos pouvaient s'appliquer à tout ce qu'elle regrettait avoir fait.

– Retournons au château.

– Princesse, vous avez été irréprochable. Il faut que vous le sachiez.

Irréprochable ? Si seulement il avait raison ! Elle était restée dans son coin sans rien faire, à part regarder, impuissante, ce garçon se faire tuer. Et des mois plus tôt, elle avait laissé Aron parvenir à ses fins avec elle, accusant le vin. Il ne l'avait pas forcée à faire quoi que ce soit. À cet instant, dans sa torpeur avinée, elle avait accueilli avec joie les attentions ardentes d'un beau noble courtisé par nombre de ses amies.

Elle secoua la tête, la gorge serrée. Déglutir faisait trop mal.

– La mort de ce garçon me hante.

Il la prit par les épaules et l'attira vers lui.

– C'est fait. C'est terminé. Chassez cela de votre esprit. Si vous avez peur que le frère du garçon vous poursuive pour se venger, je vous protégerai, je le jure. Vous n'avez aucun souci à vous faire. C'est l'une des raisons pour lesquelles je vous surveille.

Son expression s'assombrit de nouveau.

– À condition que vous cessiez de me fuir, ajouta-t-il.

– Je ne vous fuis pas, enfin pas spécialement, répondit-elle en ayant brusquement du mal à trouver ses mots. (Sa proximité l'empêchait de penser clairement.) Je… je… fuis… (Elle soupira.) Oh, je ne sais plus. J'essaie juste de trouver du sens à tout cela pour me rendre compte que plus rien n'a de sens.

D'un air absent, Théon passa sa main dans ses courts cheveux couleur bronze.

– J'ai entendu votre père parler à quelqu'un. Au sujet de vos futures fiançailles avec le seigneur Aron.

Elle avait du mal à trouver l'air nécessaire pour respirer.

– Et comment était-il ?

– Heureux.

– En voilà au moins un, marmonna-t-elle entre ses dents sur un ton sinistre, les yeux rivés sur un chariot tiré par des chevaux qui passait près d'eux.

– Ces fiançailles ne vous font pas plaisir ?

Son ton avait retrouvé toute sa dureté.

– Être obligée d'accepter ça sans avoir mon mot à dire ? Non, je ne peux pas dire que cela me fasse plaisir.

– Je suis désolé.

– Vraiment ?

Théon haussa les épaules.

– Je pense que l'on ne devrait forcer personne à faire ce qu'il n'a pas envie de faire.

– Comme se voir affecter un boulot qui ne vous intéresse pas ?

Ses lèvres se pincèrent.

– C'est différent.

Cléo y réfléchit.

– Vous et moi, c'est un peu comme un étrange mariage. Vous êtes obligé d'être à mon côté. Je ne peux pas vous échapper. Et nous allons être très souvent ensemble, maintenant et à l'avenir.

Théon arqua un sourcil.

– Donc, vous acceptez enfin cet arrangement ?

Elle mâchouilla sa lèvre inférieure en réfléchissant à ses décisions douteuses du jour.

– Je sais que je n'aurais pas dû quitter le palais sans vous prévenir. Veuillez m'excuser si je vous ai causé des désagréments.

– Votre sœur était plus qu'heureuse de m'annoncer où vous vous étiez enfuie.

Cléo haleta.

– La traîtresse !

Il rit.

– Peu importe si elle n'avait rien dit. Même si c'est un arrangement que nous n'avons pas choisi, je le prends vraiment au sérieux. Vous n'êtes pas une fille comme une autre, vous êtes la princesse. C'est mon devoir exclusif de vous protéger. Donc, où que vous vous enfuyiez, vous pouvez être certaine d'une chose très importante.

Elle attendit, retenant son souffle face à l'intensité avec laquelle le jeune et séduisant garde du corps la regardait.

– Quoi donc ?

Quand il sourit, son expression était aussi menaçante qu'attirante.

– Je vous retrouverai.

CHAPITRE 8

LIMEROS

– On me dit que père manigance quelque chose en bas.

La voix de Magnus interrompit la concentration de Lucia et la fit sursauter. Elle éteignit rapidement la bougie devant elle, ferma son livre et se retourna vers lui d'un air qu'elle savait coupable.

– Excuse-moi, dit-elle le plus calmement possible.

Son frère lui jeta un regard amusé à travers l'obscurité de ses appartements. Ceux-ci comportaient d'un côté la chambre à coucher avec un lit à baldaquin, des draps en lin amidonnés et une couverture en fourrure, et de l'autre le séjour.

– J'interromps quelque chose ?

Elle mit nonchalamment la main sur sa hanche.

– Non, bien sûr que non.

Il se rapprocha de sa méridienne, près de la fenêtre qui donnait sur les vastes jardins du palais. Ils étaient recouverts de givre, comme toujours, à l'exception des deux précieux mois où les températures se faisaient plus clémentes.

– Que lis-tu ?
– Rien de très important.
– Hum.
Il fronça un sourcil et tendit patiemment la main vers elle.
Parfois, Lucia n'aimait pas que son grand frère la connaisse si bien.
Enfin, s'avouant vaincue, elle déposa le petit livre relié de cuir dans sa paume. Il jeta un œil sur la couverture, puis le feuilleta rapidement.
– Des poèmes sur la déesse Cléiona ?
Elle haussa les épaules.
– Des études comparatives, c'est tout.
– Vilaine fille.
Elle ignora la pique, qui la fit immédiatement rougir. Elle n'était pas vilaine, elle était curieuse. Il y avait une différence. Elle savait que beaucoup, y compris sa mère, seraient mécontents qu'elle lise ce genre d'ouvrage. Heureusement, Magnus n'en faisait pas partie.
Cléiona était la déesse rivale de Valoria. L'une était censée incarner le bien ; l'autre, le mal. Mais cette différence dépendait entièrement du royaume dans lequel on se trouvait. À Limeros, Cléiona était considérée comme la méchante, et Valoria, pure et bonne, représentait la force, la foi et la sagesse. C'étaient les trois attributs que les Limériens plaçaient avant tout le reste. Chaque blason cousu pour orner les murs de la grande salle, ou n'importe où ailleurs, chaque parchemin que son père signait, chaque portrait du roi même arborait ces trois mots.
Force. Foi. Sagesse.
Limeros consacrait deux jours entiers par semaine à la prière et au silence. Quiconque, dans les nombreux villages et villes jusqu'aux Montagnes inter-

dites ne respectait pas cette loi était condamné à une amende. S'ils ne pouvaient la payer, on les réprimandait le plus durement possible. Le roi Gaius avait fait surveiller les zones communes pour s'assurer que tout le monde tenait le cap, payait ses impôts et obéissait strictement à son monarque.

La plupart ne protestaient pas ou ne posaient pas de problème. Et Valoria, Lucia en était sûre, approuvait les mesures strictes de son père – si dures semblaient-elles parfois.

Limeros était une région de falaises, de vastes landes et de terrains rocailleux, gelée la plus grande partie de l'année, recouverte d'une couche étincelante de glace et de neige avant de laisser place à la verdure et aux fleurs pour un précieux aperçu de l'été. Si belle que parfois la beauté de son royaume tirait des larmes aux yeux de Lucia. La fenêtre de ses appartements donnait au-delà des jardins, sur l'à-pic depuis les murs du château en granite noir jusqu'aux eaux sombres qui s'écrasaient sur le rivage rocheux en contrebas, et sur la mer d'Argent qui s'étendait à l'infini vers des contrées lointaines.

Impressionnant, même lorsque l'hiver était arrivé, et qu'il était quasi impossible de sortir sans s'emmitoufler de fourrures et de cuirs pour tenir le froid mordant à distance.

Lucia s'en moquait. Elle aimait ce royaume, en dépit des attentes et difficultés qui allaient inévitablement de pair avec le fait d'être une Damora. Elle aimait ses livres et ses cours, absorbait les connaissances comme une éponge, lisait tout ce qu'elle trouvait. Heureusement, la bibliothèque du château était sans égale. Les informations lui étaient un don précieux, plus que l'or ou les bijoux mêmes, comme ceux que lui avaient offerts certains de ses plus ardents soupirants.

À condition, naturellement, que ces prétendants puissent passer outre son frère surprotecteur pour lui offrir ces cadeaux. De l'avis de Magnus, aucun garçon ayant montré de l'intérêt pour Lucia jusque-là n'était digne des attentions de la princesse. À ses yeux, Magnus avait toujours été aussi frustrant que merveilleux. Ces derniers temps, toutefois, elle ne savait trop comment juger son humeur perpétuellement changeante.

Lucia leva les yeux sur son visage familier quand il jeta son livre de côté sans y prêter attention. La soif de savoir ne s'était pas répartie de façon égale entre frère et sœur. Le temps de Magnus était consacré à ses propres cours, principalement l'équitation, le maniement de l'épée et le tir à l'arc, qu'il prétendait mépriser. Le roi insistait sur tout cela, que Magnus fasse preuve d'un vif intérêt ou non.

– Cléiona est aussi le nom de la plus jeune princesse auranienne, lança-t-il d'un ton songeur. Je n'y avais jamais vraiment pensé avant. Le même âge que toi, non ? Au jour près ?

Lucia opina, ramassa le livre sur la méridienne où il était tombé et le rangea sous un tas d'ouvrages moins controversés.

– J'aimerais bien la rencontrer.

– Peu probable. Père déteste Auranos et souhaite sa destruction absolue. Depuis… enfin, tu sais…

Oh oui, elle savait. Son père méprisait le roi Corvin Bellos et n'avait pas peur d'exprimer son avis au cours des repas, dans d'effrayants accès de colère, dès lors que l'envie l'en prenait. Lucia croyait que cette animosité était plus particulièrement liée à un banquet au palais d'Auranos, plus de dix ans auparavant. Les deux rois avaient failli en venir aux mains à cause d'une mystérieuse blessure que Magnus avait reçue au cours de la visite. Depuis, le roi Gaius n'était pas revenu. Et n'y avait pas été invité non plus.

Le souvenir de cette expédition poussa Magnus à toucher sa cicatrice d'un air absent, une cicatrice qui traversait son visage du haut de son oreille droite au coin de sa bouche.

– Après tout ce temps, tu ne te souviens toujours pas comment tu te l'es faite ?

Cela avait toujours éveillé sa curiosité.

Ses doigts s'immobilisèrent, comme si on l'avait lui aussi surpris à faire quelque chose qu'il ne devait pas.

– Dix ans, c'est long. Je n'étais qu'un petit garçon.

– Père a exigé que celui qui t'a blessé, qui que ce soit, le paie de sa vie.

– Il aurait voulu la tête du coupable sur un plateau d'argent. Voir un enfant en sang et en larmes l'a perturbé. Même si cet enfant, c'était moi, fit-il, ses sourcils bruns froncés. Honnêtement, je ne me souviens de rien. Je me revois juste me promener, puis j'ai senti du sang chaud dégouliner sur mon visage et le picotement de la blessure. Je ne me suis pas mis dans tous mes états, mais mère, si. Peut-être que je suis tombé dans l'escalier ou que je me suis cogné sur le bord d'une porte pointue ? Tu sais combien je suis maladroit.

– Mais non ! C'est moi, la maladroite de la famille ! s'exclama Lucia.

Son frère se déplaçait avec la grâce d'une panthère – discrètement, élégamment. Beaucoup devaient le trouver dangereux, car il était le fils du roi Gaius-à-la-main-de-fer.

– Permets-moi de ne pas être de ton avis, fit-il, ses lèvres retroussées sur le côté. L'une, pleine de grâce et de beauté, ma sœur, et une multitude de soupirants qu'elle fait marcher à la baguette. Obligée d'être parente d'un monstre balafré comme moi.

– Comme si cette cicatrice faisait de toi un monstre ! Tu ne peux pas être aveugle au regard que les filles portent sur toi. Je vois même des domestiques, ici au château, qui te regardent passer d'un air mélancolique, même si toi tu ne les vois pas. Elles te trouvent irrésistible. Et ta cicatrice te rend encore plus... (elle mit un moment pour trouver le mot juste...) intéressant.

– Tu le penses vraiment ?

Ses yeux chocolat étincelèrent d'amusement. Elle dégagea de sa joue ses cheveux bruns, en grand manque d'une bonne coupe, pour examiner la cicatrice défraîchie de plus près. Elle fit glisser son doigt dessus.

– Oui. De plus, on ne la remarque presque plus. En tout cas, moi je ne la vois pas.

– Si tu le dis.

Sa voix s'étrangla et son visage se fit l'expression même de la détresse. Il repoussa brutalement sa main.

Elle fronça les sourcils.

– Quelque chose ne va pas ?

Magnus s'éloigna de plusieurs pas.

– Rien. Je... je suis venu ici pour... dit-il, en se passant une main dans les cheveux. Peu importe. Cela ne t'intéresserait probablement pas. Il y a cette réunion politique imprévue que père a organisée en bas. Je te laisse à tes études.

Lucia le regarda, surprise, quitter rapidement la chambre sans rien ajouter.

Quelque chose perturbait son frère. Elle l'avait constaté ces derniers temps, chaque jour était pire que le précédent. Il semblait distrait et profondément affligé – mais par quoi ? Elle aurait bien aimé le savoir. Elle ne supportait pas de le voir aussi bouleversé, sans savoir comment apaiser sa douleur.

Et elle aurait tellement aimé pouvoir partager son propre secret, celui qu'elle cachait depuis presque un mois. Celui que personne ne connaissait. Absolument personne.

Chassant sa peur et ses doutes, elle pria la déesse pour que celle-ci lui donne assez de force, de foi et de sagesse pour affronter la tempête obscure qui, elle le craignait, se rapprochait.

Magnus suivit le bruit en bas, en direction de la grande salle du château. Il croisa plusieurs visages reconnaissables, des garçons de son âge qui le considéraient comme leur ami. Il leur adressa quelques sourires froids et reçut les mêmes en retour.

Ce n'étaient pas ses vrais amis, aucun d'entre eux. Ce n'étaient que les fils des membres du conseil royal qui se devaient de connaître le prince limérien, que cela leur plaise ou non. Et quelques-uns, comme Magnus l'avait entendu en passant, ne l'aimaient pas du tout.

Sans importance.

Il supposait que chacun de ces garçons, de même que leurs sœurs, se montreraient plus qu'empressés si Magnus décidait d'épouser l'une d'elles, et était prêt à l'utiliser dès que l'occasion l'exigerait. Il serait ravi d'en faire autant si cela servait ses objectifs.

Il ne faisait confiance à aucun d'entre eux. Uniquement à Lucia. Elle était différente. Elle était la seule avec qui il pouvait être véritablement lui-même sans jouer la comédie. Elle était sa plus proche alliée et confidente. Ils avaient partagé tant de secrets au fil des années, s'étaient fait confiance pour garder le silence.

Et il venait de fuir ses appartements comme si l'on y avait mis le feu.

Le secret de son désir grandissant pour Lucia ne devait être connu de personne. Surtout pas d'elle. Jamais. Il le conserverait tout au fond de sa poitrine, jusqu'à ce que la douleur féroce ne laisse que des cendres à la place de son cœur. Il avait déjà parcouru la moitié du chemin. Peut-être que lorsque son cœur se serait intégralement consumé, tout deviendrait plus facile.

Plus d'un mois s'était écoulé depuis le banquet, et il n'avait rien appris d'intéressant qui puisse élucider la conversation énigmatique qu'il avait surprise entre son père et Sabina. Il avait demandé à Amia de porter une attention particulière quand elle écoutait en douce ce qui se passait dans le château. Si jamais elle entendait le nom de Lucia, elle devait immédiatement venir lui en parler. La jeune domestique avait accepté avec le même enthousiasme que celui avec lequel elle accédait à tous les désirs de Magnus.

Dans la salle, la voix de son père s'était élevée : il s'adressait à un groupe de trois cents hommes. Ceux qui l'escortaient semblaient suspendus à chacune de ses paroles, leurs regards braqués sur lui. Derrière lui se trouvait l'un des rares chefs-d'œuvre que la salle conservait encore sur ses murs froids et monotones, une grande tapisserie du monarque en personne, perché sur son étalon noir préféré, épée à la main, l'air fort, sérieux et royal.

Magnus leva les yeux. Son père adorait être le centre d'attention. La voix du monarque tonna dans toute la pièce :

– Un meurtre ! En plein milieu du marché paelsian, il y a un mois et demi. C'était une journée fraîche mais magnifique, où les Paelsians profitaient du soleil, vendaient leurs produits, essayaient de gagner correctement leur vie pour eux et leurs familles. Mais tout cela a été interrompu par quelques vils membres de la famille royale auranienne qui se trouvaient parmi eux.

Des murmures se propagèrent autour de Magnus. Certains étaient déjà au courant du meurtre du fils du viticulteur, mais pour d'autres, c'était la première fois qu'ils en entendaient parler. Magnus était étonné que cela puisse même intéresser quelqu'un.

Il était étonné que son père soit si concerné. Quand on en avait parlé à Magnus lors du banquet d'anniversaire de Lucia, il n'y avait pas réellement prêté attention. Plus tard, lorsque le roi avait appris la nouvelle, il s'était contenté de hausser une épaule.

Il semblait qu'il ait changé d'avis. Peut-être était-ce lié à l'influence du jeune homme brun, debout à côté du roi. Celui qui venait de rentrer d'un voyage en mer.

Son tic à la joue le reprit.

Il s'appelait Tobias Argynos. On l'avait amené au château pour devenir le valet du roi, et très vite il avait partagé tous ses secrets. Si le roi avait besoin de quelque chose, Tobias l'obtenait. Le roi le considérait comme un excellent atout et le traitait comme son fils préféré.

Si les bruits qui couraient étaient avérés, alors oui, Tobias était son préféré. Le bâtard du roi, né il y a vingt ans d'une magnifique courtisane d'Auranos.

Magnus n'avait jamais été du genre à croire les ragots. Mais il ne les ignorait jamais totalement non plus. Les rumeurs pouvaient se transformer en vérités aussi vite que la nuit tombait. Pourtant, cela ne mettrait pas en danger la position de Magnus dans le royaume. Il était l'héritier légitime, aujourd'hui, demain et toujours. Toutefois, que le roi se soit pris de sympathie pour Tobias, alors que toute sa vie durant il n'avait montré que froideur à Magnus, le troublait plus qu'il ne voudrait jamais le reconnaître. Le prince légitime récoltait une cicatrice sur son visage, alors que le bâtard se tenait au côté du roi lorsque celui-ci s'adressait à un public captivé.

Mais après tout, l'honnêteté ou la gentillesse n'avait jamais été l'apanage du roi Gaius. La force, la foi et la sagesse, par-dessus tout.

– Les Paelsians souffrent, poursuivit le roi. Voilà ce que j'observe, et mon cœur saigne pour nos pauvres voisins. Les Auraniens, en revanche, font étalage de leurs richesses aux yeux de tous. Ils sont honteusement vaniteux. Ils se sont même mis à renier la religion, la prière, et à la place montrent leurs propres images d'idoles comme une preuve de leur hédonisme et de leurs excès. C'est un jeune noble égoïste, le seigneur Aron Lagaris, qui a tué le fils du viticulteur miséreux. Le garçon assassiné était un jeune et bel homme, qui aurait pu aider progressivement son peuple à sortir des conditions sordides dans lesquelles celui-ci survit depuis des générations. Mais il a été abattu par ce seigneur gâté qui tâchait d'impressionner la princesse Cléiona. Oui, celle qui porte le nom de la déesse malveillante en personne. Celle-là même qui a assassiné notre bien-aimée Valoria, déesse de la Terre et de l'Eau. Ces deux-là ont regardé Tomas Agallon perdre la vie devant sa propre famille. Ils n'ont exprimé aucun remords pour la douleur qu'ils lui ont causée, comme à tous les Paelsians.

De nouveaux murmures s'élevèrent, alors que la foule écoutait les paroles du roi.

– Ce n'est pas seulement un meurtre. C'est un affront. Et quant à moi, je suis profondément scandalisé au nom de tous les Paelsians, nos voisins avec lesquels nous avons une frontière commune, celle de l'est, jusqu'aux Montagnes interdites. Le moment du règlement de comptes est venu, celui que nous attendons depuis mille ans.

Les murmures s'intensifièrent et, Magnus le devina, c'était en accord avec ce que le roi disait.

On racontait bien des choses sur l'opulence d'Auranos. Les rues pavées d'or. Les précieux bijoux tressés dans les cheveux des jeunes femmes nobles, qu'elles jetaient le soir venu. Des richesses gaspillées lors de copieuses fêtes qui duraient des semaines. Et, le plus déplaisant de tous, l'intérêt décroissant pour le dur labeur et la religion fervente, ciment de la société limérienne.

– Que faites-vous, père ? demanda Magnus entre ses dents, médusé.

Une main virile saisit l'épaule de Magnus. Celui-ci se retourna, alarmé, face à un individu dont le nom lui échappait : un membre imposant du conseil du roi, dont la barbe grise recouvrait presque tout le visage. Ses petits yeux de fouine brillaient d'excitation.

– Votre père est le meilleur roi que Limeros ait jamais connu ! s'exclama l'homme. Vous devriez être très fier d'être son fils !

Fier était le seul mot qu'il n'emploierait jamais pour décrire ce qu'il ressentait envers son père, ni aujourd'hui ni jamais. Un sourire forcé s'étira sur ses joues.

– Bien sûr. Et je n'ai jamais été plus fier qu'à cet instant.

Une semaine s'était passée depuis le discours du roi. Les muscles douloureux, Magnus sortait d'un nouveau cours d'escrime. Après s'être lavé et avoir enfilé des vêtements propres, il traversa le château telle une ombre. Il aimait jouer à se lancer ce genre de défis, pour voir jusqu'où il pouvait aller. Et ainsi vêtu de noir, il pouvait en général aller très loin.

Aujourd'hui, il avait évité Lucia après l'avoir brièvement entrevue au petit déjeuner. Elle était restée dans sa chambre à étudier tout l'après-midi.

Tant mieux. Loin des yeux, loin du cœur.

Ce mensonge glissa sans problème.

Au cours de son avancée silencieuse, il rencontra un garçon qui patientait dans l'immense entrée cathédrale, au bout de laquelle un escalier en colimaçon s'encastrait avec précision dans les murs de pierre. Un fils de nobles du coin, il le savait. Une fois de plus, Magnus était incapable de se souvenir de son nom. Ce n'était pas un problème de mémoire, mais de désinvolture. S'il se souvenait du nom des gens qui l'intéressaient ou qui servaient un objectif dans sa vie, ce garçon-là lui était indifférent ; en revanche, concernant l'intérêt qu'il portait à Lucia, c'était une tout autre histoire.

Lors de rencontres précédentes, Magnus avait compris aux regards attentifs du jeune homme qu'il faisait partie des innombrables prétendants de Lucia. Et qu'il guettait l'occasion de passer du temps avec elle pour conforter… leur amitié.

Comme Magnus l'avait fait avec tant d'autres, il le contourna comme un monstre des mers, l'observant avec un déplaisir manifeste, jusqu'à ce que des gouttes de sueur se forment sur le front pâle du jeune homme.

Si Lucia avait déclaré qu'il était beau, Magnus savait que beaucoup de gens le trouvaient intimidant et menaçant avec ses cheveux bruns, ses vêtements foncés et, bien sûr, sa cicatrice. Qu'il soit le fils du roi Gaius et l'héritier du trône de Limeros n'arrangeait pas les choses. Certains rois gagnaient le respect de leur peuple par l'amour, comme son grand-père l'avait fait. Son père, en revanche, préférait la peur et l'effusion de sang. Stratégie différente. Résultat identique.

Magnus aurait pu penser qu'il ressemblait exactement à son père.

Il avait déjà agi de la sorte et était prêt à recommencer. Il utiliserait n'importe quelle arme à disposition si le besoin s'en faisait sentir. Pour l'heure, c'était justement le cas.

– Vous n'avez rien à faire ici, lança-t-il au jeune homme, accusation à peine voilée.

Le garçon tapa nerveusement le talon de sa chaussure de cuir sur le sol de marbre gris.

– Je suis juste... je ne vais pas rester longtemps. Mes parents pensaient que ce serait bien d'emmener la princesse Lucia se promener dans les jardins du palais. Il ne fait pas trop froid aujourd'hui.

– Oh, comme c'est gentil ! Mais se balader ne l'intéresse pas. Enfin... pas avec... *vous*.

Les mots étaient aigres sur sa langue, et un éclair de jalousie le traversa. Les yeux du garçon s'ouvrirent grand.

– Comment ça ?

Magnus se força à prendre un air tendu, comme s'il en avait trop dit et le regrettait.

– Ce ne sont pas mes affaires.

– Non, je vous en prie, si vous avez un conseil à me donner, je le suivrais volontiers. Je sais que Lucia et vous êtes très proches.

Magnus attrapa l'épaule du type.

– C'est juste qu'elle m'a parlé de vous...

C'eût été le moment idéal pour connaître le nom du garçon : Mark, Markus, Mikah, quelque chose comme ça...

– Et elle a été très claire, reprit-il. Si jamais vous passiez, il ne fallait pas vous encourager davantage. Elle ne veut pas vous blesser, bien sûr. Mais ses intérêts pour un autre soupirant sont... ailleurs.

– Ailleurs ?

– Oui, c'est là où je vous suggère d'aller. Ailleurs.

– Oh.

La voix du garçon était fluette... Déjà vaincu !

Magnus n'éprouvait aucune patience envers ceux que l'on pouvait manipuler aussi aisément. Si ce jeune homme s'intéressait réellement à Lucia, il devait pouvoir résister à n'importe quel adversaire, y compris à un grand frère surprotecteur. Les êtres faibles se brisaient si facilement !

Si ce garçon en était encore capable, il ne lui restait plus qu'à détaler la queue entre les jambes, loin du palais, pour retourner chez ses parents. Et c'en était fini de Marko. Ou d'il-ne-savait-plus-trop-qui.

Avec un sourire victorieux, Magnus se remit à arpenter lentement les couloirs du château. Il ne tarda pas à tomber sur plus agréable que les prétendants de sa sœur.

Amia lui sourit quand ils se croisèrent dans le hall, puis, du doigt, lui fit signe de la suivre et disparut devant lui. Elle le fit entrer dans une petite pièce qui faisait office de chapelle pour les domestiques et ferma la porte derrière eux. Ils étaient seuls. La fille se mordit la lèvre inférieure, mais elle avait le feu aux joues.

– J'ai l'impression de ne pas vous avoir vu depuis une éternité, mon prince.

– Juste un jour ou deux.

– Une éternité.

Elle lui caressa le ventre et fit doucement remonter ses mains jusqu'à ses épaules.

Il la laissa faire. Il mourait d'envie que quelqu'un le touche aujourd'hui, pour aider à apaiser la douleur dans sa poitrine. S'il fermait les yeux, il pouvait imaginer qu'elle était quelqu'un d'autre. Elle frissonna quand il la plaqua contre le mur de pierre et posa sa bouche sur la sienne en un profond baiser. Il entrelaça ses doigts dans ses doux cheveux châtains et imagina qu'ils lui arrivaient à la taille et qu'ils étaient d'un ébène très foncé. Que ses yeux étaient de la couleur du ciel en été, pas d'un gris clair et hivernal.

– As-tu appris quelque chose ? demanda-t-il enfin en chassant son fantasme.

Amia sentait le poisson qu'elle avait aidé à préparer pour le dîner, et non les roses et le jasmin. Ses illusions s'arrêtaient là.

– À propos de votre sœur ?

Sa gorge se serra.

– Oui.

– Pas encore, dit-elle en levant les yeux, comme envoûtée. Toutefois, il se passe autre chose de très intéressant pendant que nous parlons. Le roi et Tobias ont un rendez-vous secret avec des visiteurs.

Tobias, songea-t-il avec dégoût. *Toujours là.*

– Lesquels ?

– Le chef Basilius est arrivé avec son entourage, voilà une heure.

Il la fixa, momentanément muet.

– Tu n'es pas sérieuse !

Elle se fendit d'un grand sourire.

– Je vous cherchais pour vous le dire. Si le chef de la tribu paelsianne, qui est du genre à ne jamais faire d'apparition en public, a accompli le voyage jusqu'à Limeros pour parler au roi, c'est qu'il se passe quelque chose de très intéressant, vous ne croyez pas ?

– En effet.

D'après la rumeur, le chef Basilius était un sorcier puissant, craint et respecté par son peuple. Il vivait isolé des autres Paelsians, dans une propriété retirée, où il consacrait ses journées à la méditation, et soi-disant à la magie.

Magnus ne croyait pas en des fables aussi ridicules. Toutefois, son père, si, dans une certaine mesure. Le roi Gaius croyait au pouvoir de l'*elementia*. La magie qui avait disparu du monde depuis l'époque de la déesse.

– As-tu appris autre chose ? s'enquit-il. Sais-tu ce que le chef fait ici ?

– J'ai essayé d'écouter le plus longtemps possible, mais je craignais de me faire prendre.

– Amia, tu n'as pas intérêt. Mon père ne supporte pas les espionnes.

– Même si j'espionnais pour son fils ?

– Je n'hésiterais pas à raconter que tu mens.

Il prit son bras et le serra jusqu'à ce qu'elle tressaillît. Une étincelle de peur traversa les yeux clairs, quand il dit :

– D'après toi, qui le roi va-t-il croire ? Son fils et héritier ? Ou une commise de cuisine ?

Amia déglutit.

– Veuillez m'excuser, mon prince. Je n'avouerai jamais ce genre de choses.

– Petite maligne.

Elle mit un moment à reprendre ses esprits, à faire disparaître la tension momentanée entre eux.

– Pour ce que j'en sais, il semblerait que cela soit lié au meurtre dans le village paelsian le mois dernier et à la réunion que le roi a organisée la semaine dernière.

Il relâcha son étreinte sur elle.

– Je pense que je vais me joindre à eux. J'ai autant le droit que Tobias de participer à une assemblée politique.

– Je suis tout à fait d'accord.

Cette fille était très accommodante. Il baissa les yeux sur elle.

– Merci pour ces informations, Amia. J'apprécie sincèrement.

Son visage s'illumina.

– Aurez-vous besoin d'autre chose ?

Il réfléchit un instant, puis s'éloigna d'elle.

– Oui. Rends-moi visite dans mes appartements une fois que je me serai retiré ce soir.

Ses joues rougirent et elle sourit d'un air faussement timide.

– Bien sûr, mon prince.

Magnus sortit de la chapelle et se dirigea vers l'espace de réunion privé, situé à l'étage principal à côté de la grande salle. Il ne prit pas la peine de prêter l'oreille et entra aussitôt. Une dizaine d'hommes étaient présents, et leurs yeux se posèrent immédiatement sur lui.

– Oh, je suis vraiment désolé, lança-t-il. J'interromps quelque chose ?

S'il appréciait ce rôle qui se jouait la plupart du temps dans l'ombre, il estimait que d'autres occasions exigeaient une entrée plus solennelle. La présence permanente de Tobias au château l'avait hérissé plus qu'il ne l'aurait cru. Il ressentait le besoin urgent et soudain d'affirmer sa position en tant que prince héritier légitime du trône de son père.

– Voici mon fils, lança le roi Gaius depuis son siège sur l'estrade, le prince Magnus Lukas Damora.

L'arrivée inattendue de Magnus fit naître un petit sourire amusé sur les lèvres du roi, qui n'eut pas l'air outré par cette interruption. Tobias se contenta de lui jeter un regard noir, comme si l'extrême impolitesse de Magnus le rendait furieux au nom du roi.

– C'est un grand honneur pour moi de rencontrer le prince, fit une voix grave et masculine.

Magnus regarda sur sa gauche.

– Je suis le chef Hugo Basilius de Paelsia.

– Tout l'honneur est pour nous, chef Basilius, répliqua Magnus d'un ton égal. Bienvenue à Limeros.

– Viens donc te joindre à nous, mon fils, lui intima le roi.

Magnus se retint de lancer une remarque cinglante sur le fait qu'on ne l'avait pas invité plus tôt, et s'assit de l'autre côté de la table, en face du chef et de quatre de ses hommes.

Le chef était plus majestueux que Magnus ne l'aurait cru, eu égard au statut paysan de son peuple. À Paelsia, il n'y avait ni classe moyenne ni classe supérieure, simplement différents niveaux de classes inférieures, surtout pour les générations récentes dont la terre avait commencé à dépérir.

Il était évident que Basilius n'était pas un paysan, même à le voir assis. Il était grand, large d'épaules. Ses longs cheveux bruns étaient parsemés de gris. Des rides parcouraient son visage bronzé, et une vive acuité perçait dans ses yeux sombres. Ses vêtements étaient confectionnés avec délicatesse dans des cuirs doux et des fourrures de renard argenté. De toute évidence, Basilius ne subissait pas le même mode de vie dans sa propriété que les roturiers de Paelsia.

– Devons-nous informer votre fils de ce dont nous avons discuté jusque-là ? demanda Basilius.

– Bien sûr.

L'attention du roi Gaius était restée rivée sur son fils depuis qu'il était entré dans la pièce. Même sans le regarder, Magnus sentait le regard de son père comme une brûlure le long de sa cicatrice. Une fine ligne de transpiration glissa sur sa colonne vertébrale, bien qu'il fît de son mieux pour avoir l'air complètement à l'aise.

Le roi Gaius s'emportait facilement, et Magnus savait d'expérience ce que c'était d'être puni si jamais il allait trop loin. Après tout, sa cicatrice était là pour le prouver.

Il se souvenait parfaitement de l'origine de cette cicatrice. Dix ans auparavant, le roi avait amené Magnus et la reine Althéa en visite royale à Auranos. Il n'avait pas fallu bien longtemps pour que Magnus cède à sa curiosité enfantine, dans ce palais opulent et richement décoré qui contrastait vivement avec le château de Limeros, peu meublé et fonctionnel. Il avait profité d'un banquet pour se promener et explorer le palais tout seul. Il était tombé sur une vitrine de poignards ornés de pierreries, et avait ressenti le besoin urgent d'en voler un en or, incrusté de saphirs et d'émeraudes. À Limeros, les armes n'étaient ni aussi belles ni aussi ouvragées que celle-ci. Elles étaient pratiques et efficaces, en acier ou en fer forgé. Il la voulait plus qu'il n'avait jamais rien désiré au cours de ses sept années de vie.

Son père le surprit alors qu'il retirait le poignard de la vitrine. Le roi avait été tellement furieux que son fils puisse voler, qu'il porte potentiellement préjudice au nom de sa famille, qu'il était devenu fou. La punition de Magnus lui fut infligée par l'objet même du délit.

Son père l'arracha des mains de son fils et lui taillada le visage.

Il avait immédiatement regretté sa violence. Mais au lieu d'aider Magnus et de panser aussitôt sa blessure, il s'était agenouillé devant lui et, à voix basse, lui avait parlé d'un ton menaçant tandis que le sang dégoulinait de la joue du petit garçon sur le sol de marbre brillant du palais auranien. Froidement, il avait menacé la vie de Magnus, celle de sa mère et de sa sœur cadette. Magnus ne devait jamais raconter à personne comment il s'était fait cette blessure.

Jusqu'à ce jour, il s'était abstenu. Chaque fois qu'il se regardait dans le miroir, il pensait à la menace et à la fureur insensée de son père.

Mais il n'était plus un petit garçon de sept ans. Il en avait dix-sept, bientôt dix-huit. Il était aussi grand que son père. Et aussi fort. Il ne voulait plus avoir peur.

– J'ai fait savoir au chef Basilius, expliqua le roi, que je tenais à le rencontrer en personne pour aborder les problèmes dans son pays, ponctués par le meurtre de Tomas Agallon par un seigneur auranien. Il a accepté de venir afin de discuter d'une éventuelle alliance.

– Une alliance ? répéta Magnus, surpris.

– Une union de deux pays qui visent le même objectif, ajouta Tobias.

Magnus jeta un regard méprisant au bâtard du roi.

– Je sais ce qu'est une alliance, rétorqua-t-il.

– Je crois que c'est l'augure que j'attendais, lança le chef Basilius. Longtemps, j'ai cherché une solution pour venir en aide à mon pays agonisant.

– Et quelle solution l'union avec Limeros va-t-elle apporter ? demanda Magnus.

Son père et le chef échangèrent un regard entendu, puis le roi Gaius croisa celui de son fils.

– J'ai suggéré que nous unissions nos forces et ôtions Auranos à un roi avide et égoïste qui serait prêt à laisser son peuple croire qu'il peut faire ce qu'il veut à qui il veut, sans réfléchir du tout aux conséquences.

– Prendre Auranos, dit Magnus qui n'en croyait pas ses oreilles. Vous avez l'intention de la conquérir ? Ensemble ?

Le sourire du monarque s'élargit.

– Qu'en penses-tu, mon fils ?

C'était une question insidieuse. Il était évident aux yeux de Magnus que cette discussion durait depuis un moment avant qu'il n'arrive. Nul ne semblait choqué le moins du monde par l'idée d'une guerre après des générations de paix.

Et une fois que Magnus put enfin reprendre son souffle, il ne fut pas du tout étonné. Son père avait affiché publiquement son mépris pour Corvin Bellos pendant une décennie, et l'aversion pour un royaume dévoué à l'hédonisme et aux excès frivoles avait souvent été le sujet principal des assemblées du conseil et des banquets royaux. Non, après réflexion, Magnus était juste surpris qu'il ait fallu tout ce temps à son père pour se décider à agir.

Les terres du chef Basilius se trouvaient pile entre Limeros et Auranos. C'était une étendue de deux cent quarante kilomètres que l'armée devrait traverser pour parvenir à la frontière auranienne. Une toute nouvelle alliance faciliterait assurément ce voyage.

– Je peux vous dire ce que j'en pense, lança Tobias. C'est un projet exceptionnel, votre Excellence.

Magnus dévisagea le valet du roi avec dégoût. Cheveux bruns, mêmes taille et carrure que lui. Les traits de Tobias étaient légèrement plus doux que les siens. À part cela, il n'y avait pas l'ombre d'un doute, ils partageaient le même père. C'était déconcertant, vraiment, que Tobias lui ressemble au point qu'il puisse avoir l'air d'être légitimement le frère aîné de Magnus. Si le roi reconnaissait un jour la filiation du jeune homme, cela placerait Tobias avant Magnus en tant qu'héritier du trône. Aucune loi limérienne n'établissait qu'il fallait du sang purement royal pour occuper ce poste. Même le fils d'une putain pouvait devenir roi.

– Je pense que quel que soit mon avis à ce sujet, mon père fera ce qui lui plaît, finit par dire Magnus. Comme toujours.

Le chef éclata de rire.

– Je constate que votre fils vous connaît trop bien.

– Tout à fait, convint le roi Gaius avec amusement. Alors, chef Basilius, qu'en dites-vous ? Êtes-vous d'accord avec mon projet ? Auranos est devenue grasse et paresseuse durant toutes ces années de paix, et elle ne sera pas capable de résister à une attaque inattendue. Elle tombera, et nous ramasserons les morceaux.

– Et ces morceaux que nous ramasserons, lança Basilius d'un ton songeur, allons-nous les partager équitablement ?

– Oui.

Le chef se cala dans son siège et passa lentement en revue tous ceux qui se trouvaient dans la salle de réunion. Les quatre hommes à ses côtés, vêtus de cuir des pieds à la tête, arboraient des poignards convexes à la ceinture. Ils semblaient prêts à se lancer dans la bataille si on leur en donnait l'ordre.

– Êtes-vous informé des rumeurs qui courent sur moi ? demanda le chef.

Magnus ne réalisa pas tout de suite que Basilius s'adressait de nouveau directement à lui.

– Des rumeurs ? répéta-t-il.

– Pourquoi ai-je été choisi pour diriger mon peuple ?

– Il paraît que vous étiez le dernier d'une lignée de sorciers autrefois touchés par l'*elementia*. Que vos ancêtres faisaient même partie des Sentinelles, ceux qui étaient les gardiens des Quatre sœurs.

– Vous avez bien entendu. C'est pour cela que je suis le chef de tribu de mon peuple et qu'il me fait confiance plus qu'à tout autre. Nous n'avons ni dieu ni déesse à vénérer comme vous le faites. Mon peuple m'a, moi. Quand il prie, c'est moi qu'il prie.

– Et entendez-vous ces prières ?

– En esprit, je les entends toutes. Mais quand ils désirent quelque chose assez fort, ils vont offrir un sacrifice de sang pour m'honorer.

Un sacrifice de sang ? Comme c'est sauvage ! Pas étonnant que ce soit un peuple mourant, comptant sur une poignée de vignobles pour empêcher leur économie de stagner complètement.

– Comme c'est intéressant, lança Magnus à la place.

– Il faut sacrifier quelque chose dont on fait grand cas, sinon cela n'a aucun sens.

– D'accord.

– Est-ce cela que vous êtes venu me demander ? fit le roi Gaius. Un sacrifice de sang pour vous honorer ?

Basilius écarta les mains et se tourna vers le roi.

– Comme il existe des légendes sur moi, il y en a aussi beaucoup sur vous. Il est difficile de demêler la fiction de la réalité.

– Qu'avez-vous entendu dire ?

– Que vous êtes un roi qui n'accepte que la perfection parmi tous ceux qui vous entourent. Que vous taxez votre peuple au point qu'il n'arrive presque plus à se nourrir. Votre armée maintient l'ordre dans les villages de Limeros, et celui qui s'éloigne des règles que vous avez fixées paie cher son erreur, souvent de sa vie. Que vous torturez et exécutez quiconque est accusé de sorcellerie dans votre pays. Que vous avez dirigé votre royaume avec violence et intimidation et que votre peuple vous craint, même quand il est à vos pieds. Qu'il vous surnomme le « roi du Sang ».

Si l'on avait demandé à Magnus de s'exprimer après ce petit discours, il était sûr et certain que rien ne serait sorti de sa bouche. Étaient-ce là les rumeurs sur le roi Gaius ?

Elles étaient incroyablement... justifiées.

Il observa très attentivement son père dans l'attente de sa réaction. Nul doute qu'il allait s'en prendre violemment à Basilius, le menacer et chasser immédiatement le chef et son entourage de son royaume.

Mais non. Le roi Gaius se mit à rire. C'était un rire grave, plein de danger, et un frisson parcourut le dos de Magnus quand il retentit dans la très vaste salle.

– Quelles histoires ! s'écria-t-il. Exagérées dans le but de divertir, bien sûr. De telles éventualités vous scandaliseraient-elles ?

– Tout le contraire, répondit le chef Basilius. Un tel homme n'est pas du genre à rester assis les bras croisés et à laisser les autres remporter ses batailles, il les remporterait lui-même. Il tuerait et prendrait ce dont il a besoin, quand il en a besoin. Êtes-vous cet homme ?

Le roi Gaius se pencha, et tout amusement disparut de son visage.

– Je suis ce *roi*.

– Vous voulez Auranos, mais j'ai du mal à croire que ce soit simplement parce que vous êtes indigné à cause d'un meurtre commis dans mon propre royaume. Dites-moi pourquoi vous tenez tant à soumettre Auranos.

Le roi Gaius garda le silence un instant, comme s'il évaluait l'homme devant lui.

– Je veux regarder souffrir le dirigeant de ce royaume, quand il verra celui-ci lui échapper et tomber entre les mains de quelqu'un qu'il déteste. C'est ma seule chance d'assister à cela.

La réponse sembla satisfaire le chef Basilius.

– Bien. Alors, il ne vous reste plus qu'à faire vos preuves, et à ne pas vous contenter de paroles. Faites-le, et je promets de bien réfléchir à cette affaire et de vous donner ma réponse définitive sans tarder.

– Faire mes preuves par le sacrifice de sang ?

Le chef opina.

– Je veux que vous sacrifiiez quelque chose qui compte beaucoup pour vous. Dont vous pleurerez la perte.

Le regard du roi se posa brièvement sur Magnus. Celui-ci serra plus fort le bord de la table. Ses paumes étaient moites.

Son père ne pouvait raisonnablement pas accepter quelque chose d'aussi sauvage, pas sur la simple lubie de ce paysan paelsian.

– Tobias, dit le roi Gaius. Donne-moi ton poignard.

Tobias sortit son couteau ordinaire à la lame en acier du fourreau à sa taille, et le tendit au monarque, manche en avant.

– Certainement. Si je puis me permettre, Votre Majesté, il y a des voleurs, dans le donjon, qui attendent en ce moment d'être jugés.

– Cela vous conviendrait-il, chef Basilius ? demanda le roi en se levant de son trône sur l'estrade. Le vol n'est pas un crime assorti d'une peine de mort, ici. Au pire, on leur couperait les mains. La mort inutile de n'importe quel sujet limérien représenterait également une perte pour mon royaume, pour mon économie – et donc pour moi.

Basilius se mit debout à son tour. Magnus resta là où il se trouvait. Il regardait tout cela avec un mélange d'intérêt et de dégoût.

– Ce choix me déçoit, observa le chef. Il y en a, parmi les miens, qui seraient prêts à sacrifier leurs propres enfants pour moi.

– Et un tel crime ne vous dérange pas ? demanda le roi, tendu. La famille pour moi est la seule chose que je place au-dessus de tout le reste. Et les enfants sont notre héritage, plus précieux que l'or.

– Nous en avons terminé. Je vais réfléchir à ce que vous m'avez proposé aujourd'hui.

Le chef se dirigea vers la porte. Son ton n'était plus aussi enthousiaste à l'idée d'une alliance que tout à l'heure.

– Tobias, dit le roi d'un ton égal.

– Oui, Votre Majesté ?

– Je regrette sincèrement la nécessité de cela.

Le roi se posta rapidement derrière le garçon, inclina sa tête en arrière et lui trancha la gorge.

Les yeux de Tobias devinrent fous, et ses mains se portèrent immédiatement à son cou. Du sang jaillit entre ses doigts. Il s'écroula.

Le roi Gaius regarda d'un air lugubre le corps du garçon qui cessa de bouger.

Magnus dut faire appel à toutes ses forces pour que son visage ne trahisse pas la tempête d'émotions en lui. Il s'intima à lui-même l'ordre de porter le masque d'impassibilité qu'il avait eu tant de mal à se construire au fil des années.

Basilius s'était arrêté sur le pas de la porte, et jeta un regard derrière lui, sur le roi et le valet mort. Ses sourcils s'arquèrent. Ses gardes avaient posé leurs mains sur leurs propres armes, prêts à défendre leur chef, mais Basilius les chassa d'un geste.

– Il était votre valet, n'est-ce pas ? demanda celui-ci.

Le visage du roi était crispé.

– Oui.

– Plus que cela, si les rumeurs disent vrai.

Le roi Gaius ne répondit pas.

Enfin, le chef paelsian hocha la tête.

– Merci de m'avoir offert un si grand honneur. Je n'oublierai pas votre sacrifice. Je vous ferai très vite part de ma décision.

Le chef et son entourage tournèrent les talons.

– Enlevez le corps, aboya le monarque aux quelques gardes qui restaient là sans rien faire.

Ensemble, ils emmenèrent le cadavre de Tobias. Il ne restait plus qu'une flaque de sang comme preuve de ce qui s'était passé. Magnus se força à ne pas la regarder directement.

Il ne fit pas mine de s'en aller, et ne dit pas non plus un seul mot. Il attendit.

Plusieurs minutes s'écoulèrent avant que le roi ne vienne se poster à côté de sa chaise. Chaque muscle dans le corps de Magnus se tendit. Si Tobias n'avait jamais cru que son propre père pût être responsable de sa mort, Magnus n'avait jamais sous-estimé celui-ci dans ce domaine.

Il faillit sauter au plafond lorsque son père lui tapa sur l'épaule.

– Des temps difficiles nécessitent des décisions difficiles, déclara-t-il.

– Vous avez fait la seule chose que vous puissiez faire, répondit Magnus le plus posément possible.

– Alors, soit. Je ne regrette rien. Je n'ai jamais rien regretté et ne regretterai jamais rien. Debout, mon fils.

Le jeune homme repoussa la table et se redressa pour affronter le roi.

Son père le jaugea de la tête aux pieds, et hocha la tête.

– J'ai toujours su que tu avais quelque chose d'exceptionnel, Magnus. Ton comportement aujourd'hui ne fait que le confirmer. Tu t'es très bien tenu à l'instant.

– Merci.

– Je t'ai observé très attentivement ces derniers temps. Après une enfance difficile, je crois que tu es devenu un jeune homme prêt à assumer de véritables responsabilités, plutôt qu'à se contenter de la vie oisive d'un prince. Chaque jour, je suis de plus en plus fier de t'appeler « mon fils ».

Que son père puisse être content de lui était une révélation qui le choquait.

– Je suis ravi de l'entendre, réussit-il à dire calmement.

– Je tiens à ce que tu joues un rôle dans tout cela. T'apprendre tout ce que tu peux afin qu'un jour tu puisses reprendre mon trône, rendu plus fort par chaque leçon reçue. Je ne mentais pas tout à l'heure. La famille est ce qui compte le plus pour moi, pardessus tout le reste. Je désire que tu sois à mon côté. Es-tu d'accord ?

S'agissait-il d'une décision mûrement réfléchie pour son père, ou la suppression de Tobias, et son exécution sommaire, avait-elle suffi à déclencher ce soudain attachement parental ?

Cela comptait-il vraiment ?

– Bien sûr, répondit Magnus. Tout ce que vous voudrez.

Il se rendit alors compte qu'il pensait ce qu'il disait.

Le monarque hocha la tête.

– Bien.

– Y a-t-il quelque chose que je puisse faire pour vous à présent ? Ou devons-nous attendre que le chef vous fasse part de sa décision ?

Le roi jeta un œil sur les deux gardes qui restaient dans la pièce. D'un petit coup de menton, il leur intima de sortir afin de pouvoir s'entretenir avec Magnus en privé.

– Il y a quelque chose, bien que ce ne soit pas directement lié à mes projets pour Auranos.

– Quoi alors ?

– Cela concerne ta sœur.

Magnus se figea sur place.

– Qu'y a-t-il ?

– Je sais qu'elle est très proche de toi. Plus que de moi ou de sa mère. Je veux que tu gardes un œil sur elle. Si tu remarques quelque chose d'inhabituel, tu dois immédiatement me prévenir. Si tu ne le fais pas, elle courra un grave danger. Comprends-tu ?

Il retint son souffle.

– Quel genre de danger ?

Il s'assombrit.

– Je ne peux pas t'en dire plus pour l'instant. Ferastu ce que je te demande sans poser de question ? C'est important, Magnus. Va surveiller Lucia, et fais-moi savoir si tu remarques quoi que ce soit.

Le monde était étrangement accidenté sous les pieds de Magnus. S'il ne s'était jamais soucié de Tobias, la mort du bâtard l'avait pourtant profondément ébranlé.

Lucia, en revanche, comptait beaucoup pour lui. Quoi que son père lui demandât, cela avait un rapport direct avec la conversation que Magnus avait surprise entre le roi et Sabina la nuit de son anniversaire. De magie et de mystère. Et si cela mettait le bien-être de Lucia en danger de quelque façon, il savait qu'il n'avait qu'une seule réponse à lui donner.

Il hocha la tête.

– Bien sûr, père.

CHAPITRE 9

AURANOS

Au-devant de la grande salle, sur l'estrade, le roi Corvin s'adressait à un groupe d'amis et de nobles réunis pour le banquet de fête :

– J'ai l'immense joie de vous annoncer à tous que ma cadette, la princesse Cléiona Aurora Bellos, sera unie par les liens du mariage au seigneur Aron Lagaris, fils de Sébastien Lagaris, de la Faille des Anciens. J'espère que vous pourrez vous joindre à moi pour célébrer cette union heureuse et joyeuse. À la princesse Cléo et au seigneur Aron !

La foule applaudit. Cléo, debout au côté de son père, tâcha de retenir ses larmes. Elle ne voyait plus les visages, juste des formes floues. Mais elle ne pleurerait pas. Aron trinqua avec elle, quand elle se rassit derrière la table du festin royal. Le tintement la fit se raidir.

– Souris, Cléo. Tout le monde va croire que cette annonce ne te rend pas folle de joie !

– C'est le cas, et tu le sais très bien, dit-elle entre ses dents.

– Tu t'y feras, l'assura-t-il, mais il n'avait pas l'air de s'en soucier du tout. Et avant même que tu t'en rendes compte, ce sera notre nuit de noces.

Ç'avait plus l'air d'une menace que d'une promesse.

C'était officiel. Elle était fiancée.

Après la discussion désagréable avec Aron dans sa villa, trois semaines auparavant, elle avait abordé le sujet avec son père, dans l'espoir que celui-ci accepte qu'elle rompe ses fiançailles avant même de les annoncer publiquement. Mais il lui avait assuré que c'était pour le mieux et qu'elle devait croire en sa capacité à choisir un bon mari pour sa fille chérie.

Son père, songea Cléo avec un désarroi grandissant, aimait l'idée d'avoir Aron comme beau-fils – un seigneur qui aurait, à ce que l'on racontait, sauté dans la bataille pour défendre la princesse sans défense contre un paysan paelsian sauvage –, elle, ne l'aimerait jamais.

Depuis cette « discussion » le roi avait été trop occupé pour parler à Cléo en privé. Toutefois, heureusement, il avait également été trop occupé pour faire une annonce. Chaque jour qui passait sans déclaration était un cadeau. L'occasion pour elle de trouver une solution.

Mais elle n'avait pas pu. Pas à temps.

Et ça y est, c'est fait, songea-t-elle lugubrement.

Elle ne pouvait rien avaler. Elle avait trop mal au ventre pour que celui-ci puisse garder une seule bouchée du veau, du cerf, du poulet farci, des fruits ou des pâtisseries – pour ne nommer qu'une partie du copieux festin à cinq plats. Et elle refusait de boire, ne serait-ce qu'une gorgée de vin.

Dès qu'elle le pourrait, elle s'enfuirait du banquet surpeuplé, se soustrayant au regard de Théon, et se faufilerait discrètement devant les hordes d'admirateurs qui semblaient si enthousiastes à l'idée des noces royales.

– Comme c'est merveilleux, entendit-elle s'écrier une femme qu'elle croisa, d'avoir une si joyeuse nouvelle à célébrer ! J'espère que ce sera un mariage de printemps. C'est charmant. C'est malheureux pour la princesse Emilia, en revanche. Comme c'est triste qu'elle ne soit pas assez en forme pour y assister !

En entendant cela, le cœur de Cléo se serra. Chaque fois qu'elle devenait trop égoïste et ne pensait qu'à ses propres problèmes, elle devait se donner des coups. Il se passait autre chose de bien plus important, hormis son problème avec Aron.

Les vertiges et migraines d'Emilia n'avaient fait que s'aggraver, à tel point qu'elle devait désormais garder le lit, trop faible même pour assister à un repas. Aucun des guérisseurs convoqués au palais n'arrivait à trouver ce qui n'allait pas. Ils conseillèrent à la jeune fille de se reposer et de patienter. Et espéraient que ses récents problèmes de santé finiraient par se tasser, comme une fièvre.

Espéraient.

Cléo n'aimait pas les espoirs, elle préférait les certitudes. Elle aimait savoir que demain serait beau, ensoleillé et rempli d'activités agréables. Elle aimait savoir que sa famille, ses amis étaient en pleine forme et heureux. Tout le reste était inacceptable.

Emilia irait bien, parce qu'il le fallait. Si Cléo désirait quelque chose suffisamment fort, cela arriverait. Pourquoi pas ? Cela avait toujours été le cas.

Résolument, elle chassa de sa tête ses fiançailles avec Aron.

Depuis la grande salle, Cléo se dirigea tout droit vers les appartements de sa sœur. Derrière les rideaux de gaze de son lit à baldaquin, Emilia, calée contre une multitude d'oreillers de soie colorés, lisait à la lueur d'une bougie. Dans le coin, sur un chevalet, trônait le tableau qu'elle venait de terminer, une étude de ciel nocturne. Elle jeta un regard dans sa direction, les yeux quelque peu vitreux, le visage pâle et les traits tirés, lorsque sa sœur entra dans la pièce.

– Cléo… commença-t-elle.

Celle-ci se mit à pleurer, haïssant chaque larme qu'elle versait, pour elle, pour sa sœur. Elles étaient inutiles. Elles ne servaient qu'à lui donner le sentiment qu'elle était faible et impuissante, devant ce courant qui les emportait tous dans son sillage.

Emilia reposa le livre, repoussa les rideaux du ciel de lit et tendit la main à sa sœur. Cléo tituba vers elle et se laissa tomber à son côté.

– Je déteste te voir aussi mal, sanglota-t-elle.

– Je le sais. Mais ce n'est pas la seule raison de tes larmes, n'est-ce pas ? Père a fait l'annonce ?

Cléo, trop émue pour parler, se contenta de hocher la tête.

Emilia serra sa main et la regarda très sérieusement.

– Il ne fait pas cela pour te faire du mal. Il pense honnêtement qu'Aron ferait un bon époux pour toi.

Non, c'est faux. Il ferait un horrible mari. Pourquoi était-elle la seule à le voir ?

– Pourquoi maintenant ? Ne pouvait-il pas attendre encore deux ans ?

– Beaucoup, même ceux qui vivent ici, ont considéré que ce qui s'était passé à Paelsia était un affront direct à nos voisins. Avec tes fiançailles, le roi déclare qu'il accepte Aron et qu'il estime que c'est un noble digne de sa précieuse fille. Les rumeurs d'après lesquelles Aron a tué dans le seul but de protéger celle qu'il aime sont confirmées. Crise évitée.

– C'est tellement injuste !

Qu'il s'agît uniquement d'un choix politique paraissait si froid, si analytique. Idéalement, pour Cléo du moins, on devait se marier par amour, pas selon les projets du monarque.

– Notre père est le roi. Tout ce qu'il fait, dit, choisit, décide de faire, c'est pour son royaume. Pour le renforcer là où il pourrait s'affaiblir.

Cléo respira par à-coups.

– Mais je ne veux pas épouser Aron.

– Je sais.

– Alors, que devrais-je faire ?

Emilia sourit.

– Tu devrais peut-être t'enfuir pour te marier avec Nic, comme il l'a suggéré, selon tes dires.

Cléo faillit en rire.

– Ne sois pas ridicule.

– Tu te doutes bien que ce garçon est fou amoureux de toi, non ?

Cléo fronça les sourcils, puis se retira pour gratifier sa sœur d'un regard perplexe.

– Non, c'est faux. Je serais au courant, si c'était le cas.

Emilia haussa les épaules.

– Certaines vérités ne sont pas si faciles à voir.

Nic n'était très certainement pas amoureux d'elle. Ils étaient bons amis, rien de plus. Du coin de l'œil, elle remarqua Théon passer devant la porte ouverte et se rendre dans la chambre d'Emilia, comme pour faire savoir qu'il était là. Il l'avait suivie depuis le banquet, du haut de l'escalier en colimaçon jusqu'aux appartements de sa sœur. Qu'il ne veuille pas qu'elle lui échappe lui procura une curieuse bouffée de plaisir.

Elle détourna les yeux du jeune homme, posté en silence sur le pas de la porte, et reporta son attention sur sa sœur. Elle retint son souffle. Emilia saignait du nez.

En avisant l'horreur qui se manifestait sur le visage de Cléo, la jeune fille prit un mouchoir crème déjà taché de rouge et l'essuya, comme si c'était parfaitement normal.

Ce spectacle lui glaça le sang.

– Emilia...

– Je sais que les fiançailles te mettent dans tous tes états, l'interrompit Emilia d'un ton doux, en faisant comme si cette vision n'était pas déconcertante. Il faut que je t'avoue quelque chose, Cléo, à propos de mes fiançailles rompues. Peut-être que cela t'aidera.

Cléo, surprise, hésita. Elle n'avait jamais cru qu'un jour elle apprendrait la vérité.

– Dis-moi.

– J'étais enchantée d'être fiancée, à cette époque. Je trouvais que c'était mon devoir. Le seigneur Darius n'était pas si terrible. Je l'aimais bien. Vraiment. J'étais prête à l'épouser. Mais après tout, père avait attendu que j'aie dix-huit ans pour choisir quelqu'un pour moi. Il n'y avait pas la même pression qu'aujourd'hui.

Dix-huit ans, cela lui semblait une petite éternité. Si seulement Cléo avait eu autant de temps pour s'accoutumer à tout cela !

– Que s'est-il passé ?
– Je suis tombée amoureuse d'un autre.
– Je le savais, dit Cléo en attrapant la main de sa sœur. Qui était-ce ?
Emilia humidifia ses lèvres claires du bout de sa langue et parut hésitante.
– Un garde.
Les yeux de Cléo s'écarquillèrent. C'était la dernière réponse à laquelle elle s'attendait !
– Tu n'es pas sérieuse ?
– Si. C'est la première fois que je tombais aussi amoureuse. Cela m'a bouleversée. Il était si beau, si intrigant, et avec lui j'avais l'impression d'être plus vivante que jamais. Je savais que c'était mal, que l'on n'autoriserait jamais ce genre d'union, mais lorsque nos cœurs effectuent ce type de voyage, il n'y a qu'une chose à faire, essayer de s'accrocher. J'ai expliqué à père que je ne pouvais pas épouser le seigneur Darius. Je l'ai imploré de ne pas m'y forcer. Je lui ai promis que s'il le faisait, je... je me tuerais.
Un frisson parcourut Cléo quand elle se rappela la grave dépression de sa sœur à l'époque de ses fiançailles.
– Je t'en supplie, ne dis pas ce genre de choses.
– C'était vrai, à l'époque. Et père y a cru. Il a mis un terme immédiat aux fiançailles, faisant passer la vie de la future reine d'Auranos avant un mariage royal arrangé. Aujourd'hui, je m'en veux de lui avoir fait peur, mais à ce moment-là, j'étais incapable d'avoir les idées claires.
– Où est-il aujourd'hui ? murmura Cléo. Ce garde ?
Les yeux d'Emilia s'emplirent de larmes qui éclaboussèrent ses joues pâles.

– Parti.

Ce mot contenait à lui seul une si grande douleur qu'elle était palpable. Sa sœur serrait son livre préféré dans sa main, un service religieux à la déesse Cléiona.

– Je puise ma force dans mes lectures sur sa volonté, expliqua Emilia d'un ton calme, en contemplant la couverture estampée d'or. Elle a fait ce qu'il fallait pour défendre Auranos, a risqué sa vie pour protéger ce royaume du mal extérieur. Ma foi, voilà tout ce qui me reste pour traverser cette période difficile. Je sais que la tienne prend une orientation plus pragmatique.

Elle avait beau porter le nom de la déesse, Cléo n'était pas investie dans la religion, et elle n'était pas la seule. Beaucoup dans le royaume s'étaient éloignés de ce que l'on considérait autrefois comme une partie importante de la vie auranienne. Il y avait des années que le roi avait détendu la règle selon laquelle une journée serait dédiée à la prière. Ici, toutes se valaient, et ses sujets pouvaient utiliser leur temps comme bon leur semblait.

Cléo haussa les épaules.

– J'imagine que j'ai du mal à croire aux choses que je ne peux pas voir.

– J'aimerais bien que tu lui laisses une chance et que tu en apprennes plus à son sujet. Cléiona était si forte et courageuse. C'est la raison pour laquelle mère a insisté pour que tu portes son nom. Elle avait perdu un bébé avant toi et on lui avait annoncé qu'elle n'en aurait pas d'autre. Tu étais un miracle. Tout ce qu'elle faisait, c'était prier pour ta petite et précieuse vie quand tu es née. Plus que tout, elle voulait que tu survives. Elle a insisté pour que tu portes le nom de la déesse, en espérant te donner ainsi la force de t'en sortir. C'était sa dernière requête.

– Si seulement nous avions pu survivre toutes les deux, observa Cléo.

Sa voix se brisa.

Malgré toutes les richesses du roi Corvin, sa reine adorée était morte en couches et il n'avait rien pu faire pour l'éviter.

– Moi aussi, je l'aurais bien voulu, mais je suis heureuse que tu sois là.

– Tu sais que je ferais n'importe quoi pour toi, n'est-ce pas ? Je t'aime plus que tout au monde.

La voix de Cléo reflétait ses pensées.

– Je sais. Et moi aussi, je t'aime.

Emilia saigna encore du nez, puis elle s'essuya.

– Que puis-je faire pour t'aider ?

– Rien, répondit la jeune fille en cillant, vide de toute expression. Je suis en train de mourir, Cléo.

– Emilia, ne dis pas cela !

Un sanglot secoua la poitrine de Cléo. C'était sa plus grande peur, qu'Emilia formulait haut et fort pour la première fois.

Sa sœur serra affectueusement sa main.

– C'est la vérité. Il faut que tu te prépares à ce qui va arriver. Tu dois essuyer la tempête et en ressortir plus forte.

– Arrête, dit Cléo, la voix tremblante. Ne dis pas ça. Tu n'es pas en train de mourir.

– Si. Je le sais. Quand l'homme que j'aime est décédé, il y a deux mois, j'ai prié Cléiona de me prendre moi aussi, afin de pouvoir le retrouver. Mes prières sont exaucées.

Le visage d'Emilia se froissa de chagrin et des larmes ruisselèrent sur ses joues. Elles étaient teintées de rouge. Encore du sang.

Cléo haleta. Sa sœur était amoureuse d'un garde disparu deux mois auparavant.

– C'était le père de Théon, pas vrai ?

Emilia eut le souffle coupé, puis fixa Cléo d'un air surpris, avant de sangloter plus fort.

Cléo avait deviné juste. Sa sœur aimait le garde du corps du roi qui avait fait une chute de cheval mortelle. Une tragédie. Cléo avait pleuré la disparition du père de Théon. Elle était loin de se douter que cela avait été une si grosse perte pour sa sœur.

– Je suis vraiment, vraiment désolée.

Elle étreignit Emilia dont les joues trempées de sang imprégnaient l'épaule de sa robe. Ce n'était pas dans le caractère de sa sœur d'être aussi émotive. En temps normal, elle cachait ses larmes, même à Cléo. Emilia avait toujours été posée et parfaite, intelligente et sophistiquée, alors que Cléo avait du mal à bien se tenir. Emilia avait été le roc, elle la rassurait quand des ragots ou une dispute idiote avec une amie la bouleversaient. Ou la perte de son innocence avec Aron.

Tu es la même qu'hier ou avant-hier, lui avait-elle dit pour la calmer. *Rien n'a changé. Pas vraiment. Oublie ce qui te perturbe. Ne regrette rien, mais apprends de toutes les erreurs que tu fais. Demain sera un autre jour, je te le promets.*

– Je suis vraiment désolée qu'il soit parti, murmura Cléo dans les cheveux de sa sœur. J'aimerais que tout puisse être différent. Mais je t'en prie, ne dis pas que tu as prié pour mourir. Tu n'as pas le droit de dire ce genre de choses.

Emilia respira profondément, tremblante.

– Quand j'ai appris sa disparition, j'ai cru que j'allais mourir, moi aussi. C'était comme si j'avais perdu mon mari, pas seulement mon amant. Si

Simon et moi savions que jamais nous ne pourrions nous marier dans la réalité, deux semaines avant sa mort, nous sommes partis à cheval à Lesturne Valley, à quelques heures de la ville. Nous avons passé la journée ensemble, nous nous sommes promis amour et dévouement, avec la beauté de la nature en guise de témoin. Je me suis engagée envers lui pour toujours, et lui envers moi. C'était parfait, Cléo. Pendant quelques heures, tout était tellement parfait. Nous avons regardé le soleil se coucher ensemble et compté les étoiles. Il a affirmé que nous deviendrons des étoiles quand nous mourrons, que nous veillerons sur ceux que nous aimons. Aujourd'hui, je contemple le ciel chaque soir en espérant l'y trouver, en espérant l'y revoir. Il me manque tellement que je sais que c'est la cause de cette maladie. Mon chagrin s'est tapi en moi, comme quelque chose d'obscur qui grignote ma vie.

La gorge de Cléo était si serrée, mais ses mots contenaient de la colère.

– Tu ne dois pas le laisser faire. Tu ne peux pas. Tu seras reine un jour. Si tu disparais, alors ce sera moi. Fais-moi confiance, Emilia, ce serait une très mauvaise chose. Je ferais une horrible reine. Tout cela a beau avoir été affreux pour toi, et j'ai beau être très attristée par ce secret que tu as gardé enfoui, je refuse d'accepter que tu meures de chagrin. Tu es malade, voilà tout. Et les malades guérissent.

– Les guérisseurs que j'ai vus ne comprennent pas ce qui m'arrive. Ils n'ont ni réponse ni médicaments, à part ceux qui me donnent envie de dormir toute la journée, dit Emilia en ronchonnant doucement. Mais l'un d'eux m'a suggéré d'aller chercher de l'aide à Paelsia. Selon lui, ce serait mon dernier espoir de survie.

– Quelle aide, à Paelsia ? demanda immédiatement Cléo.

Emilia agita une main.

– C'est juste une légende, c'est tout.

– Laquelle ?

Le sourire d'Emilia s'élargit.

– D'un seul coup, ma sœur, qui ne croit que ce qu'elle voit, s'intéresse aux histoires et aux légendes ?

– Si tu ne me le dis pas, je te jure que je vais hurler !

Le pâle visage d'Emilia paraissait fatigué, et elle posa sa tête sur l'oreiller.

– Bonté divine ! Abstiens-toi ! Le guérisseur m'a parlé d'une femme à Paelsia, qui sert de gardienne aux pépins de raisin originaux dans lesquels on a insufflé la magie de la Terre. Ce sont eux qui ont aidé les vignobles à produire brusquement un vin aussi incroyable. Elle veille sur eux avec sa propre magie de la Terre, et les protège du reste du monde.

– Magie, répéta Cléo d'un ton sceptique.

– Je sais que tu n'y crois pas, raison pour laquelle je ne voulais pas t'en parler.

– Alors comme ça, cette femme possède des pépins magiques, et c'est grâce à elle que les vignes poussent si magnifiquement à Paelsia ? Pourquoi ne se sert-elle pas de cette magie pour justement aider le peuple à sortir de sa pauvreté ?

– Peut-être que sa sorcellerie ne peut aller si loin. Mais d'après la légende, ses pépins ont la possibilité de guérir même les maladies les plus terribles.

– Et qui est donc cette femme ?

Emilia semblait réticente à développer.

– Alors ? insista Cléo.

– Une Sentinelle exilée. Qui a quitté le Sanctuaire il y a de nombreuses années.

– Une Sentinelle ? répéta Cléo avec incrédulité.

– C'est ça. Donc, tu as raison. Ce n'est rien de plus qu'une histoire. Les Sentinelles n'existent pas vraiment. Et personne ne nous espionne au travers des yeux des faucons, espérant découvrir des indices sur l'endroit où trouver les Quatre sœurs.

– Je n'ai jamais cru en de telles inepties.

– Voilà pourquoi j'ai hésité à te le dire.

Elle essuya une goutte de sang frais sous son nez. Cléo, qui allait presque mieux, eut de nouveau mal au cœur.

– Emilia... répondit-elle, les yeux emplis de larmes. Je ne sais pas quoi faire...

Emilia semblait profondément affligée.

– Je... je n'aurais jamais dû te parler de tout cela. Cela m'a échappé. Je voulais juste te dire que si tu ne tiens pas à épouser Aron, tu devrais l'avouer à Père. Fais-lui comprendre que tu mourras si tu te maries avec lui. Et si tu tombes amoureuse d'un autre, passe le plus de temps possible avec lui, parce qu'on ne sait jamais quand on peut te l'enlever. Va où ton cœur te porte. Savoure la vie, Cléo. C'est un cadeau que l'on peut te voler à tout moment. Quoi qu'il m'arrive à présent avec cette maladie, je ne regrette pas une seule minute passée avec Simon.

Cléo serra les dents.

– Tu ne mourras pas. Je le ne permettrai pas.

Emilia expira en tremblant.

– J'ai très, très mal à la tête. J'ai besoin de dormir. Je ne peux garder les yeux ouverts plus longtemps à cause des élixirs ridicules que les guérisseurs m'ont donnés à boire. Bonne nuit, chère sœur. Ça ira mieux demain.

Cléo garda la main d'Emilia dans la sienne jusqu'à ce qu'elle soit sûre qu'elle ait sombré dans le sommeil. Après avoir posé un baiser sur le front de sa sœur, elle se rendit dans le couloir d'une démarche chancelante. Théon se tenait près de la porte. Son beau visage était lugubre.

La porte ouverte, celui-ci aurait facilement pu entendre chaque mot échangé entre Emilia et elle, même s'il n'avait pas essayé d'écouter.

– J'ai cru que vous tâcheriez de nouveau de vous échapper par le balcon, déclara-t-il d'un ton calme.

– Pas ce soir, rétorqua-t-elle en levant les yeux sur son visage tendu. Étiez-vous au courant ?

Il secoua la tête.

– Je me doutais que mon père aimait quelqu'un, mais il a toujours refusé de préciser qui. J'ai imaginé qu'il sortait avec une femme mariée. Maintenant, je sais.

Elle serra les bras contre sa poitrine en marchant. Les lanternes incrustées dans le mur diffusaient une lueur et une ombre tremblotante le long du mur.

– Croyez-vous à ce qu'elle a dit à propos des Sentinelles exilées, et des pépins magiques qui peuvent guérir les maladies ?

– Je ne sais pas.

Cléo s'arrêta et se tourna vers lui.

– Vous ne savez pas ? En fait, vous pensez que ce pourrait être possible ?

– Mon père croyait à la magie, aux légendes des Sentinelles des Quatre sœurs, perdues de vue depuis longtemps. Il m'a raconté que ceux qui s'exilent dans le monde des mortels auront des enfants qui peuvent également être touchés par la magie. Des sorcières.

– Je n'ai jamais cru en l'existence des vraies sorcières. Ni des Sentinelles.

Il s'assombrit.

– Moi non plus, et je ne pense pas qu'il faille commencer aujourd'hui.

– Je me demande si ceux qui habitent dans les villages paelsians mêmes sauraient comment trouver cette femme, dit-elle entre ses dents après un moment. Si seulement je pouvais avoir un nom, un lieu, je pourrais lui mettre la main dessus et lui parler.

Théon garda le silence un instant.

– Vous n'envisagez pas réellement de courir après cela ? Ce n'était qu'une histoire que votre sœur vous a racontée.

– Si quelqu'un peut aider Emilia, alors je dois le trouver.

La soudaine détermination sur son visage eut l'air d'inquiéter Théon.

– Après ce qui s'est passé avec le seigneur Aron, ce n'est pas une bonne idée que quelqu'un d'Auranos mette un pied de l'autre côté des frontières de Paelsia, tant que tout cela ne sera pas calmé.

Paniquée, elle le regarda.

– En êtes-vous sûr ?

Il hocha la tête.

– C'est l'une des raisons pour lesquelles votre père a décidé d'agir aujourd'hui et d'annoncer vos fiançailles. C'est une distraction.

Ses épaules s'affaissèrent.

– Mon futur malheur consiste à servir de distraction. Merveilleux.

– Comme votre sœur l'a expliqué, vous n'êtes pas obligée de l'épouser. Sauf si vous le désirez.

– Vous semblez croire que j'ai le choix.

– La princesse Emilia a pu interrompre ses fiançailles parce qu'elle en aimait un autre.

– Donc, vous pensez que je devrais tomber amoureuse d'un autre ?

Il ne répondit pas immédiatement. Elle se rendit compte qu'il la regardait attentivement.

– Peut-être, dit-il enfin.

Le cœur de la jeune fille manqua un battement. Puis son regard se porta sur les lèvres du garde, comme si elle ne pouvait s'en empêcher.

– Je veux aider Emilia, murmura-t-elle. Je ne peux pas la perdre.

– Je sais.

– Je dois aller à Paelsia pour essayer de trouver des informations sur cette Sentinelle exilée.

L'expression de Théon se durcit.

– Oubliez cela, princesse. De plus, vous ne croyez pas à la magie.

– Je ne crois pas à la magie parce que je ne crois en rien que je n'aie vu de mes propres yeux. De fait, je dois me rendre à Paelsia dès que possible, et apprendre la vérité par moi-même.

Il la scruta patiemment, et un infime éclat de respect traversa son regard.

– Vous êtes déterminée à sauver votre sœur.

Elle déglutit, puis leva les yeux sur lui.

– Elle est en train de mourir, je le sens. Théon, je vais la perdre si je n'agis pas dès maintenant. M'accompagneriez-vous ?

Théon garda le silence un moment.

– Si votre père vous donnait l'autorisation d'effectuer ce voyage, alors oui, bien sûr.

Ce pouvait être la réponse qu'il lui fallait – qu'il fallait à Emilia pour recouvrer la santé. Et s'il y avait quelque trouble à Paelsia, Cléo veillerait bien à les éviter. Théon à son côté, rien ne pourrait l'arrêter. La motivation et l'optimisme l'envahirent.

– Alors, je vais obtenir l'accord de mon père.

CHAPITRE 10

LIMEROS

– *C'est juste une fille, rien de plus. Mais… vous croyez ?*

Alexius pouvait communiquer mentalement avec les siens quand il se trouvait dans le monde mortel, même sous sa forme de faucon. Il détourna son regard vif de la princesse brune qui était sortie du château de pierre immense et menaçant à sa droite, pour regarder son amie Phèdre, perchée sur la branche à côté de lui.

– *Je crois.*

– *Et qu'est-ce que cela signifie, si c'est elle ?* demanda Phèdre.

– *Tout.*

Que le Sanctuaire pouvait être sauvé. Qu'ils auraient enfin la chance de récupérer les Quatre sœurs avant qu'elles ne tombent dans d'autres mains.

Le Sanctuaire existerait encore bien après la disparition du monde mortel, mais cela ne durerait pas éternellement. Ce qui était désormais leur prison ne tarderait pas à devenir leur tombeau.

Sans l'*elementia,* tout finissait par disparaître. Surtout ce qui était créé à partir de la magie elle-même.

– *Et si ce n'est pas elle ?* insista son amie.

– *Alors, tout est perdu.*

Seize ans auparavant, Alexius avait vu les signes. Même les étoiles s'étaient alignées pour célébrer la naissance de cette belle enfant. Il avait regardé, quand on l'avait enlevée dans son berceau, arrachée des bras de sa mère par les sorcières descendantes de celle qui était exilée du Sanctuaire.

Certes, celle-ci ne savait absolument pas quelle sorte d'enfant elle avait mis au monde. Mais les sorcières ordinaires n'avaient pas le droit de prendre l'enfant pour la cacher en faisant couler tout ce sang. Une sorcière – celle qui avait de la bonté dans son cœur – avait péri entre les mains de sa sinistre sœur. Cette sœur vivait encore, surveillait cette fille comme Alexius les épiait toutes deux.

La patience était un don que les Sentinelles chérissaient plus que tout. Mais même Alexius sentait la nervosité palpiter dans sa poitrine. Il croyait. Il avait observé et attendait un signe qui lui montre qu'il avait raison. Que c'était elle. Il détestait dire que sa foi déclinait et que sa patience se tarissait.

Il y avait désormais une vague colère en lui qui ne lui ressemblait pas. Ce petit bout de fillette pourrait tant le décevoir : juste une mortelle ordinaire, au mieux une sorcière. Rester trop longtemps dans ce monde était un danger pour une Sentinelle. Cette colère grandissante était un signe. Il devait vite rentrer au Sanctuaire pour se purifier d'une telle émotion naissante et inutile.

Peut-être avait-il tort. Peut-être avait-il perdu tout ce temps à scruter cette fille dès lors qu'elle sortait. Chaque fois qu'elle se tenait sur le balcon, contemplait, en contrebas, le jardin gelé sous ses appartements. Regardait ses lèvres quand elle lisait à voix haute, quand elle priait une fausse déesse qui ne méritait pas de dévotion aussi profonde.

Alexius voulait se détourner, passer ses heures précieuses dans le monde mortel à se consacrer à d'autres occupations, mais il ne pouvait pas la laisser.

Bientôt, peut-être. Mais pas encore.

Il décolla de la branche et battit des ailes, s'élançant haut dans le ciel. En contrebas, la magnifique princesse brune leva les yeux sur lui. Le plus bref des instants, leurs regards se croisèrent.

Tout ce qu'elle voyait quand elle le regardait, c'était un faucon doré.

Sans trop savoir pourquoi, cette prise de conscience l'attrista.

CHAPITRE 11

LIMEROS

Lucia était dehors, son souffle formait des nuages glacés dans l'air froid alors qu'elle expirait, regardant le faucon s'envoler haut dans le ciel bleu étincelant. Elle aurait pu jurer qu'il la fixait.

Elle chassa cette pensée et passa les terres en revue, cherchant un signe du retour de son frère. Après des semaines à garder son horrible secret bien caché, elle était prête à s'épancher, quoi qu'il advienne.

Bien sûr, l'unique fois où elle avait désespérément voulu trouver Magnus était le seul moment où il était introuvable. Elle avait fouillé de fond en comble les couloirs du château pendant une heure, pour apprendre par une aide de cuisine qu'il accompagnait son père à la chasse, mais qu'il devrait bientôt rentrer.

C'était étrange. Magnus n'avait jamais montré grand intérêt à chasser avec leur père. Magnus n'avait jamais montré de grand intérêt à chasser tout court. Elle se demanda, mal à l'aise, si la mort récente de Tobias qui, à ce qu'elle savait – bien qu'elle ne fût pas censée être au courant –, était son demi-frère, avait un rapport avec ce changement. Il avait été enterré vite et discrètement, sans aucune explication sur son décès soudain.

Pour s'éclaircir la tête de ses pensées tourbillonnantes, Lucia était sortie prendre l'air frais et le soleil, bien résolue à se promener d'un pas vif sur les terres du palais et à se préparer pour ses cours de l'après-midi – dessin, géographie, et malheureusement broderie. Elle pouvait rarement tenir, durant tout un cours de travaux d'aiguille, sans se piquer. Magnus ne la trouvait pas maladroite, manifestement, mais les bouts de ses doigts endoloris indiquaient tout le contraire.

Tout à sa gauche, elle aperçut un garçon qu'elle connaissait, Michol Trichas. Elle leva la main pour lui faire signe, mais il n'eut pas l'air de la voir et tourna les talons.

Elle accéléra le pas pour le rattraper, et ferma sa cape bordée de fourrure pour chasser le froid glacial.

– Michol !

Elle l'accueillit avec un sourire ; la terre glacée craquait sous les semelles de cuir de ses chaussures. Ils avaient suivi un cours de dessin ensemble, ici au palais, quelques mois auparavant. Son père avait voulu abolir cet enseignement, mais Lucia l'avait supplié de réfléchir, lui faisant valoir que l'étude du dessin n'était pas simplement une poursuite frivole de la beauté esthétique, mais de l'histoire et de l'héritage.

Michol était le fils de nobles du coin, des amis du roi. Elle l'appréciait beaucoup, avait adoré parler de sculpture avec lui. Ils avaient discuté pendant une heure d'une esquisse d'un mystérieux gouvernail en pierre sculptée qui se trouvait sur l'étendue glacée de Limeros, à l'extrême nord, une région qui ne dégelait jamais. Il était censé provenir du Sanctuaire même, un endroit de magie légendaire, caché dans les Montagnes interdites d'où les êtres mystiques éternels surveillaient le monde mortel. Certains textes plus obscurs que Lucia avait lus racontaient que la découverte d'un tel gouvernail, pour les Sentinelles, indiquait l'endroit où se trouvaient les Quatre sœurs. Ce qui pouvait être une bénédiction ou une malédiction, selon les mythes auxquels on croyait.

Michol avait assisté à son banquet d'anniversaire, avait promis de revenir se promener avec elle pour explorer les terres du palais. Il n'était jamais revenu, et elle ne comprenait pas pourquoi. Voilà qu'il se retournait vers elle, l'air penaud. Il passa une main dans ses cheveux ébouriffés.

– Princesse Lucia, c'est un plaisir de te revoir.

Elle chassa sa nervosité et décida de se montrer le plus franche possible avec le garçon.

– Cela fait une éternité que je ne t'ai pas vu !

– Oui.

– Essaies-tu de te cacher ? Ai-je dit quelque chose pour te blesser ?

Elle tâcha de sourire, mais l'idée qu'elle ait raison la dérangeait. Toutefois, elle était curieuse de connaître la vérité. Il émit un étrange grognement qui aurait pu passer pour un rire nerveux.

– À peine.

– J'avais hâte que nous allions nous promener.

Michol, perplexe, la regarda fixement.

– Alors je… je ne comprends pas.

Lucia fourra les mains dans les poches de sa cape pour les réchauffer.

– J'étais pressée de te voir !

– Ton frère m'a expliqué que tu ne voulais rien avoir à faire avec moi.

Elle cilla.

– Pardon ?

– J'étais passé te rendre visite et il m'a fait comprendre que ma présence n'était pas la bienvenue. Que tu avais dit qu'il ne fallait pas m'encourager. Que… eh bien que te promener avec d'autres garçons t'intéressait, mais pas avec moi.

La confusion laissa place à une prise de conscience, puis à une virulente bouffée de colère.

– Il a fait cela ?

– Oui.

Elle s'efforça de respirer normalement et de ne pas laisser ses émotions la submerger. Ces derniers temps, d'étranges choses avaient tendance à se produire lorsque cela arrivait… des choses qu'elle devait garder secrètes.

Elle poussa un long soupir et regarda Michol droit dans les yeux.

– Il n'aurait pas dû te dire cela.

– Vraiment ?

Il reprit espoir.

– Et tu n'aurais jamais dû le croire sans m'en parler. Mon frère ne contrôle pas qui je vois. *Moi*, si.

Il blêmit.

– Je ne savais pas.

– Ce n'est pas la première fois que cela se produit.

Magnus avait plus ou moins pris l'habitude de décider qui méritait l'attention de sa sœur cadette. Mais elle n'avait pas besoin de son avis, ni de son aide pour éliminer les importuns. Elle était parfaitement capable de se débrouiller toute seule.

– Honnêtement, marmonna-t-elle. Comment ose-t-il interférer dans ma vie de la sorte ?

– Cela signifie-t-il que nous pouvons nous promener tous les deux ?

Lucia posa les yeux sur le jeune homme, et pour la première fois le regarda de près. À première vue, il était bel homme, mesurait quelques centimètres de plus qu'elle, avait une peau lisse et pâle.

Dommage qu'il manque de cran.

Elle parvint à ébaucher un sourire qui fit réapparaître une lueur d'optimisme dans les yeux du garçon.

– Peut-être une autre fois. Bonne journée, Michol.

Elle retourna au château sans un seul regard en arrière : la colère envers son frère s'intensifiait à chaque battement de son cœur tandis qu'elle traversait à toute allure les couloirs ombragés. Magnus était surprotecteur, extrêmement agaçant et incroyablement vexant. Elle tourna au virage suivant.

– Lucia, dit la reine Althéa sans chaleur dans la voix.

Lucia s'immobilisa en voyant sa mère.

– Oui, mère ?

Les cheveux bruns de la femme étaient parsemés de gris par endroits. Son visage était pâle et tiré, et elle avait l'air de regarder sa fille de haut, bien que mesurant exactement la même taille.

– Quelles bêtises manigances-tu cet après-midi ? Et pourquoi tes joues sont-elles si rouges ?

– Aucune. J'étais dehors. Il fait froid.

– Nous sommes en plein hiver, bien sûr qu'il fait froid. Que faisais-tu dehors ?

C'était toujours le plein hiver à Limeros. Lucia, immédiatement sur ses gardes, s'éclaircit la gorge sous le regard insistant de sa mère.

– Je cherche Magnus. Savez-vous quand il reviendra de sa partie de chasse avec père ?

Les lèvres de la reine se serrèrent, et elle jaugea sa fille avec dégoût de la tête aux pieds.

– Bientôt, j'en suis sûre. Tu n'es pas coiffée. Tu ne devrais vraiment pas quitter tes appartements si mal soignée. On risquerait de te voir.

Lucia grimaça et toucha ses cheveux emmêlés.

– Je ne me pensais pas aussi affreuse.

– Eh bien si. Je vais faire envoyer une domestique dans ta chambre immédiatement, pour t'aider à redevenir présentable.

Ses joues étaient tendues et elle sentait ses entrailles brûler comme de la lave en fusion.

– C'est… tellement aimable à vous, mère.

– C'est tout naturel.

Il n'avait jamais été question de confier son secret à la reine. Si celle-ci avait donné la vie à Lucia, elle ne lui avait jamais offert de moment de tendresse depuis lors. Lucia se demanda si cette femme était capable de montrer de l'amour à qui que ce soit. Elle n'en avait jamais vu aucune preuve, hormis quelques instants de fanfaronnades maternelles devant les autres. Lucia avait appris dès son plus jeune âge à chercher l'approbation ailleurs, vu que cela ne viendrait jamais de la reine elle-même. Elle s'était donc tournée vers les livres et l'apprentissage. Tous les éloges qu'elle recevait venaient de ses tuteurs. De Magnus. Et, de temps en temps, de son père. Elle ne s'était pas donné du mal pour obtenir l'aval de sa mère et ne le ferait jamais.

– Retourne dans ta chambre, ma fille, dit la reine, d'une voix heurtée. Ne tarde pas. On ne peut pas voir la princesse limérienne dans cet état.

– Très bien.

En dépit de son manque d'intérêt pour l'avis de sa mère, Lucia s'était rarement sentie plus laide de toute sa vie qu'à cet instant précis. Elle se détourna de la reine et se dirigea vers sa chambre, redoutant la visite de la bonne qui l'aiderait à s'arranger. Si sa mère envoyait la domestique habituelle, elle se montrerait brusque et lui tirerait les cheveux, laissant Lucia avec une migraine pour le reste de la journée.

Souffrante, mais présentable. *Selon les souhaits de la reine*. Après ses conversations frustrantes avec Michol et sa mère, elle se sentait profondément agacée. Et embrouillée. Et, il fallait le reconnaître, quelque peu échevelée. Une voix l'accueillit avant qu'elle n'arrive à destination :

– Lucia ! Chérie, quelque chose ne va pas ?

Sabina Mallius, en plein milieu de sa route, l'empêchait d'entrer dans sa chambre. *Et maintenant, ça,* songea-t-elle.

– Rien, répondit Lucia d'un ton égal. Mais je vous remercie de vous en préoccuper.

Si elle n'éprouvait aucun amour pour sa mère, elle ne dirait jamais du mal de la reine à la maîtresse de son père.

– Laisse-moi deviner, fit Sabina en la gratifiant d'un regard pincé, mais compatissant. Tu viens de parler à Althéa.

– Je suis mal coiffée, expliqua Lucia.

Sabina était splendide du matin au soir, comme si cela ne lui demandait aucun effort.

– Pour moi, tes cheveux sont magnifiques – en bataille et détachés. Rien de coincé ni d'austère, observa Sabina avec un geste de la main. Ne laisse jamais personne te dire le contraire. Même ta mère.

Si elle lui parlait avec une certaine désinvolture, il y avait une sorte de tension dans sa voix.

– Êtes-vous en colère contre moi ? demanda Lucia, suivant son instinct.

Les sourcils de Sabina s'arquèrent.

– Contre toi ? Pourquoi donc ?

– Ce n'est rien, j'imagine. Veuillez m'excuser, je suis sûre que je me fais des idées.

En dépit du côté désagréable de la reine et de son manque de sentiments évident envers sa fille, elle exerçait une influence importante sur Lucia. Elle lui avait mis dans la tête qu'être obéissante, polie, propre et impeccable étaient les qualités principales qu'une vraie princesse se devait de cultiver.

Et que Sabina Mallius était le mal incarné.

La reine Althéa se sentait menacée par la maîtresse du roi qui vivait à leurs côtés depuis toutes ces années, même si elle aurait préféré se couper la langue plutôt que le reconnaître.

– Es-tu sûre que tout va bien, ma chère ? demanda Sabina. Tu as l'air extrêmement bouleversée.

– Vraiment ?

Lucia dut se forcer pour se constituer un masque d'indifférence. Celui de son frère était parfait, mais ses émotions à elle continuaient à s'afficher sur son visage plus qu'elles ne l'auraient dû. Des émotions qui pouvaient se retourner contre elle.

Des émotions qui pouvaient déclencher les étranges… *événements* qui se produisaient autour d'elle ces derniers temps, comme les débuts d'une tempête de glace.

– Je cherche Magnus, expliqua Lucia. Il faut que je lui parle quand il reviendra de la chasse.

Bien qu'elle ne fût plus trop sûre de vouloir lui confier son secret. D'abord, elle désirait discuter du fait qu'il faisait fuir tous les garçons qui s'intéressaient à elle.

– Ils sont rentrés, répondit Sabina. Je les ai vus de ma fenêtre approcher du château il y a quelques minutes seulement. De quoi tiens-tu à parler à Magnus ?

Lucia se raidit.

– Rien d'intéressant pour vous.

Sabina la regarda attentivement.

– Je veux que tu saches quelque chose, ma chère. Et je le pense du plus profond de mon cœur.

– Qu'est-ce que c'est ?

– Si tu n'as personne à qui te confier, sache que tu peux venir me voir et me parler. De n'importe quoi, Lucia. Tout ce que tu veux. Tu es une jeune femme à présent, et les changements que tu vis doivent être très difficiles pour toi. Je peux t'aider. Même si ces changements peuvent te sembler inhabituels ou... effrayants.

Sabina scrutait son visage comme si elle y cherchait une réponse cachée. Lucia inspira brusquement. On aurait dit que Sabina connaissait son secret sans qu'on ne lui en ait jamais parlé.

– Je ne vois pas ce que vous voulez dire.

Les yeux de Sabina se plissèrent légèrement.

– Le pire, c'est d'avoir un terrible secret dont on craint qu'il puisse être dangereux, sans avoir personne à qui le confier. Personne à qui faire confiance. Comprends-tu ?

Lucia la regarda fixement, la bouche sèche, incapable de parler.

Sabina s'approcha d'elle et baissa la voix en un murmure.

– Parce que certains d'entre nous partagent le même dangereux secret, Lucia. Et je t'assure qu'il n'y a aucune peur à avoir. Je peux t'aider quand tu auras besoin de moi. Et tu auras besoin de moi.

Le même secret.

C'était là l'occasion de tout raconter à cette femme. De soulager son âme de ces étranges découvertes. De ses nouvelles aptitudes curieuses.

Mais les mots refusaient de se former sur sa langue. Elle n'était pas assez stupide pour lâcher la vérité à n'importe qui, quoi que l'on puisse lui dire pour la convaincre.

– Si j'avais quoi que ce soit à partager, je vous promets de venir vous voir.

Un muscle se contracta sous l'œil droit de Sabina, presque imperceptiblement. Mais elle hocha ensuite la tête.

– Alors très bien. Je te retrouverai au dîner, ma chère.

Lucia s'éloigna de Sabina et se força à accélérer le pas. Vraisemblablement, elle n'avait pas compris ce que la jeune femme voulait dire. Celle-ci ne pouvait raisonnablement pas savoir quel était son problème. Et l'idée que des dons étranges et identiques aient pu se manifester chez elle…

Impossible. Il y aurait bien eu un signe avant cela, qui indiquait que Sabina était différente.

Non, Lucia avait tenu sa langue, et elle continuerait à le faire.

Sabina avait raison sur un seul point : son père et Magnus étaient rentrés de la chasse. Ils enlevaient leurs bottes boueuses dans le hall magistral. Lucia descendit tranquillement l'escalier pour les rejoindre sans quitter son frère des yeux. En dépit des distractions qu'elle avait eues depuis qu'elle était entrée au palais, sa colère envers Magnus n'avait pas baissé d'un cran.

Un messager s'approcha de son père pour lui donner une lettre. Le roi la lut rapidement.

Une expression intéressée se peignit sur son visage.

« Excellent », l'entendit dire Lucia.

– Qu'est-ce que c'est ? s'enquit Magnus.

– Le chef Basilius vient d'accepter officiellement de s'unir à Limeros. Il apprécie mon projet. Et mon sacrifice l'a profondément honoré, dit-il, la mâchoire serrée.

– Dois-je vous présenter mes félicitations tout de suite, ou attendre que vous ayez conquis Auranos ? demanda Magnus d'un ton sec, au bout d'une minute.

Lucia cessa d'avancer et inspira brusquement. *Conquérir Auranos ?*

– Avant, pendant, après. Tout me convient, dit le roi en laissant échapper un rire dépourvu d'humour. Ce ne sont que des bonnes nouvelles, mon fils. C'est une journée importante qui restera de triste notoriété. Et tout cela t'appartiendra un jour. Jusqu'à la dernière miette. C'est ton héritage.

Magnus détourna les yeux, comme s'il sentait la présence de Lucia. Leurs regards se croisèrent. Dans celui du garçon, Lucia décela quelque chose qu'elle ne se souvenait pas avoir déjà vu.

De l'avidité.

Cela revenait à regarder un parfait inconnu. Un frisson la parcourut, la figeant sur place. Mais en l'espace d'une seconde, ses yeux noisette retrouvèrent leur chaleur et leur humour habituels. Elle laissa échapper un soupir, qu'elle avait retenu sans même s'en rendre compte, lorsqu'elle arriva enfin en bas de l'escalier.

– Lucia, dit-il avec un sourire.

Elle décida de faire comme si elle n'avait pas entendu leur discussion. Son père méprisait les espionnes.

– Nous devons parler, frère.

– Oh ?

– Je viens de discuter avec Michol.

Il dressa un sourcil.

– Michol ?

– Gentil garçon, observa le roi en hochant la tête. Je crois qu'il est épris de toi, ma fille.

La compréhension brilla dans les yeux de Magnus.

– Il t'a rendu visite, n'est-ce pas ?

– Il m'a rapporté votre conversation, dit-elle avec un débit heurté. Veux-tu que je développe ?

Un sourire fit se contracter ses lèvres.

– Pas vraiment.

Elle le foudroya du regard. Comment osait-il trouver cela amusant ?

Le sourire du jeune homme s'étira.

– Je t'ai rapporté quelque chose de la chasse.

L'expression de la jeune fille s'apparenta à du dégoût.

– Quelque chose que tu as tué ?

– Viens voir.

Lucia, prudente, s'approcha à contrecœur. En dépit de sa grande maîtrise du tir à l'arc, Magnus n'avait jamais particulièrement aimé mettre un terme à la vie d'un animal juste pour le plaisir. D'autres garçons s'étaient moqués de lui derrière son dos, mais il s'en fichait. Il lui avait autrefois confié que chasser ne lui posait aucun problème, si c'était pour mettre de la nourriture sur la table. En revanche, tuer pour le plaisir ne l'intéresserait jamais. Lucia fut consternée de découvrir que cela avait changé. Le tourbillon d'émotions qui couvaient monta en elle.

D'un seul coup, les lourdes et grandes portes de fer se refermèrent bruyamment derrière son père et elle.

Le roi, confus, regarda par-dessus son épaule. Puis il jeta un regard perplexe à Lucia.

Le cœur battant la chamade, elle détourna les yeux.

Devant elle, Magnus sortit quelque chose d'un panier. Quelque chose de petit, en fourrure et aux longues oreilles tombantes.

Il remua le nez.

– C'est un lapin, observa Lucia, surprise. Un bébé.

– Un animal de compagnie. Pour toi.

Il lui tendit la bête. Elle se blottit dans son cou. Elle sentit son pouls rapide sous ses doigts et son cœur s'emballa. Elle avait toujours désiré un animal domestique, surtout lorsqu'elle était enfant, mais à part les chevaux et quelques chiens-loups qui appartenaient au roi, sa mère ne l'y avait jamais autorisée.

– Tu ne l'as pas tué.

Magnus la regarda avec curiosité.

– Bien sûr que non. Un lapin mort, ça ne ferait pas un bon animal de compagnie, n'est-ce pas ?

Sa fourrure était si douce. Elle le caressa, tâchant d'apaiser la peur de l'animal. Elle leva les yeux sur Magnus, la gorge serrée.

– Alors comme ça, tu crois que cela t'exonère pour avoir fait fuir Michol ? Et qui sait d'autre ?

Il la regarda d'un air prudent.

– Un peu, non ?

Magnus était provocateur, agaçant, dogmatique, et comptait bien trop sur ses différents masques pour dissimuler ses véritables sentiments. Mais elle l'aimait et savait sans l'ombre d'un doute qu'elle ferait n'importe quoi pour lui, même lorsqu'il mettait sa patience à l'épreuve.

Et elle lui confierait son secret dès qu'elle en aurait l'occasion. Peut-être lui avouerait-il alors ce qui l'avait perturbé ces derniers temps. Mais quand il la regarda, son cadeau dans les mains, une profonde et insondable tristesse habitait ses yeux.

CHAPITRE 12

AURANOS

Cléo attendit que son père soit seul dans son bureau pour se lancer dans une explication ininterrompue sur tous les sujets – toutefois sans aborder la relation amoureuse entre Emilia et le père de Théon.

Le roi ne l'interrompit pas. Il la laissa parler aussi longtemps qu'elle le désirait.

Enfin, elle résuma la situation le plus simplement possible :

– Aucun guérisseur ne semble en mesure de l'aider et son état ne fait que s'aggraver. Je suis certaine de retrouver cette Sentinelle exilée. Elle détient la magie qui sauvera Emilia. Mais je dois m'en aller vite, avant qu'il ne soit trop tard. Théon peut m'accompagner pour me protéger. Je ne crois pas que nous serons partis très longtemps. Je sais que c'est la solution, père. Je le sais. Je peux sauver la vie d'Emilia.

Elle se tordit les mains. Le roi, médusé, observa en silence sa fille cadette pendant une minute entière.

– Une Sentinelle exilée, répéta-t-il. Qui possède des pépins magiques aux vertus curatives.

Elle hocha la tête.

– Quelqu'un dans l'un des villages doit savoir où la trouver. Si je dois chercher dans tous les recoins de Paelsia, alors je le ferai.

Il croisa les doigts et la regarda sous ses paupières tombantes.

– Les Sentinelles ne sont qu'une légende, Cléo.

Pour la première fois depuis qu'elle était entrée dans la salle de réunion du roi, un doute l'assaillit quant au résultat de leur discussion.

– Eh bien, c'est aussi ce que je pensais. Mais s'il y a une chance... enfin, vous n'êtes sûr de rien.

– Que certains nous surveillent à travers les yeux des faucons, et recherchent leurs précieuses Quatre sœurs, c'est une histoire que l'on raconte aux enfants pour les aider à bien se tenir et pour leur faire peur, pour ne pas qu'ils désobéissent.

Le regard de Cléo se posa sur les armoiries royales au mur : deux faucons, un doré et un noir, sous une seule couronne d'or. Elle les connaissait par cœur, et elle savait que cela devait vouloir dire quelque chose. C'était le signe qu'elle avait raison.

– Ce n'est pas parce que vous n'avez rien vu que vous avez raison pour autant. J'ai eu tort d'adopter cette position jusqu'à présent.

Il n'avait pas l'air en colère, juste las. Son visage était plus ridé que dans les souvenirs de Cléo.

– Cléo, je sais combien tu aimes ta sœur...

– Plus que tout !

– Bien sûr. Moi aussi, je l'aime. Mais elle n'est pas en train de mourir. Elle est simplement malade. Et cette maladie, bien que grave, guérira si elle se repose. Elle s'en remettra.

La frustration serpenta dans sa poitrine.

– Vous n'en savez rien. Vous devez me laisser partir.

– Je ne dois rien faire de tel, répondit le roi, encore plus tendu. Il est imprudent de ta part d'envisager de retourner dans cet endroit, pour quelque raison que ce soit. Les problèmes se sont aggravés. Ils ne se sont pas tassés, depuis la mort du jeune Agallon.

– De quel genre ?

Il soupira.

– Du genre qui ne te regarde pas, Cléo. Je m'en occuperai.

Elle serra les poings.

– Si les problèmes s'aggravent, alors je dois y aller vite, sinon je risque de ne pas en avoir l'occasion plus tard.

– Cléo.

Il y avait une mise en garde dans la voix de son père. Il l'avait supportée jusqu'à présent, mais elle savait qu'il était fatigué, et pas d'humeur à tolérer une quelconque perte de temps.

Mais sauver la vie de sa sœur n'en était pas une.

Elle croisa les bras sur sa poitrine et se mit à faire les cent pas dans la grande salle.

– Si j'ai tort, alors soit. Mais je dois essayer. Pourquoi refusez-vous de le comprendre ?

Le roi serra les lèvres.

– Tout ce que je vois, c'est que ma fille de seize ans invente des histoires à dormir debout afin de pouvoir échapper aux attentions de son nouveau fiancé.

Elle lui adressa un regard horrifié.

– Vous pensez que c'est cela, le problème ?

– Je sais qu'il faudra un moment pour que tu t'y fasses. Une fois que ce mariage sera planifié, tout s'arrangera. D'ici là, Emilia ira mieux et elle pourra t'aider aux préparatifs.

Ce n'était pas du tout de cela qu'il était question. Mais vu qu'il avait abordé le sujet…

– Vous n'avez pas forcé Emilia à épouser quelqu'un qu'elle n'aimait pas.

Il laissa échapper un long soupir.

– C'était différent.

– Pourquoi donc ? Parce qu'elle a menacé de se tuer ? Peut-être que je vais faire exactement pareil !

Le roi se contenta de la regarder patiemment. Cette menace n'avait pas l'air de l'inquiéter.

– Tu ne ferais jamais ce genre de choses.

– Vraiment ? Je… je pourrais le faire ce soir. Je pourrais me jeter du haut de l'escalier. Je pourrais cesser de m'alimenter. Je pourrais… eh bien, il existe de nombreux moyens de mettre fin à mes jours, si je le désirais !

Il secoua la tête.

– Tu ne le ferais pas, parce que tu ne veux pas vraiment mourir. Tu ne te contentes pas de vivre, Cléo. Tu respires la vie même, dit-il avec un infime sourire. Je sais qu'un jour, lorsque tu auras fini par te défaire de cette tendance à tout exagérer pour attirer l'attention, ton véritable moi ressortira. Et cette Cléo sera une femme exceptionnelle qui mérite de porter le nom de la déesse.

Elle le foudroya du regard.

– Vous ne croyez même pas en elle !

Il se renferma. Il s'était montré patient avec sa fille jusqu'à présent, mais elle était allée trop loin.

Depuis que sa mère était morte en couches, le roi avait tourné le dos à tout type de prière ou de culte, et ses sujets n'avaient pas tardé à suivre son exemple.

Emilia était la seule croyante qui restât dans la famille Bellos.

– Je suis désolée, murmura Cléo.

– Tu es jeune et tu parles sans réfléchir. Il en a toujours été ainsi avec toi, Cléo. Je ne m'attends pas à mieux de ta part.

Elle passa une main sous son nez.

– Je ne voulais pas vous blesser.

– Ne t'inquiète pas pour moi. Préoccupe-toi de toi. C'est ce que je fais. Je m'inquiète constamment pour toi, par rapport à ta sœur. Tu t'attireras des problèmes un jour, Cléo, et j'espère simplement que tu t'en sortiras. C'est l'une des raisons pour lesquelles je pense qu'un mariage avec Aron, même si jeune, est une bonne idée. Les devoirs d'une épouse te donneront la maturité dont tu as bien besoin. J'essaie de t'aider.

Et comme elle tressaillait, son regard s'adoucit.

– En quoi cela m'aide-t-il ? En me faisant croire que je n'exerce aucun contrôle sur ma propre destinée ?

Il se baissa pour prendre sa main dans la sienne.

– Tu dois me faire confiance, Cléo. Me faire confiance pour prendre les bonnes décisions pour toi, pour notre famille.

– La famille, voilà ce qui compte le plus pour moi. C'est exactement la raison pour laquelle je dois me rendre à Paelsia, fit-elle d'une voix douce. Je vous en prie, dites oui.

Ses joues se tendirent.

– Non, Cléo.

Ses yeux la brûlèrent soudainement.

– Vous allez donc regarder Emilia mourir sans rien faire ? C'est cela, prendre les bonnes décisions pour votre famille ? Vous vous moquez bien d'elle.

Vous vous moquez bien de moi. Tout ce qui compte pour vous, c'est cet abominable royaume !

Il poussa un soupir de lassitude en s'asseyant à la table et porta son attention sur les papiers devant lui.

– Il est temps pour toi de partir, Cléo. J'ai du travail. Cette conversation est terminée.

Le cœur de la jeune fille se serra.

– Père ! Je vous en prie, ne soyez pas comme cela ! Vous ne pouvez pas vous montrer aussi cruel et insensible, et me le refuser !

Comme il lui jetait un regard de rage à peine dissimulée, elle recula d'un pas chancelant.

– Va dans tes appartements ! Et restes-y jusqu'au dîner. Théon !

Ce dernier entra dans la pièce un instant plus tard. Il avait attendu dehors.

– Veillez à ce que ma fille regagne ses appartements, et qu'elle ne fasse pas la tentative idiote de se rendre à Paelsia ces prochains jours.

Théon s'inclina.

– Bien, Votre Majesté.

Il n'y avait plus rien à dire. Cléo n'en avait pas terminé, mais elle savait quand tenir sa langue. Si elle continuait à argumenter, cela ne ferait que décupler la colère de son père. Il pourrait avancer d'une semaine son mariage avec Aron en guise de punition. Voire à demain.

Le roi ne croyait pas qu'Emilia était en train de mourir. Mais Cléo, elle, le sentait tout au fond de son cœur. Seule la magie pourrait la sauver.

– Je suis désolé, princesse, dit Théon entre ses dents une fois qu'ils quittèrent le roi.

Les joues de Cléo étaient chaudes et ses pieds produisirent un bruit sourd sur le sol quand elle traversa sans s'en rendre compte les couloirs labyrinthiques pour retourner à ses appartements. Elle croyait n'avoir plus de larmes, mais si. Elle pleura toutes celles de son corps lorsque Théon la quitta et referma la porte derrière lui.

Mais lorsqu'elles finirent par sécher, naquit lentement en elle une détermination de fer.

Le monde entier, y compris son père, pouvait lui dire cent fois non. Au final, cela ne changerait rien pour elle.

Cléo saurait arranger cela. Quoi que cela lui coûte, elle sauverait la vie de sa sœur avant qu'il ne soit trop tard.

Après dîner, Cléo réunit ses deux confidents les plus proches, Nic et Mira.

– Je pars, annonça-t-elle après leur avoir tout expliqué.

Nic cilla.

– À Paelsia.

– Oui.

– Pour trouver une Sentinelle exilée et lui demander des pépins de raisin magiques.

Elle avait conscience que cela paraissait complètement saugrenu, mais tant pis.

– Oui, tout à fait.

Un sourire traversa son visage.

– Ça a l'air fantastique !

– Tu plaisantes ? s'exclama Mira. Cléo, où as-tu donc la tête ? Tu te rends compte que ça pourrait être très dangereux de te rendre là-bas ?

Elle haussa les épaules d'un air de défi.

– Je dois le faire. Il n'y a pas d'autre choix.

Son père serait furieux d'apprendre qu'elle agissait contre sa volonté, elle le savait. Mais elle ne partirait pas trop longtemps. Si elle suivait la bonne piste, posait les bonnes questions aux bonnes personnes dans le bon village, alors ce ne serait pas un voyage plus exceptionnel que celui à Paelsia pour aider Aron à acheter du vin.

Ce souvenir la fit grimacer. Peut-être n'était-ce pas le meilleur exemple d'une expédition réussie.

– Le fait est que vous ne devez le répéter à personne, déclara-t-elle. Je vous le dis simplement pour que vous ne vous inquiétiez pas pour moi en mon absence.

– Oh, non, dit Mira en levant les yeux. Pourquoi nous ferions-nous du souci ? Oh, Cléo, je vous aime toutes les deux, Emilia et toi, mais tu me donnes la migraine avec toutes ces absurdités !

Nic croisa les bras.

– Je ne comprends pas comment ça fonctionne avec les pépins. Ils plantent des vignobles qui produisent du vin exceptionnel... et qui guérit aussi des maladies ?

– C'est la magie de la Terre.

– Ah, je vois. Peut-être pourras-tu demander à cette Sentinelle où les Quatre sœurs sont cachées depuis mille ans. Ce serait très utile de le savoir, n'est-ce pas ?

Elle le fusilla du regard.

– Tu me regardes comme si j'étais devenue complètement folle.

Le sourire du garçon s'épanouit.

– Tu *es* folle. Mais de la meilleure façon possible. Tu pars seule ? Là, c'est de la folie douce.

Elle secoua la tête.

– Je ne pars pas seule. Théon m'accompagne.

– Non, je ne vous accompagne pas, rétorqua celui-ci d'un ton calme.

Il se tenait légèrement en retrait, pour ne pas se trouver dans sa ligne de mire quand elle s'adressait à Nic et Mira.

Elle se retourna vers lui d'un coup.

– Bien sûr que vous venez avec moi.

Il la regarda sévèrement.

– Votre sœur n'aurait jamais dû vous parler de cela. Cela vous a mis des idées dans la tête.

– Et maintenant qu'elles y sont, à moi de découvrir si elles sont exactes. Vous ne comprenez pas ? C'est la réponse. C'est ce qui sauvera Emilia. Si je n'y vais pas, si nous n'y allons pas, elle mourra. Je le sais.

Son visage était tendu.

– Votre père ne m'a pas donné son autorisation pour ce voyage.

– Je me moque bien de ce qu'il a dit, répliqua-t-elle, les joues rouges de colère. Vous l'avez vous-même entendu. Il ne comprend pas. Il n'y croit pas. Mais moi, si. Il sera furieux, mais quand il constatera que cela fonctionne, alors il me remerciera de lui avoir désobéi.

– Il veut seulement vous éviter de courir un danger.

– Je serai en sécurité. De plus, vous serez là pour me protéger.

– Vous êtes peut-être prête à ignorer les désirs de votre père, mais moi je ne peux pas. C'est le roi. Je dois obéir à chacun de ses ordres. Moi, comme tout le monde dans ce royaume. Connaissez-vous la peine encourue si l'on va contre un ordre direct du roi ? C'est la mort, Votre Altesse.

Le cœur de Cléo battit la chamade.

– Je ne laisserai rien vous arriver, je le jure. Vous n'avez aucune raison d'avoir peur.

Il se hérissa.

– Je n'ai pas peur. Vous êtes juste bornée. Obtenez-vous systématiquement ce que vous désirez ?

– Oui, répondit Nic en même temps que Mira. Toujours, oui.

Cléo se tourna vers Théon.

– Si je dois vous ordonner de m'accompagner, je le ferai. Ne m'y obligez pas.

– Vous pouvez me donner tous les ordres que vous voudrez, la réponse sera toujours négative, grommela-t-il avec un regard menaçant qui la faisait un peu trop penser à son père en colère. J'obéis au roi, pas à vous. Il a dit non, alors moi aussi. Nous ne partons pas. Je vous en prie, princesse, tâchez de l'accepter. Sinon, cela ne fera que rendre les choses plus difficiles pour vous.

Ses yeux la brûlèrent, mais aucune larme ne coula, cette fois. Elle n'en avait plus. Désormais, seule une colère bouillante l'animait.

Elle se tourna vers Nic.

– Qu'en penses-tu ?

– C'est une bonne question, répondit-il. Je ne suis pas sûr que ce soit l'idée la plus sage au monde, mais je sais que tu as bon cœur. Tu aimes ta sœur plus que tout.

– Ça suffit, dit brusquement Théon. La discussion est terminée. Il n'y aura pas de voyage à Paelsia aujourd'hui.

Elle laissa échapper un souffle lent et tremblant.

– Je n'avais même pas l'intention de partir avant deux jours. Peut-être qu'entre-temps, vous aurez changé d'avis.

– Deux jours, répéta Théon, dont le regard finit par s'adoucir. Il peut arriver beaucoup de choses en l'espace de deux jours.

– Je sais.

– Il en va de même pour vous, princesse. Réfléchissez à cela pendant ces deux jours. Nous pourrons en rediscuter. J'espère que votre engagement dans ce plan téméraire se sera adouci d'ici là. Pensez-vous que ce soit possible ? L'idée de la Sentinelle et des pépins magiques vous paraîtra peut-être un peu moins idéale avec le temps ?

– Peut-être, reconnut-elle à contrecœur.

Il opina, visiblement satisfait de la réponse.

– Je vais vous raccompagner dans vos appartements, à présent.

Cléo dit bonsoir aux Cassian, et le suivit sans rien ajouter jusqu'à la porte de sa chambre.

– Je suis désolé, déclara Théon, je sais combien vous aimez votre sœur. Mais je ne peux pas aller contre les souhaits de votre père.

Elle laissa échapper un soupir tremblant.

– Je ne vous en veux pas. En dépit des paroles difficiles que nous avons échangées, je sais que vous êtes sincère. Vous ne désirez que ce qui est bon pour moi.

Sa mâchoire se raidit et il détourna les yeux.

– Je crois qu'il en est de même pour vous.

Cela la surprit.

– Arrêtez de mentir. Vous me prenez pour une enfant gâtée qui souhaite que l'on satisfasse tous ses désirs.

– Je n'ai jamais dit cela. Et ce n'est pas ce que je pense. Vous êtes têtue, mais… ce n'est pas forcément un défaut quand c'est pour une bonne raison.

– Mon père a affirmé que je dramatisais pour attirer l'attention.

Elle se mordit la lèvre inférieure, doutant d'elle-même. Était-ce vraiment ainsi que le roi l'avait toujours vue ? Pas étonnant alors que lorsqu'elle demandait quelque chose de si important, il n'avait aucun mal à l'envoyer promener.

– Avec tout le respect que je lui dois, je suis en désaccord là-dessus avec le roi. (Théon secoua la tête.) Vous êtes une jeune fille qui considère le monde d'une certaine façon. Vous voulez ce que vous voulez. Et quand vous rencontrez des obstacles, vous tâchez de trouver un moyen de les contourner. Ou de les *traverser*.

Elle le regarda avec reconnaissance. Étant donné qu'ils se connaissaient depuis très peu de temps, il la considérait comme elle voulait qu'on la considère. Il ne lui restait plus qu'à espérer que cela corresponde à la vérité.

– Merci d'essayer de me protéger, même si, de temps en temps, cela signifie que je ne peux pas avoir ce que je désire.

– C'est un honneur pour moi de vous protéger. Dormez bien.

Avec un dernier regard pénétrant, Théon tourna les talons. Cléo se rendit dans sa chambre et se coucha.

Puis, une heure avant le lever du soleil, elle se leva, s'habilla et sortit furtivement de ses appartements, passa devant la domestique endormie postée devant sa porte, qui attendait son réveil.

Elle avait sciemment menti à Théon en lui annonçant qu'elle avait l'intention de s'en aller dans deux jours. Emilia ne disposait pas de beaucoup de temps. Cléo avait pris la décision de partir immédiatement, même si elle devait le faire toute seule. Elle avait de l'argent sur elle. Elle engagerait quelqu'un d'autre pour la guider. Une fois qu'elle aurait passé les murs du palais, elle élaborerait la prochaine étape.

– B'jour, princesse.

Elle s'immobilisa.

L'espace d'une seconde, elle fut certaine que c'était Théon qui avait découvert sa ruse. Or, il ne la connaissait pas assez bien pour savoir quand elle mentait.

Ce n'était pas le cas de tout le monde.

Nic était adossé au mur, à côté d'un portrait de l'arrière-arrière-grand-père d'Emilia et de Cléo.

– On s'en va ? demanda-t-il, les bras croisés sur la poitrine.

Ses cheveux roux partaient dans tous les sens, comme s'il venait de se lever sans même se regarder dans le miroir. C'était sûrement le cas.

– J'ai… j'ai faim. Je vais à la cuisine.

– Oh arrête, tu ne peux pas me mentir, Cléo.

Elle se redressa et se força à ne pas culpabiliser.

– Très bien. Je pars à Paelsia, et je me moque éperdument de ce que l'on dira. Essaieras-tu de m'en empêcher ?

Nic, le visage neutre, la scruta un instant.

– Non, mais je vais te dire ce que je compte faire.

– Quoi ?

Il se fendit d'un grand sourire.

– Je t'accompagne.

CHAPITRE 13

PAELSIA

Il avait fallu plus d'un mois de tentatives, mais Jonas avait fini par obtenir une audience avec le chef Basilius.

– Disons que je suis impressionné, fit Brion entre ses dents lorsqu'on les conduisit le long du chemin de terre en direction de la propriété, gardée et cloisonnée, du chef de la tribu. Il faudra que je prenne quelques cours à l'université du charisme Jonas Agallon.

– C'est facile.

– C'est toi qui le dis.

Brion jeta un coup d'œil à la fille sublime qui tenait Jonas par la taille. Celle qui avait fini par leur promettre à tous deux qu'ils pourraient rencontrer le chef. Qui était au passage son père.

Jonas avait vite compris que le seul moyen d'avoir la chance de voir le chef paelsian reclus passait par l'intermédiaire de sa famille. Et Laelia Basilius avait été plus que disposée à l'aider lorsqu'il l'avait nonchalamment abordée dans une taverne. Elle s'y produisait. La fille du chef était danseuse.

Et quelle danseuse...

– Des serpents, lui avait dit Brion, surpris, quand ils avaient regardé son numéro devant une foule de plus de cent personnes, une semaine auparavant. Elle danse avec des serpents...

– Avant, je n'aimais pas les serpents, répondit Jonas. Mais là, je commence à voir leur charme.

Laelia, qui avait deux ans de plus que lui, était une jeune femme à la beauté époustouflante. Elle dansait avec un python noir et un python blanc, qui se tortillaient et glissaient sur sa silhouette harmonieuse. La regarder l'hypnotisait – ses hanches ondulantes, ses longs cheveux bruns tombant jusqu'aux genoux et s'agitant suivant les mouvements de son corps bronzé.

Mais il ne la voyait pas vraiment.

Tout ce qu'il voyait, c'était une magnifique princesse blonde aux yeux couleur de mer qui se tenait au-dessus du cadavre de son frère et au côté de son assassin.

Bien que Jonas ait été distrait de son plan originel d'entrer en cachette dans le palais d'Auranos pour tuer le seigneur Aron et la princesse Cléo, il restait obsédé par son souvenir. Il détestait les membres de la famille royale de tout son être, ainsi que tout ce qu'ils représentaient. Mais il devait se concentrer. Il n'avait pas le choix. Il essaya de coller un sourire sur son visage alors que Brion et lui se rapprochaient de la fille du chef de la tribu paelsianne.

Auparavant, lorsque Jonas et Tomas fréquentaient les tavernes et faisaient la conversation avec des jolies filles – danseuses ou autres – après leurs éreintantes journées de travail dans les vignobles,

Tomas étaient le plus populaire des deux. Plus âgé, peut-être un tantinet plus charmant, c'était un séducteur né. Jonas recueillait aussi beaucoup d'attention pour égayer ses soirées, mais il ne pouvait s'empêcher de penser que les filles préféraient son frère.

Après la mort de Tomas, tout cela avait complètement changé.

Cette première nuit, quand il avait fini par attirer l'attention de Laelia, le regard de la jeune femme avait glissé sur lui, appréciateur. Lorsque la musique s'arrêta, elle enfila un vêtement d'un tissu fin et vaporeux sur ses courbes et, faussement timide, attendit qu'il l'aborde.

– Jolis serpents, lança-t-il en la gratifiant d'un sourire en coin.

Ce sourire fit des miracles.

Elle était tout à lui.

Laelia Basilius n'avait pas de cals aux mains, ni le visage brûlé par le soleil, comme les filles avec lesquelles il passait du temps. Lorsqu'elle riait, c'était par pur amusement, pas un rire empreint de lassitude après une dure journée laborieuse. Elle aimait bien Jonas. Beaucoup. Et une semaine plus tard, elle voulait le présenter à son père.

– Approchez, dit le chef quand ils apparurent.

Il était assis devant un grand feu de joie. Plusieurs filles aux seins nus dansaient pour lui jusqu'à ce qu'il les chassât d'un signe de la main. Elles se rendirent de l'autre côté du feu.

Des escarbilles voltigeaient dans l'air. Des étoiles tachetaient le ciel de velours noir. La carcasse d'une oie trônait sur une broche au-dessus du feu et rôtissait pour un dîner tardif. L'odeur de chair brûlée flottait dans l'air frais nocturne. Laelia tira

Jonas par la main. Il garda un visage neutre, mais s'aperçut qu'il était intimidé. Il n'avait encore jamais rencontré le chef. D'ailleurs il ne connaissait personne qui l'ait fait. Basilius vivait en reclus depuis des années. C'était donc l'ultime honneur pour un Paelsian, et il se sentait terriblement flatté d'être ici, quoi qu'il ait dû accomplir pour en arriver là.

Ce qui l'avait extrêmement surpris, c'était l'opulence des terres du chef. Si le reste de Paelsia travaillait continuellement dans les vignobles et bataillait pour trouver à manger, il semblait que, de l'autre côté des murs de la propriété du chef, tout allait très bien. Une partie de lui-même s'appliquait à croire que le chef devait se voir octroyer un statut différent de celui d'un Paelsian ordinaire, et qu'il était plus qu'habilité à utiliser une partie de ses taxes prohibitives sur le vin rien que pour lui, en tant que dirigeant. L'autre partie ressentait une douleur désagréable au creux de son ventre à cette révélation.

Il tomba à genoux à côté de Brion et ils courbèrent tous deux la tête par déférence pour le chef.

– Debout !

Le chef sourit ; la peau extrêmement hâlée aux coins de ses yeux gris se déploya en un fin réseau de rides. Il portait les cheveux longs, dont certains près de son visage en *texos*, des fines nattes, la coiffure traditionnelle des hommes à Paelsia. Jonas s'était coupé les cheveux le jour de ses treize ans. Les cheveux courts étaient plus faciles à gérer. Ceux de Brion étaient plus longs, mais pas suffisamment pour des tresses. Depuis que le pays avait commencé à dépérir, de nombreuses traditions s'étaient éteintes à leur tour.

– Papa, ronronna Laelia, en passant la main sur le torse de Jonas, n'est-il pas joli ? Puis-je le garder ?

Les lèvres du chef se recourbèrent sur le côté.

– Laelia, ma beauté. Laisse-nous donc discuter, s'il te plaît. Je veux apprendre à mieux connaître ce garçon dont tu es si éprise.

Ses épaules s'affaissèrent et elle fit la moue. Le chef la chassa d'un geste jusqu'à ce qu'elle finît par rejoindre les autres filles derrière le feu.

Jonas et Brion échangèrent un regard mutuellement méfiant.

Ça y était, ils étaient passés. Et maintenant ?

– Chef, c'est un honneur de... commença Jonas.

– Êtes-vous amoureux de ma fille ? s'enquit-il. Êtes-vous ici pour demander à être lié à elle ?

Quelqu'un lui apporta une assiette, bourrée de cuisses de dinde, de venaison et de jambons rôtis, plus remplie que n'importe quelle assiette que Jonas ait vue dans sa vie. Sa famille avait très souvent faim et il avait été amené à chasser illégalement dans un autre pays pour qu'ils survivent, mais il y avait suffisamment à manger dans l'enclos du chef pour nourrir son village pendant des mois.

Quand il s'en rendit compte, une partie de lui, tout au fond, se glaça et se crispa.

Brion lui donna un coup de coude dans le bras, pour le tirer de ses pensées.

– Suis-je amoureux de votre fille ? répéta celui-ci, sans trop savoir que dire.

– Oui, siffla Brion dans sa barbe. Réponds oui, idiot.

Mais ce serait un mensonge. Jonas ne pouvait pas mentir sur des histoires de cœur. Il avait déjà essayé, et il avait lamentablement échoué. Il y avait une grande différence entre le désir et l'amour.

– Je trouve Laelia magnifique, répondit-il à la place. J'ai beaucoup de chance qu'elle m'accorde ses attentions.

Le chef le toisa.

– Elle ne me présente pas beaucoup de garçons. Vous êtes seulement le second.

– Qu'est-il arrivé au premier ? demanda Brion.

– Il n'a pas survécu, expliqua le chef.

Le visage de Brion s'assombrit.

Le chef éclata de rire.

– Je plaisante. Il va bien. Ma fille s'est lassée de sa compagnie, c'était tout. Je suis sûr qu'il vit encore quelque part.

Ou peut-être que Laelia l'a donné à manger à ses serpents, songea Jonas morbidement.

Mais rien de tout cela n'expliquait leur présence ici. Il voulait aller droit au but.

– Chef Basilius, je suis très honoré de vous rencontrer ce soir, dit Jonas. Parce qu'il faut que je vous parle de quelque chose de très important.

Ce dernier arqua un sourcil broussailleux.

– Ah ? Et vous avez choisi mon repas de fête pour le faire ?

– Que célébrez-vous ?

– Une union avec un allié. Un partenariat qui contribuera à créer une Paelsia bien plus prospère à l'avenir.

C'était totalement inattendu, mais une excellente nouvelle. Le malaise de Jonas, lié à la découverte de l'étendue de la richesse du chef, se tassa quelque peu.

– Je suis ravi de l'apprendre. Parce que c'est précisément ce dont je voulais vous parler.

Basilius, les yeux étincelant de curiosité, opina.

– Je vous en prie, dites ce que vous êtes venu m'annoncer.

– Mon frère a été récemment tué par un seigneur auranien. Il s'appelait Tomas Agallon, précisa-t-il, la gorge serrée. J'ai perçu cela comme le signe que certaines choses devaient changer. Que les difficultés que Paelsia rencontre actuellement ne sont pas acceptables. Je crois qu'Auranos est un pays maléfique peuplé de gens sournois. Il y a des années, ils nous ont amenés par la ruse à ne planter que du raisin, de sorte qu'aujourd'hui ils puissent nous verser une somme misérable pour notre vin, tout en nous proposant leurs propres récoltes à un prix exhorbitant. Ils possèdent pourtant de nombreuses ressources qui nous sont toutes fermées. Si nous avons le malheur de mettre un pied de l'autre côté de la frontière, nous risquons nos vies mêmes. Ce n'est pas acceptable.

Il prit une profonde inspiration et rassembla son courage.

– Je suis venu vous proposer de nous révolter contre eux, de prendre ce qui leur appartient et de le garder pour nous. Il est grand temps de ne plus attendre que les choses changent toutes seules.

Le chef le dévisagea pendant un long moment de silence.

– Je suis entièrement d'accord avec vous.

Jonas cilla.

– Vraiment ?

– Et je suis désolé de ce qui est arrivé à votre frère. C'était une tragédie de perdre l'un des nôtres de façon aussi insensée. Je ne savais absolument pas que vous aviez un lien de parenté avec le garçon assassiné jusqu'à aujourd'hui, et je suis ravi que vous soyez venu me voir ce soir. Et vous avez raison.

Auranos doit payer pour son ignorance et son narcissisme. Pour ce qui est arrivé à votre frère et pour le mépris absolu de ses citoyens envers mon pays et mon peuple.

Jonas ne parvenait pas à croire que ce soit aussi simple.

– Vous convenez que nous devons nous révolter contre eux.

– Plus que cela, Jonas. Il y aura la guerre.

Jonas eut brusquement froid.

– La guerre ?

Le chef se pencha vers lui, scruta son visage et celui de Brion.

– Oui. Vous deux m'êtes très précieux. Vous voyez ce que les autres ne voient pas. Je veux que vous m'aidiez, à l'avenir.

– Vous semblez penser que ce que nous suggérons n'est pas une idée absurde, déclara Brion, confus. Attendez, votre repas de fête… vous aviez l'intention de le faire, n'est-ce pas ? Même si nous n'avions rien dit ?

Le chef hocha la tête.

– Je me suis allié avec le roi de Limeros dans le but commun de prendre Auranos. Paelsia et Limeros prospéreront toutes les deux lorsque Auranos tombera.

Jonas regarda fixement le chef, dans un silence médusé. Cela allait encore plus loin que tout ce dont il avait jamais rêvé.

– Ce qui s'est passé au marché le jour où votre frère a été assassiné a été le déclencheur, poursuivit le chef. Le sacrifice de votre famille, la perte de votre frère, est une tragédie. Mais elle apportera un véritable changement.

– Vous comptez réellement essayer de conquérir Auranos ? observa Jonas, sous le choc.

– Pas essayer. Réussir. Et je veux que vous vous joigniez à nous. J'ai des éclaireurs qui parcourent Paelsia en ce moment même, qui rassemblent des hommes aptes à rejoindre l'armée de Limeros, prête et entraînée. Le roi Gaius est un homme très intelligent. *Très* intelligent. Le roi Corvin, en revanche, est un ignare. Pas une seule guerre en cent ans. La paix pendant tout ce temps. Il a grossi, il est devenu paresseux. La victoire nous reviendra inévitablement. Et le peuple de Paelsia attend avec impatience des lendemains plus radieux.

C'était assurément trop beau pour être vrai. Jonas devait forcément rêver.

– Il faut que vous soyez prêts à vous battre à mes côtés afin d'assurer un avenir meilleur à vos compatriotes paelsians. Tous les deux.

Jonas et Brion se regardèrent.

– Bien sûr, répondit Jonas d'un ton ferme. Tout ce que vous voudrez, chef Basilius. Tout, absolument tout.

Le chef les dévisagea tous les deux pendant un moment.

– En attendant, je souhaite que vous voyagiez jusqu'aux villages. Guettez tout ce qui vous paraît inhabituel. Si le roi Corvin avait vent de nos projets, il pourrait envoyer ses propres espions ici pour recueillir d'autres informations.

Jonas opina.

– Oui, chef.

Ce dernier hocha la tête et sourit.

– Maintenant, amusez-vous bien ! Prenez donc part aux festivités ! Et Jonas, tâchez de vous souvenir d'une chose beaucoup plus importante que tout le reste… au-delà de la guerre, au-delà de la mort même.

– Oui, seigneur ?

Le sourire du chef persista.

– Faites attention à ma fille. Elle ne supporte pas d'être déçue.

CHAPITRE 14

LIMEROS

Plus d'une semaine s'était écoulée depuis sa conversation privée avec le roi, et Magnus ne savait toujours pas ce qui perturbait Lucia. Cela demeurait une source constante de distraction.

Et les distractions n'étaient pas recommandées pendant son cours de maniement de l'épée. Il tressaillit lorsqu'une épée d'entraînement en bois émoussée lui asséna un coup douloureux dans la poitrine.

– Qu'est-ce qui ne va pas, prince Magnus ? demanda son adversaire, ses paroles teintées de sarcasme. Me laisseriez-vous vraiment gagner si facilement ?

Magnus le gratifia d'un regard méprisant.

– Je ne vous laisserai rien gagner du tout.

Andreas Psellos était tout son contraire, en dépit de leur stature identique et de leurs corps minces et musclés. Si Magnus était brun, Andreas avait les cheveux blonds et les yeux bleu clair. Si l'on ne pouvait pas qualifier Magnus de « gai », Andreas était décontracté et arborait un sourire constant sur son beau visage qui affichait rarement de la méchanceté... sauf quand il s'adressait à Magnus.

Ils s'étaient éloignés du reste du cours qui consistait en quatre équipes de deux et en un professeur distrait qui avait tendance à s'en aller tranquillement en plein milieu de leur séance et à les laisser s'entraîner sans surveillance.

– Les années ne t'ont pas du tout changé, observa Andreas. Je me souviens encore de ces cubes en bois peints pour lesquels nous nous disputions quand nous n'avions que cinq ans. Tu les avais lancés par une fenêtre pour que je ne puisse pas jouer avec.

– Je n'ai jamais aimé partager mes jouets.

– Sauf avec ta sœur.

– C'est une exception.

– En effet. Une magnifique exception, dit Andreas en jetant un regard nostalgique en direction du château de granite noir, qui s'étirait haut dans le ciel bleu. Crois-tu que la princesse Lucia viendra nous regarder nous entraîner, comme la dernière fois ?

– Peu probable.

La mauvaise humeur de Magnus s'intensifia. Non seulement Andreas s'intéressait à Lucia, mais c'était aussi le seul garçon que la reine Althéa considérait comme un éventuel fiancé. La famille Psellos était riche, le père d'Andreas faisait partie du conseil du roi, et leur villa hors de prix, à quelques kilomètres seulement du palais, était la plus belle de la côte ouest de Limeros.

L'idée que Lucia puisse être fiancée à cet enfant gâté avec son sourire inné envoya une bouffée de poison glacé dans les veines de Magnus.

Andreas partit d'un rire railleur.

– Allez, à toi. Je ne retiendrai pas mes coups si tu ne les retiens pas également.

– D'accord.

Alors que leurs armes en bois s'entrechoquaient, Magnus s'intéressa désormais de très près au maniement de son épée, et s'efforça de ne plus laisser son esprit vagabonder.

– Il paraît que tu as fait fuir Michol Trichas quand il a montré de l'intérêt pour ta sœur.

– Non ? dit Magnus, avec désintérêt. Es-tu vexé pour lui ?

– Tout le contraire. Il n'était pas assez bien pour elle. Il est insipide et lâche, se cache sous les jupes de sa mère à la moindre résistance. Il ne mérite pas de passer du temps avec la princesse Lucia.

– Nous trouvons enfin un point d'accord. Comme c'est merveilleux.

Leurs épées se croisèrent et s'immobilisèrent, et le regard d'Andreas se fit glacial. Les muscles de Magnus brûlaient de l'effort de marquer le point et de ne pas laisser son rival gagner.

– Toutefois, tu apprendras que je ne me laisse pas dissuader aussi facilement que lui. Tu ne m'intimides pas.

– Je n'essaie pas.

– Tu chasses tous les prétendants de Lucia, comme si personne à Limeros n'était digne du temps précieux et des attentions de la princesse.

Le regard de Magnus se posa d'un coup sec sur celui d'Andreas.

– Personne ne l'est.

– À part toi, bien sûr, dit Andreas en plissant les yeux. Je pense que l'attention que tu prodigues à ta sœur par rapport à n'importe quelle autre fille est… anormale.

Magnus sentit ses entrailles se tordre.

– Tu te fais des idées.

– Peut-être. Mais sache, prince Magnus, que quand je veux quelque chose, je l'obtiens. Quels que soient les obstacles qui peuvent se présenter.

Magnus jeta un coup d'œil en direction du château.

– Je me suis trompé, apparemment. Voici Lucia qui vient nous regarder.

Lorsque Andreas détourna son attention de Magnus, celui-ci frappa. Il fit tomber l'épée en bois des mains d'Andreas et le poussa par terre. Il se retrouva sur le dos, les yeux en l'air, momentanément stupéfié.

Magnus colla le bout émoussé de son épée d'entraînement sur la gorge d'Andreas ; suffisamment fort pour lui faire un bleu.

– En fait, Lucia suit son cours de broderie en ce moment même, et elle ne pourra pas te parler avant… eh bien, avant un petit moment, j'en suis sûr. Je lui transmettrai tes amitiés.

Le cours terminé, il jeta son épée, se détourna du garçon toujours allongé au sol, et retourna au château.

Certaines victoires n'étaient pas aussi douces qu'elles le devraient.

L'idée que quiconque, et surtout quelqu'un comme Andreas, puisse supposer que Magnus éprouve des sentiments interdits pour sa sœur cadette lui avait fait mal au cœur. Il se résolut donc à passer plus de temps en compagnie d'autres filles pour essayer de conjurer toutes les éventuelles rumeurs.

Et pas des filles comme celle qui s'approchait de lui le long du couloir, un sourire étirant ses joues rosées.

– Mon prince, le salua Amia avec entrain.

Il jeta un œil autour de lui pour vérifier si on les regardait. Parler ouvertement avec une domestique – surtout de rang inférieur, comme Amia – n'était pas très bien vu par son père. Imaginer l'indignation du roi Gaius à l'idée que son fils ne se contente pas de discuter avec elle était presque aussi drôle qu'inquiétant.

– Qu'y a-t-il ? demanda-t-il d'un ton sec.

– Vous vouliez que je garde un œil sur votre sœur.

Sur quoi, il la prit par le bras et l'emmena dans une alcôve sombre.

– Parle.

Amia enroula une mèche châtaine autour de son doigt. Elle fronça les sourcils.

– C'est très étrange. On m'a envoyée avec son plateau-repas dans sa chambre pour qu'elle prenne un déjeuner tardif quand elle reviendrait de son cours. La porte était entrouverte. J'aurais dû frapper, mais comme j'avais les mains pleines, je ne l'ai pas fait. Et je jure que j'ai vu…

– Quoi ? Qu'as-tu vu ?

– Votre sœur était debout devant trois bougies et elles se sont toutes allumées.

Magnus la regarda fixement.

– C'est tout ? Tu as regardé ma sœur allumer des bougies et tu t'es dit que cela vaudrait le coup de m'en parler ? Il n'y a rien d'anormal à cela.

– Non, mon prince, c'est juste que… je le jure, je… bégaya-t-elle, l'air extrêmement confus. Je jure que la princesse Lucia ne les a pas allumées. Elles l'ont fait toutes seules, quand elle les regardait tour à tour. Cela m'a effrayée, alors je me suis râclé la gorge pour lui montrer que j'étais là. Elle semblait perturbée que j'aie pu la surprendre, mais je ne lui ai donné aucune indication sur ce que j'avais vu. Posséder le don de faire venir le feu… cela pourrait signifier qu'elle est une…

D'un regard vif, Magnus la fit taire. Elle se mordit la lèvre inférieure.

Il attrapa le menton de la fille et la regarda dans les yeux.

– Merci, Amia. Je veux que tu continues à me dire tout ce que tu vois, même si cela a l'air insignifiant. Mais sache une chose, ma sœur n'est pas une sorcière. Ce n'était que ton imagination.

– Oui, mon prince, murmura-t-elle avant qu'il ne s'éloigne discrètement d'elle et ne se dirige vers les appartements de Lucia, au troisième étage du château, sans rien ajouter.

Allumer des bougies semblait tellement ordinaire, mais pas tant que cela si les mèches s'enflammaient toutes seules. Une fois devant la porte de Lucia, il inspira profondément et tourna la poignée. Elle n'était pas fermée à clé. Il la poussa lentement.

Lucia était assise sur sa somptueuse méridienne, les jambes repliées sous elle, et tenait la tête d'une marguerite dans la paume de sa main. La veille, un jeune Limérien qui s'intéressait à la princesse lui avait offert un bouquet frivole. Sa concentration sur la fleur était si intense qu'elle n'avait pas entendu la porte craquer doucement.

D'un seul coup, la fleur s'éleva et flotta dans l'air, comme suspendue par des fils invisibles.

Magnus eut un hoquet de stupeur.

La fleur retomba, et le regard étonné de Lucia se posa brusquement sur le seuil où il se tenait. Elle se leva, défroissa le devant de sa robe. Son expression était tendue. Elle lui fit signe d'avancer.

– Magnus ! Je t'en prie, entre.

N'hésitant qu'une minute, il ouvrit entièrement la porte et pénétra dans son appartement.

– Ferme la porte, lui ordonna-t-elle.

Il s'exécuta.

Elle inspira profondément, puis expira lentement.

– Tu as vu ce que je viens de faire ?

Il opina, la gorge serrée.

Lucia se tordit les mains, fit les cent pas jusqu'à sa fenêtre pour regarder dehors, au moment même où un faucon s'envolait de son perchoir temporaire sur le balcon, battant de ses larges ailes dorées dans le ciel azur. Il continua à attendre, de peur d'exprimer les pensées qui lui passaient par la tête.

Ce devait être de cela qu'il avait entendu son père parler avec Sabina le soir de son banquet d'anniversaire – de prophéties, de l'*elementia* et des signes que détenaient les étoiles mêmes. C'était ce qu'on lui avait demandé de surveiller.

– Lucia a désormais seize ans, avait déclaré Sabina. Le moment de son éveil approche. Je le sais.

L'éveil de sa magie.

Ça ne pouvait être vrai.

Enfin, Lucia se tourna vers lui, le regard aussi féroce que lorsqu'elle était allée le voir à cause de ce qu'il avait raconté à Michol. Toujours désespérément confus, Magnus ouvrit la bouche pour exiger des réponses de sa part, mais elle se dirigea tout droit sur lui et se jeta à son cou.

– Je ne pouvais confier ce secret à personne, car je redoutais sa signification. Cela faisait une éternité que je désirais t'en parler, mais ce n'était jamais le bon moment.

Il colla une main sur son dos pour l'attirer contre lui, tandis que son cœur martelait sa poitrine. Un besoin soudain et féroce de la protéger fit surface. Cela l'aida à dissiper ses propres doutes.

– Je ne sais pas ce que j'ai vu. Tu peux me confier ce secret, Lucia. Je te promets de ne le répéter à personne.

Elle laissa échapper un long soupir tremblant et se détacha de son étreinte pour le regarder dans les yeux.

– Cela a commencé peu après mon anniversaire. J'ai découvert que je pouvais faire des choses. Des choses étranges.

– Magiques, fit-il simplement.

Le mot paraissait étranger dans sa bouche.

Elle le fixa un instant, son expression fougueuse et circonspecte devint morne. Puis elle hocha la tête.

– *Elementia*, clarifia-t-il.

Elle poussa un soupir à vous donner des frissons.

– Je crois. Je ne sais pas pourquoi. Ni comment. Mais je peux... Et il semblerait que cela ait été en moi toute ma vie, attendant le bon moment pour sortir. Je peux faire ce que j'ai fait avec la fleur. Je peux déplacer des choses sans les toucher. Je peux allumer des bougies... sans allumette.

Magnus absorba tout cela et tâcha de faire le tri dans sa tête.

– Tu es une sorcière.

Il regretta de l'avoir dit à la minute où les mots sortirent de sa bouche. Elle avait l'air accablée par cette éventualité. Les sorcières étaient persécutées à Limeros – un simple soupçon pouvait être dangereux. Ici, la sorcellerie était associée à la déesse Cléiona, un pouvoir maléfique utilisé au nom d'une déité maléfique.

– Magnus, murmura-t-elle, que vais-je donc faire ?

Le roi voudrait être au courant de cela. Il avait tenu à ce que Magnus surveille Lucia, et qu'il lui rende compte de tout ce qu'il avait remarqué d'inhabituel.

C'était assurément inhabituel.

Il fit les cent pas dans la pièce, son esprit passant et repassant en revue ce qu'il venait de voir. Si Lucia avait été n'importe qui d'autre, il n'aurait pas hésité à annoncer la vérité à son père. Quoi qu'il advienne par la suite, ce ne seraient plus ses affaires.

– Remontre-moi, dit-il d'un ton calme.

Après une légère hésitation, Lucia prit la fleur et la remit dans sa paume. Elle le regarda et il hocha la tête, tâchant de la rassurer.

– Tout va bien, lui dit-il, n'aie pas peur.

– Je n'ai pas peur, répondit-elle si fermement que cela le fit sourire.

En dépit de ses jolies robes et de ses manières de princesse, sa sœur s'était forgé un caractère en acier trempé. Le cœur de Magnus, froid comme cet acier, battit plus vite.

Lucia reporta son attention sur la fleur. Un petit pli entre les sourcils, elle se concentra dessus. Lentement, la fleur s'éleva de sa paume, alors que Magnus l'observait dans un silence médusé. Elle tournoya lentement dans l'air.

– Incroyable, souffla-t-il.

– Qu'est-ce que cela signifie ?

Son regard déconcerté se posa rapidement sur le sien, et pour la première fois, il décela ce reflet dans ses yeux. Elle avait beau dire qu'elle n'avait pas peur, elle avait peur. Et pour cause...

– Je ne sais pas.

Il scruta son visage, réprimant le besoin urgent de la serrer fort dans ses bras. Il détailla ses traits – son petit nez droit, ses pommettes saillantes, ses lèvres rouges et charnues. Les yeux de sa mère étaient gris-bleu, et ceux de son père noisette foncé comme les siens. Mais ceux de Lucia ressortaient comme des saphirs, un bijou précieux.

Elle était si incroyablement belle que cela lui coupa le souffle.

– Qu'est-ce que c'est ? lui demanda-t-elle. Vois-tu quelque chose sur mon visage qui montre que j'ai été touchée par ce mal ?

Voilà quelques années, le roi l'avait amené plus au nord pour assister à l'exécution d'une femme accusée de sorcellerie. Celle-ci avait abattu plusieurs animaux et s'était servie de leur sang pour tenter d'invoquer de la magie noire. Le roi s'entretint brièvement avec elle en privé, puis prononça la condamnation à mort. Magnus dut assister à l'exécution à titre d'exemple. Il se rappelait encore les hurlements de douleur et de terreur de la sorcière qui transpercèrent l'air froid quand on alluma le feu.

Son père s'était tourné vers lui et avait posé une main sur l'épaule tremblante du garçon.

– Souviens-toi de cela, Magnus. Un jour, tu devras décider du destin de ceux que l'on accuse d'une telle noirceur.

Un frisson de peur et de répulsion le parcourut en tremblant. Il repoussa Lucia et alla vérifier que personne n'était tapi derrière la porte. Puis il la referma à clé.

– C'est l'*elementia*, annonça-t-elle, la voix entrecoupée. Particulièrement la magie de l'Air, je crois – le don de déplacer des choses. Et du Feu, aussi. Cléiona était la déesse du Feu et de l'Air. Et elle était le mal !

Magnus ne dit rien pendant une minute, les yeux rivés sur le sol de marbre. Lentement, il les releva vers sa sœur.

– Peux-tu soulever un objet plus lourd qu'une fleur ?

– Je ne sais pas. Je t'en prie, Magnus, explique-moi quoi faire. Ne me déteste pas pour avoir gardé ce secret si longtemps. Tu ne peux pas me tourner le dos, à présent.

Il se renfrogna.

– Tu me crois capable de ce genre de choses ?

– Si cette magie est maléfique...

– Elle ne l'est pas, lui assura-t-il d'un ton ferme.

Elle fronça les sourcils.

– Des sorcières ont été exécutées et torturées pour ce que je peux faire.

– Si une sorcière pouvait vraiment faire ce dont tu es capable, jamais personne ne l'exécuterait. Une fois sur le bûcher, elle aurait recours à sa magie pour se tirer de là, dit-il, intimement convaincu.

– Tu ne crois pas que les sorcières sont maléfiques ?

Ses yeux bleus étaient emplis d'une profonde incertitude et d'espoir. Elle avait été tourmentée par ce secret si longtemps, sans avoir personne pour l'aider.

Magnus s'approcha d'elle et prit son visage entre ses mains.

– Tout ce que je sais, c'est que tu n'es pas malveillante. Tu es merveilleuse, et bien plus encore. Et ne va surtout pas croire autre chose, sinon je t'en voudrais énormément.

Elle lui toucha la main, se pencha vers lui. Un léger soulagement traversa ses yeux clairs.

– Tu le penses sincèrement ?

– Du fond de mon cœur, répondit-il. Est-ce que je ferais un beau cadeau comme ce petit lapin à quelqu'un que je trouverais malveillant ?

Elle rit doucement, et ce bruit illumina son cœur.

– Je l'ai appelée Hana.

– Joli prénom. Pour un lapin en peluche.

– Que dois-je faire, Magnus ?

Il s'éloigna d'elle et se dirigea vers sa pile de livres. Il en prit quelques-uns, qu'il déposa sur sa table, à côté du vase.

– Soulève ces livres.

Les yeux de Lucia s'écarquillèrent quand elle contempla le tas volumineux.

– Je n'ai jamais essayé de soulever quoi que ce soit de plus lourd qu'une fleur.

Sa mâchoire se serra.

– Tu dois améliorer tes compétences. Plus tu seras forte, moins tu auras de souci à te faire. Si tu maîtrises ce pouvoir, alors tu seras hors de danger, quoi qu'il arrive. Et je t'aiderai à t'entraîner.

Il retint son souffle en attendant sa réponse. Si Lucia était réellement une sorcière, avec l'*elementia* qui venait de se réveiller, il n'y avait pas d'autre choix. Elle *devait* s'entraîner. Elle devait améliorer ses dons. Parce que si quelqu'un apprenait cette nouvelle, surtout le roi, sa vie même serait en danger.

Magnus ne laisserait jamais personne exécuter sa sœur à cause de cela. Lucia n'était pas malveillante. Il avait du mal à croire à la religion que l'on imposait de force à tous les Limériens, mais il n'avait aucun mal à croire en elle.

L'inquiétude se lisait sur son visage.

– Je ne sais pas si je peux.

– Alors, ne le fais pas pour toi, mais pour moi.

Son regard se posa brusquement sur le sien.

– Si j'accepte d'essayer, feras-tu quelque chose pour moi ?

– Quoi ?

– M'expliquer pourquoi père va se joindre au chef Basilius pour conquérir Auranos. Y aura-t-il une guerre ?

Il avait vu Lucia dans l'escalier, quand le roi avait reçu le message du dirigeant paelsian. C'était une information dangereuse pour une adolescente de seize ans, mais elle n'aurait pas tardé à l'apprendre, de toute façon. Il semblait qu'Amia n'était pas la seule fille dans ce château qui sache très bien écouter aux portes. Il dégagea ses longs cheveux bruns et soyeux de son visage d'une caresse.

– Y aura-t-il une guerre ? répéta Magnus. C'est ce que père veut. Nous devrons attendre pour voir où toutes ces manigances avec le chef Basilius vont nous mener, en fin de compte. Mais ne te préoccupe pas de cela. Mettons ta magie en pratique, à présent. Tu dois la maîtriser pour que je sache que tu ne courras aucun danger.

– Merci, mon frère. Que ferais-je donc sans toi ?

Lucia se redressa sur la pointe des pieds et effleura ses lèvres des siennes, avant de l'étreindre de nouveau très fort. Ce baiser brûla les lèvres de Magnus, qui eut l'impression que l'on avait enflammé son cœur – exactement comme la sorcière d'autrefois.

– J'espère que nous n'aurons jamais à le savoir.

CHAPITRE 15

AURANOS

Théon Ranus avait connu la peine, la colère, la tristesse et le désir à plusieurs reprises. Mais pas la peur.

Jusqu'à aujourd'hui.

– La princesse n'est pas dans sa chambre. Elle est introuvable !

Le cri de la domestique lui fit accélérer le pas, quand il descendit le couloir. Celui de la bonne qui était censée être postée devant les appartements de la princesse Cléo, aux heures où Théon dormait et ne pouvait la surveiller.

Une peur glaciale le submergea.

Il comprit immédiatement où elle était allée. Elle avait fait exactement ce dont elle les avait menacés. Elle s'était enfuie du palais pour se rendre à Paelsia. Même après qu'il eut refusé de l'accompagner, elle lui avait menti sur son intention d'attendre deux jours, et était tout de même partie.

Puis, juste après la peur qu'il éprouvait pour sa propre sécurité, surgit une colère noire pour ce qu'elle avait fait et son ignorance manifeste de ses mises en garde.

Imprudente. Imprudente et tenace.

Il fallait informer le roi. Et Théon savait que c'était à lui d'annoncer la nouvelle : Cléo et Nic avaient disparu du palais.

Ce fut alors qu'il ressentit une autre forme de peur. Pour lui-même, cette fois.

– Comment avez-vous pu laisser cela se produire ? fulmina le monarque, rouge de colère.

Théon n'avait aucune réponse valable. Il savait que c'était ce que Cléo désirait. Il savait qu'elle était têtue et résolue quand il s'agissait de la santé de sa sœur. Il aurait dû le prévoir.

– Je vais aller la chercher moi-même à Paelsia.

– Et comment ! De tous les soucis que j'ai actuellement, celui-ci me perturbe le plus. Vous étiez censé veiller à sa sécurité. Vous m'avez déçu.

Il y avait des cernes noirs sous les yeux du roi, comme s'il avait mal dormi. Il semblait bien plus âgé que ses cinquante ans, aujourd'hui.

Théon pouvait répondre qu'il ne pouvait pas rester au côté de Cléo vingt-quatre heures sur vingt-quatre, sauf s'il partageait le lit de la princesse, mais il se retint et garda docilement les yeux baissés. Le roi Corvin n'était pas cruel, mais il distribuait des châtiments lorsque c'était nécessaire. Manquer à son devoir de protection vis-à-vis de la princesse aurait des répercussions.

Pourquoi donc ferait-elle quelque chose d'aussi imprudent ?

Même lui n'avait pas besoin de se creuser la tête. Elle le faisait parce qu'elle était absolument convaincue qu'elle pourrait sauver la vie de sa sœur en courant après la légende d'une Sentinelle exilée. Briser toutes les règles pour sauver la princesse Emilia était à la fois idiot et… courageux. Pur et courageux.

– Je vais partir immédiatement, annonça-t-il, les yeux toujours baissés. Avec votre autorisation, je prendrai quelques hommes avec moi.

– Pas plus de deux. Nous n'avons pas intérêt à attirer l'attention sur cette situation gênante.

– Oui, Votre Majesté.

Comme le roi n'ajoutait rien, Théon leva le regard et constata que son visage était plus pâle et hagard qu'en colère. Le front plissé, le monarque marqua une pause.

– Parfois, j'ai l'impression d'être maudit, dit-il d'un ton doux. Une malédiction lente et vorace qui s'est frayé un chemin dans ma vie et m'a dérobé tout ce que j'aime. J'ai rencontré une sorcière autrefois, dans ma jeunesse. Elle était très belle.

La digression apparente surprit Théon.

– Une sorcière ? Une vraie ?

Le roi opina, d'un brusque signe de la tête.

– Je n'avais jamais cru en la magie jusqu'à ce que je fasse sa connaissance. Elle aspirait à devenir ma reine, mais… eh bien, j'ai rencontré Elena, et pour moi, c'était terminé. La sorcière n'était que le badinage passager d'un jeune homme qui appréciait les attentions des jolies filles, avant son mariage avec une femme qui allait devenir le grand amour de sa vie, dit-il avec un profond soupir. Lorsque j'ai rompu avec cette sorcière, elle était furieuse. Je crois qu'elle m'a jeté un sort. J'ai perdu mon Elena adorée peu après qu'elle eut donné vie à ma cadette. Aujourd'hui, Emilia se porte si mal… reprit-il, la voix brisée. Je crains que Cléo n'ait eu raison d'affirmer qu'elle allait mourir. Quant à Cléo… Elle n'en fait qu'à sa tête, et cela lui attirera des problèmes. Plus même qu'elle ne s'en rend compte. Vous *devez* la trouver.

– Je la trouverai, Votre Majesté. Je vous le jure.

– Veillez-y. Décevez-moi encore une fois, et vous le paierez de votre vie. Je vous tuerai à mains nues. Suis-je clair ?

Le roi posa un regard noir sur Théon, et un frisson parcourut la colonne vertébrale de ce dernier, qui opina. Il ne s'attendait pas à moins. Il sortit de la salle de réunion, accéléra le pas, le cœur battant.

Il aurait dû dire qu'il partait avec la princesse. Elle était suffisamment têtue pour y aller toute seule avec simplement Nicolo Cassian pour la protéger. Mais il n'était que l'écuyer du roi, sans entraînement, sans force, sans instinct de survie soigneusement affûté. Cela ne suffisait pas. Théon devait se trouver au côté de la princesse quoi qu'il advienne. Aujourd'hui et pour toujours.

Le roi le tuerait si jamais il échouait. Et s'il arrivait quelque chose à Cléo… il souhaiterait mourir. À l'idée de ses yeux vifs qui s'éteignaient, de son rire joyeux réduit au silence… il eut des sueurs froides et dut coller son front au mur de marbre du couloir.

Je suis en train de tomber amoureux.

Cette prise de conscience le frappa comme une épée en pleine poitrine.

Ils n'auraient aucun avenir tous les deux. Il n'était pas membre de la famille royale, pas même un chevalier. Et elle était déjà promise à un autre.

Mais… il était certain d'avoir vu quelque chose dans ses yeux. Une vivacité enjouée quand ils se disputaient. Quelque chose dans sa respiration. Ses joues qui rosissaient. Il appréciait de plus en plus de passer du temps avec elle, plus qu'il ne l'aurait jamais cru, ou n'aurait été prêt à l'admettre, même en secret.

Il voulait demeurer à son côté, et pas uniquement en tant que garde du corps.

Il la désirait, elle.

Mais il ne pouvait céder à ses sentiments. Le reconnaître était dangereux. Pour l'heure, ce dont Théon était sûr, c'était qu'il la retrouverait et la ramènerait saine et sauve à Auranos. L'avenir était incertain, mais c'était clair comme le jour. Il n'échouerait pas.

CHAPITRE 16

LIMEROS

Le roi avait fait venir Magnus dans sa salle du trône.

La déesse l'en préserve, son père n'avait pas pris la peine de rendre visite à son fils dans ses appartements. Non, on avait dû le convoquer tout à fait officiellement, comme un domestique.

Hors de propos.

Il prit son temps pour arriver. Il obéirait, bien sûr. Il n'avait pas d'autre choix, mais même si le roi semblait tout juste se rendre compte de l'existence de son fils, en apparence tout au moins, Magnus ne comptait pas se presser pour autant.

Il avait passé deux jours avec Lucia à lui faire faire divers exercices pour l'aider à améliorer son contrôle et ses compétences. Une grande partie semblait dépendre des émotions fluctuantes de sa sœur. Lorsqu'ils se disputaient – particulièrement au sujet des prétendants que Magnus essayait de décourager – sa colère montante l'aidait à provoquer sa magie. Quand son assurance vacillait, celle-ci disparaissait.

De fait, il veillait à ce qu'ils se querellent fréquemment. Il suffisait de pas grand-chose pour que ses joues se mettent à rougir.

Il allait tout de même lui falloir un moment pour s'ouvrir complètement à la magie. Même si elle n'était absolument pas prête à l'admettre, elle la redoutait. On n'accueillait généralement pas à bras ouverts ce que l'on redoutait.

Magnus ressentait la même chose envers son père.

– Vous vouliez me voir ? fit-il d'un ton sec quand il se trouva enfin devant le roi dans la salle du trône.

Le roi Gaius leva les yeux des papiers qu'il examinait et les braqua sur Magnus, comme un aigle qui remarque une proie légèrement intéressante.

– Tu en as mis du temps !

– Je suis venu aussi vite que possible.

Ce mensonge passa sans encombre.

– Que fabriques-tu, Magnus ? Tu restes beaucoup seul, ces derniers temps. Tu as manqué une occasion d'aller chasser avec moi pas plus tard que ce matin.

– Je lisais.

Cela fit sourire le roi, mais sa chaleur ne gagna pas ses yeux.

– J'ai du mal à le croire.

Magnus haussa les épaules.

– Souhaitez-vous simplement que je vous mette au courant de mes occupations, ou discuter de sujets plus importants ?

Le roi se renfonça dans son trône de fer et de cuir noir et dévisagea son fils.

– Tu me fais beaucoup penser à moi à ton âge. C'est vraiment troublant.

Magnus ignorait s'il était censé le prendre comme un compliment ou comme une insulte.

– Comment se portent vos projets avec le chef Basilius ? demanda-t-il, dans le but de détourner la conversation de lui-même.

– Tout se met en place. Ne t'inquiète pas, mon fils, je te tiendrai informé de chaque étape importante. Et j'aurai très vite besoin de ton aide pour des questions plus étendues.

Dans la mesure où le poste de valet était vacant en raison de la mort inattendue de Tobias, Magnus était sûr que son père aurait besoin d'un nouvel assistant pour combler le vide. Apparemment, ce serait lui.

– Les désirs du roi sont des ordres.

C'était presque impossible de ne pas faire preuve de sarcasme. Les vieilles habitudes avaient la peau dure.

– En effet, je t'ai fait venir pour une raison particulière, dit le roi en la scrutant longuement. Qu'en est-il de Lucia ? As-tu remarqué quelque chose d'inhabituel chez elle ?

Magnus savait que la question viendrait, il y était donc préparé. Il jeta un bref coup d'œil de biais pour voir les armoiries des Damora, qui arboraient les mots familiers : *Force, Foi, Sagesse.*

– Je la surveille de très près, mais elle m'a l'air d'être toujours la même. Si elle vous semble distraite, même légèrement, peut-être est-ce uniquement parce qu'elle a un faible pour un garçon insipide.

– Non, ce ne serait pas aussi futile que cela.

– Eh bien, je ne saurai jamais au juste ce que je dois surveiller, n'est-ce pas ? Vous refusez d'en partager les détails.

Voilà donc le rôle qu'il allait jouer dans les projets importants que le roi avait pour ce royaume. Peut-être que ce n'étaient que des mots. Cette idée était étrangement décevante.

Le roi se pencha depuis son trône de fer ordinaire, mais intimidant – celui en or incrusté de pierreries depuis lequel le grand-père de Magnus avait régné avait été remisé depuis des années. Il serra le bout de ses doigts.

– Je pense que tu dois être prêt à entendre la vérité.

Magnus arqua un sourcil.

– Alors dites-la-moi.

– J'oublie sans cesse que tu n'es plus un enfant. Tu seras très bientôt un homme, et en tant que tel, je dois t'inclure dans tout ce que je fais.

Le roi se leva et tourna lentement en rond autour de Magnus, passant en revue la carrure de son fils dans un étrange mélange de critique et d'approbation.

– Honnêtement, reprit-il, c'est comme jeter un œil sur mon passé. Sabina m'en a parlé l'autre jour.

– Sabina a parlé de quoi ?

– De notre ressemblance. Tu sais, je l'ai rencontrée alors que je n'étais pas plus âgé que toi.

Magnus eut un haut-le-cœur.

– Ravi de l'apprendre. Était-elle déjà mariée à l'époque, ou avez-vous attendu sa nuit de noces pour coucher avec elle ?

Le roi lui adressa un mince sourire.

– Ta langue est garnie de pointes. Mais c'est très bien. Un futur monarque a besoin de toutes les armes qu'il peut trouver à disposition. Crois-moi, quand tu seras sur le trône, il y en aura très peu à qui tu pourras faire confiance.

– Et pourtant, vous faites confiance à Sabina ?

– Oui.

Le seul moyen d'obtenir des réponses de cet homme insupportable, c'était de poser les questions directement, sans avoir l'air de se soucier réellement des réponses, naturellement. S'il paraissait trop enthousiaste, il se doutait bien que son père continuerait à lui cacher indéfiniment la vérité.

– Quelle est la prophétie qui se rapporte à Lucia ? Qu'attendez-vous de voir en elle ?

Le roi ne dit rien pendant un long moment. Ses yeux se plissèrent.

– Tu sais ce que je ressens pour ceux qui écoutent mes conversations privées, Magnus.

Il eut un mouvement de recul. D'habitude, il se contenait mieux, sauf s'il voulait que son père se déchaîne contre lui. C'était difficile de s'en souvenir, par moments. Mais il était sur les nerfs et il avait du mal à se contrôler.

Apprendre que Lucia était une sorcière, en revanche, avait ébranlé tout son petit monde. Il avait découvert que son masque d'indifférence avait glissé. Il était difficile de le remettre en place sans fournir de grands efforts.

Magnus était sûr que son père ne lui répondrait pas. Peut-être l'enverrait-il balader sans lui donner aucune nouvelle information. Ce serait bien, dans la mesure où il pourrait se rendre immédiatement dans les appartements de Lucia et poursuivre l'entraînement avec elle.

Enfin, le roi parla.

– Si j'avoue quelque chose comme cela à quelqu'un comme toi, Magnus, nous marchons sur un chemin très dangereux.

– La vérité est dangereuse uniquement si elle peut infliger une blessure.

Il feignit d'être davantage intéressé par une assiette de pommes et de fromage sur une table que par les propos de son père.

– Les mensonges peuvent rendre les vérités difficiles moins douloureuses. Mais j'estime que souffrir est essentiel pour grandir, affirma le roi d'un air inébranlable. Crois-tu que tu sois prêt pour une telle honnêteté ?

Magnus regarda son père droit dans les yeux, ils étaient de la même couleur que les siens. Quand il scruta le visage du monarque, il ne put s'empêcher d'y déceler de la froideur. Il l'avait fait penser à un reptile – aussi loin qu'il s'en souvenait, exactement comme le cobra qui ornait les armoiries familiales. Un serpent glissant, avec du venin et des crochets.

– Je veux connaître la vérité sur Lucia, déclara Magnus d'un ton ferme. Et je veux la connaître immédiatement.

Le roi se rendit à l'autre bout de la salle pour contempler par une fenêtre l'à-pic recouvert de gel qui descendait jusqu'à la mer, bien plus bas.

– Il y a de nombreuses années de cela, Sabina et sa sœur examinaient les étoiles à la recherche du signe d'une naissance particulière. Un enfant, qui deviendrait un enfant de légende et de magie.

– Magie.

Le mot en lui-même était dangereux.

Le roi hocha lentement la tête.

– Sabina est une sorcière.

Magnus se sentit pâlir. Il n'avait jamais aimé Sabina, mais il n'avait jamais trouvé aucune preuve de ce que son père affirmait.

– Vous m'avez amené voir une sorcière brûler quand j'avais douze ans. C'était un cours sur ce qui leur arrivait si jamais elles essayaient de faire de la magie, ici, à Limeros. Et pourtant, vous prétendez que votre maîtresse en est une ? Je ne savais même pas que vous croyiez à ce genre de choses, à part pour faire des exemples dissuasifs.

Le roi étendit les mains.

– Un roi a des choix difficiles à faire. Pendant longtemps, je n'y ai pas cru. Mais c'est vrai, Magnus. La magie est réelle.

– Vous condamneriez une femme à mort pour sorcellerie, et pourtant vous considérez Sabina comme votre plus proche conseillère ? Une femme que vous mettez aussi dans votre lit ?

– Je ne te demande pas de comprendre, seulement d'accepter que ce que j'ai fait – ce que j'ai toujours fait – était pour le bien de mon royaume. Sabina est une rare exception pour moi.

Son esprit s'emballa.

– Quel est le rapport avec Lucia ?

– Il y avait une prophétie disant qu'une enfant, un jour, posséderait non pas le pouvoir d'une sorcière, mais celui d'une enchanteresse.

Magnus resta très calme.

– Et vous croyez qu'il s'agit de votre propre fille.

Le roi l'attrapa par les épaules et le rapprocha de lui.

– J'ai attendu très longtemps pour apprendre la vérité. Mais il n'existe aucun signe que Lucia soit aussi extraordinaire que cela. Seize ans, Magnus. Je suis de plus en plus frustré.

Son ventre se serra.

– Je ne sais pas quoi dire.

– Tu n'as rien vu. Rien ? Vraiment ?

Magnus choisit judicieusement ses mots.

– Vraiment, dit-il, la gorge serrée, je n'ai rien à signaler. Elle est comme n'importe quelle jeune fille de seize ans. Se dire qu'elle pourrait être une enchanteresse, c'est risible.

En effet, les mensonges adoucissaient considérablement la douloureuse vérité.

– Je refuse de le croire, siffla le roi. Elle est la clé, Magnus. Elle est essentielle à mes projets. J'ai besoin de toute l'aide que je puisse trouver.

Un voile de transpiration brillait désormais sur le front de son père.

– Quoi ? Vous parlez d'Auranos ?

– Bien sûr. Rien d'autre ne compte en ce moment.

– Tout de même, notre armée combinée à celle de Basilius…

– Celle de Basilius ? Ah ah ah ! Des jeunes non entraînés et sous-alimentés, qui n'ont jamais tenu d'épée de leur vie… Auranos, en dépit de sa nonchalance, possède une armée impressionnante. Non, il nous faut une garantie.

Un frisson parcourut Magnus.

– Et Sabina ? Si c'est une sorcière comme vous le prétendez, ne peut-elle pas avoir recours à sa magie pour vous aider ?

Le roi s'aigrit.

– Quel que ce soit le pouvoir qu'elle ait pu avoir plus jeune, il a disparu. À cet égard, elle ne me sert à rien. Non, ça doit être Lucia. La prophétie a dit qu'elle aurait une magie infinie. Tirée des quatre éléments.

Les quatre éléments.

Jusque-là, Magnus n'avait vu de preuve que pour deux d'entre eux. L'Air et le Feu. Mais cela signifiait que les deux autres, la Terre et l'Eau, risquaient de se manifester plus tard.

– Avec ce genre de magie, je pourrais écraser le roi Corvin et brûler tout son monde autour de lui.

Je pourrais l'anéantir en un seul jour et prendre Auranos.

Les poings du roi étaient serrés sur ses côtes. Magnus déglutit.

– Peut-être que Sabina avait tort au sujet de Lucia.

Le roi lui jeta un regard tellement furieux que sa cicatrice se mit à l'élancer.

– Je refuse de le croire.

– Alors, j'imagine que vous devrez être patient.

La colère disparut des yeux de son père et il le regarda de nouveau très attentivement.

– Tu aimes ta sœur, n'est-ce pas ?

Magnus croisa les bras sur sa poitrine.

– Bien sûr que je l'aime.

– C'est une véritable beauté. Elle fera une excellente épouse un jour.

Ses entrailles s'échauffèrent d'une jalousie immédiate, plus chaudes que de la lave.

– J'en suis sûr.

La bouche du roi se tordit en un sinistre sourire.

– Crois-tu sincèrement que je ne remarque pas comment tu la regardes ? Je ne suis pas aveugle, mon fils.

La bile, amère et inattendue, monta dans sa gorge.

– Je ne comprends pas de quoi vous parlez.

– Joue les innocents si cela peut te rassurer, mais je m'en rends compte. Je suis un homme très intelligent, Magnus. Le courage ne suffit pas pour devenir roi, il faut aussi de l'esprit. J'observe, parce que, ainsi, je peux tirer profit de tout ce que je vois.

La mâchoire de Magnus se tendit.

– Ravi de l'apprendre.

– Et je vois un frère qui aime fort – *très* fort – sa magnifique petite sœur.

Magnus regarda la porte, cherchant à s'échapper le plus vite possible.

– Puis-je me faire excuser, père ? Ou voulez-vous continuer à jouer avec moi ?

– Pas de jeux, Magnus. Je les réserve pour le champ de bataille ou l'échiquier. Crois-tu honnêtement que j'ignore pourquoi tu ne t'intéresses à aucune autre fille qui pourrait un jour devenir ta fiancée ?

L'orientation que prenait cette conversation rendait le jeune homme malade.

– Père, je vous en prie.

– Je sais, Magnus. Je le vois dans tes yeux chaque fois qu'elle entre dans une pièce. Je vois comment tu la regardes.

Magnus sentit le besoin soudain de s'enfuir, loin. Le besoin urgent de se cacher du reste du monde. Il n'avait partagé cette vérité avec personne. Il la gardait enfouie tout au fond, tellement enfouie que lui-même ne la regardait pratiquement jamais en face. Il avait été écœuré à la simple idée qu'Andreas puisse avoir le moindre doute sur son secret le plus sombre.

Mais à présent, c'était au roi de le révéler et de l'afficher comme une espèce d'animal précieux qu'il aurait tué lors d'une sanglante partie de chasse.

Comme si cela ne voulait rien dire.

– Je dois y aller.

Magnus se dirigea vers la porte.

Son père posa la main sur son épaule.

– Tranquillise-toi. Je ne répéterai rien à personne. Ton secret ne risque rien à partir d'aujourd'hui. Mais si tu fais tout ce que je te demande, je peux te promettre une chose. Aucun homme ne la touchera jamais. Ce sera au moins un réconfort.

Magnus ne dit rien. À la minute où son père le relâcha, il sortit de la pièce à toute allure. Il courut dans les couloirs jusqu'à ses appartements, où il s'écroula, dos collé au mur gris et froid. Il ne pourrait pas supporter de revoir Lucia ce soir.

CHAPITRE 17

PAELSIA

Embarquer clandestinement, aller et retour, sur un cargo qui transportait du vin d'Auranos à Paelsia n'était pas aussi luxueux que de voyager à bord du somptueux bateau de son père. Mais Cléo et Nic n'auraient jamais affronté de leur plein gré les innombrables dangers que présentaient les Contrées sauvages lorsque l'on passait la frontière à pied. En dépit de leur voyage désagréable, ils étaient arrivés à bon port – la première de nombreuses victoires, espérait Cléo.

Elle transportait un sac de choses essentielles, y compris des vêtements de rechange, une robe tout aussi simple et sans ornement que celle qu'elle portait actuellement ; si elle n'avait pas l'air d'une paysanne, rien ne montrait qu'elle était une princesse. Et un petit tas de pièces d'or et d'argent, monnaie générique plutôt que des centimes auraniens reconnaissables, estampillés du visage de la déesse, qui pourraient bien attirer l'attention sur leur expédition. Elle gardait le capuchon de sa cape sur ses cheveux, embrassés par le soleil la plupart du temps, mais c'était plus pour chasser la brise froide que pour rester incognito. Ils ne seraient vraiment pas nombreux dans ce pays maudit à deviner son identité.

Et ils marchèrent. Et marchèrent.

Et marchèrent encore.

Le trajet avec Aron la dernière fois qu'elle était venue ici lui avait paru interminable. Ce n'était rien, par rapport à celui-ci.

Chaque village se trouvait à une demi-journée de marche du suivant, au mieux. Par deux fois, ils avaient réussi à se faire convoyer par une charrette, mais la plupart du temps, ils allaient à pied. Chaque village ressemblait au précédent. Petit, pauvre, avec un groupe de chaumières, une taverne, une auberge et un marché qui vendait diverses marchandises modestes, y compris des fruits et légumes petits et tristes. Ces aliments ne poussaient pas aussi bien que les raisins dans la terre froide. Ce n'était qu'une preuve de plus que la magie de la Terre touchait spécialement les vignobles. Cette prise de conscience aida Cléo à rester optimiste à mesure que les journées passaient, interminables.

Peu après leur arrivée au port des Marchands, ils errèrent à travers les vignobles, de vastes étendues de vignes vertes plantées en rangées bien nettes, le sol givré, et les raisins vert clair froids au toucher mais gros, charnus et sucrés.

Avant de se faire remarquer et arrêter, ils avaient ramassé le maximum de grappes possible et s'étaient enfuis en courant. Ce n'était pas un repas parfait servi par des domestiques devant une bonne flambée, mais cela remplit leurs ventres, d'autant que Nic avait échoué à capturer pour le dîner un lapin qui courait trop vite. Ils étaient tombés sur une tortue bizarre et lente, mais aucun des deux n'avait eu le courage de mettre un terme à sa vie. À ce moment-là, ils n'étaient pas encore assez affamés pour manger de la tortue. Ils avalèrent plutôt les restes de leurs fruits séchés.

Au-delà de la côte ouest, où le port serrait la côte rocheuse et où poussaient les vignobles, ils se rendirent plus à l'est, le long de routes de terre étroites et inégales, et s'arrêtèrent dans chaque village pour demander si quelqu'un avait entendu parler de légendes, et s'il existait des rumeurs sur une Sentinelle exilée qui vivrait parmi les paysans.

À ceux qui leur posaient la question, Cléo et Nic se faisaient passer pour un frère et une sœur du nord de Limeros, qui voyageaient ensemble dans le but de documenter de telles histoires. Cette idée faisait rire Cléo, qui avait du mal à effacer le grand sourire sur son visage dès lors que Nic racontait son histoire, et chaque fois il l'amplifiait. Bien vite, ils devinrent le fils et la fille d'un célèbre poète limérien qui leur avait demandé sur son lit de mort d'achever l'œuvre de sa vie. Un livre sur les Sentinelles des Quatre sœurs.

Nic avait une imagination incroyable et un côté engageant qui mettait tout le monde à l'aise. Les Paelsians n'étaient pas ouverts aux visiteurs d'autres royaumes, mais ils faisaient une exception pour ces deux-là dès que Nic se mettait à parler. Il n'avait aucun mal à faire apparaître un sourire sur leur visage buriné. Les enfants, qui l'adoraient tout particulièrement, se rassemblaient autour de lui et d'un feu de camp sous les étoiles, pour écouter les autres histoires qu'il inventait sur-le-champ. Avant qu'ils ne partent, des enfants les suivaient, implorant Nic de rester un peu plus longtemps afin qu'il continue à les divertir.

Cléo avait espéré trouver rapidement les réponses qu'elle cherchait, mais une semaine s'était presque écoulée depuis leur arrivée et elle commençait à en avoir assez. Certains jours étaient meilleurs que d'autres. Ils avaient de l'or qui payait leurs chambres dans des auberges afin de passer une nuit de sommeil à moitié confortable sur des lits de paille. Les repas servis dans les tavernes étaient loin de ressembler à ceux du palais auranien, mais ils demeuraient tout de même acceptables.

Mais ce soir-là, après avoir quitté ce genre d'établissement et entamé leur chemin de retour jusqu'à l'auberge pour louer une chambre, ils se retrouvèrent acculés par des petits voyous plutôt costauds qui leur prirent leur lourd sac de pièces et qui leur en laissèrent quelques-unes seulement au fond des poches de Nic.

Cléo pleura, pour la première fois depuis leur arrivée. Il était évident pour elle que leur voyage à Paelsia n'était pas près de s'améliorer. N'avoir quasiment pas d'argent signifiait qu'elle devrait vite rentrer à Auranos, reconnaître son échec et accepter un châtiment pour s'être enfuie de chez elle afin de courir après le mythe et la magie.

Comme ils ne souhaitaient pas gaspiller le peu d'argent qui leur restait, ils dormirent dans un lit de rivière sec et poussiéreux, où Nic serra Cléo très fort dans ses bras pour l'empêcher de frissonner. Ils étaient bien emmitouflés dans sa grande cape ample pour se protéger du froid.

– Ne pleure pas, murmura-t-il. Ça ira mieux demain.

– Tu n'en sais rien.

– Tu as raison, je n'en sais rien. Mais je peux toujours espérer.

– Nous n'avons rien trouvé. Personne ne croit qu'une Sentinelle vit ici.

Peut-être qu'il n'y en avait pas.

Elle laissa échapper un long soupir tremblant, et posa sa joue sur la poitrine de Nic pour écouter les battements de son cœur. Les étoiles au-dessus d'elle brillaient dans le ciel noir, avec la lune, tel un éclat de lumière argentée. Elle n'avait jamais étudié si longtemps le ciel auparavant, ne levant les yeux que de temps en temps et distraitement. Mais elle ne l'avait jamais vu, pas de cette façon. Si clair, si immense, si beau, même en un moment aussi désespéré.

– Pourquoi une Sentinelle s'exilerait-il de chez lui, de toute façon ? s'enquit-elle.

– On raconte que certains tombent amoureux des mortels, et qu'ils s'en vont volontairement. Une fois qu'ils sont partis, ils ne peuvent plus jamais revenir.

– Faire une telle chose par amour. Quitter le paradis, dit-elle, la gorge serrée, quel gâchis !

– Tout dépend de qui tu aimes.

C'était la vérité.

Lorsque Cléo leva les yeux sur les étoiles, elle songea à Théon et se demanda si lui aussi les regardait au même instant. Elle savait qu'il avait dû être furieux en apprenant qu'elle s'était enfuie et qu'elle lui avait menti. À ce moment-là, elle n'y avait pas pensé, se disant qu'elle reviendrait victorieuse très rapidement, et que tout serait pardonné.

Je suis désolée, Théon, songea-t-elle. *J'aimerais que tu sois avec moi.*

Elle avait beau adorer Nic, à l'idée de se trouver dans les bras de Théon, elle avait eu le cœur qui battait la chamade. Elle espérait qu'il comprendrait pourquoi elle n'avait pas eu d'autre choix que de venir ici. Qu'il lui pardonnerait. Un jour.

– À quoi ressemblent les Sentinelles ? murmura-t-elle. Je n'ai jamais prêté attention aux légendes.

– Il n'y a plus grand monde pour y croire encore. Les Sentinelles sont tous jeunes et beaux. La lumière irradie de leur peau dorée. Ils passent leurs journées dans d'infinies et magnifiques prairies vertes.

– Mais ils sont pris au piège dans ce paradis ?

– C'est ce que prétendent les légendes. Depuis qu'on a perdu les Quatre sœurs, ils ne possèdent pas suffisamment de magie pour partir. C'est leur punition pour avoir perdu ce qu'ils étaient censés garder.

– Mais ils peuvent toujours nous surveiller par les yeux des faucons.

Elle remarqua alors l'oiseau de proie qui volait loin au-dessus d'eux, dont la silhouette se découpait sur la lune brillante. Cette vision, bien que familière, la fit frissonner.

– Pas tous, j'en suis sûr. Ils en trouvent certains ennuyeux à regarder. Aron, par exemple. Tout ce qu'ils voient, c'est un homme qui passe ses journées à boire du vin et s'admirer dans un miroir. Comme c'est fastidieux !

Elle rit malgré elle.

– Là-dessus, tu as peut-être raison.

– Je venais de penser à quelque chose.

– Oh, oh. Et qu'est-ce que c'est ?

Elle leva les yeux sur lui.

– Imagine ce que dirait Aron s'il nous voyait comme cela. Dormir dans les bras l'un de l'autre. Il ne serait pas jaloux ?

Elle se fendit d'un grand sourire.

– Fou de jalousie. D'autant plus que nous sommes fauchés, affamés et frigorifiés, sans une goutte de vin à boire !

Il ferma les yeux et retroussa les lèvres.

– Rien que pour avoir la chance de mourir dans les bras de la princesse Cléiona, cela devrait valoir le coup.

Il faisait constamment des remarques idiotes comme celle-ci. En temps normal, elle les repoussait, se disant que ce n'était que de l'humour, mais parfois elle se demandait si sa sœur n'avait pas raison. Si Nic n'était pas un peu amoureux d'elle.

Ce souci disparut quand elle s'endormit et, à la place, rêva de Théon.

– C'est ça, lança Nic le lendemain quand ils reprirent leur recherche. Si nous ne trouvons rien aujourd'hui, alors nous devrons retourner au port et rentrer à la maison. D'accord ?

La déception et la lassitude résonnaient à chacun de ses pas.

– D'accord.

Ils se trouvaient presque à court d'argent et sans aucun indice pour leur donner de l'espoir. Il était grand temps que cette aventure se termine et que Cléo accepte la défaite.

Elle ferma les yeux avec force pendant qu'ils marchaient, et récita une prière exceptionnelle à la déesse, pour qu'elle les soutienne dans leur recherche.

Son estomac, comme en réponse, gargouilla de mécontentement. Bien qu'ils aient trouvé un fruit sec sur des arbres desséchés le matin, c'était loin de le satisfaire.

– Oui, excellent, dit Nic. Nous suivrons ton gargouillement intérieur comme une boussole. Je pense que cela nous aidera.

Elle lui donna une tape sur le bras, se retenant de sourire. Ce qui n'était pas difficile, car c'était la dernière expression que son visage avait envie d'adopter.

– Ne m'embête pas. Je sais que toi aussi tu meurs de faim.

– Nous devrons choisir entre la taverne et l'auberge, ce soir. On ne peut avoir les deux.

C'était tellement injuste. Ils s'étaient fait agresser juste au moment où Cléo commençait à considérer les Paelsians comme un peuple gentil et travailleur, ce qui confirmait sa première hypothèse : ce n'étaient que des sauvages désespérés.

Ils sont désespérés parce qu'ils n'ont rien. Alors que moi, j'ai tout.

Cette pensée lui fit froid dans le dos. Peut-être qu'elle aussi deviendrait plus sauvage si elle passait plus d'une semaine dans ce pays qui dépérissait.

Ils pénétrèrent dans un village aux rues typiquement poussiéreuses et aux petites chaumières en pierre. Au marché, la partie la plus animée, ils arrêtèrent quelques personnes pour les interroger à propos de la Sentinelle.

Ils obtinrent la même réponse que partout ailleurs.

– Des Sentinelles ? Jamais entendu parler, répondit une femme, dont les lèvres découvraient des dents cassées. Ne crois pas en ces légendes idiotes, chérie. Si nous avions une Sentinelle parmi nous, avec de la magie au bout de ses adorables doigts dorés, pensestu que nous serions obligés de dormir sous des toits délabrés et de manger des légumes grillés par le gel ?

– Il s'agit d'une Sentinelle exilée, c'est peut-être différent pour elle.

La femme fit un geste de la main dédaigneux.

– Ce n'est déjà pas facile de supporter le chef Basilius, qui se sert de nos impôts pour sa propriété luxueuse où il exerce sa prétendue magie, tandis que nous autres mourons de faim. Et maintenant, il veut nous voler nos hommes pour ses efforts ridicules. Écœurant.

– Calme-toi, murmura son amie aux cheveux gris d'un ton sévère en lui prenant le bras. Ne dis pas du mal du chef. Il va t'entendre.

– Il n'entend rien, à part ses propres rots de contentement, rétorqua la femme d'une voix rageuse.

Son amie l'entraîna avant qu'elle ne puisse ajouter autre chose.

– Toits délabrés, observa Nic en passant le quartier en revue. Elle a raison. La moitié des toits ici sont troués. Comment ces gens parviennent-ils à survivre au plus fort de l'hiver ?

– Certains n'y arrivent pas.

La voix surgit d'un étal qui vendait des paniers tressés. Cléo s'arrêta et se retourna pour voir une petite femme aux cheveux gris et au visage très ridé qui la regardait de ses yeux noirs étincelants. L'espace d'un instant, Cléo pensa à Silas Agallon, le viticulteur, juste avant que ses fils n'arrivent. Ce qui s'était produit peu après traversa son esprit comme un poison.

– Veuillez m'excuser, mais qu'avez-vous dit ? demanda Cléo.

– Les hivers sont rudes, ici, déclara la femme. Certains n'ont pas la chance de voir le printemps. C'est comme ça, voilà tout. Vous n'êtes pas du coin, n'est-ce pas ?

– Nous sommes de Limeros, annonça Nic d'un ton égal. Nous traversons cette région pour nous documenter sur un livre sur la légende des Sentinelles des Quatre sœurs. En avez-vous entendu parler ?

– Je connais quelques histoires. Ma famille les racontait, et je sais que de nombreux contes ont été transmis à travers les siècles. Qui, sans cela, auraient été perdus.

Le cœur de Cléo battit à tout rompre.

– Avez-vous entendu des rumeurs sur une femme qui vit ici à Paelsia, une Sentinelle ? Elle a été contrainte à l'exil, et à présent, elle a élu domicile dans un village par ici.

– Une Sentinelle exilée par ici ? dit la femme en haussant les sourcils. Comme c'est intéressant… Mais non, je n'ai jamais entendu cette rumeur. Désolée.

Les épaules de Cléo s'affaissèrent.

– Moi aussi.

La femme rassembla ses marchandises, les enveloppa dans un grand torchon, et les fourra dans un gros baluchon qu'elle balança par-dessus son épaule.

– Vous devriez trouver un abri. La tempête approche.

– Tempête ? répéta Nic juste au moment où un éclair zébrait le ciel qui s'assombrissait, suivi du tonnerre.

La femme regarda en l'air.

– Les tempêtes à Paelsia sont rares, mais toujours soudaines et violentes. Notre région est tout de même touchée par la magie, au moment même où elle disparaît sous nos yeux.

Le souffle de Cléo se coupa.

– Vous croyez en la magie ?

– Parfois, oui. Ces derniers temps, en revanche, elle n'est plus assez répandue, répondit-elle en inclinant la tête. Êtes-vous sûrs d'être de Limeros ? Vous avez un très léger accent qui me fait penser à nos voisins du Sud.

– Bien sûr, répondit Nic sans la moindre hésitation. Cléo et moi avons beaucoup voyagé à travers Mytica ainsi qu'à l'étranger ; et nous avons donc gagné de nombreuses choses sur la route. Accents, habitudes, amis. Espérons que nous pouvons vous compter parmi ces derniers. Je m'appelle Nicolo, mais je vous en prie, appelez-moi Nic.

– Mon nom est Eirene.

Lorsqu'elle sourit, ses rides s'étalèrent autour de ses yeux. Elle reprit :

– C'est un plaisir, jeune homme. Et vous – elle se tourna vers Cléo – c'est un nom inhabituel que vous portez. Est-ce un diminutif de Cléiona ?

Son regard se porta d'un coup sur Nic. Sans réfléchir, il avait employé son prénom dans la conversation.

Elle se força à rester impassible.

– Je dois ce prénom à mon père. Il s'intéressait tout particulièrement à la mythologie. Il n'a fait aucune discrimination entre les déesses, comme de nombreux Limériens. Pour lui, elles étaient toutes les deux pareilles.

– Un homme intelligent. À présent, je vous suggère fortement de trouver une chambre pour la nuit.

Ils échangèrent un regard à la minute où la pluie froide se mettait à tomber. Cléo remonta sa capuche sur ses cheveux, vaine protection contre l'orage.

– Nous devons dénicher un abri, mais nous n'avons pas les moyens de payer une auberge, expliqua Nic. Nous avons besoin de manger et nous n'avons pas assez d'argent pour nous deux.

Eirene les scruta avant de hocher la tête.

– Alors, vous viendrez chez moi. Je peux vous nourrir et vous héberger au sec pour la nuit.

Cléo la regarda, sous le choc.

– Pourquoi feriez-vous ce genre de choses pour de parfaits inconnus ?

– Parce que j'aimerais bien qu'un inconnu fasse la même chose pour moi. Venez.

Eirene les emmena chez elle, à cinq minutes du marché. Entre-temps, ils furent trempés jusqu'aux os, et tout ce qui se trouvait dans le sac de Cléo fut mouillé. Pendant que Nic aidait Eirene à faire un feu dans l'âtre, Cléo jeta un œil autour d'elle. Les sols étaient en terre bien tassée, presque aussi durs que du marbre, et le toit de chaume. À part cela, tout était très propre, mais spartiate. Table en bois, chaises en bois, paillasse à l'autre bout de la pièce. Si ce n'était rien comparé à la villa la plus modeste d'Auranos, c'était très certainement habitable.

Elle leur donna des couvertures de laine élimées pour se réchauffer, et des habits de rechange pendant que les leurs séchaient près du feu. Nic enfila une chemise et un pantalon, et Cléo une robe tissée ordinaire, à côté de laquelle celle qu'elle portait sous sa cape paraissait extrêmement élégante.

Elle se pencha vers lui tandis qu'Eirene travaillait à la cuisine.

– Ça gratte.

– Moi aussi.

– Je suppose que c'est mieux qu'être tout nu en attendant que nos vêtements soient secs.

– Oh, tout à fait, dit-il avec un sourire malicieux. Ce serait vraiment horrible.

Pendant qu'Eirene préparait le dîner, elle les interrogea sur leur voyage à Paelsia. Cléo s'installa bien confortablement, et laissa Nic mettre en œuvre sa magie bien à lui, et inventer, tel un grand conteur, son histoire sur la quête qu'ils entreprenaient.

– Ainsi, vous cherchez cette Sentinelle exilée afin de l'interroger ? demanda-t-elle.

– En partie, répondit Cléo en échangeant un regard avec Nic. Mais j'ai… *nous* avons aussi une autre sœur. Une sœur aînée qui est gravement malade. Nous avons entendu une rumeur selon laquelle cette Sentinelle aurait peut-être les moyens de la guérir.

– Des pépins de raisin, dit Eirene en hochant la tête. Infusés de la magie de la Terre. Exact ?

Les yeux de Cléo s'écarquillèrent.

– Donc, vous avez entendu parler de cette légende ?

– Oui. Mais j'ai le regret de vous dire que c'est tout. Il fallait bien trouver une explication pour le succès des vignobles, et donc certains croient que c'en est la raison. Toutefois, la plupart pensent que le chef Basilius en personne est responsable de la magie qui permet de produire un tel vin, afin que son peuple puisse s'en servir dans des rituels pour l'honorer.

– Quelle est la vérité ?

Elle haussa légèrement les épaules.

– Ce n'est pas à moi de le dire.

Cléo se tassa dans sa chaise, l'air contrarié.

– Mais vous avez affirmé que vous croyiez en la magie, non ?

Eirene hocha la tête.

– Oui, mais je ne déclarerais jamais ce genre de choses à Limeros. Si je ne suis pas une sorcière, jamais je ne voudrais que l'on me remarque pour mes croyances.

– Avez-vous entendu parler d'une sorcière qui vivrait par ici ?

Si l'idée que la Sentinelle n'ait été qu'une légende faisait de la peine à Cléo, peut-être pourrait-elle trouver une sorcière à la place. N'importe quel lien avec la magie était un chemin qu'il fallait absolument suivre.

– Pour qu'une Limérienne s'intéresse autant aux sorcières, c'est que vous devez être très déterminée à sauver votre sœur. C'est la véritable raison de votre voyage à Paelsia : votre quête, pas seulement votre livre, n'est-ce pas ?

Les larmes piquèrent brusquement les yeux de Cléo.

– Ma sœur est la personne la plus importante et la plus précieuse au monde. Si elle meurt de cette horrible maladie, je ne sais pas ce que je ferai. Il faut que je l'aide.

La porte s'ouvrit et une jolie brune se précipita dans la pièce, trempée par la pluie froide qui tombait toujours à verse. Ses yeux se posèrent instantanément sur Cléo et Nic.

– Qui êtes-vous ? demanda-t-elle.

Eirene grimaça.

– Sera, s'il te plaît, sois polie. Ce sont mes invités. Ils vont rester chez nous pour la nuit.

Cette annonce n'eut pas l'air de faire plus plaisir à la fille.

– Pourquoi ?

– Parce que je le dis, voilà pourquoi. Voici ma petite-fille, Sera. Sera, voici Cléo et Nicolo. Ils viennent de Limeros.

– Cléo, répéta la fille en retournant le nom sur sa langue.

Le cœur de Cléo battit plus fort à l'idée que la fille puisse la reconnaître. Elle se força à rester calme.

– C'est un plaisir de vous rencontrer, Sera.

Sera la dévisagea un peu plus longtemps, avant de regarder brièvement sa grand-mère.

– Dois-je mettre la table ?

– S'il te plaît.

Ils s'assirent pour dîner à la petite table bancale. Cléo avait tellement faim qu'elle savoura chaque bouchée du copieux ragoût d'orge servi dans un bol en bois. Un plat qu'elle n'aurait pas apprécié si elle s'était encore trouvée au palais, mais qu'elle était ravie de manger ce soir. Et bien sûr, il y avait du vin. S'il y avait quelque chose sur quoi les Paelsians ne lésinaient pas malgré leur vie difficile et laborieuse, c'était bien le vin.

Cléo faillit refuser la proposition d'Eirene de lui servir un verre de sa fiole, mais elle se retint. Le vin avait conduit à des regrets et des souvenirs désagréables dans le passé, mais boire un peu ne ferait pas de mal. Elle sirotait toujours son premier verre, alors que Nic en était à son troisième. Cela ne fit que détendre davantage sa parole déjà bien détendue.

– Vous avez l'air d'en savoir un rayon sur les sorcières et les Sentinelles, lança-t-il à Eirene. Y a-t-il quelque chose que vous seriez prête à partager et qui puisse nous aider dans notre recherche ?

Elle se cala dans sa chaise, jusqu'à ce qu'elle craque.

– Je connais des histoires. Mais ce ne sont pas des faits.

– J'aime les histoires. Je les adore, même. La plupart du temps, elles sont mieux que les faits.

– Et celles qui parlent de déesses ?

Sera grommela.

– Ah non, ça ne va pas recommencer. Grand-mère adore chercher la controverse et raconter cette histoire.

Mais personne ne croit que les déesses étaient des Sentinelles.

Cléo faillit s'étouffer avec une gorgée de vin.

– Parlez-vous de Cléiona et Valoria ?

Eirene eut un sourire malicieux.

– Êtes-vous prêts à entendre une éventualité aussi scandaleuse ? Ou êtes-vous trop fervents dans votre vénération, comme la plupart des Limériens ?

Les Limériens pensaient que Valoria était un être éthéré qui symbolisait la magie de la Terre et de l'Eau. Cléiona incarnait le Feu et l'Air. Elles étaient de force égale, mais leur violente rivalité les amenait à se détruire, à une époque où presque toute l'*elementia* était isolée du monde mortel. Les Limériens estimaient que Cléiona était l'instigatrice de cette ultime bataille – qu'elle avait tenté de voler le pouvoir de Valoria, ce qui avait conduit à la mort de leur déesse adorée. C'était pour cette raison qu'ils considéraient Cléiona comme la mauvaise déesse. Cléiona, l'obscurité, et Valoria, la lumière.

Les Auraniens – quand ils étaient plus religieux dans leur ensemble – croyaient précisément le contraire.

– Je suis ouverte, dit Cléo, impatiente d'apprendre quoi que ce soit sur les Sentinelles qui puisse l'aider. Racontez-nous vos histoires. Nous serons ravis d'apprendre tout ce que vous voudrez bien nous confier.

Sera débarrassa les assiettes vides.

– Parle-leur d'Eva.

– Je vais le faire. Patience, chérie.

– C'était la dernière enchanteresse, expliqua Sera. Elle savait commander les quatre éléments. Rien ni personne n'était aussi puissant, hormis les Quatre sœurs.

Pour une jeune fille qui avait eu l'air peu disposée à réécouter les histoires de sa grand-mère, elle semblait à présent impatiente de les raconter elle-même. Cléo réprima un sourire.

– Donc, une enchanteresse est une sorcière très puissante ?

– Plus que cela, répondit Eirene. Eva était l'une des Sentinelles, ces êtres qui vivent au-delà de ce monde, dans une enclave baptisée le « Sanctuaire ». Les Sentinelles, comme vous avez dû l'entendre dans les légendes anciennes, étaient les protecteurs des Quatre sœurs, quatre cristaux qui contenaient l'essence la plus pure, la plus vraie d'*elementia*. Obsidienne pour la Terre, ambre pour le Feu, aigue-marine pour l'Eau et pierre de lune pour l'Air. On pouvait voir la magie à l'intérieur des cristaux, qui tourbillonnait si l'on y regardait de près.

– L'enchanteresse portait une bague qui lui permettait de toucher les cristaux sans être corrompue par leur infinie magie. Car aussi beaux qu'ils fussent, ils étaient également très dangereux. Les Sentinelles les surveillaient pour protéger les Quatre sœurs. Mais aussi le monde mortel des Quatre sœurs.

– Voilà un millénaire, Mytica, aujourd'hui divisée en trois pays, n'en formait qu'un, uni, où tous vivaient prospères et en harmonie. À l'époque, l'existence de la magie était aussi acceptée que la vie même. L'harmonie dans le Sanctuaire se traduisait par l'harmonie ici-bas.

Cléo se souvint avoir lu dans ses livres d'histoire, lorsque son professeur particulier insistait pour qu'elle écoute, que Limeros, Paelsia et Auranos constituaient jadis un seul et vaste pays sans frontières. Elle avait eu beaucoup de mal à le croire. Les peuples des divers royaumes étaient si différents à présent, mais à l'époque, ils avaient tous été unis.

– Alors que s'est-il passé ? demanda Nic. Je sais que l'on raconte que l'on a perdu les Quatre sœurs depuis mille ans.

– Pas perdu, en réalité, répondit Eirene. Elles ont été volées. Si le Sanctuaire semblait harmonieux, et les Sentinelles disposés à surveiller les Quatre sœurs – qui les avaient dotés de la magie, de la jeunesse, et de la beauté éternelles – il y en avait quelques-uns parmi eux qui aspiraient à plus.

– Plus que la magie, la jeunesse et la beauté éternelles ? dit Cléo. Que reste-t-il ?

– Le pouvoir. Cela a toujours été une forte motivation pour certains. La quête du pouvoir ultime, c'est l'origine de presque tous les maux du monde. Il y avait deux Sentinelles, en particulier, qui furent amenés à prendre plus de pouvoir pour elles. Mais je m'égare.

– J'aime bien la partie sur Eva et le chasseur, observa Sera. C'est ma préférée.

– Ma petite-fille est une romantique, lança Eirene en riant. (Elle se leva pour leur resservir du vin.) Si Eva était une puissante enchanteresse que les autres Sentinelles respectaient comme leur chef, elle était aussi très jeune par rapport à certains Anciens. Certains diraient même qu'elle était naïve. Elle s'est souvent aventurée au-delà du voile du Sanctuaire, dans le monde mortel. Il n'était alors pas inaccessible comme aujourd'hui. Dans le Sanctuaire, il n'y a pas de faune, et son passe-temps favori consistait donc à faire de l'ornithologie. Un jour, elle est tombée sur un chasseur qu'un puma avait mortellement blessé. Il s'était aventuré trop loin dans les Montagnes interdites et s'était égaré. Alors qu'il gisait, mourant, elle lui apparut.

« Certains prétendent que ce fut le coup de foudre. Elle fit ensuite ce qui était proscrit, elle se servit de sa puissante magie de la Terre pour soigner les blessures du chasseur et lui sauver la vie. Les semaines suivantes, elle quitta le Sanctuaire pour le retrouver, encore et encore. Leur amour ne fit que croître. Le chasseur la supplia d'abandonner les Sentinelles pour demeurer avec lui dans le monde des mortels, mais elle savait qu'elle ne pourrait abandonner si facilement ses responsabilités. Toutefois, un jour, elle découvrit qu'elle était enceinte, et commença à se demander si cela pouvait changer. Si elle pouvait vivre deux vies, ou si elle devait en sacrifier une pour toujours. Soit l'homme mortel qu'elle aimait, soit les immortels qui partageaient sa magie.

« Eva avait deux sœurs aînées qui apprirent son secret, et cela leur procura d'autres raisons de la jalouser. Si, en tant que Sentinelles, elles étaient aussi puissantes, leurs dons étaient ternes par rapport à la magie de leur cadette.

« Quand elle donna naissance à la fille du chasseur, les sœurs sortirent du Sanctuaire et enlevèrent l'enfant. Elles menacèrent la vie du bébé si Eva ne leur donnait pas les Quatre sœurs derrière le voile, dans le monde mortel. Souvenez-vous, dans le Sanctuaire, seule Eva avait la possibilité de les toucher.

« Ce fut alors qu'Eva fit son choix. L'idée de perdre son bébé lui était insupportable. Elle s'empara des Quatre sœurs aux quatre coins du Sanctuaire et les apporta à ses sœurs dans le monde mortel. Elles en prirent deux chacune, et à la minute où elles effleurèrent les pierres, elles furent corrompues par la magie. Cela les changea à tout jamais.

– Cela les transforma en déesses, fit Cléo, qui avait du mal à respirer. Les sœurs étaient Valoria et Cléiona.

Eirene opina d'un air sévère.

– Les Quatre sœurs furent absorbées dans la peau même des Sentinelles. Elles devinrent le Feu et l'Air, la Terre et l'Eau. Mais une fois que les Quatre sœurs furent enlevées du Sanctuaire, elles furent toutes deux incapables de revenir. Elles se retrouvaient prises au piège dans le monde mortel. Et si elles possédaient un pouvoir de déesses, elles avaient un corps de mortelles.

« Eva le savait et ne les avait pas prévenues. Leur fureur conjuguée suffit à la détruire. L'enfant fut perdu. Certains prétendent qu'elle mourut, d'autres qu'on l'avait abandonnée sur le pas de la porte de la chaumière d'un paysan, le dernier geste de gentillesse des déesses envers leur défunte sœur.

« Le chasseur trouva le corps de son amour dans la forêt, mais pas le moindre signe de sa fille. Il ôta la bague du doigt d'Eva pour se souvenir d'elle… et resta à l'affût.

« Les déesses demeurèrent séparées jusqu'à l'ultime bataille, lorsque chacune voulut prendre le pouvoir de l'autre, se rendant compte après de nombreuses années que posséder les Quatre sœurs procurerait un pouvoir suprême, et l'immortalité, même dans le monde des mortels. Elles s'anéantirent.

« Tout ce temps, le chasseur les avait espionnées. Quand les déesses furent détruites, les Quatre sœurs réapparurent sous leur forme de cristal. Il portait la bague d'Eva, et put donc toucher les cristaux sans être corrompu. Il les cacha là où personne ne pourrait les voir ni les trouver. Puis, après avoir accompli cette dernière tâche, il mourut.

– Super. Une histoire qui finit bien, observa Nic, stupéfié.
– Tout dépend de ta façon de considérer les choses, en réalité, dit Eirene en souriant. Encore du vin ?
Nic poussa son verre vers elle.
– S'il vous plaît.
– Donc, on n'a jamais mis la main sur les Quatre sœurs ? lança Cléo.
– Pas à ce jour. Si bien que beaucoup pensent qu'elles ne sont qu'un mythe. Que les Sentinelles ne sont qu'une légende, des histoires racontées au fil du temps sans aucun fondement rationnel.
– Vous avez affirmé que vous croyiez en la magie. Mais croyez-vous à ces histoires ? demanda-t-elle.
Ereine se resservit du vin.
– De tout mon cœur.
Cléo avait le vertige à cause de tout ce qu'on lui avait raconté.
– Les Sentinelles recherchent les Quatre sœurs. Ne dit-on pas qu'elles voient à travers les yeux des faucons ?
Eirene opina :
– Ils cherchent les Quatre sœurs pour les ramener au Sanctuaire. Si jamais ils partaient autrement que sous leur forme d'oiseau, au cours de ces voyages de l'esprit, ils ne pourraient pas revenir. Le Sanctuaire est isolé du reste du monde. Il existe sur un plan différent de celui-ci. Et ils ont tout gardé, hormis une once de magie. Mais il est censé mourir à petit feu. Sans les Quatre sœurs en leur possession, leur univers disparaît petit à petit. Exactement comme celui-ci.
– Pensez-vous qu'il y ait un rapport ? demanda Nic.
L'expression d'Eirene était lugubre.
– Très probablement.

– J'adore l'histoire d'amour, lança Sera. Le reste est plutôt difficile à croire, si vous voulez mon avis. Grand-mère, j'ai promis à deux amis que je les retrouverais à la taverne. Est-ce que ça te dérange si je sors ?

– Non, vas-y.

Après leur avoir dit au revoir, Sera attrapa une cape, partit de la chaumière et les laissa seuls tous les trois.

– Je dois reconnaître que je suis étonné que vous ne soyez pas plus scandalisés que l'on ait pu suggérer que Valoria de Limeros, votre déesse adorée, soit une Sentinelle corrompue, observa Eirene.

Cléo et Nic échangèrent un regard.

– Nous sommes très ouverts d'esprit, répondit Nic. Bien que ce soit une surprise qu'elle puisse être aussi malveillante que cela.

– Je n'ai jamais dit qu'elle était mauvaise. Ni qu'elle était bonne. Même chez l'être le plus cruel et le plus sombre, il existe toujours un fond de bonté. Et chez le champion le plus parfait, il y a aussi de la noirceur. La question est de savoir si l'on cédera à la lumière ou à l'obscurité. C'est une décision que nous prenons à chaque choix que nous faisons, chaque jour de notre existence. Ce qui ne serait pas mauvais pour vous pourrait l'être pour quelqu'un d'autre. Le savoir nous rend puissants, même sans la magie.

– D'autres Sentinelles quittent le Sanctuaire, dit Cléo en faisant glisser son index sur le bord du verre vide. Ils ne peuvent pas revenir, jamais. Mais cela s'est passé ?

– C'est ce que prétendent les rumeurs.

– Conservent-ils leur magie ? Une Sentinelle qui détiendrait des pépins au pouvoir curatif infusés de magie de la Terre pourrait-elle vraiment exister ?

– Vous l'espérez tellement que je détesterais vous dire non, répondit Eirene en souriant, tendant la main sur la table pour serrer celle de Cléo. Vous devez continuer à y croire de tout votre cœur. Parfois, il suffit d'y croire pour que cela devienne réel.

– Je crois que j'aimerais aller me coucher très vite, lança Nic.

Elle fit un large sourire.

– Excellente idée, jeune homme.

Une fois l'histoire et le repas terminés, Eirene installa des couches par terre devant la cheminée pour Nic et Cléo. Elle éteignit les bougies, tira la toile qui recouvrait la fenêtre pour leur donner un peu d'intimité, et leur souhaita bonne nuit.

Cléo s'allongea sur le fin matelas de paille et regarda fixement le plafond noir.

Et si ses pensées se portèrent spontanément sur Théon et sur ce qu'il faisait à ce moment, une fois endormie, elle rêva de sorcières, de déesses et de pépins magiques.

CHAPITRE 18

PAELSIA

– Il fallait que je me sauve, dit Sera plus tard dans la taverne.

Avec ses sols de terre battue et ses verres sales, le lieu n'était ni assez bien ni assez vaste pour accueillir plus d'une vingtaine de personnes, mais cela faisait l'affaire. C'était un endroit où les travailleurs fatigués trouvaient à boire pour pas cher, et de la compagnie.

– Vraiment ? Pourquoi ?

Un sourire joua sur ses lèvres, que la moitié des garçons dans un rayon de quinze kilomètres connaissaient parfaitement.

– Ma grand-mère a hébergé un couple de vagabonds pour la nuit. J'ai encore dû supporter ses histoires. J'ai immédiatement pensé à vous quand elle me les a présentés. La fille s'appelle Cléo – comme cette abominable princesse.

Jonas regarda, choqué, la fille assise à côté de lui à la petite table de bois dans un coin enténébré de la taverne. Lui non plus ne connaissait personne d'autre avec ce prénom.

– À quoi ressemblait-elle ?

– À une princesse, si tu veux savoir. Yeux bleus, cheveux blonds, mon âge environ. Jolie, j'imagine.

Sera fit tourner une mèche brune entre ses doigts.

– Tu as dit qu'elle s'appelait Cléo ?

– C'est cela.

Il n'y avait pas tant de blondes que cela à Paelsia. Ni nulle part, d'ailleurs, mais elles étaient moins rares dans le nord de Limeros. Jonas se rappela les cheveux de Cléo, aussi brillants que le soleil, longs et flottants sur son corps mince.

Il avait rêvé de les arracher brutalement pendant qu'elle implorerait sa clémence.

Jonas regarda furtivement à l'autre bout de la taverne, où il vit Brion, les yeux déjà fermés, assis près du feu. Ils avaient passé des jours et des jours à partir en reconnaissance, et s'étaient arrêtés prendre un dernier verre avant de séjourner pour la nuit chez sa sœur Felicia et son mari, pas très loin du village. Les hommes du chef Basilius étaient loin devant eux. Tous les hommes et les garçons en âge de se marier avaient été réquisitionnés pour rejoindre l'armée de Paelsia. Durant leurs expéditions, ils ne rencontrèrent pas le moindre provocateur ni espion. À moins que cette fille dont parlait Sera – que Jonas connaissait de loin pour rendre de temps en temps visite à Felicia et Paulo –, fût la princesse auranienne en personne.

– Je t'en parlerai peut-être plus tard.

Sera rapprocha audacieusement sa chaise pour glisser la main sur le torse de Jonas et sur son ventre. Il lui attrapa le poignet et elle tressaillit.

– Dis-le-moi tout de suite.

– Tu me fais mal.

– Non. N'exagère pas.

Elle se mordit la lèvre inférieure et le regarda d'un air faussement timide, sa souffrance feinte oubliée.

– Et si nous allions dans un lieu un peu plus privé pour discuter de tout ce que tu veux ?

– Pas ce soir.

Se rendre dans un lieu tranquille avec elle, ce soir ou un autre, ne semblait pas du tout l'intéresser. Non, ces jours-ci, il était juste censé passer du temps avec Laelia, une fille dont il se lassait déjà. Mais jusqu'à ce que tout s'arrange avec le chef, et dans l'espoir d'une rébellion réussie contre Auranos, Jonas se dit qu'il valait mieux ne pas mettre un terme à sa relation avec la charmeuse de serpents. Cela pourrait se retourner contre Brion et lui, si jamais il blessait la fille de Basilius. Être chassés du cercle de confiance du chef serait alors le cadet de leurs soucis.

– Tu as dit que cette Cléo se trouvait chez ta grand-mère ? demanda Jonas très calmement et très fermement.

– C'est ce que j'ai dit, répondit-elle, à présent maussade. Son ami et elle y passent la nuit.

– C'est impossible. Elle ne serait pas assez idiote pour se montrer par ici, rétorqua-t-il, puis il la relâcha complètement.

– Tu ne crois pas que ce soit vraiment la princesse ? Elle ne se comportait pas vraiment comme une princesse.

Si la blonde était Cléo – et il avait l'écœurant pressentiment que c'était le cas – alors elle avait une raison précise d'être ici. Mais laquelle ? Espionnait-elle pour son père ? Il avait décelé de l'intelligence et de la fourberie dans ses yeux, ce jour fatal au marché, une malveillance laide qui contrastait avec sa beauté extérieure. Il ne la sous-estimerait pas.

– Avec qui est-elle ?

– Un certain Nicolo. Il n'a pas l'air méchant.

Il se détendit légèrement. Si Sera avait dit qu'elle était venue ici avec le seigneur Aron, il n'aurait pu contrôler sa fureur un instant de plus.

La mâchoire de Jonas était si serrée qu'il avait du mal à parler. Il s'éloigna de la table d'un coup et se mit debout.

– Merci de me l'avoir dit, Sera.

– Tu t'en vas ? Si tôt ? Simplement parce que cette fille pourrait être la princesse Cléo ?

Jonas tressaillit, comme si la mort de son frère s'était passée voilà quelques minutes, et non pas plus de deux mois auparavant. Son chagrin était aussi à vif et sanglant que le tout premier jour.

Vengeance. C'était ce qu'il avait voulu. Mais à présent, avec sa toute nouvelle association avec Basilius, il n'était plus très sûr que ce fût la meilleure ligne de conduite à tenir. Il devait parler au chef pour connaître la prochaine étape. À cheval, la propriété de ce dernier ne se trouvait qu'à deux heures de route.

Il jeta un coup d'œil à Brion. Il n'avait pas touché à sa chope de bière brune bien méritée et il dormait, le visage illuminé par le feu qui crépitait.

Jonas le laisserait se reposer. Il irait voir le chef tout seul. Et il déciderait alors du sort ultime de la princesse.

CHAPITRE 19

LIMEROS

Magnus se tenait sur le balcon de ses appartements, d'où il contemplait l'obscurité au loin. Il était resté dans sa chambre cette nuit, avait décidé d'y dîner au lieu d'essayer de supporter sa famille en bas. Il se voyait mal regarder son père dans les yeux après leur conversation privée un peu plus tôt dans la semaine.

On cogna à sa porte et il alla l'ouvrir, sûr et certain que c'était Amia qui lui rendait visite. Il se demandait s'il était d'humeur à apprécier les talents particuliers de la bonne ce soir, si enthousiaste fût-elle.

Mais ce n'était pas Amia.

– Bonsoir, Magnus.

Sabina était adossée à la porte.

– Bonsoir, dit-il sans conviction.

C'était une surprise. C'était la première fois que Sabina venait frapper chez lui. Après ce que son père lui avait appris sur elle, il l'observait avec circonspection et intérêt.

Tout le monde avait des secrets.

– Tout va bien ? demanda-t-elle. J'étais inquiète que tu ne descendes pas dîner ce soir.
– Je vais bien. Merci de vous en inquiéter.
– Je me demandais si je pourrais discuter avec toi.
– À quel sujet ?
– C'est privé.
Il se raidit. Sabina et le roi étaient des confidents si proches qu'il redoutait ce que cela pourrait entraîner. Toutefois, il se voyait mal refuser. Il était sûr et certain qu'il en faudrait plus pour la décourager. Il ouvrit grand la porte.
– Bien sûr. Je vous en prie, entrez.
Elle s'exécuta. Sa robe en soie rouge moulait son corps. Il eût fallu être aveugle pour ne pas remarquer sa beauté. Si sa mère, la reine, était plutôt ordinaire et faisait de plus en plus son âge chaque année qui passait, Sabina restait comme dans ses souvenirs. Grande, élancée, de longs cheveux bruns et des yeux ambre. Ses lèvres étaient toujours relevées en un sourire qui n'était jamais complètement aimable.
– Ferme la porte, dit-elle.
Avec une légère hésitation, il s'exécuta.
Elle se dirigea vers la fenêtre en traînant le bout de ses doigts sur chaque meuble qu'elle croisait, y compris les montants en bois au pied du lit, dont chacun était sculpté pour ressembler à un serpent.
– Bonté divine, qu'il fait froid ici ! Tu devrais fermer ta fenêtre et demander à quelqu'un d'allumer le feu.
– Plus tard, peut-être. De quoi voulez-vous parler ?
S'il pouvait passer à autre chose, il serait ravi. Si Amia ne venait pas le voir ce soir, il préférait finir la soirée seul.
Sabina se tourna lentement vers lui.

– Le roi a évoqué la conversation que vous avez eue.

L'espace d'un instant, il eut du mal à retrouver son souffle, puis il réussit à remettre en place son masque d'indifférence.

– Vraiment ?

– Oui.

– Il est très partageur.

– Il peut l'être quand il est d'humeur, dit-elle avec un sourire. Ainsi, tu es au courant.

– Pourriez-vous vous montrer plus explicite ? Je sais des tas de choses.

– Pas tant que cela. Juste assez pour créer des problèmes. Mais je crois que nous pouvons te faire confiance, n'est-ce pas ?

– À quel sujet ?

– Ne fais pas le timide, Magnus. Cela te va si mal ! Au sujet du secret à propos de Lucia, naturellement. La prophétie selon laquelle elle serait une enchanteresse. La magie qu'elle a, j'en suis sûre, déjà montrée à son frère adoré.

Il la regarda d'un air sévère.

– Vous vous trompez. Elle ne m'a rien montré de la sorte.

Elle s'esclaffa.

– Oh, Magnus, ce que tu peux me faire rire ! Parfois, j'ai du mal à croire que tu sois le fils de Gaius. La ressemblance est troublante, bien sûr, mais tu as un cœur bien plus tendre. Surtout quand il s'agit de ta sœur.

Il savait qu'elle ne considérait pas cela comme un atout, mais comme un défaut.

– Il est loin d'être aussi tendre que vous ne semblez le penser.

– Vraiment ? Mais peut-être faut-il du temps et de l'expérience à un cœur pour s'endurcir. Lorsque tu ne tressailliras plus en apprenant des vérités choquantes. J'espère être là quand cela se produira. Je pense que tu as le potentiel pour de grandes choses, même si tu ne le crois pas.

Il n'avait jamais remarqué auparavant combien il détestait cette femme.

– Merci de votre avis, Sabina. Maintenant, pour quelle raison au juste vouliez-vous me voir ? Ou était-ce juste pour ressasser une partie de ma conversation avec père, qui, franchement, ne vous regarde pas ?

– Je me suis dit que je viendrais te rendre visite. Nous avons si rarement l'occasion de passer du temps ensemble.

– Ah, dit-il d'un ton mielleux. Et j'apprécie énormément votre compagnie.

Elle le scruta de cet air de prédatrice dont il l'avait déjà vue gratifier d'autres personnes, à l'insu de celles-ci. C'était la femme la plus intimidante qu'il ait jamais rencontrée. Son défunt mari, en revanche, était l'homme le plus gentil qui ait jamais posé le pied au palais. Mais il avait toujours un drôle d'air, comme s'il s'attendait que quelqu'un le batte. Son épouse, peut-être.

Magnus espérait très fort qu'il n'avait pas la même expression que lui. Ceux qui ressemblaient à des victimes étaient toujours ceux que l'on persécutait le plus facilement. Sabina lui jeta un regard mesuré.

– Tu sais, sans cette cicatrice, tu serais un jeune homme à la beauté parfaite. Même avec elle, tu es très séduisant.

Il caressa sa cicatrice d'un air absent.

– J'apprécie ce compliment, mentit-il.

– Vas-tu me le retourner ?

– J'en ai assez de jouer, Sabina. Allez droit au but, ou allez-vous-en, dit-il en la regardant d'un air perçant. À moins que vous ne souhaitiez me montrer votre magie. Mon père m'a confié que vous étiez une sorcière, mais je n'en ai jamais rencontré de véritable jusqu'à présent, et je dois avouer que je suis curieux.

– Une véritable sorcière ne se servirait jamais de façon flagrante de ses pouvoirs devant tout le monde. Cela reviendrait à courir le risque de s'exposer à ceux qui pourraient lui vouloir du mal.

– Je suppose que vous avez raison.

– Tu ferais mieux de dire la même chose à Lucia.

Sa poitrine se serra.

– Mon père croit que c'est une enchanteresse. Mais je n'ai eu aucune preuve de quoi que ce soit d'inhabituel.

Sabina le dévisagea avec un amusement non dissimulé.

– En es-tu certain ? Je pense que tu mens.

– Non. Ce dont je suis sûr, c'est que je souhaiterais que vous quittiez mes appartements. S'il vous plaît.

Il se força à sourire.

– Est-ce que je te mets mal à l'aise ?

– Pas du tout. Mais je suis fatigué et j'aimerais dormir.

Cet air amusé et agaçant demeura sur son visage. Comme si rien de ce qu'il disait ne produisait le moindre effet sur elle.

– Je t'aime bien, Magnus.

– J'en suis profondément honoré, rétorqua-t-il d'un ton sec.

Elle se rapprocha de lui, balaya sa haute silhouette du regard de la tête aux pieds, puis recommença lentement dans l'autre sens.

– Ce besoin de conquérir Auranos obsède ton père. Il ne m'a pas consacré beaucoup de temps, ces jours-ci, si ce n'est pour glaner des conseils pour certaines décisions. Aujourd'hui, il a passé sa journée à organiser une réunion à Auranos avec le chef Basilius et le roi Corvin en personne, pour discuter de leurs problèmes avant que ceux-là ne s'aggravent.

– C'est un homme occupé.

Une fois de plus, elle tourna tout doucement autour de lui. Son regard lui semblait pesant et le gênait.

– Je suis de plus en plus seule. Et je sais que toi aussi. Tu n'as pas encore choisi ta future épouse, même si dans quelques semaines seulement tu auras dix-huit ans. Et tu passes aussi beaucoup de temps en solitaire. Que fais-tu donc de tes journées et de tes nuits, Magnus ?

– Rien qui puisse vous intéresser.

– Je sais que tu apprécies les attentions d'une jolie aide de cuisine, n'est-ce pas ? Mais c'est la seule que je connaisse. Je ne crois pas une seule minute que ce genre de fille soit pour toi davantage qu'une simple distraction brève et sans importance.

Il ne supportait pas qu'elle en sache autant sur lui.

– Elle est peut-être sans importance, mais elle n'est pas toujours brève.

Il se tendit quand il sentit sa main effleurer son dos, s'attarder sur ses épaules alors qu'elle lui tournait autour.

– Tu es presque un homme. Et un homme très bien, qui plus est. Un peu doux sur les bords, toutefois, mais je pense qu'une bonne manipulation pourrait aider à te dégourdir. Tu pourrais devenir une très bonne arme à bien des égards.

Magnus la regarda fixement, ne sachant trop ce qu'elle voulait dire. Mais il n'était pas dupe.

– Que suggérez-vous ?

– La même chose que ce que j'ai suggéré à ton père quand il n'était pas beaucoup plus âgé que toi. Je m'offre à toi, en maîtresse.

– Vraiment ?

Ses propos étaient calmes et mesurés.

– Oui.

– Vous pourriez être ma mère.

Cela finit par faire disparaître le sourire de la jeune femme.

– L'âge peut être un atout, Magnus. Qui dit âge dit expérience. Tu es jeune, et à part cette domestique et peut-être quelques autres filles sans importance, tu n'as aucune expérience.

– Vous n'imaginez pas toute celle que j'ai !

– Loin de là. Cela se voit dans chacun de tes gestes. Tu veux sentir que l'on a besoin de toi. Que l'on te désire. Que l'on a envie de toi. Je peux te faire ressentir tout cela.

Elle fit glisser ses doigts sur son torse. Magnus ne parvenait pas à croire que cela se passait réellement.

– Et qu'est-ce que mon père a à dire de cette proposition ?

– Gaius n'en sait rien, bien sûr. Et il n'a pas besoin de le savoir.

– Partager une maîtresse avec mon père n'est pas pour moi un très bon moyen de renforcer notre lien père-fils.

– Comme si tu t'étais jamais soucié de ce lien.

Il haussa les épaules, évasif.

– Peut-être que oui, aujourd'hui.

– C'est la raison pour laquelle je suis venue te voir. Pour te proposer cela. Pour m'offrir à toi. Je peux rester avec toi ce soir si tu le désires. Gaius ne saura pas où je suis. Et je promets que je peux te faire oublier tous les problèmes que tu penses avoir.

Elle se mit sur la pointe des pieds et colla ses lèvres aux siennes.

Elle l'embrassa jusqu'à ce qu'elle se rende compte qu'il ne lui rendait pas son baiser. Elle recula d'un pas et leva les yeux sur lui, confuse.

– Y a-t-il un problème ?

Le goût des lèvres de la jeune femme était plus venimeux qu'agréable. L'idée que la même bouche ait embrassé son père l'emplit de dégoût.

– Je pense que vous devriez vous en aller.

Ses yeux ambre s'écarquillèrent légèrement.

– Me renierais-tu ?

– Je dirais que c'est bien vu, oui. Mes excuses, Sabina, mais ce n'est pas ce que je désire. Je suis sûre que vous n'aurez aucun mal à trouver quelqu'un d'autre pour réchauffer votre lit pendant que mon père sera occupé ailleurs. Mais ce ne sera pas moi.

Quelque chose de désagréable traversa le visage magnifique de la femme.

– Ne prends pas de décision à la hâte sans y avoir réfléchi.

– Tout à fait, dit-il en penchant la tête. C'est cela, j'ai réfléchi. Je ne suis toujours pas intéressé.

L'expression de Sabina se durcit.

– Je suppose que pour quelqu'un qui désire déjà sa propre sœur, cela ne devrait pas me surprendre plus que cela.

Ces paroles eurent l'effet d'une gifle. Et Magnus tressaillit. La plus proche confidente de son père connaissait chacun de ses secrets. Ou peut-être les avait-elle devinés toute seule.

Le sourire froid réapparut sur ses lèvres.

– Je suis curieuse de voir depuis combien de temps tu ressens un désir aussi anormal et honteux pour elle. Un an ? Plus que cela ? Alors qu'elle n'était qu'une enfant ?

– La ferme !

Il parlait entre ses dents, les poings serrés. Elle lui attrapa le menton avant qu'il ne la repousse.

– Quelle délicieuse douleur sur ton visage ! Cela te tourmente-t-il, Magnus ? Tu es tellement renfrogné d'habitude, tellement distant, et tu ne t'impliques dans rien. J'ai trouvé ton véritable point faible.

– Vous n'avez rien trouvé du tout.

Cela la fit rire.

– Vraiment ? Oh, Magnus, j'en sais tellement plus que toi ! Souhaiterais-tu que je te confie un autre secret sur ta sœur chérie, que ton père prend bien soin de te cacher ?

Une tempête d'émotions ravagea Magnus. Il voulait mettre cette femme dehors et lui claquer la porte au nez. Mais il ne pouvait pas. S'il devait savoir autre chose au sujet de Lucia…

– Dites-le-moi, grommela-t-il.

– Demande-le-moi gentiment.

L'effort qu'il dut faire pour ne pas lui broyer la gorge le fit trembler.

– S'il vous plaît, dites-le-moi.

– Quelle politesse, siffla-t-elle. Pas du tout comme ton père à cet égard. Il ne dit que ce qu'il veut, quand il le veut. Qu'il t'ait caché cela me pousse à me demander pourquoi il garderait un tel secret, alors que l'on sait que tout cela te torture.

– Et maintenant, vous voulez me le dire. Ce sera votre vengeance parce qu'il ne vous a pas prêté suffisamment attention ces derniers temps. Il le mérite. Alors, allez-y !

Elle garda le silence tellement longtemps qu'il pensa qu'elle avait peut-être changé d'avis.

– Ma petite sœur Jana avait le don de double vue. Un don rare chez une sorcière ordinaire. Au fond d'elle, elle possédait le pouvoir de lire les histoires que les étoiles pouvaient raconter. Elle croyait en la prophétie, transmise de génération en génération, qu'un jour un enfant naîtrait qui détiendrait l'*elementia* en lui, plus fort que personne depuis Eva, la prêtresse originelle, celle que les miens idolâtrent, comme toi tu vénères ta déesse.

Elle s'assombrit, en repensant à ces lointains souvenirs, puis reprit :

– Voilà seize ans, Jana vit la naissance annoncée dans les étoiles. La naissance de Lucia. Ensemble, ma sœur et moi avons combiné notre magie afin de multiplier son pouvoir par dix pour la localiser, en sachant qu'elle aurait besoin de nos conseils un jour, quand sa magie finirait par s'éveiller en elle. Ma sœur a péri dans cette quête, mais j'ai amené Lucia ici, à Limeros, pour qu'elle soit élevée comme une princesse… et comme ta sœur.

Magnus la fixa. Il avait du mal à respirer.

– Vous racontez n'importe quoi.

Les yeux de Sabina étincelaient. Elle prenait un malin plaisir à le voir aussi perdu.

– Bien sûr, on ne t'en a jamais parlé. À personne, sur l'insistance de Gaius. Après avoir été incapable de porter un autre enfant après toi, Althéa elle aussi a volontiers accepté de garder ce secret. Tout cela pour avoir la chance de revendiquer cet enfant magnifique comme sa propre fille, même si cette princesse lui avait été offerte par quelqu'un qu'elle avait toujours détesté.

– Ce que vous affirmez est impossible.

Sabina l'attrapa par la nuque, et rapprocha leurs visages de sorte qu'elle puisse parler à voix basse.

– Pas du tout. Lucia n'est pas ta sœur de sang, Magnus. Cette révélation avive-t-elle ta passion, ou est-ce que l'idée que ce que ton cœur désire n'est plus interdit rend tout cela moins excitant ?

– Vous mentez, dit-il en empoignant le devant de sa robe. Vous essayez de jouer avec mon esprit.

– Je ne mens pas. Ce n'est pas ta sœur, répondit-elle en plissant les yeux. Toutefois, elle a été élevée en tant que telle, et pour elle, tu es juste son frère. Elle ne ressent pas ce que tu ressens pour elle. Comme c'est tragique...

Il la relâcha et la regarda fixement, confus sous l'effet du choc. Tout son monde était en émoi, tout tournait. Sabina arborait un sourire mauvais tandis qu'elle défroissait le pli qu'il avait fait sur le devant de sa robe cramoisie.

– Je vais peut-être avoir une discussion avec Lucia. Voudrais-tu qu'elle découvre ton petit secret obscur, et voir comment elle réagirait ? Je serais ravie de le lui apprendre moi-même.

Soudain, la porte s'ouvrit dans un grincement sur Lucia, qui se tenait sous la voûte.

– Secret ? Quel secret ?

Magnus se figea.

Comme Magnus n'avait toujours pas dîné en famille, Lucia avait commencé à se faire du souci. Après avoir étudié la plus grande partie de la soirée, elle était prête à s'entraîner encore. Magnus avait été un excellent professeur particulier. Ce soir, elle désirait se concentrer sur la magie du Feu.

Elle quitta sa chambre et se balada dans les couloirs jusqu'à ce qu'elle arrive devant celle de son frère. La porte était presque fermée, mais elle entendait des voix fortes à l'intérieur.

Et son nom. Et une histoire de secret.

Elle poussa la porte et fut étonnée de voir Sabina et Magnus face à face. Leurs visages étaient rouges, et ils lui lancèrent des regards furieux quand elle entra.

Peut-être aurait-elle dû frapper.

– Qu'est-ce qui ne va pas ? demanda-t-elle.

– Une si mignonne jeune fille, ronronna Sabina. N'est-ce pas, Magnus ? Si mignonne, ta sœur. Comme du miel qui fond sur ta langue.

– Fichez-lui la paix, grommela-t-il en retour.

Lucia fut étonnée de constater que sa voix était entrecoupée.

– Cela fait seize ans que je la laisse tranquille, dit Sabina, le débit heurté. Je n'ai plus le temps... ni la patience.

– Elle n'a rien à voir avec tout cela.

Sabina gratifia Lucia d'un sourire qui lui fit froid dans le dos.

– Ou peut-être que ce qui attend sous la surface, c'est quelque chose de plus dur et de moins fragile, comme je l'ai senti chez toi. Si tu ne souhaites pas que je te donne des cours particuliers, Magnus, peut-être qu'elle le voudra. Moins drôle que les séances que j'avais prévues pour toi, bien sûr, mais tout de même indispensable.

– Magnus ? fit Lucia, sourcils froncés.

Le visage du jeune homme était tendu, comme elle ne l'avait encore jamais vu.

– Vous devriez partir, fit-il.

– Pourquoi ? s'enquit Sabina. C'est l'occasion idéale pour apprendre à nous connaître tous les trois. Lucia, ma chère, comment vas-tu ?

Lucia pinça les lèvres. Elle ne faisait pas confiance à cette femme.

– Bien, merci.

– Vraiment ? Tu ne t'es pas sentie bizarre ces derniers temps ?

Lucia la regarda d'un air prudent.

– Qu'insinuez-vous ?

– Magnus m'a confié que ta magie était très puissante.

On aurait dit qu'elle venait de recevoir un coup de poing dans le ventre. Elle eut du mal à ne pas chanceler.

– Quoi ?

– Je n'ai jamais rien dit de tel, gronda Magnus.

– Peut-être que non, rétorqua Sabina en les gratifiant tous deux d'un petit sourire. Mais à présent, je sais tout ce qu'il fallait que je sache. C'est donc vrai. Tes pouvoirs se sont éveillés.

La peur glaciale que cette femme connaisse tout d'elle submergea Lucia. C'était le prolongement de leur dernière conversation déroutante dans les couloirs, sur les dangereux secrets. Sabina savait.

– Ne t'inquiète pas, dit Magnus d'un ton calme. (La colère avait quitté sa voix et son expression, mais elle continuait à lui brûler les yeux.) Ton secret ne craint rien avec Sabina. Parce que j'en connais un sur elle. C'est une sorcière.

La bouche de Lucia s'ouvrit grand à cette nouvelle.

– Maintenant que tout est dit, lança Sabina en la regardant curieusement, peut-être peux-tu m'expliquer ce que tu sais faire ?

Il lui fallut un moment pour retrouver sa voix. Elle releva le menton et regarda la femme plus âgée droit dans les yeux.

– Pas grand-chose.

La frustration traversa le visage de Sabina.
– Peux-tu être plus précise ?
– Non, elle ne peut pas, répondit Magnus qui se posta au côté de Lucia et qui mit un bras sur ses épaules.
Sa proximité la rassura immédiatement.
– Il est tard. Ce n'est pas le moment d'avoir ce genre de discussion.
– Est-ce pour cela que vous êtes venus voir Magnus ? s'enquit Lucia. Pour l'interroger à mon sujet ?
– C'était l'une des raisons, acquiesça Sabina avec un sourire cynique. Dois-je évoquer les autres ?
Magnus lui adressa un regard noir. Quels secrets détenait-il pour décider de les confier à Sabina, mais pas à elle ?
– Sais-tu que tu es très puissante, Lucia ? demanda Sabina.
Elle secoua la tête.
– Je n'y comprends rien.
– Ton père ne serait pas content si je t'apprenais tout ce que je sais sans qu'il ne soit présent. Crois-moi, j'ai déjà révélé suffisamment de choses pour m'assurer sa colère. Mais sache que cela était... prédit. Ta naissance était prédite. Ton aptitude à avoir accès à l'*elementia* comme personne en mille ans était prédite. Tu n'es pas une sorcière, Lucia chérie. Tu es une prêtresse.
L'angoisse de la jeune fille était à son comble.
– Vous vous trompez. Je pourrais éventuellement faire un peu de magie, mais rien d'aussi énorme.
– Peut-être n'en as-tu fait qu'un tout petit peu pour l'instant, mais si elle a déjà commencé à se réveiller, cela signifie qu'elle est à toi – un lac de magie qui attend que tu plonges pleinement dedans. Les quatre éléments qui attendent que tu t'en serves à ta guise.

– Vous ne pourriez plus vous tromper, affirma Magnus d'un ton ferme.

– Je ne me trompe pas !

Sabina cria, comme si elle avait été à deux doigts de perdre son sang-froid et qu'elle avait fini par le perdre.

– J'ai raison, et ce depuis le début. Je n'aurais jamais sacrifié tout ce que je possède si j'en avais douté. Je sais que si tu plonges dans tes dons le plus profondément possible, tu réveilleras les autres.

Lucia sentit le besoin irrésistible de s'enfuir de cette pièce et loin de cette femme, cette sorcière qui l'avait toujours intimidée et effrayée. Elle regarda Magnus, mais il ne dit rien. Il fronçait les sourcils.

– Magnus, tu vas bien ? répéta-t-elle.

Il n'était pas aussi impassible que d'habitude, mais tourmenté.

– Je n'ai pas voulu cela, dit-il. Rien de tout cela. Je tenais à ce que tu sois en sécurité.

– Oh, Magnus, répliqua Sabina d'une voix traînante. Arrête de jouer les saints vis-à-vis de ta petite sœur. Je ne suis pas dupe. Tu es exactement comme ton père. Mais tu ne cesses de le nier.

Il posa son regard féroce sur elle.

– Je n'ai rien à voir avec mon père. Je le déteste, ainsi que tout ce qu'il représente.

– La haine est une émotion forte. Bien plus puissante que l'indifférence, mais ceux que la haine ronge peuvent aimer tout aussi intensément. N'est-ce pas ? Quand tu détestes ou que tu aimes, le fais-tu de tout ton cœur ? Si fort que tu as l'impression que tu pourrais en mourir ?

Elle lui sourit, comme s'ils partageaient une blague qu'eux seuls comprenaient.

– La ferme, lança-t-il.

– Je t'ai laissé une chance, mais tu ne l'as pas saisie. J'aurais pu t'aider de bien des façons.

– Vous n'aidez qu'une seule personne, vous-même. Il en a toujours été ainsi. J'ai du mal à croire que je n'aie jamais compris que, sous votre aspect aimable, vous n'étiez qu'une infâme sorcière promise au bûcher, comme toutes celles que mon père a condamnées à mort.

Sabina le gifla avec force du revers de la main, sur sa balafre.

– Attention à ce que tu dis, jeune homme.

– Sinon, quoi ?

Il effleura le coin de sa bouche, et se retrouva avec du sang sur le bout des doigts. Il la gratifia d'un regard noir.

– Ne vous avisez pas de le toucher ! gronda Lucia.

Voir Magnus frappé par cette méchante femme avait fait surgir une vague de colère tout au fond d'elle-même, comme elle n'en avait jamais éprouvé auparavant.

Non, c'était faux. Elle l'avait déjà ressentie. Une fois, il y avait trois ans, quand elle s'était cachée dans un coin pendant que leur père corrigeait Magnus parce qu'il lui avait répondu en public. Magnus avait essayé de se révolter et de battre son père, mais celui-ci l'avait maîtrisé. Son frère avait fini par s'enfuir de la pièce pour retourner directement chez lui. Lucia l'avait suivi et avait trouvé Magnus recroquevillé dans un coin, une expression de douleur figée sur son visage en sang, renvoyant à des blessures plus profondes. Elle s'était assise à son côté et avait mis sa tête sur son épaule. N'avait pas dit un mot, s'était juste assise avec lui et avait écouté ses sanglots s'apaiser jusqu'à ce qu'ils disparaissent.

Elle avait voulu que Magnus tue leur père pour lui avoir fait du mal.

Non, ça aussi, c'était faux. Elle avait voulu le tuer elle-même.

– Oui, j'ose, dit Sabina. Avec l'autorisation de ton père, le roi. Je peux frapper ton frère chaque fois que je le désire. Je peux faire ce que je veux. Regarde-moi, petite fille !

Elle roua Magnus de coups. Il grogna, le poing tellement serré que Lucia était sûre et certaine qu'il allait se venger. Si Sabina n'avait pas été une femme, elle était convaincue qu'il n'aurait pas hésité.

La galanterie ne posait pas ce genre d'états d'âme à Lucia. D'une chiquenaude, elle balaya l'air de la main. La tête de Sabina bougea comme si on venait de la gifler, bien qu'elle se tînt six pas plus loin. La sorcière se flanqua la paume sur sa joue rouge, les yeux écarquillés mais brillants d'excitation.

– Ma chérie, s'exclama-t-elle. Très bien ! Oui, parfait. C'est donc la colère qui t'aide à avoir une prise sur la magie ? Et si c'était la colère qui pouvait la réveiller complètement ?

– Arrêtez, siffla Magnus. Je ne veux pas de cela.

– On ne t'a rien demandé !

Sabina se fendit d'un grand sourire, même si une goutte de sang coulait du coin de sa bouche. Elle sortit une épée de sous ses jupes, d'une gaine de cuir à sa cuisse. Puis elle alla si vite que Lucia eut du mal à la suivre.

Brusquement, Sabina se retrouva derrière Magnus, enfonça le bout de son épée sous son menton si fort que le sang glissa sur sa gorge.

– Magnus ! s'écria Lucia d'une voix perçante.

– Je... ne... peux... pas bouger, parvint-il à dire non sans mal.

– L'*elementia* qu'une sorcière ordinaire comme moi peut invoquer implique de grands efforts ou sacrifices, déclara Sabina calmement. Mais je peux en faire quelques-uns s'il le faut. L'air peut contraindre. L'air peut étouffer.

Du sang dégoulinait désormais de son nez.

– Ne lui faites pas de mal !

L'estomac de Lucia se serra. Elle était à la fois furieuse et terrorisée, deux émotions contraires qui s'affrontaient rageusement.

– J'aimerais bien tester ta magie de la Terre ce soir, lança Sabina. Quand je trancherai la gorge de ton frère, tu auras juste assez de temps pour invoquer la magie nécessaire pour le guérir et lui sauver la vie. Fouiller dans tes pouvoirs permettra de réveiller tous les autres. Gaius comprendra que j'aie dû faire appel à des mesures extrêmes. Je lui fais gagner un temps précieux.

Soigner ? Magie de la Terre ? Lucia n'avait même jamais rien essayé de tel auparavant.

Sabina ne bluffait pas, la sorcière allait trancher la gorge de Magnus. Du sang ruisselait déjà sur sa peau. Désespérée, elle regarda le bout de son couteau s'enfoncer de plus en plus dans la chair de son frère. La douleur traversait le visage de ce dernier.

La fureur explosa en elle.

Lucia ne réfléchit pas. Elle agit simplement, à présent aveuglée de rage et de peur.

Elle hurla et se précipita sur Sabina, les deux mains en avant, forçant la magie qui sommeillait en elle à faire surface.

Sabina fut projetée en arrière et s'écrasa contre le mur de pierre des appartements de Magnus. Un *crac* écœurant se fit entendre à l'arrière de son crâne quand celui-ci se fracassa sur la surface dure. Lucia garda les bras tendus vers l'extérieur. Cela suffit à maintenir la femme en place. Les pieds de Sabina pendillaient à présent au-dessus du sol.

Du sang jaillit à profusion de la bouche de la sorcière, et elle produisit un gargouillis répugnant.

– Bien, parvint-elle à dire. Ta... magie de l'Air... elle est encore plus forte que je ne le pensais. Mais non maîtrisée. Tu peux me guérir. Tu... tu as besoin de moi.

– Je n'ai pas besoin de vous ! Je vous déteste !

La fureur de Lucia décupla, brûlante. Comme en corrélation avec ses sentiments déchaînés, des flammes sortirent de la poitrine de Sabina. La sorcière regarda autour d'elle, la panique surgissant enfin dans ses yeux fous.

– Ça suffit ! Non... Lucia... ça suffit ! Tu as fait tes preuves....

Mais avant qu'elle ne puisse ajouter un autre mot, un gigantesque brasier illumina la pièce enténébrée et consuma Sabina intégralement. La vague de chaleur dégagea d'un coup brusque les longs cheveux en bataille de Lucia de son visage. Le cri de pure douleur de Sabina fut interrompu lorsque son cadavre calciné tomba lourdement, et les flammes disparurent.

Lucia tremblait de la tête aux pieds quand le corps chut, les yeux écarquillés d'horreur par ce qu'elle avait fait. Elle avait suffisamment détesté Sabina au point de désirer qu'elle brûle.

Et elle avait brûlé.

Magnus se retrouva aussitôt à son côté. Il sombra à genoux à côté d'elle et la serra très fort contre son torse pour qu'elle ne tremble plus.

– Tout va bien, murmura Magnus d'un ton apaisant.

– Elle allait te tuer.

Les paroles de Lucia sortaient par à-coups. Son débit était saccadé.

– Et tu m'as sauvé la vie. Merci pour cela.

Il essuya ses larmes avec ses pouces.

– Tu ne me détestes pas pour ce que j'ai fait ?

– Je ne pourrais jamais te détester, Lucia. Jamais. Tu m'entends ?

Elle écrasa sa figure contre sa poitrine, trouvant du réconfort dans la force de son frère.

– Que me fera père, quand il apprendra cela ?

Magnus se tendit et elle se recula pour scruter son visage. L'attention de son frère se porta sur la porte, à présent grand ouverte. Son père se tenait sur le seuil.

Il regardait fixement les restes calcinés de Sabina Mallius, puis son regard se posa lentement sur ses enfants.

– C'est toi qui as fait cela, n'est-ce pas, fille ?

Sa voix était douce, mais jamais elle n'avait été aussi dangereuse.

– Non, c'était moi, répondit Magnus en levant le menton. Je l'ai tuée.

Le roi se dirigea vers eux et attrapa le bras de Lucia, la fit se redresser d'un coup et l'éloigna de Magnus.

– Menteur, c'était Lucia. Tu as tué Sabina, n'est-ce pas ? Réponds-moi !

Elle ouvrit la bouche, mais rien n'en sortit pendant un moment. Sa gorge était presque trop serrée pour parler.

– Je suis vraiment désolée.

Magnus se releva d'un bond.

– Sabina allait me tuer.

– Et tu l'as sauvé grâce à ta magie ? dit le roi en secouant Lucia. N'est-ce pas ?

Tout ce que Lucia pouvait faire, c'était hocher la tête. Son regard se posa par terre, des larmes chaudes ruisselèrent sur ses joues. Le roi lui attrapa le menton et la força à lever les yeux sur lui. Son expression lugubre était à présent mâtinée d'autre chose.

De la victoire.

Un faucon s'envola de son perchoir sur le bord du balcon, lorsque le roi déclara :

– Je ne pourrais être plus fier de toi qu'aujourd'hui.

CHAPITRE 20

LE SANCTUAIRE

Alexius retourna dans son corps une fois qu'il revint au Sanctuaire et ouvrit les yeux, regardant fixement le ciel toujours bleu qui ne connaissait jamais la nuit.

– J'avais raison, murmura-t-il.

Il avait surveillé la princesse brune depuis des années, attendant un signe. Ces derniers mois, il avait désespéré de s'être trompé et d'avoir suivi une fille qui ne possédait aucune magie en elle.

Mais non.

Une enchanteresse était enfin née, pour leur faire retrouver leur splendeur d'antan. La magie qu'il avait vue se déverser de l'être même de la fille ce soir n'avait pas d'égale dans le monde mortel – ni dans le monde immortel.

– À quel sujet avais-tu raison ? lui demanda-t-on.

Alexius se tendit, et s'assit pour découvrir que même les Sentinelles étaient surveillés. C'était Danaus, un autre Ancien. Si tous les Sentinelles conservaient la même jeunesse éternelle, la même beauté, Alexius avait toujours trouvé, tapi sous la surface, quelque chose de légèrement sombre et sinistre chez Danaus.

Danaus n'avait jamais rien fait qui aille à l'encontre des règles tacites du Sanctuaire. Mais il y avait tout de même... quelque chose. Quelque chose dont Alexius se méfiait.

– J'avais raison, c'est bientôt le printemps, mentit-il. Je l'ai même ressenti à Limeros la glacée.

– C'est le printemps tous les ans dans le monde mortel.

– Pourtant, c'est toujours un miracle.

Les lèvres de Danaus s'étrécirent.

– Le véritable miracle serait de trouver les réponses que nous cherchons après tant de siècles.

– Impatient, n'est-ce pas ?

– Si j'étais encore capable de m'envoler dans le monde mortel, je pense que nous saurions déjà où sont cachées les Quatre sœurs.

– Alors, c'est vraiment dommage que vous ne puissiez pas.

Seuls les Sentinelles les plus jeunes pouvaient se transformer en faucons ou, bien plus rarement, hanter les rêves des mortels. Une fois que les Sentinelles dépassaient un certain âge, ils perdaient leurs dons à jamais.

– Vous pourriez toujours quitter physiquement ce royaume.

– Et ne jamais revenir ? demanda Danaus avec un sourire faussement timide. Cela te ferait-il plaisir, Alexius ?

– Bien sûr que non. Mais je dis que c'est une option si vous vous lassez d'attendre que nous autres trouvions les réponses.

Danaus ramassa une feuille tombée d'un chêne. Elle n'était pas d'un vert vigoureux, mais marron. C'était un signe infime, mais inquiétant, que le Sanctuaire dépérissait. Il n'y avait pas, ici, d'automne où les feuilles mouraient naturellement. Seulement l'été. Seulement la lumière du jour. Éternellement.

Au moins jusqu'à ce que les Quatre sœurs soient perdues. Le déclin avait mis plusieurs siècles pour se produire, mais il était enfin arrivé.

– Vous me le diriez, si vous aviez vu quelque chose d'important, lança Danaus. (Ce n'était pas une question.) N'importe quoi qui puisse rendre aux Quatre sœurs leur place légitime.

Apparemment, c'était ridicule de penser du mal d'un Ancien, mais Alexius n'était pas si jeune ni si naïf. Il se souvenait que deux d'entre les siens avaient tourné le dos au Sanctuaire, tué la dernière enchanteresse et volé ce qui était si inestimable et essentiel à leur existence. Ils avaient cédé à leur avidité. À leur soif de pouvoir. En fin de compte, cela les avait détruits. Et à présent, leurs actes, depuis toutes ces années passées, avaient la capacité de tout anéantir.

Qui lui disait qu'ils étaient les seuls à qui l'on ne pouvait pas faire confiance ?

– Bien sûr, Danaus, acquiesça Alexius en hochant la tête. Je vous dirai tout ce que j'apprends, même si cela me semble insignifiant.

Ce n'était pas dans la nature d'un Sentinelle de mentir, mais il estima qu'il n'avait pas le choix.

Il fallait protéger ce qu'il venait de découvrir. À tout prix.

CHAPITRE 21

PAELSIA

La soirée avait été longue, et Jonas savait qu'il serait incapable de fermer l'œil.

Il s'était d'abord rendu chez la grand-mère de Sera et avait regardé par la fenêtre, à travers une petite ouverture dans la toile usée qui recouvrait la vitre, pour se convaincre que Sera ne pouvait raisonnablement pas parler de la princesse Cléiona. Depuis qu'il avait quitté l'auberge, il avait même douté de ses propres instincts.

La jeune fille blonde dormait sur un matelas de paille près de la cheminée, les yeux fermés, le visage paisible.

C'était elle.

La fureur le consuma. Il dut faire appel à toutes ses forces pour ne pas faire irruption dans la chaumière, mettre ses mains autour de sa gorge royale et serrer fort, jusqu'à ce qu'il s'aperçoive que la vie disparaissait lentement de ses yeux. Peut-être alors pourrait-il se reposer. Peut-être alors pourrait-il avoir le sentiment que le meurtre de son frère avait été vengé, en un sens.

Un tel moment de pure vengeance eût été si doux ! Mais il serait trop vite terminé. Alors il partit dans le camp du chef et lui parla de la présence inespérée de la princesse Cléiona à Paelsia.

Le chef eut l'air de s'en ficher éperdument.

– Qu'est-ce que cela change qu'une enfant riche et gâtée décide d'explorer mon pays ?

– Mais il s'agit de la princesse auranienne, argua Jonas. Son père aurait pu l'envoyer nous espionner !

– Une espionne de seize ans ? Qui est aussi une princesse ? Arrêtez ! Elle est inoffensive.

– Je ne suis pas du tout d'accord.

Le chef le regarda d'un air curieux.

– Alors, que suggérez-vous ?

Une excellente question. Et à laquelle il avait réfléchi depuis la confirmation de l'identité de Cléo. Comme elle était intrépide et irrespectueuse, cette princesse qui ne voyait pas où était le mal à revenir sur les lieux mêmes où elle avait causé tant de souffrance !

Il respira profondément avant de parler, faisant de son mieux pour rester calme.

– Je suggère que nous considérions cela comme l'occasion de la capturer. Je suis sûr que son père serait prêt à tout pour s'assurer qu'elle rentre saine et sauve. Nous pourrions lui envoyer un message.

– Je suis censé me rendre à Auranos avec le roi Gaius pour rencontrer le roi Corvin dans quatre jours. Nous espérons négocier sa capitulation. Votre ami Brion et vous-même vous joindrez à moi. Si nous devions donner un tel message, nous le ferions nous-mêmes.

Voir le visage du roi Corvin quand ils lui annonceraient que Cléo était entre leurs mains…

Ce serait une infime vengeance pour tous les Paelsians envers un roi égoïste qui ne pensait qu'à lui, et qui ne voyait pas au-delà de son petit royaume étincelant.

– Quoi de mieux que de détenir la propre fille du roi, si les négociations tournaient mal ? dit Jonas.

Toute bataille, même bien organisée, provoquerait la mort de Paelsia, surtout avec des citoyens non entraînés, recrutés pour se battre aux côtés des chevaliers et soldats limériens armés. Une capitulation du roi Corvin sans la nécessité d'une guerre constituerait l'issue idéale. Le chef serra les lèvres, tripota la nourriture entassée sur l'assiette devant lui, même à minuit passé. Jonas ignora les filles qui dansaient derrière lui, près du feu de camp, le divertissement nocturne de Basilius.

Cela le perturbait toujours d'entrapercevoir les mêmes excès et la même décadence ici, dans l'enclos, que ceux contre lesquels il voulait se rebeller à Auranos. Beaucoup de gens dans les villages racontaient des histoires sur les fastes auxquels le chef Basilius avait droit en tant que souverain, remboursés par l'impôt prohibitif sur le vin. Cela ne posait de problème à personne. Ils le mettaient à un autre niveau, car il incarnait leur espoir. Beaucoup vénéraient leur chef comme un dieu, croyaient qu'il détenait une puissante magie. Peut-être que l'on ne pouvait obtenir une telle magie uniquement grâce à des danseuses et à des tranches de chèvre rôtie.

Enfin, le chef fit oui de la tête.

– C'est un plan excellent ! Je vous confie officiellement la tâche de capturer la fille. Le roi Gaius entame son voyage de Limeros à mon enclos aujourd'hui, et à partir de là, nous nous rendrons à

Auranos tous réunis. Je lui transmettrai la nouvelle à propos de la fille du roi Corvin dès son arrivée.

Jonas grimaça. Il ne supportait pas que le roi limérien, le dirigeant d'un pays qui n'avait pas mieux traité Paelsia qu'Auranos au fil des années, soit un confident si proche du chef à présent. Il aurait aimé répondre que cela n'était pas nécessaire, mais il savait qu'on l'ignorerait à coup sûr – ou, pire, qu'il serait banni du camp et perdrait la confiance du chef s'il le faisait.

Alors, soit !

– Allez-y, ordonna le chef. Trouvez la fille, et enfermez-la dans un joli petit endroit, dit-il à Jonas, avec un petit sourire. Et faites de votre mieux pour la traiter avec respect. C'est un membre de la famille royale.

Le chef était parfaitement au courant des problèmes personnels de Jonas avec la princesse, comme tout le monde dans un rayon de trente kilomètres autour de son village.

– Bien sûr, dit Jonas en le saluant d'une révérence et en tournant les talons.

– Une fois que nous serons sûrs et certains que la roi Corvin capitulera, en revanche, vous aurez ma permission de faire d'elle ce que bon vous semblera.

Après le départ de Jonas, le chef retourna à son copieux repas et reporta son attention sur les danseuses.

Jonas ne pouvait pas garantir qu'il réussirait à traiter la princesse avec respect. Sa haine obsessionnelle pour elle était palpable, amère, et s'intensifiait chaque jour. Cela le mettait hors de lui. Une partie de lui regrettait d'être allé voir le chef. Il aurait pu tuer Cléo dans la chaumière, et personne ne l'aurait jamais su à part lui. Attendre qu'ils aient rencontré le roi auranien pourrait bien relever du défi.

Mais lui-même reconnaissait qu'un changement durable pour son peuple primait sur sa revanche. La princesse avait une plus grande valeur vivante que morte.

Pour l'instant.

CHAPITRE 22

PAELSIA

Cléo avait complètement retrouvé son optimisme dès que Nic et elle furent prêts à quitter la chaumière d'Eirene avant l'aube le lendemain matin. Elle serra fort les mains de la vieille dame et fixa ses yeux vieux et sages.

– Toute ma gratitude pour votre générosité. Vous avez été si gentille avec nous.

– Vous avez bon cœur, Cléo, répondit Eirene en souriant. Et je constate que vous aimez votre sœur du fond de tout votre être. J'espère que vous trouverez le moyen de la sauver.

Cléo acquiesça.

– Dites-moi quel est le meilleur moyen de vous contacter. Ce village possède-t-il une place centrale où les messages peuvent être transmis ? Peut-être la taverne ? Je veux vous envoyer quelque chose quand je reviendrai, pour vous remercier de votre bonté.

Elle veillerait que l'on fasse parvenir de l'argent et des cadeaux à la vieille dame pour son aide de cette nuit. Eirene et Sera vivraient très confortablement durant les années à venir.

– Ce n'est pas nécessaire.

– J'insiste !

Eirene haussa les épaules.

– Très bien. Je suis une amie du propriétaire de cette auberge. Je suppose qu'il pourrait accepter de recevoir un message pour moi. Je vais vous écrire son nom.

Elle entra dans sa chaumière et ressortit quelques instants plus tard avec une petite enveloppe déchiquetée qu'elle colla dans la main de Cléo.

– Merci, dit Cléo en souriant, en la rangeant dans la poche de sa jupe.

– « La magie trouvera les cœurs purs, même lorsque tout semble perdu. Et l'amour est la plus grande magie de tout », déclama Eirene. Je sais que cela est vrai.

Elle embrassa Cléo sur les deux joues, puis Nic. Après un dernier adieu, Cléo et Nic s'éloignèrent de la chaumière. Le soleil n'était toujours pas levé.

L'histoire d'Eirene à propos des déesses et les Sentinelles n'exerça pas d'effet dissuasif sur la quête de Cléo. Elle ne fit que consolider sa conviction croissante : la magie qu'elle cherchait existait bien. La vie d'Emilia serait sauvée. Cléo ne se concentra que là-dessus. Et quand elle se mettait en tête de faire quelque chose, elle n'abandonnait jamais. Quoi qu'elle dût faire pour y parvenir.

Malheureusement, elle semblait être la seule de cet avis, ce matin.

– Tu rentres, lui annonça Nic d'un ton ferme.

– Pardon ?

Elle cessa de marcher et se retourna vers lui. Ils n'étaient qu'à quelques chaumières de celle d'Eirene.

– Tu m'as bien entendu, dit Nic. Tu rentres. Tu y vas. Sans tarder.

– Je ne peux pas ! Pas encore !

Il soupira et passa une main dans ses cheveux roux en bataille.

– Je pensais que nous nous étions mis d'accord sur ce point. Cela fait une semaine, et nous n'avons trouvé que des légendes. Je ne crois pas qu'il soit prudent que tu restes traîner ici avec moi. J'ai peut-être eu tort de t'avoir autorisée à venir ici, pour commencer.

– Tu m'as autorisée à venir ici ? dit-elle en élevant la voix. Je fais ce que je veux, et quand je veux.

– Ce qui pourrait être une partie du problème. Tu as tellement l'habitude de faire ce que bon te semble que tu oublies d'être prudente quand la situation l'exige.

Elle le foudroya du regard.

– On ne répond pas ? dit-il en hochant la tête. Parfait. Donc, tu reconnais qu'il est temps pour toi de rentrer à Auranos.

– Ma quête n'est pas terminée. J'ai encore des villages à visiter.

– Je vais rester un peu. Et je ferai de mon mieux pour trouver des informations sur cette Sentinelle qui, tu en es convaincue, se cache quelque part par ici. Mais d'abord je veillerai à te mettre dans un bateau qui te ramènera à Auranos, pour que je sois sûr que tu es en sécurité. Et surtout pour rassurer le roi. Nous sommes partis depuis assez longtemps.

Une partie d'elle-même voulait s'ériger contre cela de tout son être. L'autre partie était bien obligée d'admettre le bien-fondé du raisonnement de Nic. Son cœur se gonfla de gratitude envers lui.

– Tu restes vraiment ici pour moi ?

– Bien sûr.

Elle se jeta à son cou et le serra très fort.

– Tu es mon meilleur ami au monde, le sais-tu ?

– Je suis ravi de l'entendre. De plus, je ne suis pas pressé de retourner au palais pour affronter le courroux du roi parce que je me suis enfui avec sa fille.

Il avait indubitablement raison, mais elle avait espéré pouvoir éviter encore un peu d'y penser. Son père et Théon seraient tous deux fous de rage contre elle et Nic. C'était une chose qu'elle revienne victorieuse, avec la solution qu'elle recherchait au creux de sa main, et c'en était une autre si elle rentrait penaude, vaincue, la tête basse.

Ils seraient donc furieux. Très bien. Ce ne serait pas la première fois, ni la dernière. Elle en assumerait toutes les conséquences, le moment venu.

– Je veux continuer à t'aider, annonça-t-elle d'un ton doux.

– Reconnais-le, Cléo. Tu ne peux pas toujours avoir tout ce que tu veux.

Elle grommela dans le tissu doux de sa tunique.

– Très bien. Fais comme tu le souhaites. Ce sera toi, le héros.

– Ç'a toujours été mon rêve.

– Retournons au port, alors.

– Au port.

Il hocha la tête et lui tendit la main. Elle la prit.

Quand ils se mirent en route, Cléo eut l'étrange sensation qu'on les observait. Elle tourna la tête, mais il n'y avait personne. À plus d'un kilomètre à l'ouest du village, ils empruntèrent une route poussiéreuse et elle eut la même sensation. Comme des doigts froids qui rampaient sur sa colonne vertébrale.

– Aïe. Tu as une sacrée poigne, Cléo !

– Chut, murmura-t-elle. On nous regarde !

Il fronça les sourcils.

– Quoi ?

Ils se retournèrent et virent un grand brun qui se dirigeait vers eux le long de la route, dans la lumière grandissante. Cléo s'immobilisa, quand il les rattrapa rapidement. Son souffle se coupa lorsqu'elle comprit que c'était le même garçon que celui qui hantait ses rêves.

Jonas Agallon.

– Que faites-vous... commença-t-elle.

Il la gratifia d'un sourire mauvais.

– Bonjour, princesse. Quel honneur de vous revoir !

Puis, d'un coup de poing au visage, il envoya Nic valser. Celui-ci se remit immédiatement debout, saignant du nez à profusion.

Cléo hurla.

– Que faites-vous ?

– Je vous soulage de votre protection.

Jonas retourna Nic d'un coup, lequel se retrouva en face de Cléo, et colla une dague – ornée de pierreries, celle dont Aron s'était servi pour tuer Tomas – sur la gorge de Nic.

– Non ! hurla-t-elle. Je vous en prie, non ! Ne lui faites pas de mal !

Tout cela arrivait trop vite. Comment avait-il même su qu'elle était là ?

– Ne pas lui faire de mal ?

Jonas la mesura du regard.

Nic se débattit, mais Jonas était beaucoup plus grand et beaucoup plus musclé. Il pouvait aisément garder le garçon maigrichon sous contrôle.

– Êtes-vous en train de dire qu'il compte pour vous ? Que sa mort vous chagrinerait ?

– Laissez-le partir immédiatement !

– Pourquoi donc ?

Il la balaya de ses yeux noirs. La froideur de son regard la fit frissonner.

– Cours, Cléo ! hurla Nic.

Mais elle n'en fit rien. Elle ne l'abandonnerait jamais.

– Que voulez-vous de moi ? demanda-t-elle.

– C'est une question dangereuse. Je désire des tas de choses, dont aucune ne tranquilliserait probablement votre joli cerveau. Pour l'instant, je veux tuer votre ami, et vous regarder pleurer sa mort.

– Non, je vous en prie !

Elle avança d'un pas chancelant, avec le besoin urgent de lui attraper le bras, et d'arracher d'un coup le couteau de la gorge de Nic. Mais elle savait qu'elle n'avait pas assez de force. C'était un garçon très robuste qui la haïssait pour ce qui était arrivé à son frère. Un garçon qui avait menacé en public de la tuer. Elle devait réfléchir. Elle devait rester calme pour pouvoir négocier avec ce barbare.

– Je peux vous donner beaucoup d'argent si vous épargnez sa vie.

Son expression devint glaciale.

– De l'argent ? Et pourquoi pas quatorze centimes auraniens par caisse de vin ? C'est équitable, non ?

Cléo déglutit et s'efforça de ne pas avoir l'air de supplier.

– Ne le tuez pas. Je sais que vous me détestez pour ce qu'Aron a fait…

Ses yeux étincelèrent.

– Détester, c'est un bien petit mot pour qualifier ce que je ressens pour vous.

– Alors, c'est contre moi que vous en avez. Pas contre Nic. Laissez-le partir !

– Désolé, je ne suis pas doué pour obéir.

– Vous avez l'intention de me tuer pour venger la mort de votre frère.

La gorge de la jeune fille se serra de peur.

L'expression du garçon se raidit.

– Non. Mon objectif du jour n'inclut pas un tel plaisir. Votre ami, ici, quant à lui, devrait apprendre que ce jour est son dernier.

– Cléo, es-tu sourde ? grommela Nic. Je t'ai dit de courir !

– Je refuse de te laisser !

Sa voix se brisa et des larmes lui brûlèrent les yeux.

Jonas la regarda d'un air narquois.

– N'est-ce pas mignon ? Vous devriez faire ce que votre ami suggère et tâcher de courir. Vous n'iriez pas loin, mais ce serait une tentative courageuse pour une fille aussi lâche.

Elle darda sur lui un regard assassin.

– Si vous pensez que je suis lâche, vous ne me connaissez pas.

– J'en connais assez.

– Non, c'est faux. Ce qui est arrivé à votre frère est une tragédie. Je ne défends pas ce qu'Aron a fait, c'était un geste odieux. Et j'ai eu tort de ne pas essayer de l'arrêter. Ce qui s'est passé ce jour-là m'a horrifiée. Vous pouvez me détester de toutes vos forces, mais je jure devant la déesse que si vous faites du mal à Nic, je vous tuerai de mes propres mains.

À cet instant, elle pensait chacun de ses mots – aussi faibles, insignifiants et risibles soient-ils. Toutefois, Jonas la fixait du regard comme si jamais il n'aurait cru qu'elle puisse dire ce genre de choses.

– Épouvantable ! lança-t-il. Peut-être avez-vous autre chose pour vous que votre beauté et votre personnalité creuse.

– Ne vous avisez pas de l'insulter, le rembarra Nic.
Jonas roula des yeux.
– On dirait que vous avez au moins un admirateur parmi nous. Celui-ci donnerait sa vie pour vous, n'est-ce pas ? N'est-ce pas, Nic ? Mourrez-vous pour la princesse ?
Nic tressaillit, mais ses yeux restaient rivés au visage de Cléo.
– Oui.
Oh, non, voilà qui était de trop ! Elle ne pouvait pas rester plantée là sans rien faire, à regarder son ami mourir entre les mains de ce garçon hargneux.
– Et je mourrai pour lui, moi aussi, annonça-t-elle d'un ton ferme. Alors, enlevez cette dague ridicule et dirigez-la plutôt dans ma direction.
Jonas posa ses yeux plissés sur elle.
– Je peux vous proposer un marché pour épargner la vie de votre ami tendrement dévoué. Êtes-vous prête à négocier avec moi ?
Elle jeta un regard noir sur le garçon, qu'elle redoutait et détestait à la fois. Une seule réponse donnerait à Nic une chance de s'en sortir.
– Oui.
– Le marché est le suivant : vous viendrez avec moi de votre propre gré. Vous n'essayerez pas de vous échapper. Vous ne me causerez aucun problème. Et je laisserai votre ami ici présent, dit-il en le désignant de la tête, s'enfuir avec son crâne toujours attaché à son maigre corps.
– Non, Cléo, gronda Nic. Ne fais pas cela.
Elle garda le menton levé et ne détourna pas les yeux de Jonas et de son regard pénétrant.
– Vous voulez me faire croire que vous n'allez pas me tuer ? Je dois accepter de vous accompagner, même si je ne sais pas où vous m'emmènerez ? Je sais

ce qui arrive aux filles qui se font enlever par des sauvages.

Il rit.

– Est-ce vraiment ainsi que vous me voyez ? Un sauvage ? Comme c'est auranien de votre part ! Je pourrais simplement le tuer, vous savez. Je négocie avec vous justement parce que je ne suis pas un sauvage.

Si elle partait avec Jonas, elle mettait son destin entre les mains d'un garçon qui la détestait et qui la tenait responsable du meurtre de son frère. Mais si elle disait non ou tâchait de s'enfuir, elle ne doutait pas que ce barbare tuerait Nic. Elle ne pourrait pas se regarder en face si elle laissait cela se produire.

– Très bien, je vous suis, dit-elle enfin. Maintenant, éloignez cette dague de sa gorge, sinon vous allez vraiment le regretter, espèce d'ordure !

Au mieux, c'était une menace insignifiante. Toutefois, si elle parvenait à lui arracher cette dague, elle n'aurait aucun scrupule à l'enfoncer profondément dans sa gorge.

– Compris, princesse.

Il éloigna lentement le poignard du cou de Nic.

– Cléo, que fais-tu ?

Nic paniquait.

– Tu ne peux pas accepter cela.

Ce qui la désespérait, ce n'était pas qu'elle fût tombée entre les griffes d'un fou furieux qui n'hésiterait pas à la tuer. C'était que sa quête pour soigner sa sœur se retrouvait à présent dans une impasse.

– Continue à chercher la Sentinelle, le pressa-t-elle. Ne t'inquiète pas pour moi.

– Ne pas m'inquiéter pour toi ? Comment le pourrais-je ?

– Jonas a assuré qu'il ne me tuerait pas.

– Et tu l'as cru ?

Une douleur atroce déformait le visage de Nic. En temps normal, Nic était d'un naturel gai et insouciant, et il restait très rarement sérieux. Mais, à présent, il l'était comme jamais.

Elle devait le croire. Elle n'avait pas le choix.

– Vas-y. Et n'essaie pas de nous suivre.

Jonas lui saisit le bras et la traîna avec lui le long du chemin de terre. Ils reprirent la direction qu'ils avaient suivie depuis le village. Le chemin était encore boueux à cause des pluies diluviennes de la veille au soir. Il jeta un regard menaçant à Nic.

– Suis-nous, et il n'y aura plus de marché qui tienne. Je garderai la princesse et te tuerai. Maintenant, hâte-toi de rentrer chez toi où tu ne cours aucun danger.

Nic resta planté sur place, dans une rage silencieuse, les poings serrés sur les côtes, tandis que Jonas emmenait Cléo de force. Son visage était aussi rouge que ses cheveux. Elle lui jeta un regard par-dessus son épaule, le plus longtemps possible, jusqu'à ce qu'il ne fût plus qu'une petite tache au loin.

– Où m'emmenez-vous ? demanda-t-elle.

– La ferme.

Elle laissa échapper un sifflement.

– Nic n'est plus là pour que vous me menaciez.

– Alors comme ça, vous comptez me mener la vie dure ? Je ne vous le conseille pas, princesse. Le résultat ne vous plairait pas.

– Je suis étonné que vous preniez même la peine d'employer mon titre royal. Il est évident que vous ne le respectez pas.

– Comment préférez-vous que je vous appelle ? Cléo ?

Elle le regarda, dégoûtée.

– Seuls mes amis m'appellent comme cela.

Il lui jeta un regard mauvais.

– Alors, je ne vous appellerai jamais ainsi. Non, j'aime bien *princesse*. Ou peut-être, *Votre Altesse*. Cela me fait penser que vous vous estimez noble et puissante par rapport à un petit sauvage comme moi.

– Apparemment, ce terme vous dérangeait. Pourquoi ? Craignez-vous que cela ne soit vrai ? Ou vous croyez-vous plus raffiné que cela ?

– Et si vous la fermiez comme je vous ai demandé de le faire ? Je peux vous bâillonner, si vous préférez.

Elle garda le silence un moment.

– Où m'emmenez-vous ?

Il grommela.

– Et ça recommence ! La princesse a une grande bouche.

Dix mille pensées traversèrent son esprit.

– Vous comptez vous servir de moi pour extorquer de l'argent à mon père, n'est-ce pas ?

– Pas vraiment. Une guerre se prépare, princesse. Le saviez-vous ?

Elle haleta

– Une guerre ?

– Entre Limeros, Paelsia et votre chère et resplendissante Auranos. Deux contre un, une cote que je peux soutenir. Je crois qu'il est possible que votre délicate présence dans mon pays contribue à mettre un terme à tout cela, rapidement et sans effusion de sang.

Cette éventualité donna le vertige à Cléo. Elle savait qu'il y avait des émeutes, mais la guerre ?

– Comme si cela vous intéressait ! J'aurais plutôt imaginé que l'idée de faire couler du sang réjouirait quelqu'un comme vous.

– Je me moque bien de votre opinion.

– Vous vous serviriez de moi contre mon père ? Me prendriez en otage ? Vous m'écœurez.

Il resserra douloureusement son étreinte sur elle.

– Votre silence a beaucoup de prix pour moi en ce moment. Alors, taisez-vous, sinon, je n'hésiterai pas à vous couper la langue, Votre Altesse.

Cléo se tut et tâcha de garder son calme, et il l'entraîna le long de la route. Après avoir dépassé le village, ils tournèrent sur un petit chemin boueux. Un lapin fauve détala devant eux comme une flèche et entra dans une clairière où l'herbe était haute, étonnamment verte dans ce paysage par ailleurs morne et flétri. Elle ne posa plus de questions. Elle savait qu'il ne répondrait pas. Et elle ne voulait pas courir le risque de perdre sa langue.

Enfin, dupé par son calme soudain et inattendu, Jonas lâcha son bras suffisamment longtemps pour essuyer le dos de sa main sur son front.

Sans hésiter un seul instant, elle détala, aussi rapide que le lapin, quitta le chemin et fonça dans la clairière vaste et herbeuse. Si elle parvenait à rejoindre la forêt de l'autre côté, elle pourrait se cacher jusqu'à ce que la nuit tombe. Puis elle retrouverait sa route jusqu'au port. Et s'échapperait.

Mais avant d'arriver à la limite des arbres, Jonas la rattrapa par l'arrière de sa robe, et l'immobilisa brusquement dans l'herbe haute. Cela fut tellement soudain qu'elle trébucha et se cogna la tête sur une grosse pierre émergeant de la terre.

L'obscurité se fit tout autour d'elle.

Les princesses, de l'avis de Jonas, devraient être dociles, polies et totalement gérables. Jusque-là, la princesse Cléiona Bellos n'avait rien été de tout cela. Même Laelia, la fille du chef, qui passait le plus clair de son temps à des danses érotiques ou à jouer avec ses pythons, était de loin plus douce et plus gentille.

Cette fille était un serpent. Et plus jamais il ne la sous-estimerait.

En lui courant après, Jonas s'était tordu la cheville sur le sol accidenté. La douleur et la fureur étaient fulgurantes. Si elle venait de se briser la cervelle et que celle-ci dégoulinait sur la pierre – qui, il le constata alors, était une sculpture en forme de gouvernail érodé par le temps – il se réjouirait bien volontiers. Mais il attendit et vérifia sa cheville douloureuse. Au moins elle n'était pas cassée.

Alors qu'il l'observait, la nervosité commença à le gagner.

– Réveillez-vous !

Elle ne bougea pas.

Il scruta son visage. Il ne pouvait pas nier qu'elle était ravissante... c'était même la plus belle fille qu'il eût jamais vue. Mais la plus belle fille pouvait être malveillante et tromper son monde.

– Réveillez-vous, ordonna-t-il. Tout de suite.

Il lui donna un petit coup du bout de sa botte, mais n'obtint aucune réponse.

Jonas jura bruyamment et s'accroupit à son côté, enfonça la lame de sa dague dans la terre à côté d'elle pour avoir les deux mains libres, puis chercha son pouls sur sa gorge.

Il y en avait un.

– Dommage, souffla-t-il, bien qu'une partie de lui fût profondément soulagée.

Il scruta son visage, dégagea ses cheveux soyeux. Elle était mince, elle devait mesurer une trentaine de centimètres de moins que lui et peser au bas mot trente kilos de moins. Sa robe n'était pas aussi élégante que celle qu'elle portait au marché, mais elle était tout de même en soie. De minuscules saphirs bleus ornaient ses oreilles percées, sans autre bijou. Futé, dans la mesure où n'importe quel autre joyau plus voyant aurait sans aucun doute fait d'elle une cible idéale pour les voleurs. Son visage n'arborait pas de peinture comme celui de Laelia, mais ses joues étaient encore brillantes, hâlées, et ses lèvres couleur de rose. Inconsciente, elle n'avait plus rien de la garce riche, froide et manipulatrice qu'il se représentait.

Enfin, elle battit des cils.

– Il était temps, Votre Altesse. Avez-vous fait une bonne sieste ?

Puis Jonas, surpris, recula d'un coup : la pointe de sa dague était collée contre son menton.

– Éloignez-vous de moi, grommela la princesse.

Il n'eut pas besoin que l'on le lui dise deux fois. Il se déplaça délicatement, étonné qu'elle soit parvenue à extirper l'arme du sol sans qu'il s'en rende compte. Juste au moment où il avait commencé à la trouver vulnérable et inoffensive, le magnifique serpent avait réussi à aiguiser ses crochets. Elle se releva non sans mal, garda la dague braquée sur lui, et se retira derrière le gouvernail en pierre sur lequel elle était tombée.

Il l'observa avec méfiance.

– Alors maintenant, vous avez ma dague.

– J'ai celle d'Aron.

– Celui qui la trouve la garde. Il l'a laissée dans la gorge de mon frère.

La dureté dans les yeux de la jeune femme s'adoucit, et des larmes y brillèrent.

Il se moqua :

– Vous n'allez tout de même pas me faire croire que vous vous en voulez ?

– Bien sûr que si !

Sa voix se brisa.

– Votre seigneur Aron l'a tué sans la moindre hésitation. Malgré cela, vous avez tout de même accepté de l'épouser, n'est-ce pas ?

Quand elle rit, c'était dépourvu d'humour.

– Je déteste Aron. Nos fiançailles m'ont été imposées.

– Intéressant.

La dureté réapparut dans son regard.

– Vraiment ?

– Vous voilà obligée d'épouser quelqu'un que vous haïssez. Comme cela me fait plaisir !

Elle le foudroya du regard.

– Enchantée de savoir que mon malheur pourrait égayer votre journée. Quoi qu'il en soit, c'est moi qui détiens le couteau à présent. Si vous vous approchez de moi, je ferai en sorte qu'il trouve votre cœur.

Il hocha la tête d'un air sérieux.

– Effectivement, vous avez mon arme. Vous êtes très dangereuse, maintenant, non ? Je suppose que je devrais avoir peur.

Elle le foudroya du regard. Accroupie à deux mètres, elle serrait fort le poignard entre ses doigts.

– Parlez-moi donc de cette guerre contre Auranos. Quel est votre objectif ?

– Conquérir votre précieux pays et le diviser équitablement entre Paelsia et Limeros. Vous avez trop de choses et nous n'avons rien. Et tout cela, à cause de dispositions que votre pays avide a prises depuis un siècle. Nous allons donc nous approprier ce que vous possédez.

– Cela ne se passera pas ainsi. Mon père ne fera jamais marche arrière.

– Raison pour laquelle c'est une magnifique opportunité d'utiliser sa précieuse fille en guise de monnaie d'échange. Je vais rencontrer votre père avec le chef Basilius en personne. Nous verrons ce qu'il aura à dire. Mais peut-être que le roi se moque bien de perdre une fille, alors qu'il en a déjà une autre qui est son héritière officielle. La princesse Emilia aurait pu constituer un meilleur choix. Mais elle ne se trouve pas à Paelsia. Je suis tout de même curieux, Votre Altesse. Que faites-vous ici ?

– Cela ne vous regarde pas, siffla la princesse.

Il arqua les sourcils.

– Vous ai-je entendue demander à un ami de continuer à chercher une Sentinelle ? Qu'est-ce que c'est que ces sottises ?

Quelque chose de sombre et de désagréable traversa son magnifique visage.

– Cela ne vous regarde pas, répéta-t-elle. Puis elle ajouta : … Sauvage !

Jonas ignora sa frustration et lui tendit la main.

– Donnez-moi ce couteau avant que vous ne vous coupiez.

Elle braqua la dague dans sa direction.

– Je n'ai pas l'intention de me couper. Mais vous, oui, si vous vous rapprochez encore de moi.

La langue de la jeune fille était mille fois plus dangereuse que toute arme en sa possession. Il aurait été surpris qu'elle en ait déjà tenu une dans sa vie. Toutefois, il la surveillait de très près. Il avait beau la mépriser, ce spectacle n'en demeurait pas moins charmant.

– Ça suffit, fit-il tout haut.

Il lui sauta dessus, lui attrapa les poignets et fit sans problème tomber la dague de ses mains. Il la repoussa, étira les bras au-dessus de sa tête, continua à serrer ses poignets avec force. Il colla fermement son corps au sien, la cloua au sol contre le gouvernail. Elle leva les yeux sur lui, inquiète et furieuse.

– Lâchez-moi, espèce de bête ! Vous me faites mal !

– Si vous essayez de faire appel à ma compassion, vous découvrirez que je n'en ai pas, pas pour vous, en tout cas.

Il se positionna de manière à tenir fermement ses poignets dans une main. L'autre vint se coller sur sa gorge. Il la regarda droit dans les yeux et finit par y déceler une once de peur qui lui fit plaisir. Elle croyait qu'il allait la tuer, en dépit de ses promesses passées.

Il augmenta la pression sur sa gorge et regarda fixement le visage de cette fille qui était restée au côté de son fiancé pendant que son frère se vidait de son sang.

– Que faites-vous à Paelsia ? s'enquit-il. Êtes-vous venue espionner pour le compte de votre père ?

Elle leva des yeux écarquillés sur lui.

– Espionner ? Vous êtes fou ?

– Ce n'est pas une réponse.

– Non, je ne suis pas venue espionner, idiot. C'est ridicule.

– Alors, pourquoi ? Que vouliez-vous dire quand vous avez demandé à votre ami de chercher une Sentinelle ? Parlez, sinon, vous le regretterez énormément, grinça-t-il en approchant son visage à quelques centimètres seulement du sien.

Son souffle, qui s'accélérait, était chaud et doux sur sa peau.

– Je suis là pour ma sœur, dit-elle enfin sans baisser les yeux.

Il ne pouvait pas deviner à cent pour cent si elle mentait.

– Votre sœur ? répéta-t-il.

– Il existe une légende sur une Sentinelle exilée à Paelsia, qui possède des pépins de raisin infusés de la magie de la Terre, empreints de pouvoirs de guérison.

Il roula des yeux.

– Vous voulez me faire croire que vous cherchez une Sentinelle au sens propre. Courez-vous également après les arcs-en-ciel ?

Sa raillerie lui valut un regard cinglant.

– S'il fallait le faire, oui. Ma sœur est affreusement malade. Elle est en train de mourir et personne ne peut rien pour elle. Je suis donc venue ici contre la volonté de mon père, pour trouver cette Sentinelle et la supplier de l'aider.

Jonas absorba cette histoire ridicule, mais il n'en retint qu'une seule chose.

– L'héritière du trône auranien est en train de mourir.

– Je suis sûre que vous êtes ravi de l'apprendre.

– C'est ce que vous pensez, n'est-ce pas ?

– Mon malheur fait votre bonheur. Vous me tenez pour responsable de la mort de votre frère, et maintenant vous savez que ma sœur se meurt au palais, et que je suis impuissante à la sauver.

Des larmes coulèrent du coin de ses yeux.

Il la regarda attentivement, attendant un signe de duplicité.

– Vous ne me croyez pas, dit-elle en inspirant difficilement, ses propos empreints de désespoir. Tout ce que vous voyez quand vous me regardez, c'est quelqu'un de malveillant. Mais je ne suis pas mauvaise. Pas du tout !

Au premier abord, la princesse paraissait petite et fragile, mais elle cachait un noyau féroce et ardent qui pouvait consumer quiconque s'approchait de trop près. Même Jonas ressentait sa chaleur. Cela l'étonna.

– Comptez-vous dire quelque chose, ou allez-vous continuer à me regarder ? s'enquit-elle en levant sur lui ses grands yeux bleu-vert.

Il se redressa si vite qu'il faillit se tordre encore la cheville. Puis il la fit se relever sans égards. Elle tituba, visiblement incapable de retrouver son équilibre, l'espace d'un instant. Elle avait de la chance de n'être que légèrement étourdie après un tel choc. Cela aurait pu être bien pire.

Sans un mot, il attrapa la dague, la rangea dans le fourreau de cuir à sa ceinture. Il entreprit de traîner à nouveau la princesse sur la route.

– Où va-t-on ? demanda-t-elle de nouveau.

– Dans un endroit tranquille où je veillerai à ce que vous ne causiez plus de problèmes. Vous savez, vous auriez vraiment dû vous servir de ce couteau quand vous en aviez l'occasion, Votre Altesse. Vous ne m'échapperez plus.

Cléo le foudroya du regard ; le feu était de retour dans ses yeux.

– Je n'hésiterai pas à vous tuer la prochaine fois.

Il lui adressa un sourire froid.

– Nous verrons ça.

Dès qu'il eut amené Cléo dans le hangar en bordure de la propriété de Felicia et de son mari, il lui ligota les mains et attacha une chaîne à sa cheville – longue, afin qu'elle puisse bouger – pour être sûr qu'elle ne puisse s'en aller. Elle l'injuria, se débattit à chacun de leurs pas. Cela ne le ralentit pas beaucoup.

– Je sais que vous me détestez.

Des larmes brillèrent dans ses yeux. Elle carburait à la colère à présent, la peur allait et venait en elle.

– Vous détester ? fit-il. Ne pensez-vous pas que j'en ai le droit ?

– Je me déteste pour ce qui est arrivé à votre frère. Je regrette sincèrement ce qu'Aron a fait. Tomas ne méritait pas de mourir.

– Vous dites cela uniquement pour essayer de sauver votre peau.

– Pas uniquement, admit-elle.

Son honnêteté le fit rire, c'était plus fort que lui.

– Vous pensez que je vais vous faire du mal.

– Vous en avez déjà fait.

– Par rapport à votre style de vie normal, n'importe quoi serait une épreuve, Votre Altesse. Mais ici, vous serez en sécurité.

– Pendant combien de temps ?

– Quelques jours. Une semaine, maximum.

Horrifiée, elle passa l'intérieur de l'abri en revue.

– Ici ?

– Ma sœur et son mari ont déjà accepté de vous surveiller. Ses amis garderont la porte au cas où vous envisageriez de vous sauver. On vous apportera à manger et à boire chaque jour.

Du menton, il désigna la gauche.

– Un trou vient d'être creusé par là, dont Sa Majesté pourra se servir quand elle voudra. Ce n'est pas un pot de chambre en or serti de pierres, mais cela suffira. Ce seraient des appartements très luxueux pour un Paelsien, princesse. Vous n'imaginez pas.

– Vous êtes un horrible barbare de me garder ici. Mon père vous fera couper la tête pour cela !

Jonas l'attrapa de nouveau par la gorge et la colla contre le mur.

– Je ne suis pas un barbare, grommela-t-il. Et je ne suis pas un sauvage.

– Et je ne suis pas une méchante garce qui se réjouit de la mort des autres.

– Quelques jours d'adversité ne vous tueront pas. Si ça se trouve, cela vous fera même du bien.

Ses yeux bleu-vert étincelèrent.

– J'espère que vous serez déchiqueté par les loups, quand vous irez à Auranos.

Jonas ne s'attendait pas qu'elle réagisse autrement. Sinon, il aurait été déçu.

Quand il se dirigea vers la porte, il la regarda par-dessus son épaule.

– Vous me reverrez bientôt, Votre Majesté. J'espère que je ne vous manquerai pas trop.

CHAPITRE 23

LIMEROS

Magnus avait besoin de réponses. Et tout de suite.

Après avoir fait sortir Lucia de ses appartements, il avait cru que la mort de la sorcière mettrait son père dans une rage noire. Mais non, il était resté d'un calme sinistre. On s'était discrètement débarrassé du corps carbonisé de Sabina. Aucunes funérailles n'étaient prévues. Personne, pas même les domestiques, ne semblait en parler.

Comme si la maîtresse du roi n'avait jamais existé.

Mais Magnus se fichait bien de Sabina Mallius, morte ou vive. Seul comptait ce qu'elle lui avait appris sur les origines de Lucia. Il devait découvrir si c'était la vérité.

Le lendemain matin, il chercha son père pour exiger des réponses, mais celui-ci était déjà parti en voyage pour Auranos avec le chef Basilius. Il ne serait pas de retour avant deux semaines.

Les paroles de Sabina résonnaient dans la tête du jeune homme, mais il ne savait que croire. La sorcière était manipulatrice, cela avait été prouvé sans l'ombre d'un doute le soir de sa mort. Quand Magnus avait regardé brûler le corps de la femme, il n'avait pas ressenti une once de pitié. Elle n'avait que ce qu'elle méritait.

Mais à présent, il y avait tant de questions.

Le roi avait déjà fait en sorte qu'un professeur particulier soit prêt à aider Lucia à exercer son *elementia,* lorsque celle-ci se réveillerait. C'était une vieille dame ridée qui connaissait parfaitement les légendes et la prophétie. Sa sœur passait pratiquement toutes ses journées avec elle à présent, sur les ordres directs du roi.

Sa sœur.

La question qui brûlait le plus en lui était de savoir si les révélations de Sabina étaient fondées : si Lucia était née dans une autre famille et qu'on l'avait amenée au château pour être élevée comme une véritable Damora. Comme il n'avait pas encore deux ans quand la reine lui avait prétendument donné naissance, il n'en conservait aucun souvenir.

Le surlendemain de la mort de Sabina, Magnus ne put garder tout cela plus longtemps. Il fallait qu'il sache. Et regarder le visage de sa sœur à la table du dîner, la veille au soir, sans pouvoir évoquer cette éventualité s'était révélé trop dur pour lui. Son père absent, il n'y avait qu'une seule autre personne au château susceptible de lui dire la vérité.

– Magnus !

La reine Althéa l'accueillit dehors, après son cours d'escrime. Avec la guerre qui approchait, l'enseignement s'était intensifié à la demande du roi, mais il réussissait à garder le rythme. Il était prêt à se battre, et si la guerre exigeait du sang, cela ne le dérangeait pas.

Sa mère aimait à se promener l'après-midi autour du palais, et traverser les jardins glacés directement jusqu'aux falaises. Quand il était petit, elle contemplait la mer d'Argent aux allures d'infini et lui racontait des histoires sur ce qui se passait de l'autre côté. Des royaumes emplis de gens étranges et de créatures fantastiques.

Depuis longtemps, sa mère avait cessé de lui raconter des histoires amusantes. En même temps que le climat de Limeros, sa personnalité s'était peu à peu refroidie au fil des années. Les moments chaleureux avaient quasiment disparu.

– Mère, dit-il en jetant un coup d'œil sur l'eau coiffée d'une crête blanche qui tourbillonnait et s'écrasait sur les rochers en contrebas.

– J'allais te chercher. Un message t'attend, délivré par un faucon de la part de ton père.

Ses longs cheveux gris étaient détachés et le vent froid les dégageait de son visage vieillissant. Elle portait une cape pleine et ses joues, pâles en temps normal, étaient rougies par le froid glacial.

Il alla droit au but.

– Sabina Mallius a-t-elle volé Lucia dans son berceau à Paelsia, et l'a-t-elle amenée ici pour que vous l'éleviez comme votre fille ?

Son regard se posa brusquement sur le sien.

– Quoi ?

– Vous m'avez bien entendu.

La bouche de la femme fonctionnait, mais aucun mot n'en sortit pendant plusieurs minutes.

– Pourquoi penser une chose pareille ?

Il tâcha d'être le plus clair possible, pour dissiper tout malentendu.

– Parce que Sabina me l'a dit en personne, avant que Lucia ne la réduise en cendres. Lucia n'est pas ma vraie sœur. Est-ce la vérité ?

– Magnus, mon chéri...

– Pas de « Magnus mon chéri » avec moi. La vérité, c'est tout ce que je vous demande aujourd'hui, mère. Si cela est même possible. Je veux une réponse simple. Oui ou non, Lucia est-elle ma sœur ?

L'expression de la reine s'emplit d'appréhension.

– Elle l'est, oui, à tous les égards, mais pas ta sœur de sang. Comme elle est ma fille.

Il avait sa réponse. Et c'était comme si le monde tremblait sous ses pieds.

– Mais pas de votre chair.

Elle ne répondit pas.

Le cœur de Magnus battait la chamade.

– Pourquoi ne me l'avez-vous jamais dit ?

– Parce que cela n'est pas important. Parce que ton père voulait qu'il en soit ainsi. Peut-être avait-il l'intention de t'avouer la vérité un jour, mais ce n'était pas mon rôle.

Il rit, d'un rire aussi tranchant qu'une épée.

– Non, bien sûr que non. Il vous a demandé de l'élever comme la vôtre, alors c'est ce que vous avez fait. Parfois je me demande, mère, si vous craignez aussi le courroux du roi. Ou si vous êtes l'une des rares à avoir réussi à y échapper.

– En tant que roi, votre père fait uniquement son devoir.

Magnus avait aimé sa mère autrefois, mais comme elle avait laissé son père le couvrir d'injures et de coups sans réagir, cet amour avait considérablement décru.

– Tu ne peux pas le lui dire. Pas maintenant, murmura-t-elle d'une voix pleine d'inquiétude. C'est une fille sensible, elle ne le comprendrait pas.

– Si c'est ainsi que vous voyez Lucia, cela ne fait que prouver que vous la connaissez très mal. Non, la fille que vous avez élevée comme ma sœur a beau ne pas avoir le même sang que moi, c'est une Damora. Avec cette étiquette, il faut brûler toute sensibilité le plus vite possible si l'on souhaite survivre. Et Lucia a désormais le don de brûler plein de choses, si elle le décide.

– Je n'ai fait qu'obéir.

– Bien sûr.

Magnus se détourna d'elle et s'en alla, la laissant seule au bord de la falaise. Il avait la réponse qu'il cherchait. Il n'y avait aucune raison de poursuivre la conversation.

– Comme nous le devons tous.

Il entra dans le château où il trouva un message délivré par le roi. Il était écrit de la main de son père, ce qui signifiait qu'il était trop confidentiel pour le confier à un domestique. Magnus le lut attentivement par deux fois.

La princesse Cléiona d'Auranos avait été capturée alors qu'elle traversait Paelsia, où elle était détenue. Le roi ordonnait à Magnus de prendre deux hommes avec lui pour la délivrer et la ramener à Limeros. Le roi soulignait que c'était une mission importante qu'il confiait à son fils, mission qui pourrait faire tourner les négociations avec le roi Corvin en faveur de Limeros.

Si c'était tacite, Magnus avait bien compris que son père avait l'intention d'utiliser la fille afin de poursuivre ses objectifs personnels. Ce n'était pas du tout surprenant de la part du roi du Sang. Cette éventualité ne le dérangeait pas. En fait, il était étonné que le roi Gaius n'ait pas pensé à envoyer directement des hommes à Auranos plusieurs semaines auparavant, pour enlever la fille dans son lit, si cela pouvait lui permettre de s'emparer plus facilement du royaume du roi Corvin et de renforcer la puissance de son propre camp.

Son premier instinct fut de refuser, de bouder et d'attendre le retour de son père afin de mettre à plat toutes les vérités inexprimées.

Mais c'était une mise à l'épreuve qu'il ne pouvait ignorer.

Magnus, quoi qu'il arrive, ne voulait pas perdre son droit au trône, au cas où le roi viendrait à prétendre qu'un autre bâtard était son fils légitime. L'éventualité que le roi Gaius ait tenu à faire cela avec Tobias n'avait jamais été clairement évoquée entre eux, mais elle planait dans l'air comme l'odeur infecte d'une fosse d'aisances.

Le voyage à Paelsia aller et retour, jusqu'à l'endroit consigné au bas du message, prendrait quatre jours. Quatre jours pour prouver sa valeur à un père trompeur et manipulateur.

Contrairement à la réponse qu'il avait exigée de sa mère, il n'y avait pas là deux réponses possibles. C'était un ordre.

CHAPITRE 24

AURANOS

Le roi Corvin n'était absolument pas tel que Jonas s'y attendait.

Les Paelsians croyaient communément que c'était un homme retors et manipulateur qui ignorait leurs conditions de vie sordides, tandis qu'à Auranos on vivait dans le luxe et l'abondance, sans tenir compte de ce que l'on gâchait ou dépensait. Jonas avait détesté le roi Corvin avant même de poser les yeux sur lui.

Le roi était un individu à l'allure redoutable. Il était grand, musclé comme un chevalier qui n'était plus dans la fleur de l'âge. Ses cheveux châtain clair émaillés de gris lui arrivaient à l'épaule, sa barbe était courte et bien entretenue ; ses yeux bleu-vert, vifs et intelligents et – Jonas ne put s'empêcher de le remarquer – exactement de la même couleur que ceux de la princesse. À première vue, et en dépit de son étincelant palais incrusté d'or, le roi Corvin ne semblait pas du genre à encourager son peuple à l'hédonisme et à la complaisance.

Les apparences peuvent être trompeuses, se rappela Jonas.

Au camp du chef Basilius, ils avaient retrouvé le roi Gaius et ses troupes et voyagé avec eux jusqu'à Auranos, pour montrer qu'ils étaient désormais des alliés.

Le roi Gaius était lui aussi un homme robuste. Cheveux bruns et courts, yeux sombres, peau tirée sur des pommettes saillantes, lèvres minces. Il avait l'air sévère. Mais quelque chose brillait dans son regard. Une espièglerie qui trahissait tout le reste de son apparence ordonnée. Jonas ne savait pas s'il appréciait cet aspect, ou si cela le poussait à se méfier encore plus de cet homme.

Il avait entendu de nombreuses histoires sur la façon dont le roi Gaius veillait à ce que ses sujets se comportent bien : en les faisant surveiller de près par une armée entraînée, qui n'hésitait pas à faire respecter les lois strictes établies par ses soins. Son règne était sanglant. Jonas ne sous-estimerait jamais quelqu'un de cet acabit, même s'il ignorait combien les rumeurs étaient fondées.

Le roi Corvin ne les chassa pas. Il les invita dans son palais, puis dans sa grande salle. C'était là qu'étaient assis Jonas et Brion, de part et d'autre du chef. Le roi Gaius et ses hommes étaient installés de l'autre côté de la table carrée. Derrière le roi Corvin, deux gardes étaient postés sur l'estrade.

Ils étaient de force égale. Mais il n'y aurait pas de violence aujourd'hui. Ce jour était exclusivement réservé à la discussion. Et l'on avait conseillé à Jonas de laisser le roi Gaius parler au nom de Paelsia. Il était choqué et consterné que le chef ait accepté cela.

– Qui sont ces garçons ? demanda le roi Gaius en faisant référence à Jonas et Brion.

Il ne posa pas la même question à propos des hommes de Gaius. Comme ils portaient les uniformes rouge foncé des gardiens du palais de Limeros, il était évident pour eux tous qu'ils étaient les gardes du corps du monarque.

Le chef les gratifia tous d'un signe de tête.

– Voici Jonas Agallon et Brion Radenos.

– Ce sont vos gardes ?

– Plus que cela. Jonas est mon futur gendre.

Jonas sentit le regard surpris de Brion se poser sur lui.

Gendre ? Rien que d'y penser, il avait mal au cœur. Peut-être serait-il sage de rompre avec Laelia plus tôt qu'il ne l'avait prévu. Elle s'était visiblement fait des idées sur leur avenir commun. Jonas entendit un bruit. Il crut que c'était une espèce de rire étouffé qui venait de Brion, même si cela n'avait absolument rien de drôle. Il garda les yeux rivés droit devant lui, sans quitter Corvin du regard une seule seconde.

– Devons-nous feindre d'échanger des civilités ? demanda le roi d'Auranos, avec sarcasme. Dites ce que vous êtes venus me dire, et finissons-en.

– Je vous considère comme un très bon ami, Corvin, lança le roi Gaius avec un sourire chaleureux. Je sais que j'aurais dû faire un effort pour que nos liens restent forts.

– L'ont-ils jamais été ?

– Nous avons tant de points communs. Deux pays prospères qui bordent Paelsia. Trois pays qui pourraient être très puissants ensemble. Des amitiés étroites ne feraient que renforcer ce lien.

– Vous m'offrez donc votre amitié aujourd'hui, dit le monarque d'un ton pincé, la méfiance gravée sur son visage. C'est bien cela ?

Le roi Gaius hocha la tête d'un air sérieux.

– L'amitié avant tout. La famille avant tout. Je sais ce que c'est que d'avoir une famille jeune. D'espérer un avenir meilleur pour elle. Paelsia, en revanche, a connu des moments beaucoup plus durs que nous.

– Et vous désirez l'aider.

– De tout mon cœur.

Le roi Corvin jeta un coup d'œil sur le chef Basilius.

– Je sais que Paelsia se targue d'être un État souverain. Vous n'avez pas demandé d'aide, et nous ne vous en avons pas offert non plus. Mais je n'avais véritablement pas réalisé que les temps avaient été si difficiles pour vous.

Jonas avait beaucoup de mal à le croire, mais il ravala toute remarque acerbe dans sa gorge.

– Nous sommes un peuple fier, déclara le chef. Nous avons essayé de résoudre nos problèmes par nous-mêmes.

Le roi Gaius opina.

– Je suis bouleversé par le courage dont les Paelsians ont fait preuve pendant ces années de vaches maigres. Leur souffrance me fend le cœur. Mais le moment est venu de changer tout cela.

– Que proposez-vous ? demanda le roi Corvin, avec un certain dégoût perceptible quand il s'adressait au roi limérien. Devrions-nous faire preuve de charité envers eux ? Collecter des fonds ? Des vêtements ? Une campagne alimentaire ? Autoriser des déplacements moins réglementés entre nos pays ? Les Paelsians ont beaucoup braconné par ici au fil du temps. Devrais-je tout simplement fermer les yeux là-dessus, selon vous ?

– Si nos frontières n'étaient pas fermées, il n'y aurait pas de braconnage. Ce ne serait donc pas du vol.

Le roi Corvin croisa les doigts et le regarda fixement.

– Je suis assurément ouvert à toute discussion sur ces sujets.

– Bien. Ce serait charmant de discuter, dit le roi Gaius, si nous étions vingt ans plus tôt et si mon père régnait encore. Mais les temps ont changé.

Le roi Corvin le scruta avec un dégoût à peine voilé.

– Alors, que voulez-vous ?

– Du changement, répondit simplement le roi Gaius. De plus grande envergure.

– Tel que ?

Le roi Gaius se cala sur sa chaise.

– Le chef Basilius et moi voulons prendre Auranos et la diviser équitablement entre nous.

Corvin garda le silence un instant, soutenant le regard de l'autre roi. Enfin, ses lèvres s'ouvrirent sur ses dents blanches et droites, et il rit.

– Oh, Gaius. J'avais oublié combien vous aimiez plaisanter.

Le roi Gaius n'ébaucha pas même un sourire.

– Je ne plaisante pas.

L'expression du roi Corvin se fit glaciale.

– Vous voulez me faire croire que vous vous êtes uni à ce chefaillon pour prendre mon pays et le diviser ? Vous devez penser que je suis vraiment stupide. Il y a une autre raison. Quel est votre véritable objectif ici ? Et pourquoi maintenant, Gaius ? Après tout ce temps ?

– Quand, sinon ? fut tout ce que le roi Gaius répliqua.

Le roi Corvin jeta un regard compatissant au chef Basilius.

– Vous lui confiez une information si importante ?

– Tout à fait. Il m'a montré les choses comme très peu oseraient le faire ; il m'a honoré d'un véritable sacrifice. Cela vaut son pesant d'or à mes yeux.

– Alors vous êtes un impardonnable idiot. Le roi Corvin repoussa la table et se leva. Cette réunion est terminée. J'ai autre chose à faire en ce moment qu'écouter des sornettes.

– Nous vous donnons cette unique chance d'accepter nos conditions, dit Gaius, sans se départir de son calme. Il serait sage de votre part d'y consentir. Votre famille serait bien traitée. Vous auriez un nouveau chez-vous. Des appointements. Ce n'est pas la peine de faire couler du sang à cause de cela.

– Tout ce que vous touchez se tache de sang, Gaius. Voilà pourquoi, depuis dix ans, vous n'êtes pas le bienvenu dans mon royaume.

Il se dirigea vers la porte qu'un garde lui ouvrit.

– Nous avons votre fille.

Le roi Corvin s'arrêta net et se retourna, lentement. Son expression ennuyée s'était transformée en autre chose de bien plus dangereux.

– Je pense que je vous ai mal compris.

Le roi Gaius énonça les mots distinctement. Impossible de s'y méprendre.

– Votre fille, Cléiona. Il semblerait qu'on l'ait retrouvée en train d'errer à Paelsia sans aucune protection. Pas très judicieux pour une princesse, n'est-ce pas ?

Jonas fit en sorte que son visage ne trahisse rien. C'était ce qu'il avait attendu tout ce temps, et la raison pour laquelle il n'avait pas tué Cléo lui-même. À la place, la promesse qu'elle continue à vivre servirait à lui assurer un avenir plus radieux, à lui et aux siens.

– Vous ne devriez vraiment pas laisser votre cadette voyager dans d'autres royaumes sans véritable protection, déclara le roi Gaius. Mais ne vous inquiétez pas. Je veillerai personnellement à sa sécurité.

– Vous osez me menacer ?

Les paroles du roi Corvin étaient teintées de poison.

Le roi Gaius tendit les mains en signe d'apaisement.

– C'est très simple. Livrez-nous votre royaume quand nous reviendrons, soutenus par notre armée alliée. Et personne ne sera sacrifié.

Le roi Corvin agrippait si fort la porte que Jonas était sûr qu'il y allait en arracher un morceau de bois à tout moment.

– Faites du mal à ma fille, et je fais le serment de vous étriper de mes mains.

Le roi Gaius resta calme.

– Comment pourrais-je vouloir du mal à votre cadette, Corvin ? Je connais l'amour qu'un père éprouve pour ses enfants. Mon aîné, Magnus, par exemple, me prouve sa valeur à bien des égards. Justement en ce moment, d'ailleurs. Je suis très fier de lui. Comme vous l'êtes de vos filles, j'en suis sûr. Vous en avez deux, n'est-ce pas ? L'aînée, à ce que je sais, est tombée très malade. Va-t-elle mieux ?

Le roi Limérien fronça les sourcils.

– Emilia va bien.

Le roi Corvin mentait. Jonas le voyait dans ses yeux.

Cléo prétendait s'être rendue à Paelsia pour courir après la légende d'une Sentinelle exilée qui pourrait sauver sa sœur. Elle lui disait la vérité. La vérité, alors qu'il ne s'attendait qu'à des mensonges.

Le roi Gaius se leva de sa chaise. Les autres, y compris Jonas, suivirent son exemple.

– Pensez à ce dont nous avons discuté ici. Pensez-y très sérieusement. Quand je reviendrai, j'espère que vous serez devant les portes de votre palais, consentant à votre capitulation immédiate et absolue.

Le roi Corvin, tendu, garda le silence un instant.

– Et si ce n'était pas le cas ?

Le roi Gaius laissa aller son regard sur tous ceux qui assistaient à la réunion.

– Alors, nous prendrons Auranos de force. Et je veillerai en personne à ce que votre fille cadette se fasse longuement torturer avant de mourir.

– Et je veillerai à vous faire la même chose, siffla le roi Corvin.

Cela fit rire le roi Gaius.

– Je vous défie d'essayer.

Ils s'en allèrent. Jonas sentit le regard fatigué du roi Corvin peser sur lui, lorsqu'il se dirigea vers la sortie.

– C'est votre frère qui s'est fait tuer ce jour-là au marché, lui lança le roi Corvin quand il passa devant lui. J'ai reconnu votre nom.

Jonas opina, mais ne croisa pas son regard.

– Que vous vous en rendiez compte ou pas, votre chagrin et votre soif de vengeance vous ont poussé à vous allier à des scorpions, dit le roi Corvin. Faites très attention à ne pas vous faire piquer.

Jonas ne jeta qu'un regard rapide sur l'homme, s'efforça de garder une expression neutre et suivit les autres hors de la pièce.

CHAPITRE 25

PAELSIA

La princesse se révéla bien plus insaisissable que Théon ne l'avait espéré. Après être arrivé à Paelsia en compagnie de deux gardes de confiance, il avait fouillé et ratissé les villages de long en large à la recherche d'indices.

Une chose était sûre : Cléo et Nic étaient passés par là, ils s'étaient arrêtés assez longtemps pour laisser une impression durable et très favorable aux autochtones avant de poursuivre leur route. Théon fut étonné d'apprendre qu'ils se faisaient passer pour un frère et une sœur, qui venaient de… Limeros.

Malin.

Mais ensuite, il s'était heurté à un mur. Rien de nouveau. Aucun indice sur l'endroit où ils pouvaient se trouver. Et chaque jour accentuait son désespoir et la peur que quelque chose d'horrible soit arrivé à Cléo. Enfin, il donna l'ordre aux gardes de se séparer afin de parcourir individuellement un champ plus vaste, et leur annonça que si dans sept jours ils n'avaient rien trouvé, ils devraient rentrer à Auranos sans lui.

En tant que garde du corps de Cléo, c'était son devoir – son seul devoir – de prendre soin d'elle. La promesse du roi de le tuer s'il n'y parvenait pas était le cadet de ses soucis. Seule comptait la sécurité de la princesse.

Il lui fallut dix jours après son départ d'Auranos pour tomber sur une piste solide. Dans un village à huit kilomètres au sud-est du port des Marchands, le village voisin de celui, tristement célèbre, où Aron avait tué Tomas Agallon, une femme confia à Théon qu'elle avait vu une fille blonde et un garçon roux voyager ensemble une semaine auparavant, et que le garçon était revenu seul la veille au soir. Fou d'inquiétude, Théon avait passé la matinée à fouiller le village et les alentours.

La femme avait vu le garçon, mais pas la fille.

Puis, sur une route étroite et boueuse, après un autre orage étrange et inattendu, Théon finit par trouver Nicolo Cassian. Le garçon se dirigeait droit sur lui.

Très brièvement, Théon crut qu'il avait une hallucination. Mais non. Il courut vers Nic, et l'attrapa par la tunique.

– Où est la princesse ! Réponds-moi !

Nic avait l'air aussi grave et fatigué que Théon.

– Je me doutais bien que vous seriez par ici, en train de nous chercher. Vous ne pouvez pas savoir comme je suis soulagé de vous voir.

– Tu ne seras pas content quand je te ramènerai à Auranos. Tu vas le payer cher d'avoir enlevé la princesse à la sécurité du palais.

En dépit des paroles dures de Théon, Nic soutint son regard d'un air de défi.

– Vous croyez vraiment que je l'ai forcée à venir ici ? Cléo a toute sa tête, vous savez.

– Où est-elle ? demanda-t-il.
– Enlevée par un Paelsian, il y a trois jours. Il a collé un couteau sur ma gorge, a menacé de me couper la tête. Cléo a négocié de me laisser en vie, si elle le suivait sans résistance. Elle n'aurait pas dû, dit-il, l'air anéanti. Elle aurait dû s'enfuir. Elle aurait dû le laisser me tuer.
L'estomac de Théon fit une embardée.
– Savez-vous qui c'était ?
Nic, lugubre, opina.
– Jonas Agallon.
Théon relâcha la tunique poussiéreuse de Nic et découvrit que ses mains tremblaient. Il connaissait ce nom aussi bien que le sien. Jonas. Le garçon qui avait menacé de la tuer. Celui qui lui faisait faire des cauchemars. Et Théon n'avait pas été là pour la protéger.
– Elle va mourir, ou elle est déjà morte. Et c'est ma faute.
– Je sais où elle est.
Son attention se reposa brusquement sur Nic.
– Vraiment ?
– Depuis qu'il l'a enlevée, je pose des questions à droite à gauche pour essayer d'en savoir plus sur Jonas et sa famille. Je sais où habite sa sœur. Ils ont un abri anti-tempête sur leurs terres, à deux heures de route, à l'est d'ici, Et je pense que c'est là qu'ils la gardent prisonnière.
Son souffle se coupa.
– Tu crois ? Ou tu en es sûr ?
– Je n'en suis pas sûr, car je ne l'ai pas vue, mais cet endroit est surveillé. J'y suis allé hier pour vérifier par moi-même. Une femme s'y rend une fois par jour avec un plateau de nourriture et de l'eau, et en ressort le plateau vide. Je suis parti uniquement parce

que je savais que je devais... vous envoyer un message. Et vous voilà justement, en train de me traquer comme un chien errant. Merci à la déesse ! Nous devons la sauver, Théon, dit-il, le souffle court. Il n'est pas trop tard.

Un infime espoir naquit de nouveau dans le cœur de Théon.

– Emmène-moi là-bas immédiatement.

Si Cléo avait appris une chose au cours de ces trois jours de captivité, c'était bien celle-ci : Felicia Agallon la détestait autant que Jonas. Mais en dépit de cette haine, la jeune fille obéissait aux ordres de son frère et lui apportait à manger une fois par jour – du pain de seigle rassis et de l'eau du puits, que seul l'ajout de miel rendait buvable. La première fois, quand Felicia lui jeta un regard mauvais dans l'obscurité du petit abri froid et dépourvu de fenêtres, au minuscule trou déchiqueté dans le toit pour laisser passer un peu de lumière, Cléo contempla l'eau avec méfiance.

– Est-elle empoisonnée ?

– M'en voudriez-vous, si c'était le cas ?

Cléo allait lui répondre, mais elle s'en abstint.

– Pas vraiment.

Felicia la scruta pendant quelques minutes d'un silence gêné.

– Elle n'est pas empoisonnée, Jonas tient à ce que vous continuiez à respirer, même si je ne sais pas trop pourquoi.

Toutefois, Cléo attendit le plus longtemps possible avant de boire ou d'avaler quoi que ce soit. Le plus clair de son temps, elle essayait de dormir sur un tas de paille, sirotait de l'eau et grignotait du pain dur. Elle n'avait jamais connu moins luxueux.

Elle tâcha de mordiller les cordes qui lui attachaient les poignets, mais cela ne marcha pas. Même si elle y arrivait, la chaîne autour de sa cheville posait un autre sérieux problème. De plus, la cabane était verrouillée de l'extérieur, et gardée. Elle ne pouvait se laisser aller à penser à sa sœur, à son père ou Nic. Ou Théon. Elle était une souris prise au piège, sans échappatoire, qui attendait le retour du chat.

Attendait.

Et attendait.

La dernière fois qu'elle avait vu Felicia, quelques heures plus tôt, celle-ci l'avait regardée d'un air suffisant en lui tendant le plateau, où il y avait très peu à manger et à boire.

– Il n'y en a plus pour longtemps maintenant, dit Felicia. J'ai reçu un message, il devrait arriver très vite pour vous emmener loin d'ici.

– Jonas ? murmura Cléo. Il est déjà revenu ?

– Non, pas Jonas, grommela-t-elle. Bientôt, vous ne serez plus un problème pour lui.

Elle partit et ferma la porte, laissant Cléo dans la cabane plongée dans l'obscurité, avec pour seule compagnie ses pensées qui traversaient son esprit à toute allure, et de plus en plus d'inquiétudes.

Après ce qui lui parut une éternité, elle entendit quelque chose. Des cris. Des grognements. Des portes qui claquent.

Puis on frappa à la porte.

La peur la rendit très calme. On tapa de nouveau, plus fort cette fois. Puis des voix étouffées. Elle retint son souffle, et tâcha de trouver le courage nécessaire pour affronter le démon obscur qui pourrait faire irruption.

Elle comprit soudain que dehors, on essayait de casser la porte. Au même moment celle-ci pencha vers l'intérieur. Cléo se protégea les yeux du soleil douloureusement brillant qui se déversait à flots dans l'obscurité de l'abri.

Lorsque Théon pénétra dans la cabane, sa bouche s'ouvrit grand sous le choc, son cœur fit un bond dans sa poitrine.

– Vous voyez ? fit Nic, triomphant. Je savais qu'elle était là.

– Y a-t-il quelqu'un d'autre ici ? demanda Théon.

Elle mit un moment à comprendre qu'il s'adressait à elle.

Bouche bée, elle tâcha de ne plus les regarder.

– Je… quoi ? Ici ? Non, il n'y a personne en ce moment. Juste moi. Mais il y a des gardes dehors.

– Je me suis déjà occupé d'eux.

Nic se précipita à son côté et lui attrapa les bras.

– Cléo, est-ce que tu vas bien ? Ce sauvage t'a-t-il touchée ?

L'inquiétude qu'elle lut sur son visage lui fit venir les larmes aux yeux.

– Non, il ne m'a pas fait de mal.

Nic laissa échapper un soupir de soulagement perceptible et l'étreignit bien fort.

– J'étais tellement inquiet.

Théon ne dit rien, mais il s'approcha d'elle lorsque Nic la relâcha enfin. Sa mâchoire était serrée. Elle faillit avoir un mouvement de recul, car il semblait fou de rage.

– Théon…

Il leva une main.

– Je ne veux rien entendre d'autre, hormis que vous allez bien.

– Mais…

– Princesse, s'il vous plaît.

– Vous avez le droit d'être en colère contre moi.

– Ce que je ressens ne compte pas. Je dois vous raccompagner chez vous. Maintenant, ne bougez plus pour que je puisse vous libérer avant que les gardes que j'ai assommés ne se réveillent.

Elle ferma la bouche alors qu'il s'attaquait à ses liens. Il faisait davantage preuve d'efficacité que de douceur avec les cordes, et elle avait les poignets encore plus abîmés par le frottement quand il eut terminé ; mais elle n'eut pas une plainte. Puis Théon dégaina son épée et donna un coup dans la chaîne. Il regarda celles qui encerclaient toujours sa cheville.

– Les autres devront attendre que nous trouvions un maréchal-ferrant.

Théon lui saisit le poignet, la poussa hors de la cabane sous le soleil. Rien ne lui avait jamais fait autant de bien que cette lumière vive sur son visage. Nic fouilla dans le sac qu'elle avait fait tomber lorsque Jonas l'avait emmenée. Il en sortit sa cape, la drapa sur les épaules de Cléo pour la réchauffer. Elle le regarda avec reconnaissance.

Puis son regard se posa sur les trois hommes inconscients, allongés dans d'étranges postures près de la porte de l'abri. Elle n'avait jamais vu leurs visages, mais elle savait qu'ils étaient là pour l'empêcher de s'échapper.

– Théon ! hurla Nic d'une voix perçante. Fais attention !

Théon se retourna d'un coup et attrapa le bras de Felicia. La jeune fille avait surgi en douce derrière lui, couteau à la main, prête à le taillader en pièces. Il la désarma sans problème.

– Vous avez tué mon mari ! s'écria-t-elle.

– Je n'ai tué personne. Ces gardes et votre mari étaient tous désarmés, je les ai juste assommés. Vous, en revanche, ajouta-t-il, les yeux étincelants de colère... Vous avez séquestré la princesse Cléiona d'Auranos.

La peur figea le regard de Felicia.

Son expression se durcit, et elle leva le menton.

– J'ai fait ce que l'on m'a demandé, rien d'autre. Je devais la garder prisonnière ici jusqu'à ce qu'il vienne la chercher. Aujourd'hui. Il est tout près. Je crois que j'entends son cheval approcher. Vous n'avez aucune chance contre lui.

– Qui approche ?

Un sourire désagréable apparut sur le visage de la femme.

– Restez encore un peu, et vous le saurez.

– Vous bluffez.

– Vraiment ?

Théon la relâcha si brusquement qu'elle chancela et faillit tomber au côté de son mari.

– Allons-y, princesse, dit Théon, en scrutant d'un air féroce l'imprévisible Felicia. Et ignorez-la. Vous êtes en sécurité avec moi, désormais. Tout va bien.

Sur ces mots, ils s'éloignèrent de sa prison et reprirent le chemin boueux. Cléo ne dit pas un mot à la femme qui, pendant trois jours, l'avait gardée prisonnière dans la cabane sur les ordres de Jonas. Elle voulait la détester, mais elle constata qu'il était difficile de s'accrocher à cette émotion. Elle glissa entre ses doigts, puis disparut complètement.

Elle savait qu'il y avait un village à côté, celui où Nic et elle avaient rencontré Eirene et où ils avaient séjourné pour la nuit.

– Nous pouvons prendre un bateau pour rentrer, suggéra Nic. J'ai vérifié, il y en a un qui part demain à l'aube. Tu seras de retour à Auranos avant même de t'en rendre compte, Cléo, et tout ira bien.

Son estomac s'entortilla.

– Non, ça n'ira pas. Je n'ai pas trouvé la Sentinelle.

Théon fit un signe de tête à Nic.

– Je dois m'entretenir avec la princesse en tête à tête. Pourrais-tu nous laisser quelque temps ?

Nic la regarda.

– Ça dépend. Cléo ?

Elle acquiesça.

– C'est bon. Je vais laisser Théon me dire ce qu'il a sur le cœur. Puis, quand je rentrerai, j'accepterai de même la réprimande de mon père.

Réprimander, c'était le moins que l'on puisse dire pour parler de sa future punition. Elle aurait bien voulu répliquer que c'était infondé, mais elle était prête à accepter son destin.

– Alors, je vais au village nous chercher quelque chose à manger, proposa Nic à contrecœur

– Nous te retrouverons là-bas, rétorqua Théon d'un ton ferme. Nous ne pouvons pas nous attarder, surtout sous la menace de poursuivants.

Après un dernier coup d'œil à Cléo pour s'assurer qu'elle était prête à rester seule avec Théon, Nic tourna les talons d'un pas vif. Cléo le regarda s'en aller, craignant de poser les yeux sur son garde du corps fou de rage.

– En dépit de tout, je ne regrette pas d'être venue, dit-elle lorsque le silence se fit entre eux. J'ai agi pour ma sœur. Je suis accablée d'avoir échoué, je sais que vous me méprisez pour l'instant et ne doute pas que mon père ait été furieux en apprenant mon départ. Mais je devais le faire.

Elle poussa un soupir fatigué. Quand elle se tourna enfin vers lui, l'expression de Théon avait changé. S'il y avait eu fureur et dureté sur son visage, il y avait désormais autre chose de plus sensible.

– Cependant, je regrette profondément la douleur et les problèmes que je vous ai causés personnellement, murmura-t-elle.

Il se baissa pour prendre ses mains dans la sienne.

– Je me faisais tellement de souci pour vous…

Cléo fut surprise qu'il se soit tellement rapproché d'elle.

– Je sais.

– Vous auriez pu vous faire tuer !

– Théon, je n'avais pas les idées claires.

– Et moi donc ! Et en ce moment non plus, d'ailleurs.

Elle leva les yeux sur lui, juste au moment où il s'emparait de sa bouche et l'embrassait passionnément.

Ce n'était pas un chaste baiser d'amitié. C'était une véritable passion comme celle dont elle avait toujours rêvé. Son cœur fit un bond dans sa poitrine et elle l'attira contre elle. Quand le baiser se termina, Théon recula, fixant le sol, le front plissé.

– Mes humbles excuses, princesse.

Elle colla ses doigts sur ses lèvres.

– Je vous en prie, ne vous excusez pas.

– Je n'aurais pas dû me le permettre. C'est une faiblesse de croire que, peut-être, vous ressentez…

Il déglutit.

– Je vais demander à votre père de vous affecter un autre garde du corps à notre retour. Non seulement je n'ai pas réussi à assurer votre sécurité, mais je n'ai plus la même objectivité. Vous êtes devenue bien plus pour moi que la fille du roi. Si peu de temps… et vous êtes… devenue tout pour moi.

Le souffle de Cléo se coupa.

– Tout ?

Théon planta ses yeux dans les siens.

– Tout.

Des larmes piquèrent les yeux de la jeune fille.

– Eh bien, en réalité, cela simplifie les choses.

Il fronça les sourcils.

– Je ne comprends pas.

Le cœur de la princesse se gonfla, plein à déborder.

– C'est évident. Je ne peux pas épouser Aron. Ni un autre. Je refuse, quoi que dise mon père. Je suis… faite pour vous.

Le souffle de Théon s'accéléra. Mais son expression se fit encore plus grave.

– Mais je ne suis qu'un garde.

– Je m'en moque !

– Pas votre père. Pas du tout même, j'en suis sûr.

– Mon père devra simplement s'en accommoder. Sinon, je m'enfuirai de nouveau. Avec vous, ajouta-t-elle, un sourire effleurant ses lèvres.

Théon rit, un grondement grave dans sa poitrine.

– Merveilleux. Vous direz à votre père que le garde qu'il a désigné pour surveiller sa fille l'a contrainte à rompre ses fiançailles et qu'il va tout arranger. Je suis sûr qu'il l'acceptera sans broncher et qu'il ne me jettera pas du donjon.

– Peut-être qu'il ne l'acceptera pas. Pas tout de suite. Mais je veillerai à ce qu'il sache qu'il n'y a pas d'autre réponse.

Il garda le silence un moment, tâchant de lire en elle.

– Vous ressentez donc quelque chose pour moi ?

– Vous m'avez sauvé la vie. Et même avant cela… eh bien, je le pressentais, c'est tout, sans le savoir.

Son cœur s'allégeait à chaque mot qu'elle prononçait.

Théon secoua la tête.

– Je n'y suis pour rien. Nic a découvert où vous étiez. Je me suis contenté d'assommer les gardes et de défoncer la porte.

Le sourire de Cléo s'élargit.

– Je ne suis pas amoureuse de Nic. J'imagine qu'il va nous falloir trouver une solution.

Il la reprit dans ses bras, plus timidement cette fois.

– Je suis tout de même furieux que vous vous soyez enfuie et que vous ayez failli vous faire tuer. Votre place n'est pas ici.

– Il n'y a pas d'autre endroit où je puisse trouver la réponse que je cherche.

– La quête devra attendre.

– Mais c'est impossible.

Sa gorge se serra de nouveau.

Il regarda par terre un moment avant de lever les yeux sur elle.

– Nous ne pouvons pas rester ici. Vous le comprenez, n'est-ce pas ?

Le cœur de Cléo battait suffisamment fort pour sortir de sa poitrine. Elle ne pouvait pas oublier la véritable raison de sa présence ici. Pourtant, elle ne pouvait pas non plus nier qu'il avait raison. Si une guerre se préparait contre Auranos, une princesse n'avait rien à faire ici. Elle étrangla un sanglot.

– Si seulement il y avait une autre réponse !

– Laissez passer une semaine, dit Théon, et je reviendrai ici tout seul. Je découvrirai si cette légende à laquelle vous croyez est fondée. Laissez-moi faire cela pour vous.

Elle le regarda avec gratitude, puis hocha la tête.

– Merci.

– Je vais aussi trouver Jonas Agallon, quand je reviendrai, reprit-il sombrement. Il faudra que je lui réponde par le sang pour ce qu'il a fait.

L'idée même de la violence la fit frissonner.

– Il me tient responsable de ce qu'Aron a infligé à son frère. Il porte encore son épée.

Théon la regarda attentivement.

– Vous a-t-il menacée avec cette arme ?

Elle acquiesça, puis tourna son visage vers l'avant, de sorte qu'elle ne vît pas la rage étinceler dans ses yeux.

– Si je le trouve, grommela Théon, il n'aura plus à venger la mort de son frère. Il le rejoindra dans l'au-delà.

– Il pleure la mort de Tomas. Cela n'excuse pas son comportement, mais cela lui donne du sens.

– Je ne suis pas d'accord.

Cléo ne put s'empêcher de lui lancer un regard amusé.

– Quoi ? demanda-t-il d'un air prudent.

– Nous avons des tas de désaccords, n'est-ce pas ?

Théon lui serra la main.

– Pas tout.

Son sourire s'élargit.

– Non, pas tout.

Elle passa les bras autour de son cou et l'embrassa de nouveau, doucement au début, puis passionnément.

À cet instant, son optimisme réapparut entièrement. Théon reviendrait ici sans elle, et il aurait sûrement moins de mal qu'elle dans ses recherches. Elle affronterait le courroux de son père à Auranos. Une fois qu'il se serait calmé au sujet de son voyage peu judicieux, elle lui expliquerait très simplement qu'elle était tombée amoureuse d'un garde et que si le roi voulait le bonheur de sa cadette – et bien sûr, il le voudrait – alors il lui fallait mettre un terme à ses fiançailles avec Aron et accepter que Théon soit son soupirant. Il n'y avait aucune raison pour que Théon ne puisse pas être fait chevalier et qu'on ne le gratifie pas d'un poste plus élevé au palais ; ainsi, il pourrait changer de statut aux yeux de tous et courtiser une princesse. Ce n'était pas comme si elle était l'aînée, la première héritière du trône.

Ce fut alors qu'elle entendit un bruit qui fit naître un frisson le long de sa colonne vertébrale.

Une cavalcade.

Théon se détacha de leur étreinte. Trois silhouettes à cheval approchaient ; elles venaient de la même direction qu'eux. Les hommes encerclèrent aussitôt Cléo et Théon, et leur bloquèrent la route qui menait au village.

– Ah, vous voilà. Elle avait raison, vous n'êtes pas allés très loin.

Celui du milieu n'avait pas l'air très âgé, dix-huit ou dix-neuf ans tout au plus. Brun, les yeux sombres, il était habillé tout de noir. Les individus à sa gauche et à sa droite portaient des uniformes rouges que Cléo reconnut immédiatement : ils venaient de Limeros.

Elle referma sa cape sur elle pour ne pas frémir.

– À qui vous adressez-vous ? demanda-t-elle d'un ton acerbe.

– Vous êtes la princesse Cléiona Bellos, répondit le brun en la fixant d'un air plutôt ennuyé. Exact ?

Théon resserra son étreinte sur son poignet, comme pour lui signifier d'ignorer cette question.

– Qui cherche à le savoir ? répondit Théon à la place.

– Je suis Magnus Lukas Damora, prince de Limeros. C'est un honneur que de rencontrer la princesse en personne. Elle est aussi charmante qu'on me l'avait dit.

Elle le dévisagea, surprise. Prince Magnus. Bien sûr, elle avait entendu parler de lui. Mais ce n'était pas la première fois qu'ils se rencontraient. Il avait visité le palais avec ses parents quand elle était très très jeune, cinq ou six ans à peine. Son regard se porta sur sa joue, où une cicatrice s'étirait du coin de sa bouche à son oreille, et un souvenir lui revint brutalement à l'esprit, auquel elle n'avait plus pensé depuis qu'elle était enfant.

Un petit garçon qui pleurait. La joue en sang. Qui gouttait sur un tapis coloré du palais. Sa mère, la reine limérienne, lui donnait un mouchoir pour se tapoter le visage. Elle ne s'était pas mise à genoux et ne l'avait pas serrée contre sa poitrine. Son père, le roi, grondait le garçon et lui disait d'arrêter de faire toutes ces histoires.

Le garçon ne semblait pas du tout du genre à pleurer à cause d'un peu de sang. En fait, la froideur avec laquelle il la scruta lui donna l'impression d'avoir été touchée par la glace. Certains pouvaient le trouver très beau, mais pas elle. Il avait un côté cruel et désagréable. Il la mit immédiatement mal à l'aise.

Mais avoir affaire à des personnes désagréables faisait partie de son devoir en tant que fille du roi.

– C'est un grand plaisir de faire votre connaissance, prince Magnus, dit Cléo, d'une voix polie et mesurée. Peut-être nous reverrons-nous un jour. Nous allons retrouver notre ami dans le village, avant de rentrer à Auranos.

– Tant mieux pour vous, répondit-il. Et qui est cet homme à votre côté ?

– C'est Théon Ranus, un garde du palais qui m'a accompagnée ici à Paelsia.

– Que faites-vous à Paelsia, si je puis me permettre ?

– J'admire le paysage, répondit-elle sur le ton de la plaisanterie. J'aime bien explorer.

Le regard du prince restait rivé sur le visage de Cléo, et son cheval ne bougeait pas.

– Je n'en doute pas. Mais vous mentez. On m'a informé que vous aviez été faite prisonnière dans une cabane alentour – une cabane à la porte défoncée et où trois gardes inconscients ont des bleus à la tempe, sans parler de la paysanne à moitié hystérique qui craignait que je ne sois pas content que vous ne soyez plus sous sa coupe. J'ai mis un peu plus de temps que je ne le pensais pour arriver ici, toutefois. Je ne connais pas si bien la région paelsianne. Et contrairement à vous, je n'admire pas le paysage. En fait, je serais ravi de partir le plus vite possible.

Il jeta un œil autour de lui, dégoûté.

– Surtout, ne vous gênez pas pour nous, marmonna Théon dans sa barbe.

Magnus le regarda sévèrement. Il ne lui répondit pas, mais un sourire serpenta sur son visage. Puis son regard se reposa brusquement sur Cléo, et elle se sentit clouée sur place par ses yeux impassibles.

– Alors comme ça, vous avez réussi à échapper à vos ravisseurs. Petite futée !

Elle fit tout son possible pour ne pas se détourner, pour ne montrer aucun signe de faiblesse.

– Je peux remercier la déesse de m'avoir aidée à m'enfuir. Avec l'aide de Théon.

– Remercier la déesse, répéta Magnus. Laquelle ? La maléfique, celle dont vous portez le nom ? L'ennemie de celle de mon peuple ?

Il avait tellement poussé sa patience à bout qu'elle était prête à craquer.

– J'ai beau apprécier cette conversation, prince Magnus, il est temps pour nous de poursuivre notre route. Veuillez transmettre toutes mes amitiés à votre famille quand vous rentrerez à Limeros.

Magnus fit un signe de tête à ses gardes, qui descendirent tous deux de leurs montures. Le cœur de Cléo, qui battait la chamade, s'accéléra encore.

– Que voulez-vous dire ?

Théon n'attendit pas une minute pour dégainer son épée et se poster devant Cléo.

– Cela eût été bien plus facile si la princesse était restée là où elle se trouvait jusqu'à ce que j'arrive, déclara Magnus. On m'a demandé de la raccompagner à Limeros.

Cléo inspira brusquement.

– Vous n'en ferez rien.

– Mon père, le roi Gaius, m'en a prié en personne. Et c'est exactement ce que je compte faire. Je suggère fortement que vous n'essayiez pas d'arrêter mes hommes. Cela ne sert à rien de faire couler le sang ici et maintenant.

Ses yeux sombres se posèrent sur Théon.

Théon leva son épée.

– Et je suggère fortement que vous tourniez les talons et laissiez la princesse. Elle n'ira nulle part avec vous.

– Reculez, gamin, et je vous laisserai retourner dans votre royaume en courant, tant que vous respirez encore.

Cela fit rire Théon, et Magnus le foudroya du regard.

– Honnêtement, dit Théon, tout cela me déçoit vraiment. Vous êtes le prince limérien, futur héritier de la couronne. J'ai toujours entendu dire que vous veniez d'une lignée de grands hommes.

– Oui.

– Si vous le dites. Peut-être constituez-vous l'exception à la règle.

– Drôle.

Magnus fit une chiquenaude de la main.

– Gardes, prenez la princesse. Et occupez-vous de son protecteur. Tout de suite.

Les gardes s'approchèrent de Théon.

– Théon…

Cléo avait la gorge trop serrée pour parler.

– Restez derrière moi.

La panique se fraya en elle. Elle croyait qu'ils étaient tirés d'affaire. Elle avait réussi à s'échapper des griffes de Jonas. Tout ce qui leur restait à faire, c'était retrouver Nic et faire le reste du chemin jusqu'au port, puis trouver un bateau qui les ramènerait chez eux. Et tout irait de nouveau bien.

– Qu'est-ce que votre père veut de moi ? demanda-t-elle. La même chose que Jonas ? Se servir de moi contre mon père dans votre guerre ?

– Estimez que c'est une tentative pour améliorer les relations entre les royaumes. Emmenez-la, ordonna Magnus à ses gardes d'un ton sec. Tout de suite.

Mais pour prendre Cléo, il fallait d'abord passer par Théon. Les deux hommes – et c'étaient des hommes, pas des gamins – dégainèrent leurs armes. Cléo était terrorisée pour Théon. Mais elle ne l'avait jamais vu manier l'épée.

Il était fantastique.

Elle s'éloigna de lui d'un pas chancelant quand ils entrechoquèrent leurs épées qui retentirent, étincelantes. Le blond entailla le bras de Théon et le sang ruissela sur la manche de son uniforme bleu. Qu'il continue à se servir de ce bras la rassura : la blessure était superficielle. Puis il enfonça son épée dans la poitrine du garde blond.

Le coup fut mortel. Le Limérien tomba à genoux avec un grognement, face contre terre.

Magnus jura à voix haute. Cléo leva les yeux sur lui, toujours à cheval. Il avait l'air choqué par la mort de son garde, comme s'il s'attendait que Théon se rende sans problème et lui remette Cléo sans rien dire ni résister.

Cela n'était pas facile. Mais Cléo était sûre que Théon allait gagner. Il était son héros. Il l'avait sauvée une fois. Il la sauverait de nouveau.

Théon se battit encore plus fort contre le deuxième garde. Celui-ci était plus âgé et plus expérimenté, et maniait son épée avec la même facilité que s'il s'agissait du prolongement de son bras. Cléo avait vu des gardes s'entraîner avec des épées de bois, puis s'opposer dans des tournois chaque été avec de véritables épées en fer et en acier. Mais elle n'avait jamais vu de bataille comme celle-ci.

Juste au moment où elle craignait que Théon ne soit vaincu, l'autre garde perdit l'équilibre sur le sol rocheux. Théon n'hésita pas. Il le transperça d'un coup d'épée.

L'arme du garde tomba dans un grand fracas, et il s'écroula. Il cracha du sang et ce fut fini. Il était mort.

Cléo avait elle aussi cessé de respirer. Mais à présent, elle expirait profondément, tremblante, envahie par le soulagement. Théon les avait arrêtés. Il les avait tués pour la défendre, mais elle savait qu'il n'y avait pas eu d'autre choix. Ils l'auraient prise contre son gré et l'auraient ramenée de force à Limeros comme prisonnière de guerre, pour se servir d'elle contre son père.

Théon venait de lui sauver la vie, une fois de plus.

Cléo le regarda, la gratitude montant en elle, un sourire prêt à s'épanouir sur son visage. Sa poitrine se soulevait d'un souffle heurté, son front était trempé de sueur. Leurs regards se trouvèrent, il ne baissa pas les yeux.

Puis une épée vint transpercer le torse de Théon par-derrière, le bout pointu et maculé de sang ressortant sur le devant de son uniforme. Il le regarda, sous le choc, alors que l'épée allait et venait, et que le sang foncé trempait le tissu.

L'horreur l'envahit.

– Théon ! hurla-t-elle.

Celui-ci se toucha la poitrine et retira sa main couverte de sang. Son regard peiné croisa brièvement le sien, puis il s'effondra lourdement sur le dos, les yeux ouverts et fixant le ciel.

Magnus se tenait derrière Théon, une épée ensanglantée à la main.

Il regarda le corps de Théon d'un air renfrogné, les sourcils froncés, tout en secouant la tête.

– Il a tué mes hommes. J'aurais été le suivant.

Cléo tremblait violemment de la tête aux pieds, et ses pieds bougeaient sans effort conscient. Elle s'écroula au côté de Théon, attrapa ses bras, ses épaules, son visage. Les larmes dans ses yeux l'empêchaient de voir.

– Théon, tu vas bien. Ce n'est qu'une blessure. Je t'en prie, regarde-moi !

Ses sanglots hystériques rendaient ses propos incompréhensibles.

Il allait bien. Il le fallait. Elle avait déjà tout prévu. Il la ramènerait à Auranos, et son père serait furieux quelque temps. Elle annoncerait au roi qu'elle aimait Théon et qu'elle se moquait éperdument qu'il soit un garde. Il représentait tout ce qu'elle avait jamais désiré. Et Cléo avait toujours ce qu'elle désirait, à condition qu'elle le désire suffisamment fort.

– Je regrette d'en être arrivé là, déclara Magnus. Si votre garde avait reculé quand je le lui ai demandé, cela ne se serait pas produit.

– Ce n'est pas qu'un garde, murmura-t-elle. Pas pour moi.

Lorsqu'elle sentit le prince lui toucher le bras comme pour la relever, elle hurla et le griffa.

– Allez-vous-en ! Ne me touchez pas !

Il restait de marbre.

– Vous devez venir avec moi.

– Jamais !

– Ne rendez pas les choses plus difficiles.

Elle le dévisagea, choquée, ne voyant qu'une masse confuse. Cette horrible créature devant elle ne valait pas mieux que la pire des bêtes. Il avait fait cela à Théon. Théon était venue la sauver et, à présent, il était…

Il était…

Non, ce n'était pas possible. Il survivrait. Il le fallait.

Cléo se détacha de Magnus et agrippa le corps de Théon, tâchant de le tenir, de le protéger du prince qui pourrait bien essayer de lui faire de nouveau du mal. Son sang inonda sa robe, celle qu'elle avait veillé à ne pas tacher alors même qu'elle avait été obligée de la porter plusieurs jours de suite, enfermée dans le hangar froid et enténébré. Elle ne regarda même pas les autres corps. Ils étaient morts. Mais pas Théon. *Théon n'était pas mort*.

– Ça suffit, dit Magnus en attrapant Cléo par le bras et en la forçant à se relever. Tout cela a très mal tourné, et à présent je dois vous ramener tout seul. N'éprouvez pas de nouveau ma patience, soyez sage !

– Lâchez-moi !

Elle se déchaîna et lui égratigna le visage le plus profondément possible. Cela suffit à faire saigner sa figure du côté de sa cicatrice. Il grogna et la repoussa. Elle chancela et tomba lourdement sur le sol rocheux. Elle ne pouvait rien faire que rester allongée, assommée et à bout de souffle.

Magnus se dessinait indistinctement au-dessus d'elle. Son visage et ses mains étaient couverts de sang. Il était tout rouge, mais semblait plus bouleversé que furieux. L'espace d'un instant, il la fit penser au petit garçon qu'il avait été autrefois, en larmes, le visage ensanglanté.

Il tendit la main vers elle.

Puis quelque chose fendit l'air et heurta le côté de sa tête. Il tomba dans un grognement et perdit son épée. Cléo se releva difficilement, alors que Nic les rejoignait en courant. Il avait jeté une pierre grosse comme la main qui avait touché Magnus.

Le prince n'était pas inconscient, mais désorienté. Il grommela.

Nic, horrifié, passa les morts en revue.

– Cléo ! Qu'est-il arrivé ici ?

Elle attrapa la lourde épée du prince et la souleva. Elle n'avait encore jamais eu le droit d'en porter une. Mais elle trouva la force, cette fois – la force qu'elle n'aurait jamais cru avoir – de la tenir au-dessus de la poitrine de Magnus. Les larmes lui brouillaient la vue. La fureur et la douleur lui donnèrent pourtant la force de coller la pointe carmin de l'épée sur le cœur du prince.

Son inquiétude se voyait à travers sa désorientation.

– Princesse… non…

– Il essayait de me sauver. Vous l'avez fait saigner, dit-elle en s'étranglant sur ses mots. Maintenant je vais vous faire saigner aussi.

Nic lui prit le poignet.

– Non, Cléo, ne fais pas cela.

Elle avait mal aux bras à force de tenir la lourde épée en équilibre.

– Je dois l'empêcher de nuire à quelqu'un d'autre.

– Il s'est arrêté. Regarde-le. Nous lui avons déjà fait du mal. Mais si tu le tues, alors ce sera encore pire. Nous devons rentrer. Tout de suite.

– Il voulait me ramener à Limeros en tant que prisonnière. Théon l'en a empêché.

Nic finit par lui enlever l'épée des mains.

– Il ne t'emmènera pas. Je te le promets.

Magnus leva les yeux sur Nic, l'air lugubre mais soulagé.

– Merci, je me souviendrai de votre aide aujourd'hui.

Nic le foudroya du regard.

– Je n'ai pas fait cela pour toi, idiot !

Il retourna l'épée et cogna la tête de Magnus avec le manche. Cela suffit à mettre le prince K.-O. Puis Nic jeta l'épée sur le côté. Ses mains étaient couvertes du sang de Théon.

Cléo rejoignit celui-ci d'un pas chancelant et se laissa tomber près de lui. Elle dégagea ses cheveux de bronze de son front.

Il regardait fixement le ciel. Il ne cillait pas. Ses yeux étaient d'une si belle teinte marron foncé. Elle adorait ses yeux. Son nez. Ses lèvres. Tout en lui.

Quand elle lui effleura les lèvres, ses doigts glissèrent sur le sang.

– Réveille-toi, Théon, dit-elle d'un ton doux. Je t'en prie, retrouve-moi encore. Je suis juste là. J'attends que tu viennes me sauver.

Nic toucha délicatement son épaule.

Elle secoua la tête.

– Il va s'en remettre, il lui faut juste un moment.

– Il nous a quittés, Cléo, tu ne peux plus rien y faire.

Elle colla sa main sur le torse sanguinolent de Théon. Son cœur ne battait plus. Ses yeux étaient vitreux. Son esprit était parti, il n'était plus qu'une coquille vide. Et plus jamais il ne viendrait la chercher.

Elle ne parvint pas à maîtriser les sanglots qui secouaient tout son corps. Il n'y avait pas de mots pour décrire sa douleur. Elle avait perdu Théon juste au moment où elle avait compris tout ce qu'il signifiait pour elle. Si elle n'était pas venue là, Théon ne l'aurait pas suivie. Il l'avait aimée. Il avait voulu la protéger. À présent, il était mort et tout cela était sa faute.

Cléo se pencha et embrassa ses lèvres. Leur troisième baiser.

Leur dernier.

Puis elle laissa Nic l'entraîner loin du cadavre de Théon et du corps inconscient de Magnus, en direction du port.

CHAPITRE 26

PAELSIA

Quand Magnus reprit conscience, les trois chevaux s'étaient enfuis.

Il était seul au beau milieu de Paelsia, entouré de trois cadavres. Un faucon décrivait des cercles dans le ciel. L'espace d'un instant, il se dit que c'était peut-être un vautour.

Il se releva péniblement et regarda les hommes à terre. Il jura dans sa barbe, puis lança un regard noir en direction du village au loin. Il n'y avait aucun signe de la princesse Cléo ni de celui ou celle qui l'avait assommé.

Il s'efforça d'ignorer le garde auranien qu'il avait poignardé, mais ses yeux ne cessaient d'aller dans cette direction. Les yeux du jeune garde étaient encore ouverts et fixaient le ciel. Du sang avait séché sur ses lèvres et une flaque inondait le sol à côté de son corps.

Magnus se rendit compte qu'il tremblait. Ce garde avait pris la vie de deux de ses hommes. Dès qu'il se serait retourné, il aurait aussi tué Magnus. Il avait dû frapper le premier. Et il avait donc décidé de poignarder le garde dans le dos. Comme un lâche.

Il s'accroupit et regarda l'Auranien très attentivement, sachant qu'il ne pourrait jamais oublier le visage de la première personne qu'il avait abattue. Ce garçon n'était pas beaucoup plus vieux que lui. Magnus tendit la main et lui ferma les yeux.

Puis il laissa les corps, se rendit au village, acheta un cheval à un Paelsian qui semblait intimidé et avoir peur de lui, et rentra à Limeros. Il ne s'arrêta que lorsque la fatigue faillit le faire tomber de sa monture, et dormit quelques heures avant de reprendre sa route, engourdi, cassé et épuisé.

Le sang avait séché sur sa joue, là où la fille l'avait griffé. Au moins, cela ne le piquait plus. Il se demanda brièvement si cela y laisserait de nouvelles cicatrices. La marque visible de sa défaite et de son humiliation.

Quand il retourna enfin au palais limérien, il laissa le cheval dehors sans appeler de valet pour venir le chercher, lui donner à manger et à boire. Il avait du mal à réfléchir. Cela représentait un effort monumental, ne serait-ce que de marcher droit…

Magnus se rendit directement dans sa chambre, ferma la porte derrière lui. Puis il s'effondra à genoux sur le sol dur.

Aux dires de certains, Magnus ressemblait à son père, tant physiquement que par son tempérament. Jusqu'à ce jour, il n'avait pas été d'accord. Mais il était bel et bien le fils de son père. Cruel. Manipulateur. Trompeur. Violent. Poignarder un garde dans le dos pour sauver sa peau, voilà une chose que le roi Gaius aurait faite. La seule différence, c'était que le roi ne se serait pas appesanti là-dessus après coup. Il n'aurait jamais douté de ses actes. Il ne les aurait jamais célébrés comme il fêtait la magie de sa fille qu'il venait de découvrir, la minute où celle-ci transformait sa maîtresse en un tas de viande calcinée.

Magnus ne savait pas combien de temps il était resté à genoux dans l'obscurité. Mais au bout d'un moment, il comprit qu'il n'était plus seul.

Lucia était entrée dans ses appartements. Il ne la voyait pas encore, mais il sentait sa présence ainsi que le léger parfum floral qu'elle portait toujours.

– Frère ? murmura-t-elle. Tu es revenu ?

Il ne répondit pas. Sa bouche était sèche. Il n'était même pas sûr de pouvoir bouger.

Lucia vint à son côté et toucha délicatement son épaule. Elle s'agenouilla et dégagea ses cheveux de sa joue.

– Magnus ! Ton visage ! Tu es blessé ?

Il déglutit.

– Ce n'est rien.

– Où étais-tu passé ?

– En voyage, à Paelsia.

– Tu… oh… Magnus !

L'inquiétude imprégnait ses mots. Elle ne savait pas ce qu'il avait fait. Ce qu'on lui avait ordonné de faire.

Retrouver la princesse Cléo et la ramener à Limeros.

Une tâche si simple. Magnus se doutait bien que son père ne la lui aurait pas confiée s'il n'était pas sûr que son fils réussisse.

Mais il avait échoué.

Lucia se leva et revint quelques instants plus tard avec un verre d'eau et une étoffe mouillée.

– Bois cela, lui ordonna-t-elle d'un ton ferme.

Il but. Mais l'eau ne parvint qu'à faire disparaître sa torpeur et à rendre sa douleur beaucoup plus aiguë.

Lucia nettoya délicatement sa blessure avec le tissu.

– Qu'est-ce qui t'a égratigné ?

Il ne répondit pas. Lucia ne comprendrait pas ce qu'il avait fait.

– Dis-le-moi, insista-t-elle. C'est vrai, tu dois me dire ce qui est arrivé. Tout de suite.

Son ton d'acier lui valut un regard direct.

– Cela te réconfortera-t-il ?

– Peut-être.

Sa respiration prit un tour irrégulier, et l'expression de Lucia devint plus grave. Elle dégagea ses cheveux de son visage.

– Magnus, je t'en prie. Que puis-je faire ?

Il secoua la tête.

– Rien.

– Qu'es-tu allé faire à Paelsia ?

– Père m'y a envoyé pour lui ramener quelque chose. J'ai échoué. Et… des événements graves se sont produits. Il sera furieux contre moi.

Il baissa les yeux et regarda ses mains. Il avait laissé son épée en bas. Il n'avait pas pris la peine d'y essuyer le sang du garde.

– Que s'est-il passé de grave ?

– Les gardes qui m'accompagnaient. Ils ont été tués.

Ses yeux s'écarquillèrent.

– Ils ont été tués ? Mais tu… tu t'en es tiré. Tu as été blessé, mais tu t'en es sorti. Rendons grâce à la déesse, tu as survécu.

Elle toucha doucement son visage. Il scruta ses yeux magnifiques, puisa de la force dans le regard qu'elle portait sur lui, et dit, comme s'il était impossible qu'il ait agi ainsi :

– J'ai tué quelqu'un.

Les lèvres de Lucia s'entrouvrirent de surprise.

– Mon pauvre frère, tu as vécu de telles horreurs. Je suis vraiment, vraiment désolée.

– Je suis un assassin, Lucia.

Elle prit son visage entre ses mains, pour le forcer à la regarder dans les yeux.

– Non. Tu es mon frère. Et tu es un être merveilleux. Tu serais incapable d'agir de manière aussi horrible. M'entends-tu ?

Elle le serra fort dans ses bras, si fort qu'il parvint presque à oublier ce qui s'était passé. Il se raccrocha à elle. Elle était son ancre, celle qui l'empêchait d'être complètement balayé par la mer.

– Père ne sera pas furieux, murmura-t-elle. Ce qu'il souhaitait que tu fasses, quoi que ce fût, n'est pas aussi important que le fait que tu sois rentré sain et sauf.

– Il pourrait ne pas être d'accord avec cela.

– Non. Je m'en veux terriblement à cause de ce qui est arrivé à Sabina, dit-elle d'une voix entrecoupée. Mais il m'a assuré que je n'étais pas quelqu'un de mauvais et qu'il n'y avait pas à avoir peur de ma magie. Que ce qui s'est passé était censé arriver. Que c'était le destin.

– Et tu l'as cru ?

Lucia garda le silence un instant.

– Il m'a fallu un moment, mais oui, je le crois à présent. Je n'en ai plus peur. Ce que je peux faire... Laisse-moi te montrer ce que j'ai appris.

Elle colla sa main sur sa joue blessée. Sa peau se réchauffa contre la sienne et se mit à briller d'une douce lumière blanche. Il regarda fixement ses yeux bleus, s'adjura de ne pas reculer alors que la chaleur redoublait et s'enfonçait dans sa peau. Il eut mal, mais se força à ne pas s'éloigner d'elle. Quand elle finit par se retirer, il se toucha la joue et découvrit qu'elle était lisse, à l'exception de sa vieille cicatrice, et que les nouvelles écorchures avaient disparu. Lucia l'avait guéri par la magie de la Terre.

– Fantastique. Tu es fantastique.

Un petit sourire confiant s'ébaucha sur les lèvres de la jeune fille.

– J'ai été étonnée de constater que père avait été très gentil avec moi après… ce que j'ai fait. Je l'aime, pour ne pas avoir aggravé ma situation.

Magnus ne supportait pas que Lucia se soit laissée berner par quelques mots gentils du roi, suffisamment pour oublier le passé.

– L'aimes-tu autant que moi ?

Elle s'appuya sur lui et laissa échapper un doux rire.

– La vérité ?

– Toujours.

– Alors, ce sera notre secret, murmura-t-elle à son oreille. Je t'aime plus que n'importe qui.

Il s'éloigna d'elle et la regarda dans les yeux, son magnifique visage entre ses mains. Cela pouvait-il être vrai ?

– Cela te réconforte-t-il après ton horrible épreuve ? demanda-t-elle.

Il hocha lentement la tête.

– Oui.

Puis, le cœur s'emballant, il colla sa bouche sur la sienne, l'embrassa aussi intensément et passionnément qu'il en avait toujours rêvé. Les lèvres de la jeune fille étaient si douces et si sucrées, et elles l'emplirent d'amour et d'espoir.

Dans un frisson, il se rendit brusquement compte que les mains de Lucia étaient plaquées sur son torse et qu'elle essayait de le repousser. Quand il interrompit le baiser, elle dérapa en se détachant de lui et se retrouva sur les fesses. Elle recouvrit sa bouche de la main, les yeux écarquillés, stupéfaite. Et autre chose. Dégoûtée.

Le goût des lèvres de la jeune fille picotait les siennes, mais la réalité de ce qui s'était passé lui tomba dessus comme un seau d'eau glacée.

Elle ne lui avait pas rendu son baiser.

– Pourquoi as-tu fait une chose pareille ?

La voix de Lucia, haut perchée, était étouffée par sa main.

– Je suis désolé.

Son cœur martela sa poitrine. Puis il secoua la tête et rectifia :

– Non, attends, je ne suis pas désolé. Cela faisait si longtemps que j'avais envie de t'embrasser comme cela, mais j'avais peur.

Sa main tremblait quand elle l'éloigna de sa bouche.

– Mais tu es mon frère.

– Tu as dit que tu m'aimais.

– Oui, je t'aime éperdument… comme mon frère. Mais, reprit-elle en secouant la tête, c'est… Ce n'est pas bien. Tu ne peux pas refaire une chose pareille.

– En fait, tu n'es pas ma sœur.

Il n'accepterait pas d'éprouver de la honte pour ce qu'il avait fait. Il avait cédé à cet amour pour elle, en réalité, et il refusait que ce soit transformé en quelque chose de vil. Ce n'était pas vil, c'était pur. La chose la plus pure au monde.

– Pas ma sœur de sang. Tu n'es pas née dans cette famille. Tu es née à Paelsia, Sabina t'a volée dans ton berceau. On t'a élevée ici comme ma sœur, mais nous n'avons aucun lien de sang. Être ensemble ne nous est pas interdit.

Le visage de Lucia avait tellement pâli qu'elle ressemblait à un fantôme. La férocité avait quitté ses yeux, remplacée par le choc.

– Pourquoi me racontes-tu ces choses horribles ?

– Parce que c'est la vérité. Que le roi en personne aurait dû te dire. Il veut se servir de ton pouvoir pour son propre intérêt. C'est pour cela qu'il t'a fait venir ici. Qu'il t'a élevée comme sa fille.

Lucia secoua la tête.

– Et tu savais cela depuis toujours ?

– Non, je l'ai seulement appris l'autre nuit, par Sabina en personne. Mais mère a confirmé que c'était la vérité.

– Je ne comprends pas.

Elle se releva d'un pas chancelant. Il fit de même, la regardant avec méfiance. Sa disgrâce à Paelsia était momentanément oubliée. Il n'avait pas eu l'intention de l'annoncer ainsi à Lucia, pas aussi brutalement.

– Tranquillise-toi, dit-il pour la calmer. Allez, le roi te considère encore comme sa fille chérie. Je le sais. Et nous avons été élevés ensemble, côte à côte. Tout cela est vrai. Mais te considérer uniquement comme ma sœur, maintenant que je connais la vérité… je ne peux pas. Tu es bien plus que cela pour moi.

Lucia croisa son regard.

– S'il te plaît, ne me dis pas ce genre de choses.

– Tu es la seule personne au monde qui signifie tout pour moi. (Sa voix se cassa.) Je t'aime, Lucia. Je t'aime, du plus profond de mon âme.

Elle se contenta de le dévisager. Il fit en sorte que sa voix ne tremble pas.

– Tu as dit que tu m'aimais. Plus que n'importe qui d'autre.

– En tant que frère, oui, je t'aime inconditionnellement.

C'était comme si son cœur s'était arrêté, et que le monde s'était écroulé partout autour de lui.

– Seulement en tant que frère ?

– Tu ne peux pas recommencer. Tu ne peux pas me toucher comme cela. Ce n'est pas bien, Magnus.

Il serra les poings.

– Ce n'est pas mal.

– Je n'éprouve pas la même chose pour toi.

– Mais un jour, peut-être...

– Non. Non, je ne ressentirai jamais cela. S'il te plaît, ne reparlons plus jamais de cela.

Des larmes brillèrent dans ses yeux. Elle passa une main sur ses longs cheveux bruns, comme si elle essayait de les lisser. Elle se dirigea vers la porte, mais il l'attrapa par le poignet pour l'arrêter.

Les yeux de Magnus le brûlèrent :

– Je t'en prie, ne me quitte pas.

– Je le dois. Je ne peux pas être à ton côté en ce moment.

Elle se détacha de son étreinte et sortit de la pièce.

Il resta debout, face à la porte, sans bouger, sans réfléchir. Abasourdi par ce qui venait de se passer.

Elle lui tournerait le dos et le punirait pour cela. Pour lui avoir montré ce qu'il ressentait. Pour lui avoir ouvert son cœur comme il ne l'avait jamais fait avec personne.

Magnus avait toujours été un idiot. Un enfant. Qui se faisait facilement battre ou tromper par les plus gros, les plus forts ou les plus puissants. Toute sa vie, il avait connu cette douleur et simplement élaboré un masque extrafin pour dissimuler ses véritables sentiments. Mais les masques s'enlevaient facilement, et quelques mots suffisaient pour les briser.

À partir d'aujourd'hui, il n'était plus un enfant. Il avait tué. Il avait perdu celle qu'il aimait plus que tout. Et elle ne lui ferait plus jamais confiance comme avant. À partir d'aujourd'hui, rien ne serait plus jamais pareil avec Lucia. Il avait détruit cela pour toujours. Et l'espace d'un instant, seul dans ses appartements, il serra les poings sur ses côtes et s'autorisa à pleurer la perte de sa magnifique sœur et meilleure amie.

Puis, son cœur brisé en mille morceaux se transforma lentement en glace.

CHAPITRE 27

AURANOS

Cléo avait du mal à avancer quand elle retourna au palais.

Les bruits étaient étouffés, et tout ce qu'elle entendait, c'était le sang qui affluait dans ses veines et le battement de son cœur.

Théon était mort.

– Essaie de ne pas t'inquiéter. Reste à côté de moi, murmura Nic lorsqu'on les conduisit immédiatement devant le roi.

Les gardes n'avaient pas laissé l'occasion à Cléo de se rendre d'abord dans sa chambre. Franchement, ils avaient même l'air surpris qu'elle soit revenue.

Elle ne parla pas. Elle n'était pas sûre de pouvoir y arriver.

Les grandes portes en bois et en acier s'ouvrirent vers l'intérieur, et le roi était là. Un garde avait devancé les autres pour l'informer du retour de Cléo.

Son visage était pâle. Il semblait encore plus vieux que dans ses souvenirs.

– Cléo, commença-t-il. Est-ce réel ? Es-tu vraiment revenue, ou n'es-tu qu'une illusion ?

On les fit entrer dans la salle, dont les portes se refermèrent lourdement derrière eux. Un des gardes lança un regard de pitié à Cléo. Il connaissait le caractère du roi.

– Je suis désolée, parvint-elle à dire sans pouvoir aller plus loin, car elle se mit à pleurer.

Le roi se dirigea rapidement vers elle et la prit dans ses bras.

– Ma pauvre fille. Je suis tellement soulagé que tu sois rentrée.

C'était une réaction surprenante : le roi se montrait dur envers elle depuis si longtemps qu'elle avait pratiquement oublié qu'il pouvait être tendre. Enfin, il la relâcha et l'aida à s'asseoir sur une chaise. Son regard se posa ensuite sur Nic.

– Explique-moi.

Nic bougea les pieds.

– Par où commencer ?

– Je suis furieux que vous soyez allés tous les deux à Paelsia contre ma volonté, mais je ne me doutais pas que les difficultés entre les pays provoqueraient ce genre de conflit. Le roi Gaius est venu me voir, et il m'a annoncé qu'il détenait Cléo.

Celle-ci frissonna au souvenir du garçon brun aux yeux froids et cruels.

– Oui, il a essayé, affirma Nic. Mais nous nous sommes enfuis.

– Merci à la déesse, souffla le roi. Comment ?

En dépit des paroles douces que le roi venait de prononcer, Nic réprima lui aussi des larmes.

– Théon, commença Nic, et sa voix s'entrecoupa. Il s'est battu contre les hommes du prince Magnus.

Les a tués pour les empêcher de mettre la main sur la princesse. Puis le prince a tué Théon.

– Quoi ? haleta le roi.

– Nous n'avions pas d'autre choix que de laisser son corps sur le sol paelsian. Nous devions nous enfuir immédiatement.

– Je voulais tuer le prince, parvint à dire Cléo. J'en ai eu l'occasion, mais…

– Je ne l'ai pas laissée faire, avoua Nic. Si elle avait tué le prince Magnus, je savais que les choses auraient été encore pires.

Le roi enregistra ces informations.

– Tu as eu raison de l'arrêter. Mais je comprends sa soif de vengeance.

Vengeance. Ce mot semblait si décisif. Si définitif. C'était ce que Jonas voulait quand il l'avait emmenée. Elle avait vu la haine ardente dans ses yeux, pour le rôle qu'elle avait joué dans la mort de son frère. Si c'était ce qu'il ressentait pour elle, elle devait s'estimer heureuse d'être encore en vie.

Son objectif était de la mener là où le prince Magnus pourrait la retrouver. Ils travaillaient ensemble à détruire son père. C'était un miracle qu'elle ait pu s'échapper. Un miracle survenu à un prix trop élevé.

– Cléo, tu es si pâle, dit le roi, inquiet.

Nic lui toucha le bras.

– Elle est encore sous le choc.

– Est-ce que tu comprends à présent pourquoi je ne voulais pas que tu t'en ailles, ma fille ? Je sais que tu souhaitais aider ta sœur ; mais il y a trop d'enjeux à présent.

– J'ai échoué, dit-elle d'une voix brisée. Je n'ai rien trouvé qui puisse aider Emilia. Et Théon est mort à cause de moi.

Il prit son visage entre ses mains et lui déposa un doux baiser sur le front.

– Va te reposer dans tes appartements. Demain sera un autre jour.

– Je croyais que vous seriez furieux contre moi.

– Je suis furieux. Mais te voir bien vivante et que tu me sois revenue, c'est la réponse à toutes mes prières. Et mon bonheur que tu sois saine et sauve est plus puissant que n'importe quelle colère. L'amour est plus fort que la colère. L'amour est plus fort que la haine, plus fort que tout. Ne l'oublie pas.

Nic l'accompagna dans ses appartements, et l'embrassa à son tour sur le front avant de la border dans son lit bien chaud. Il la laissa dans la pièce enténébrée, où elle essaya de dormir, mais des cauchemars vinrent la harceler. L'un après l'autre, dans chacun figurait un brun différent. Un Paelsian sauvage, qui la traînait le long d'une route poussiéreuse pour l'enfermer dans un petit hangar sale. L'autre, cruel et arrogant, une cicatrice sur le visage et une épée recouverte de sang, qui se moquait du corps de Théon.

Elle se réveilla dans la nuit en sanglotant.

– Tout va bien, tout va bien, fit une voix familière pour la calmer.

Une main fraîche lui caressa le front.

– Emilia ?

Elle s'assit sur son lit en s'apercevant que sa sœur était là avec elle. Les ombres de la pièce ne suffisaient pas à cacher la maigreur et la pâleur d'Emilia, ni les cernes noirs sous ses yeux.

– Que fais-tu ici ? Tu devrais être couchée.

Le visage d'Emilia était grave. Elle grimpa sur le lit à côté de Cléo.

– Comment pourrais-je rester dans mon coin, alors que je viens d'apprendre que ma petite sœur est enfin de retour ? Père m'a raconté ce qui s'est passé, Cléo. Je suis vraiment désolée pour Théon.

Cléo ouvrit la bouche, mais rien n'en sortit pendant un long moment.

– C'est ma faute.

– Tu ne dois pas croire cela.

– Si je ne m'étais pas enfuie, il n'aurait pas été obligé de partir à ma recherche. Il serait encore en vie.

– C'était sa mission de te protéger. Et il l'a fait. Il t'a protégée, Cléo.

– Mais il est mort.

C'était un tout petit halètement. Puis Emilia la tint dans ses bras, alors qu'elle sanglotait, des larmes qui semblaient ne jamais vouloir finir.

– Je sais. Et je comprends ce que tu ressens. Quand j'ai perdu Simon, j'ai cru que ce serait aussi ma fin.

– Tu l'aimais sincèrement.

Elle caressa les cheveux de sa sœur.

– De tout mon cœur. Alors, pleure Théon. Chéris son souvenir. Remercie-le de son sacrifice. Un jour, je te le promets, cette douleur disparaîtra.

– Non.

– Pour l'instant, elle est encore à vif. On pourrait croire que ce chagrin ne relâchera jamais l'emprise qu'il a sur ton cœur. Mais tu dois être forte, Cléo. Des temps difficiles nous attendent.

La mâchoire d'Émilia se serra. Cleo sentit un nœud dans sa poitrine.

– La guerre.

Emilia opina.

– Le roi Gaius voulait que père lui cède Auranos sans se battre. Il lui a assuré qu'il te ferait des choses terribles si jamais il lui résistait.

Cléo trembla à cette idée. Emilia se rapprocha.

– Et entre nous, je crois que père aurait fait précisément ce que le roi Gaius a demandé, s'il avait été trop tard pour te sauver.

– Il ne pouvait pas. Il y a tant de monde à Auranos, il ne pouvait pas donner comme ça le royaume aux Limériens.

– Et aux Paelsians. Paelsia et Limeros se sont unis dans leur haine contre nous.

– Pourquoi nous détestent-ils autant ?

– L'envie. Ils constatent que nous avons beaucoup de choses ici. Et ils ont raison, c'est le cas.

Cléo soupira en tremblant. Ses actes avaient failli mener à la perte du royaume de son père.

– J'ai eu tort d'entreprendre cette expédition. Mais je n'arrive toujours pas à le regretter pleinement. Je voulais t'aider.

– Je sais, répondit-elle avec un sourire triste. Je sais que tu as fait cela pour moi. Et pour cela, je t'aime tant. Mais je ne pense pas que même une Sentinelle aurait pu m'aider. Je ne suis pas sûre de croire qu'elles soient plus qu'une légende.

– Elles sont réelles.

– En as-tu rencontrée une ?

Cléo hésita.

– Non, mais Eirene, une femme que j'ai croisée, m'a raconté des histoires que j'entendais pour la première fois. Sur une enchanteresse et un chasseur, sur les Sentinelles. Savais-tu que les déesses étaient des Sentinelles qui volaient les Quatre sœurs, puis s'exilaient ? À présent, les Sentinelles attendent de trouver la prochaine enchanteresse qui pourra les conduire jusqu'aux Quatre sœurs cachées, pour récupérer leur magie avant qu'elle ne disparaisse complètement. Tout cela est tellement incroyable…

Emilia continua à sourire.
– Cela a tout d'une légende, en effet.
– C'est vrai, insista Cléo. Les déesses ont volé les Quatre sœurs pour se les partager, mais le pouvoir a fait d'elles des ennemies. Avant cela, Mytica était uni. Nous étions tous amis, autrefois.
– Plus maintenant. Le roi limérien déteste père. Il souhaite le détruire. Il avait soif de son royaume avant même qu'il ne monte sur le trône. Son père était un roi doux et gentil qui ne voulait que la paix. Le roi Gaius n'hésitera pas à faire couler des océans de sang au-delà de ses propres frontières, si jamais cela lui octroie le pouvoir qu'il désire.
La poitrine de Cléo se serra.
– Son fils est une créature mauvaise et pernicieuse. Si je le revois, je le tue.
Cela ne fit pas naître d'inquiétude sur le visage d'Emilia, mais plutôt de l'admiration.
– Tu as une passion et une détermination infinies. Et une telle force !
Cléo la regarda fixement.
– Force ? J'ai eu du mal à soulever une épée pour sauver ma peau.
– Pas physique. Une force, là.
Emilia flanqua la main sur le cœur de Cléo. Puis elle lui toucha le front.
– Et là. Bien que là-haut, il y ait une partie sur laquelle tu puisses travailler un peu ; alors, plus d'expéditions dans des pays dangereux, dans un avenir immédiat.
– Je ne suis pas forte, insista Cléo. Ni de cœur ni d'esprit.
– Parfois on ne se rend pas compte de sa force tant que l'on ne nous a pas mis à l'épreuve. En tant que cadette de cette famille, tu n'as pas encore connu

beaucoup d'épreuves, Cléo. Contrairement à moi. Mais je crois que ce sera bientôt le cas. Très vite. Et tu dois tirer quelque chose de cette force. Tu dois la cultiver. Et tu dois t'y raccrocher, car parfois, cette petite étincelle de force intérieure, c'est tout ce que nous avons pour nous aider à avancer dans l'obscurité.

Le visage d'Emilia s'assombrit. Cléo serra les mains de sa sœur.

– Et toi aussi, tu dois être forte. Je vais renvoyer un garde à Paelsia pour poursuivre ma quête. Et il réussira.

Théon avait promis qu'il s'y rendrait. Maintenant il lui fallait en trouver un autre pour le remplacer. Si Emilia était capable de quitter son lit et de rejoindre Cléo en pleine nuit, on pouvait toujours espérer qu'elle recouvre la santé. Emilia tourna la tête pour regarder par la fenêtre.

– Je vais essayer, dit-elle, le ton las. Je vais faire de mon mieux pour être forte. Pour toi.

– Bien.

Les sœurs gardèrent le silence un moment. Emilia continua à contempler les étoiles.

– Tu dois savoir que Limeros et Paelsia sont en train de rassembler une armée pour pénétrer à Auranos dans les prochaines semaines. Ils espèrent que père capitulera dès qu'ils arriveront.

La panique monta en Cléo.

– Il ne peut pas capituler !

– S'il ne se rend pas immédiatement, ils se battront pour prendre le palais.

Une colère brûla dans la poitrine de Cléo.

– Que va-t-il faire ?

Emilia resserra son étreinte sur ses mains.

– Si tu t'étais trouvée entre les griffes limériennes, je pense qu'il aurait fait n'importe quoi pour te sauver la vie.

– Et maintenant que je suis de retour ?

– Maintenant, répondit Emilia en fixant sa sœur dans les yeux, si le roi Gaius veut la guerre, alors c'est exactement ce qu'il aura !

CHAPITRE 28

LIMEROS

Magnus avait cru que son échec à Paelsia aurait mis son père dans une rage noire. Il s'était préparé à affronter son destin après une attente de plus d'une semaine. Il se tenait près de l'épaisse balustrade en fer surplombant l'escalier, lorsque le roi Gaius entra dans le hall. Le roi ne perdit pas de temps et alla droit au but, tandis qu'il enlevait ses gants, et qu'une servante l'aidait à ôter sa grande cape maculée de boue.

– Où est la princesse Cléiona ?

Magnus le regarda sans broncher.

– Je présume qu'elle se trouve à Auranos.

– Tu m'as trahi ? gronda le roi.

– Nous sommes tombés dans une embuscade. Mes gardes ont été abattus. J'ai été obligé de tuer celui qui accompagnait la princesse pour pouvoir m'en tirer.

Le visage du roi rougit de fureur et il se dirigea vers Magnus, enragé, levant la main pour le frapper. Avant qu'il ne le touche, Magnus lui attrapa le poignet.

– Ne faites pas ça, dit-il, la voix dangereusement basse. Si jamais vous osez me frapper de nouveau, je vous tuerai vous aussi.

– Je t'ai demandé de faire une seule chose, et tu m'as trahi.

– Et j'ai failli ne pas rentrer vivant. D'accord, je ne vous ai pas ramené la fille du roi Corvin. Mais c'est terminé. Il faudra juste que vous trouviez un autre moyen d'obtenir ce que vous désirez. Peut-être que votre propre fille vous apportera toute l'aide dont vous avez besoin. Même si elle n'est pas votre fille de sang, ajouta-t-il, le visage tendu.

Les yeux du monarque s'écarquillèrent un tout petit peu. Le seul signe du choc qu'avaient provoqué les propos de son fils.

– Comment l'as-tu appris ?

– Votre maîtresse m'en a parlé avant que Lucia ne la transforme en cendres. Puis mère me l'a confirmé. Qu'avez-vous à répondre à cela ?

Ses lèvres se crispèrent.

Le roi Gaius resta coincé un moment dans l'étreinte de Magnus, avant d'ôter son bras d'un coup sec.

– Je comptais t'en parler à mon retour.

– Vous voudrez bien me pardonner, mais j'ai du mal à le croire.

– Crois ce que tu veux, Magnus. Ce que Sabina et ta mère t'ont dit est la vérité. Cela ne change rien. Mais je crois au destin. Nous devons nous lancer dans cette guerre sans aucune garantie.

Sa fureur finit par s'atténuer, et il hocha lentement la tête. Pas une seule excuse pour une vie passée à mentir, mais Magnus ne s'attendait pas à moins. Et il ne l'excuserait pas non plus pour son échec à Paelsia.

– Y avait-il des garanties, même si nous avions la princesse Cléiona entre nos mains ?

– Non, juste des conjectures, admit-il en examinant le visage de son fils. Tu as appris de cet échec, et des vérités récentes sorties des lèvres d'une femme malhonnête. Cela t'a rendu plus fort. Tout va bien. Le destin nous sourit, Magnus. Attendons. Auranos nous appartient.

Il hocha de nouveau la tête, et un sourire s'étira sur son visage.

Magnus resta de marbre.

– Je ressens le besoin urgent d'écraser les autres sous mes pieds.

Cela ne fit qu'élargir le sourire du roi.

– On a pris goût au sang ? À la sensation de l'épée qui transperce la chair ?

– Peut-être.

– Excellent. Tu vas connaître beaucoup plus très vite, je te le promets.

Le lendemain, lorsque son père le fit venir, Magnus le rejoignit immédiatement, quittant son cours d'escrime au beau milieu. Andreas et les autres garçons le regardèrent partir, essayant de dissimuler leur dégoût.

– Si vous voulez bien m'excuser, lança Magnus en jetant l'épée avec laquelle il avait cassé le bras de deux garçons la semaine passée. Des affaires royales m'attendent.

Ils avaient eu de la chance qu'ils ne se soient pas entraînés avec de l'acier aiguisé, sinon il leur aurait tranché le membre entier. Tout semblait tellement plus simple, dans cette nouvelle perspective. Il était le fils du roi du Sang. Et il ferait honneur à ce titre, d'une façon ou d'une autre.

Son père patientait à l'entrée de la tour est, où l'on gardait les prisonniers « spéciaux » pour le monarque.

– Viens avec moi, dit le monarque, avant de conduire Magnus en haut de l'escalier étroit en colimaçon.

Les murs en pierre noire, à l'étage, étaient recouverts de givre. Il n'y avait pas de cheminée dans les tours pour leur apporter un peu de chaleur.

Magnus ne savait pas à quoi s'attendre lorsqu'ils arrivèrent à l'étage. Peut-être un prisonnier sur le point de perdre la tête ou les mains. Si ça se trouvait, ce serait à lui de porter le coup fatal à un assassin ou un voleur. Mais quand il découvrit qui était le détenu, ses pas se firent hésitants.

Amia était enchaînée dans la petite pièce en pierre, les bras levés au-dessus de la tête. Deux gardes se tenaient docilement à son côté. Le visage de la fille était tuméfié. Ses yeux se posèrent sur lui et s'écarquillèrent avant qu'elle ne se morde la lèvre inférieure et regarde par terre.

– Voici, dit le roi, l'une de nos aides de cuisine. On l'a surprise en train d'écouter devant ma salle de réunion. Tu sais ce que m'inspirent les espionnes.

– Je ne suis pas une espionne, murmura-t-elle.

Le monarque traversa la pièce à grandes enjambées. Il lui prit le menton et la força à le regarder.

– Quiconque écoute les conversations en se cachant est un espion. Pour qui espionnes-tu, Amia ?

La bile monta dans la gorge de Magnus. Cette fille espionnait pour lui. Elle représentait un atout depuis qu'il l'avait remarquée. Elle lui avait donné tellement d'informations intéressantes !

Comme elle ne répondait pas, le roi la frappa du revers de la main. Du sang jaillit de sa bouche en faisant des bulles, tandis qu'elle sanglotait.

Le cœur de Magnus tonna dans sa poitrine.

– Il semblerait qu'elle ne veuille rien dire.

– Peut-être qu'elle protège quelqu'un, ou qu'elle est tout simplement stupide. La question est, ainsi que la raison pour laquelle je t'ai fait venir ici, comment traiter, d'après toi, un tel problème ? D'habitude, on torture les espions pour leur soutirer des informations. Si, pour l'instant, elle n'a pas du tout été utile, quelques heures à lui faire subir le supplice du chevalet pourraient bien délier la langue de la jeune Amia.

– Je... j'écoute seulement parce que je suis curieuse, c'est tout. Je ne veux aucun mal à personne.

Sa voix se brisa.

– Moi, en revanche, rétorqua le roi, je veux du mal aux idiotes qui deviennent trop curieuses. Maintenant, voyons. On écoute des conversations privées avec ses oreilles. Je devrais probablement te les couper et te les faire porter en collier, pour montrer l'exemple à tout le monde.

Il tendit la main à un garde qui y déposa un poignard. Elle geignit quand il passa le bord de la lame sur le contour de son visage.

– Mais tu vois avec tes yeux. Je pourrais aussi les enlever. Les arracher de ta tête sur-le-champ. Je suis plutôt doué pour cela. Tu ne sentirais presque rien. J'ai appris que lorsque l'on a des trous ensanglantés sur la figure, on a tendance à tirer les leçons de ses erreurs.

– Dis-lui, exigea Magnus en faisant sortir les mots de force. Dis-lui pour qui tu espionnes.

Dis-lui que c'est moi.

Le souffle d'Amia s'entrecoupa et elle jeta un coup d'œil sur lui. Les larmes ruisselèrent sur ses joues.

– Personne. Je n'espionne pour personne. Je ne suis qu'une idiote qui écoute aux portes pour son propre divertissement.

La poitrine de Magnus se serra.

Il ne sous-estimait pas son père. Le roi prenait un malin plaisir à jouer avec les prisonniers, hommes ou femmes. Il avait un penchant pour le sang qui ne serait jamais rassasié. Il était né ainsi. Le grand-père de Magnus, mort quand celui-ci était tout petit, était très déçu d'un tel penchant pour le sadisme chez son fils héritier. L'ancien roi de Limeros était connu pour être doux et gentil. Même si le roi le plus gentil et le plus doux possédait une chambre de torture dans le donjon de leur château.

– J'en ai assez, dit Magnus du bout des lèvres. Je ne comprends pas pourquoi vous m'avez fait arrêter l'entraînement d'escrime pour cette affaire futile. Cette fille est une idiote, manifestement, une simple d'esprit. Inoffensive. Si c'est son premier délit, cela devrait suffire pour lui faire peur. En revanche, si on la prenait de nouveau sur le fait, je lui arracherais moi-même les yeux.

Le roi jeta un coup d'œil sur lui ; un sourire retroussait ses lèvres.

– Tu ferais cela ? Et je pourrais regarder ?

– Et comment ! J'insisterais pour que vous regardiez !

Le roi prit le visage de la fille entre ses doigts et serra assez fort pour lui faire un bleu.

– Tu as beaucoup de chance que je sois d'accord avec mon fils. Veille à te tenir correctement. Si jamais tu t'écartais du droit chemin une fois, rien qu'une fois, que tu espionnais ou cassais simplement une assiette, je te promets que tu reviendrais ici. Et tu ne perdrais pas que tes yeux, loin de là. Suis-je clair ?

Elle inspira en tremblant.

– Oui, Votre Majesté.

Il lui tapota la joue. Puis il jeta un coup d'œil à ses gardes.

– Bien. Avant de la renvoyer au travail, donnez-lui vingt coups de fouet pour s'assurer qu'elle n'oubliera pas.

Magnus quitta la tour avec son père et se força à ne pas regarder la fille une dernière fois. Ses sanglots résonnaient sur les murs de pierre jusqu'au rez-de-chaussée.

Le roi passa le bras autour des épaules de Magnus.

– Mon fils, quel gentilhomme ! Même envers la moindre souillon de cuisine !

Quand il rit, Magnus veilla bien à se joindre à lui.

Le lendemain, alors que son père était parti chasser, Magnus trouva Amia dans la cuisine en train de broyer le *kaana* dégoûtant pour le dîner, tandis que le chef cuisinier tuait une demi-douzaine de poulets. Le visage de la fille était contusionné de bleu et de noir ; son œil droit gonflé et fermé.

Elle se raidit quand elle constata que Magnus était là.

– Je n'ai rien dit, murmura-t-elle. Vous n'avez pas le droit d'être furieux contre moi.

– C'était stupide de ta part de te faire prendre.

Elle retourna à son travail, les épaules secouées de sanglots. Comment cette fille avait-elle pu survivre aussi longtemps dans le château limérien ? Honnêtement, il ne savait pas. Il n'y avait pas d'acier en elle. Pas de glace. Pas de dureté du tout. Il était franchement surpris qu'une violente rossée et vingt coups de fouet n'aient pas aussitôt tué une fille aussi douce et faible. Qu'elle tienne encore debout était un choc pour lui.

– Je ne vous ai pas demandé de défendre mes intérêts, dit-elle d'un ton calme.

– Très bien. Même s'il avait porté ce couteau à tes yeux, je n'aurais pas essayé de l'arrêter. Nul ne dit à mon père ce qu'il peut faire et ne peut pas faire. Il fait ce qui lui plaît. Et quiconque se met sur son chemin se fait piétiner.

Amia ne le regarda pas directement.

– Il me reste encore beaucoup à faire pour le dîner. Veuillez me laisser retourner au travail, Votre Altesse.

– Non, tu en as terminé. Pour toujours.

Il l'attrapa par le poignet et la traîna brutalement avec lui hors de la cuisine et dans les couloirs du château. Il l'écouta sangloter. Elle devait croire qu'il la ramenait dans la tour pour subir de nouveaux sévices, de sa part, cette fois. Pourtant, elle ne se débattit pas.

Enfin, une fois qu'ils se retrouvèrent dans l'air froid de fin d'après-midi, il la lâcha. Elle s'éloigna de lui en titubant et regarda autour d'elle, hésitante. Son regard se posa sur le chariot tiré par des chevaux qui attendait juste à côté.

– Tu pars, annonça-t-il. J'ai ordonné au chauffeur de te conduire à l'est. Il y a un village fortement peuplé à quatre-vingts kilomètres. Il sera parfait pour toi.

Elle restait bouche bée.

– Je ne comprends pas.

Magnus déposa un grand sac d'or dans ses mains.

– Cela devrait suffire pour que tu tiennes quelques années.

– Vous me renvoyez ?

– Je te sauve la vie, Amia. Mon père te tuera. Bien assez tôt, il trouvera une raison, même infime, et je devrai la cautionner. Te regarder mourir ne m'intéresse pas. Je veux donc que tu t'en ailles et que tu ne reviennes jamais.

Sourcils froncés, elle regarda fixement le sac lourd qu'elle tenait à présent. La compréhension envahit sa figure et son regard se posa brusquement sur le sien.

– Venez avec moi, mon prince.

Il dut reconnaître que cette réaction faillit le faire sourire.

– Impossible.

– Je sais que vous détestez cet endroit. Je sais que vous méprisez votre père. C'est un homme cruel, mauvais et sans cœur.

Son menton se leva comme si elle était fière de ce qu'elle venait de dire. Elle poursuivit :

– Vous n'êtes pas comme lui, vous ne le serez jamais. Vous essayez de le cacher, mais vous avez bon cœur, un cœur généreux. Venez avec moi, et nous pourrions commencer une nouvelle vie ensemble. Je pourrais vous rendre heureux.

Il lui prit le bras et la conduisit jusqu'au chariot, la souleva par la taille et la mit dedans.

– Sois heureuse pour nous deux, lui dit-il.

Puis il tourna les talons et s'en fut vers le château.

La reine de Limeros souriait. Comme c'était... bizarre. Lucia la regarda prudemment, quand elles se rencontrèrent dans le couloir.

– Mère, dit-elle, bien qu'elle sût à présent que ce mot n'était pas franchement le plus approprié.

Sa peur et son angoisse initiales avaient, depuis, été remplacées par l'indignation qu'on lui ait caché cette information capitale toute sa vie.

– Lucia chérie, comment vas-tu ?

Elle grogna, un bruit peu distingué pour une jeune fille, ce qui fit froncer les sourcils de la reine.

– Veuillez m'excuser, mais je ne me souviens pas de la dernière fois où vous vous êtes inquiétée de mon bien-être.

La reine grimaça.

– Ai-je été si dure envers toi ?

Lucia haussa les épaules.

– Maintenant, je sais pourquoi. Vous n'êtes pas ma vraie mère. À quoi bon vous intéresser à moi ?

La reine jeta un coup d'œil en bas du couloir pour s'assurer qu'elles étaient seules. Elle fit descendre quelques marches à Lucia, jusqu'à une alcôve à l'écart. Lucia s'attendait que son expression se durcisse, mais ce fut exactement le contraire.

– On aurait dû te le dire depuis longtemps. Je voulais le faire.

– Vraiment ?

Lucia la regarda avec incrédulité.

– Oui, bien sûr. Quelque chose d'aussi important n'aurait pas dû t'être révélé si brutalement. J'espère que tu m'excuseras.

– Vraiment ?

– Oui. Sincèrement. J'ai beau être la reine ici, je dois tout de même faire ce que le roi m'ordonne. Il ne tenait pas à ce que tu sois informée. Il avait peur que tu sois bouleversée, en apprenant la vérité tant que ce n'était pas le bon moment.

– Mais je suis bouleversée ! Où est ma vraie mère ? Comment puis-je la retrouver ?

Une fois de plus, la reine jeta un œil au bas du couloir, comme si elle craignait qu'on ne l'écoute. C'était un secret, après tout. Que la déesse lui pardonne si quelqu'un venait à apprendre que la princesse limérienne était née à Paelsia.

– Elle est morte.

Le souffle de Lucia se coupa.

– Comment est-elle morte ?

La reine prit un air lugubre.

– Sabina l'a tuée.

– Pourquoi aurait-elle fait une chose aussi horrible ?

Elle se sentit nauséeuse.

– Parce que Sabina Mallius était une garce ignoble et malveillante qui méritait son destin.

Lucia s'efforça de respirer normalement, sans trop savoir que croire. Le monde avait été chamboulé autour elle et ne reviendrait plus jamais à la normale.

– Pourquoi père a-t-il gardé Sabina ici aussi longtemps après qu'elle a eu fait cela ?

La reine s'aigrit davantage.

– Mis à part ses charmes évidents ? Il la considérait aussi comme une sage conseillère. Qui pouvait l'aider à obtenir ce qu'il désirait le plus dans la vie, le pouvoir.

– C'est pour cela que l'on m'a dérobée, au prix de la vie de ma mère biologique. Parce qu'il pensait que je pourrais l'aider à devenir plus puissant.

Sa gorge se noua.

– Ta naissance a été annoncée dans les étoiles. Quelque part, un jour, Sabina a découvert où tu étais. À cette époque, j'essayais d'avoir un autre enfant, en vain. Mon corps avait été dévasté par les fausses couches. Alors, que l'on m'offre une adorable petite fille que je pourrais élever comme la mienne et sans que personne ne sache la différence… eh bien, je n'ai pas demandé de précisions. J'ai simplement tout accepté.

Lucia se sentit prise de vertiges, mais se força à paraître le plus forte possible.

– Si vous étiez si heureuse d'avoir la chance de m'élever, pourquoi ne m'avoir jamais regardée ? Pourquoi ne m'avoir jamais dit un mot gentil ?

– Bien sûr que je t'ai regardée.

Mais son expression la trahit, comme si elle-même en doutait.

– Je ne sais pas. Je ne me suis jamais rendu compte que je te faisais du mal. Ma propre mère était une femme cruelle et froide. Peut-être ai-je hérité plus de choses d'elle que je ne le pensais. Mais ce n'était pas délibéré, Lucia. Je vous aime tous les deux, ton frère et toi.

– Ce n'est pas mon frère, répliqua Lucia d'un ton calme.

Elle avait essayé d'oublier ce qui c'était passé dans les appartements de Magnus. Sentir sa bouche sur la sienne, exiger ce qu'elle ne pouvait pas lui donner en retour. L'expression accablée sur son visage lorsqu'elle l'avait repoussé…

– La famille est la chose la plus importante au monde, déclara la reine d'un ton ferme. C'est ce qui vous reste quand tout se désagrège. Et vous en avez une. Votre père est très fier de vous.

– Je ne vois pas comment il pourrait l'être. J'ai tué Sabina. Est-ce pour cela que vous vous montrez aussi aimable avec moi aujourd'hui ? Avez-vous peur de ce que je pourrais faire ?

Son regard se posa sur sa mère. Les yeux gris-bleu clair de la reine s'écarquillèrent un tout petit peu.

– Je ne pourrais jamais avoir peur de toi, ma fille. Je t'admire. Je vois que tu es en train de devenir une femme forte et magnifique. Et je suis impressionnée par ce que tu es capable d'accomplir aujourd'hui.

L'estomac de Lucia se serra.

– Je l'ai tuée, mère. Je l'ai écrasée contre le mur et je lui ai mis le feu.

Quelque chose se glissa derrière le regard de la reine, quelque chose de froid et d'obscur.

– Je suis heureuse qu'elle soit morte. Et je suis heureuse qu'elle ait souffert. Je célèbre sa mort.

Ses propos glacèrent Lucia.

– La mort n'est pas quelque chose qu'il faille célébrer.

La reine Althéa détourna les yeux et changea de sujet.

– Ton père désire te parler sur-le-champ. J'étais en route pour tes appartements pour te prévenir. Il a quelque chose de très important à t'annoncer. Va le voir. Tout de suite.

La reine quitta l'alcôve sans se retourner. Lucia la regarda s'éloigner dans le couloir.

Puis elle se rendit directement dans la salle de réunion de son père où, ces derniers jours, il passait le plus clair de son temps.

– Entre, Lucia, cria-t-il quand elle poussa les grandes portes.

Elle entra pour découvrir qu'il n'était pas seul. Magnus se trouvait à son côté. Quand elle le vit, son cœur se serra.

Il ne la regardait pas. Il se tenait près du mur, le regard rivé sur le roi. Magnus avait passé beaucoup de temps avec leur père depuis le retour du roi d'Auranos. Elle ignorait comment il avait réagi, lorsque Magnus avait avoué son échec durant le voyage qui avait provoqué la mort des deux gardes. Elle aurait bien voulu connaître toute l'histoire. Magnus avait été tellement bouleversé à son retour !

– Je sais que cela a été très difficile pour toi. Surtout ce que Magnus t'a annoncé sur ta naissance.

Elle essaya de ne pas regarder son frère. Néanmoins, elle sentait à présent la froideur de son regard sur elle.

– Je fais de mon mieux pour l'accepter.

– Sache-le, tu es ma fille. Je t'aime comme jamais je n'aurais espéré aimer. Tu fais partie de cette famille pour toujours. À tous les égards. Me crois-tu ?

Ses propos semblaient solides et sincères. La tension, dans une infime partie d'elle-même, finit par se relâcher.

– Je vous crois.

Le roi s'assit sur une chaise à haut dosseret. Elle osa jeter un coup d'œil à Magnus, mais celui-ci évita de nouveau son regard. Il faisait encore comme si elle n'était pas là. C'était ainsi depuis la nuit où elle était venue le voir et avait essayé de calmer sa douleur, voilà plus d'une semaine. Depuis, à chaque repas, il l'ignorait complètement. Quand elle croisait son chemin, il l'esquivait. Elle était devenue comme une ombre pour lui.

Elle l'avait profondément blessé. Mais elle n'avait pas eu le choix. Ce qu'il attendait d'elle, elle ne pouvait le lui donner.

– Sais-tu quels sont mes projets pour Auranos ? lui demanda le roi.

Elle hocha la tête en signe d'assentiment.

– Vous avez l'intention de conquérir Auranos avec le chef de tribu de Paelsia.

– Très bien. Et penses-tu que ce soit un sage projet ?

Lucia serra ses mains sur ses genoux.

– Cela m'a l'air très dangereux.

– Oui, ce sera dangereux. Mais ce qui doit se faire se fera, déclara-t-il. Magnus sera à mon côté. Ensemble, il se peut que nous devions laisser notre peau dans ce siège pour garantir la force et la prospérité futures de Limeros.

Elle le regarda, inquiète.

– Je vous en prie, ne dites pas cela.

– Nous comptons pour toi, n'est-ce pas, Lucia ? Même maintenant que tu es au courant de tes véritables origines ?

Elle était une orpheline qui avait été adoptée par cette famille, quelle que soit la façon dont cette situation s'était produite. Sans sa famille adoptive, elle n'était rien. Sans le nom Damora, elle était une paysanne paelsianne.

– Oui.

Le roi opina.

– Je veux que tu nous accompagnes. Ta magie est censée être plus puissante que tout ce à quoi le monde a assisté le temps d'un millénaire. Ta magie est le secret de notre réussite. Sans toi, nous n'avons aucune garantie de survie.

Elle déglutit.

– Vous désirez que je me serve de ma magie pour vous aider à conquérir Auranos ?

– Uniquement en cas d'absolue nécessité. Mais nous les informerons que nous tenons une arme très puissante à notre disposition. Peut-être feront-ils marche arrière sans même se battre.

– Je ne suis pas sûr que ce soit très raisonnable, finit par dire Magnus. La prophétie pourrait tout de même se tromper. Si ça se trouve, Lucia n'est qu'une sorcière comme les autres.

La voix de Magnus était si dure, si détachée qu'elle envoya un frisson le long de l'échine de la jeune fille. Ç'avait tout l'air d'une insulte, à ses yeux. Comme une chose dont on pouvait aisément se débarrasser.

Elle l'observa, et il posa rapidement le regard sur elle une seconde, avant de se détourner.

Il la détestait à présent.

– Tu as tort. Mais bien sûr, la décision ultime revient à Lucia, déclara le roi. Je crois de tout mon cœur qu'elle constitue la clé de notre réussite ou de notre échec. De notre vie ou de notre mort.

L'amour de Lucia pour Magnus ne mourrait jamais ; malgré tous les efforts qu'il faisait pour avoir l'air froid. Elle ferait n'importe quoi pour le protéger. Même s'il était cruel. Même s'il la détestait maintenant à mort.

– Je viendrai avec vous, déclara-t-elle d'un ton ferme, après un long silence. Et je ferai tout ce qui est en mon pouvoir pour vous aider à vaincre Auranos.

CHAPITRE 29

AURANOS

Les forces unies des fantassins limériens et paelsians étaient en marche vers la frontière d'Auranos.

Voilà un peu moins de trois mois que Jonas avait planifié, à cette frontière même, une traversée interdite, afin de crier vengeance pour la mort de son frère. Le danger que les gardes de la frontière auranienne l'exécutent sur-le-champ était le même que lorsqu'il braconnait avec Tomas.

Mais aujourd'hui, il n'y avait plus un seul garde-frontière pour essayer d'arrêter une invasion de cinq mille hommes. Ils s'étaient retirés pour rejoindre la principale force auranienne, quelques kilomètres à l'intérieur des terres.

– Jolie armure que celle des Limériens, n'est-ce pas ? observa Brion alors que Jonas et lui avançaient côte à côte.

On ne leur avait pas donné de chevaux, comme à de nombreux compatriotes. À la place, le chef de tribu leur avait assigné la tâche de surveiller tout retardataire et de s'assurer que chacun continuerait à cheminer vers sa destination. Brion les comparait à des chiens que l'on dressait pour garder un troupeau.

– Très brillante, acquiesça Jonas.

Les Limériens étaient bien mieux équipés que les Paelsians. Il pouvait repérer la plupart des recrues paelsiannes à une cinquantaine de mètres. Pas de casque. Pas d'armure. Et si une recrue tenait une épée, celle-ci était rouillée ou peu tranchante. La plupart des Paelsians portaient des armes rudimentaires sculptées dans du bois et garnies de pointes. Si elles étaient assez efficaces pour terrasser un ennemi, elles étaient loin d'être parfaites.

– La princesse Cléo a-t-elle cessé de t'obséder ? demanda Brion.

Jonas le foudroya du regard.

– Elle ne m'obsède pas.

– Si tu le dis.

– C'est le cas.

– Je ne l'ai jamais vue, moi. Qui sait ? Si ça se trouve, elle valait le coup que l'on ne pense plus qu'à elle. Une belle blonde, pas vrai ?

Ses propos avaient enlevé toute gaieté à Jonas.

– La ferme.

– Souviens-toi, Laelia veut que tu rentres sain et sauf. Alors, tâche de ne pas trop y penser. Retourne voir ta promise le plus vite possible.

Jonas grimaça.

– Je n'ai jamais accepté aucun mariage.

– Bonne chance pour l'annoncer au chef. Il est déjà en train de choisir ton cadeau de noces.

Jonas ne put s'empêcher de sourire un peu, bien que le sujet ne l'amusât pas le moins du monde. Il n'avait jamais eu l'intention d'épouser Laelia Basilius.

Mais Brion avait raison sur un point : la princesse Cléo l'obsédait, depuis qu'il avait appris qu'elle s'était échappée de la grange, juste au moment où le prince Magnus venait la chercher. Ses sauveurs avaient assommé le mari de Felicia et deux de ses amis. Ils avaient de la chance de ne pas avoir été tués. Toute cette situation avait rendu Felicia furieuse, et elle avait juré qu'elle ne pardonnerait jamais à Jonas de l'avoir mêlée à tout cela. Il lui faudrait du temps pour se calmer.

Pour l'heure, la princesse devait très sûrement se trouver en sécurité derrière les murs de son palais auranien. La vipère aux cheveux d'or était pleine de surprises.

Jonas jeta un dernier coup d'œil sur les hommes qui l'entouraient. Certains Paelsians n'avaient pas plus de douze ans. Loin d'être des hommes. Et les effectifs n'étaient pas du tout équilibré. Les Limériens étaient bien plus nombreux. Probablement trois fois plus de Limériens que de Paelsians.

Brion passa une main dans ses cheveux ébouriffés.

– Tomas serait fier que sa mort ait provoqué une telle révolte. Il aurait aimé se trouver là pour nous aider à détruire ces Auraniens avides.

– Exact.

Mais Jonas n'en était pas si sûr. Il réfléchissait beaucoup trop, depuis la rencontre avec le roi Corvin. Depuis la minute où le roi Corvin avait interrogé Gaius sur la raison de son alliance avec le chef Basilius, lui demandant pourquoi il partagerait Auranos avec Paelsia. Cette question lui semblait juste.

Il ne fallait pas faire confiance au roi Gaius.

La haine de Jonas envers les membres de leur famille royale animait son désir d'écraser les Auraniens, de s'emparer de leurs biens afin que son pays puisse prospérer, comme le roi limérien le proposait. Il s'appliqua à suivre les ordres et à avancer comme tout le monde, les yeux rivés sur le chemin.

Mais quelque chose le troublait. La confusion n'était pas un élément nouveau pour lui, mais à un moment comme celui-là, avant de vouer sa vie à la défaite d'un autre pays, il aurait aimé être convaincu de la légitimité de la bataille. Il lui manquait une certitude quasi absolue comme celles qu'il avait déjà connues.

La certitude que si les siens mouraient, si son pays disparaissait, et si la plupart, comme son père, pensaient que c'était le destin, ce n'était pas le cas de Jonas. La certitude qu'Auranos possédait tout. Qu'elle refusait son aide et le retour à l'accord commercial qui avait le premier mis Paelsia dans cette situation fâcheuse, infestée de pépins de raisin. La certitude qu'il pourrait allègrement s'approprier leurs richesses au nom de son frère, comme il avait pu braconner sur leurs terres pour nourrir les ventres affamés de sa famille.

Facile. Avec cette armée, Jonas était convaincu qu'ils y arriveraient.

Le roi Gaius était intervenu, avait proposé son aide et fait ses preuves, à la grande satisfaction du chef de tribu. Il avait gagné la confiance de Basilius. Mais auparavant, il n'avait jamais aidé Paelsia non plus. C'était uniquement dans ce siège contre Auranos qu'il apparaissait brusquement avec des projets et des idées. Son armée était prête, il l'avait entraînée pour la bataille à force d'opprimer son peuple.

– Que se passe-t-il ? demanda Brion. On dirait que tu viens de mâchouiller le cul d'une chèvre.

Jonas regarda son ami, ouvrit la bouche puis la referma.

– Oublie, ce n'est rien.

Il ne pouvait pas partager ses pensées avec Brion, pas quand elles étaient obscures et révolutionnaires. Mais elles remontaient tout de même à la surface et exigeaient son attention.

Et si le roi Gaius changeait d'avis ? Et s'il voulait tout Auranos pour lui seul ? Si le roi Gaius jouait comme il fallait, il pourrait conquérir non pas un seul pays… mais deux.

Tout lui appartiendrait.

Et si cela avait été son projet depuis le début ?

Toutefois, la question se posait en ces termes : avec l'armée que le roi Gaius commandait – Jonas passa de nouveau en revue ces hommes féroces dans leurs robustes armures – pourquoi n'aurait-il pas simplement soumis Paelsia en premier, si tel était son plan ? Pourquoi prendre la peine de s'associer à un pays plus faible ? Pourquoi travailler si dur, pour gagner la confiance du chef Basilius ?

Il jeta un regard en direction du roi Gaius et du prince Magnus, droits sur leurs montures. Lucia, la princesse limérienne, les accompagnait. À première vue, Jonas la trouvait à la fois belle et hautaine. Il ne comprenait pas pourquoi ils l'emmenaient dans une expédition aussi dangereuse.

Ils avaient l'air tellement… royaux.

Jonas détestait les membres des familles royales. Tous. Cela n'avait guère changé. Et pourtant, le chef de sa tribu s'était allié au royaume de Limeros. À partir de ce jour, leurs destinées étaient liées.

En dépit de la chaleur de l'air auranien, quelque chose se refroidit tout au fond de lui lorsqu'il pensa à cela.

CHAPITRE 30

AURANOS

Éperdue de chagrin pour Théon, Cléo n'imaginait pas à quel point le conflit se passait mal en dehors des murs du palais, jusqu'à ce qu'elle voie Aron, le visage tendu d'inquiétude, qui faisait les cent pas dans le château. Aron n'avait jamais l'air préoccupé, sauf quand il craignait d'être à court de vin.

Mira et elle étaient en route pour leur cours de dessin de l'après-midi. Le professeur était un vieil homme qui détestait qu'on le fasse attendre, mais Cléo attrapa Mira par le bras pour qu'elle s'arrête.

– Que fais-tu ici, Aron ? demanda Cléo.

Celui-ci rit, mais sans aucun humour.

– Est-ce ainsi que l'on salue son futur époux ?

Le visage de la jeune fille se crispa.

– C'est… merveilleux de vous revoir, Aron, dit-elle du bout des lèvres.

Il croyait honnêtement qu'il avait de l'ascendant sur elle. Mais elle était persuadée que son avenir et le sien n'étaient plus du tout liés.

– Moi, je suis contente de te voir, Aron, dit Mira d'un ton doux.

Cléo la regarda d'un air perplexe, mais juste un instant.

– Mais je te trouve un peu blême. Quelque chose ne va pas ?

– Ne va pas ? répéta Aron. Mais non, pas du tout ! Le palais est entouré d'ennemis sauvages, mais nous n'avons aucun souci à nous faire ! À part penser à notre mort imminente !

Sa quasi-hystérie ne parvint pas à briser les murs de la tristesse de Cléo, qui la rendait étrangement impassible.

– Ils ne passeront pas les murs.

Leurs ennemis s'étaient installés à quelques kilomètres du palais, mais pour ce qu'elle en savait, ils ne s'étaient pas encore montrés menaçants. Des messages étaient échangés entre son père et le roi limérien, ainsi qu'avec le chef de tribu de Paelsia. Leurs ennemis exigeaient que le roi se rende, mais celui-ci refusait. Et il exigeait que les Limériens et les Paelsians fassent demi-tour et rentrent chez eux.

Trois jours s'étaient écoulés depuis leur arrivée, et personne n'avait changé d'avis. Cléo n'avait désormais plus le droit d'aller nulle part à l'extérieur du château. Elle regarda froidement Aron.

– Est-ce pour cela que tu es ici ? Tes parents et toi, avez-vous pris refuge au château au cas où ils franchiraient les murs du palais ?

Aron porta son inséparable flasque dorée à ses lèvres. Il en siffla une longue gorgée, puis s'essuya la bouche du dos de la main.

– Notre villa est loin d'être aussi bien protégée que le château.

– Tu crois que le danger est si grand ? s'enquit Mira, tourmentée.

Nic approchait depuis le couloir. Cléo le regarda, une gratitude sincère sur le visage. Sans lui, elle ne serait pas là en ce moment.

– Que se passe-t-il ? demanda Nic.

Son regard se posa brusquement sur Cléo.

– Aron a emménagé au château, l'informa Mira.

– Oh, cache ta joie, Mira ! rétorqua Aron. Je sais que tu adores que je sois là. Je sais mettre de l'ambiance, au moins !

Mira rougit.

– Pourquoi serait-on déçu que tu sois là ? fit Nic. Tu es vraiment le bienvenu, Aron. Quand tu veux. Mon château est ton château.

– Ce n'est pas ton château. En dépit de l'affection du roi pour toi et pour ta sœur, tu n'es en réalité rien de plus qu'un vulgaire serviteur.

Aron but une autre gorgée à même sa flasque.

Nic le foudroya du regard.

– Es-tu trop saoul pour avoir le sens de l'humour, espèce de bâtard incapable ?

Aron rangea sa flasque dans sa poche et attrapa Nic par le devant de sa chemise.

– Ne me cherche pas !

– Je te chercherai si je veux.

– Depuis quand as-tu un tel aplomb ? Est-ce le fait de t'enfuir avec ma future femme qui t'a donné du courage ?

– Ta future épouse te déteste, répliqua Nic en repoussant le garçon. Et, au fait, ton haleine empeste autant que le cul d'un cheval.

Aron devint rouge de colère.

– Ça suffit, lança Cléo d'un ton sec en tournant les talons.

Il fallait qu'elle voie son père. Qu'Aron soit ici était intolérable, mais si cela indiquait que les négociations se passaient mal, alors elle devait connaître la vérité. Elle quitta les autres et se rendit directement dans la salle de réunion de son père. À l'intérieur, nombre d'hommes grouillaient et se disputaient haut et fort. Elle finit par trouver le roi au beau milieu du chaos.

Il lui jeta un regard las quand elle s'approcha.

– Cléo, tu n'as rien à faire ici.

– Que se passe-t-il ?

– Rien qui te regarde.

Elle se hérissa.

– Je crois que si l'on est en train d'attaquer ma maison de front, alors oui, cela me regarde. Qu'est-ce que je peux faire ?

L'homme à côté de son père grogna.

– Bien sûr que vous allez nous aider ! Savez-vous manier une épée, princesse ?

Elle se raidit et le scruta d'un œil vif.

– S'il faut le faire, oui.

L'homme roula des yeux.

– Elles sont très lourdes. Vous auriez dû faire des garçons, Corvin. Ils nous seraient bien plus utiles en ce moment.

– Tenez votre langue ! grommela le roi. Mes filles sont plus importantes pour moi que n'importe qui d'autre dans ce royaume.

– Alors, vous auriez dû les faire partir avant que tout cela ne s'aggrave. Dans un endroit sécurisé.

– Le château ne l'est-il pas ? demanda Cléo, de plus en plus inquiète.

– Cléo, va-t'en, dit le roi. Va à ton cours. Ne te préoccupe pas de cela. C'est beaucoup trop pour toi !

Elle le regarda sans détourner les yeux.

– Je ne suis plus une enfant, père.

Le type désagréable se moqua d'elle.

– Quel âge as-tu ? Seize ans ? Fais ce que ton père suggère, et va apprendre la peinture. Ou la broderie. Ou ce que font les petites filles. Laisse-nous nous occuper des vilaines choses, nous les hommes.

Cléo ne parvenait pas à croire que cet homme ose lui parler sur ce ton.

– Qui êtes-vous ? grommela-t-elle.

Il eut l'air amusé, comme si un chaton venait de lui montrer ses griffes acérées.

– Quelqu'un qui essaie de tirer ton père d'une situation délicate.

– Cléo, pardonne la grossièreté du seigneur Larides, il est – comme nous tous – extrêmement tendu en ce moment. Mais ne t'inquiète pas, ils ne vont pas entrer de force au château. Même s'ils passent les murs du palais, tu es en sécurité ici, Cléo, je le jure. Va voir tes amis. Ta sœur. Laisse-moi m'occuper de cela.

Elle reconnut le nom, et reconnut même l'homme. Il s'était laissé pousser la barbe depuis la dernière fois qu'elle l'avait vu. Il était le père du seigneur Darius, l'ex-fiancé de sa sœur. Sa famille appartenait au cercle de confiance du roi.

Tout ce que ces hommes voyaient quand ils la regardaient, c'était une petite fille qui s'était enfuie sur un coup de tête pour chercher des pépins magiques. Qui posait des problèmes. Qui était complètement inutile à tous les égards, hormis qu'elle était jolie. Peut-être l'était-elle. Et si c'était vrai, alors sa présence ici ne faisait-elle que causer davantage de tracas à son père ? Enfin Cléo hocha la tête et tourna les talons. Son père lui attrapa le poignet et l'embrassa rapidement sur le front.

– Ça va aller, dit-il d'un ton ferme, en l'emmenant hors de portée de voix des membres de son conseil. Je sais que cela est difficile, mais nous survivrons. Quoi qu'il arrive. Sois forte pour moi, Cléo. Me le promets-tu ?

Il semblait si inquiet qu'elle hocha la tête en signe d'assentiment, chassant ainsi un peu d'obscurité de ses yeux.

– Je le promets.

– Quoi qu'il arrive, souviens-toi qu'Auranos aura été un puissant lieu de beauté et de prospérité pendant plus de mille ans. Cela continuera ainsi. Quoi qu'il arrive.

– Que va-t-il arriver ? demanda-t-elle d'un ton calme.

Son expression resta tendue.

– Quand tout cela sera terminé, des choses vont changer. Je constate à présent que j'ai sous-estimé les problèmes de l'autre côté des frontières de mon propre royaume. Si j'y avais fait plus attention, rien de tout cela ne se serait jamais produit. Je ne répéterai pas mes erreurs passées. Auranos continuera à être une force puissante et dominante, mais nous serons mieux disposés envers nos voisins qui avancent.

Ses paroles ne réussirent pas vraiment à la convaincre que tout irait bien.

– Est-ce que les combats vont bientôt commencer ?

Il lui serra affectueusement les mains.

– Ils ont déjà commencé.

CHAPITRE 31

AURANOS

Dans l'attente de l'ordre d'attaque, Jonas se retrouva au coude à coude avec les hommes qui deviendraient bientôt ses frères de bataille, Limériens et Paelsians. Le soleil tapait fort. La sueur dégoulinait de son front dans ses yeux, et les piquait.

Il avait imaginé que le roi auranien capitulerait sans se battre. Au cours des trois longues journées qui s'étaient étirées depuis son arrivée, les rations ne tardèrent pas à s'épuiser, si ce n'est pour les plus privilégiés. Ils étaient forcés de piller la forêt pour trouver à manger, pendant que le soleil les brûlait, sans aucun abri pour le soldat ordinaire, hormis les épaisses rangées d'arbres à deux kilomètres du palais. Il avait cru que cela se terminerait sans effusion de sang. Que le roi Corvin serait balayé par la légion de soldats limériens et paelsians qui attendaient leur appel au combat.

Mais cela ne se passerait pas ainsi. Du sang coulerait.

Les troupes se rassemblèrent en formation de combat sur les ordres du roi Gaius, et entamèrent l'expédition vers les murs. Il y avait une rivière à traverser, qui divisait le paysage vert et herbeux de collines et de vallées ondulantes. Au fond apparaissait peu à peu le palais fortifié, une vision dorée spectaculaire qui époustoufla Jonas.

Ainsi que l'armée du roi Corvin massée au pied du chateau, équipée de la tête aux pieds d'armures brillantes et de casques lustrés. L'or des armoiries auraniennes étincelait sur leurs boucliers.

Ils restèrent ainsi une heure entière. Attendirent. Observèrent. Le cœur de Jonas martelait sa poitrine, il serrait fort dans sa main une épée si lourde qu'elle se mit à soulever des ampoules sur sa peau déjà rêche.

– Je les déteste. Et je les tuerai pour pouvoir vivre une vie comme la leur, dit-il dans sa barbe à Brion.

Il était incapable de détourner les yeux de l'immense palais resplendissant, si différent des modestes chaumières de Paelsia. Et ce royaume si vert, si luxuriant, alors que le sien dépérissait, s'asséchait et devenait peu à peu marron.

– Ils prendraient tout et nous laisseraient souffrir et mourir sans la moindre arrière-pensée.

Un muscle se contracta dans la joue de Brion.

– Ils méritent de souffrir et de mourir, eux aussi. Que la mitraille nourrisse leur nation.

Jonas était prêt à perdre la vie ce jour-là pour donner à son peuple une vie meilleure. Rien n'était jamais facile. Et tous les êtres vivants finissaient par mourir. Si ce devait être son jour, alors, soit.

Le roi Gaius, bien droit sur sa selle, conduisit son étalon noir majestueux le long de la ligne de soldats qui attendaient avec, sur le visage, une détermination absolue. Le prince Magnus avançait à son côté, son regard froid passait en revue les troupes à l'affût. La cavalerie dirigerait l'attaque. Des drapeaux de guerre étaient brandis bien haut aux couleurs de Limeros, et affichaient les mots *Force, Foi, Sagesse*.

Quoi de plus vrai et de plus approprié ? Seule la couleur rouge des drapeaux rappelait la réputation du roi Gaius, celle de roi du Sang.

Le chef Basilius et ses gardes du corps d'élite étaient introuvables. Un peu plus tôt, Jonas avait traversé la cité de tentes installées de l'autre côté de la forêt. Le chef s'en était attribué quatre : il avait besoin d'intimité pour méditer et se reposer, afin de faire sortir la magie qui sommeillait en lui et les aider.

« Le sorcier va se réveiller, disait la rumeur parmi les troupes. Sa magie va réduire notre ennemi en poussière. »

Le chef Basilius serait la clé de leur victoire.

Jonas décida d'y croire aussi, en dépit des doutes qui l'assaillaient.

Le roi Gaius s'adressa aux troupes.

– Ce moment se prépare depuis mille ans. En ce jour, nous conquerrons ce que l'on a gardé hors de notre portée. Hors de votre portée. Tout ce que vous voyez dans ce royaume, c'est à vous de le prendre. À chacun d'entre vous. Personne ne peut vous retenir, à moins que vous ne refusiez de vous relever. Prenez cette force qui est en vous, je le sais, prenez-la et aidez-moi à écraser ceux qui s'opposeront à nous.

Une mélopée se fit entendre parmi les soldats rassemblés. Calme au début, elle enfla au fur et à mesure qu'ils la reprenaient.

« Roi du Sang ! Roi du Sang ! ROI DU SANG ! »

Bien vite, Jonas s'aperçut qu'il chantait avec eux, et il se retrouva ainsi chargé de l'énergie et de la soif de sang de la foule. Mais une partie de lui-même savait que Gaius n'était pas son roi. Il n'en avait pas.

Pourtant, il suivait ce roi du Sang dans la bataille et ne reculerait devant aucun sacrifice.

– Voilà trois mois, un jeune Paelsian innocent est mort entre les mains d'un seigneur auranien égoïste, gronda le monarque. Aujourd'hui, nous le vengerons. Nous allons conquérir le royaume auranien, et priverons le roi de son pouvoir pour toujours. Auranos est à nous !

La foule l'acclama.

– Apportez-moi la tête du roi Corvin, et je vous récompenserai d'un joyau comme vous n'en avez encore jamais vu, promit-il. N'épargnez personne. Faites couler un fleuve de sang ! Prenez tout ! Tuez-les tous ! À l'attaque !

Il leva son épée au-dessus de sa tête. Les troupes attaquèrent, traversèrent le champ de bataille à toute allure. Le sol tonnait sous leurs pieds. À la rivière, à moins d'un kilomètre du palais, la force auranienne les heurta de plein fouet, dans un violent carambolage de corps, d'épées et de boucliers.

Des deux côtés, des hommes s'écroulaient autour de Jonas, abattus qui par une flèche acérée, qui par une hache ou une épée : le combat avait commencé ! L'odeur cuivrée du sang imprégna l'air.

Jonas frappa et se fraya un chemin à travers les monceaux de cadavres, au côté de Brion, les deux amis de toujours se surveillant de près.

Les carcasses de chevaux tombaient lourdement sur le sol et dans la rivière même. Leurs cavaliers, qui s'en allaient à la nage, furent frappés à la poitrine par les coups d'épée de leurs ennemis. Des hurlements de douleur s'élevèrent lorsque la chair rencontra le métal et que des membres tranchés s'éparpillèrent.

Ils se battirent pour atteindre les murs. Pour prendre le palais de force. Ils étaient si près à présent, mais les troupes auraniennes étaient tout aussi brutales et agressives.

Jonas se retrouva à terre, quand il reçut un violent coup de bouclier sur la tempe. Il demeura ainsi gisant, assommé, le goût métallique du sang dans la bouche. Un faucon décrivait des cercles au-dessus du champ de bataille, comme s'il observait à une distance désintéressée.

Un chevalier auranien apparut au-dessus de Jonas, et leva son épée pour la lui enfoncer dans le cœur.

Mais une autre épée plus rapide terrassa brutalement l'Auranien. Une silhouette descendit discrètement de sa monture et planta sa lame dans le cou du chevalier, qu'il tordit violemment avant de lui arracher la gorge dans un jet de sang.

– Comptes-tu rester ici comme une pierre ? fit une voix d'un ton sec. Debout ! Tu loupes le plus drôle !

Une main gantée surgit devant son visage. Jonas secoua la tête et se força à s'asseoir avant que le prince Magnus ne le redresse d'un coup.

– Veille à m'en laisser un peu.

Un semblant de sourire s'ébaucha sur les lèvres du prince. Il remonta sur son cheval et avança dans la bataille, son épée ensanglantée au poing.

Le combat s'était rapproché du palais, mais pas suffisamment pour le prendre d'assaut. Des incendies se déclenchaient ici et là sur le vaste champ de bataille. L'odeur fétide de la mort envahit les narines de Jonas. Il se força à faire le point et s'aperçut que son épée avait disparu.

Il avait perdu connaissance. Combien de temps était-il resté étendu dans l'herbe piétinée, entouré de cadavres ? Il jura bruyamment et se fraya un chemin à travers les corps, à la recherche d'une autre arme. Quelqu'un était passé par là, quelque charognard récupérant les armes de ceux qui étaient tombés au champ d'honneur. Enfin, il trouva une hache. Elle ferait l'affaire.

Un ennemi l'attaqua, un quidam dont le bras gauche pendait déjà sous le coup d'une blessure brutale. Mais il y avait plus de fureur que de douleur dans les yeux de l'homme.

– Ordure de Paelsian, gronda-t-il en levant son épée. Crève, charogne !

Les muscles de Jonas s'enflammèrent quand il releva sa hache dans un grand geste, pour s'abattre sur de la chair et des os. Le sang qui jaillit aspergea son visage.

Guidé seulement par la lumière des torches plantées dans le sol et de la lune vive dans le ciel noir, Jonas avança à tâtons. Il avait troqué sa hache contre deux épées courtes et arrondies, qui devaient appartenir à l'un des gardes personnels du chef. Elles lui allaient parfaitement et lui permettaient d'avancer malgré tout ce qui se mettait en travers de son chemin.

Beaucoup étaient déjà tombés sous sa lame. Il ne comptait plus le nombre de vies qu'il avait prises.

Jonas montrait également les signes d'une bataille qui avait duré douze heures d'affilée. Il saignait à l'épaule. Une autre lame avait trouvé son ventre, juste sous ses côtes. Il vivrait, mais ses plaies commençaient à le ralentir.

– Jonas ! lui cria une voix, depuis l'enchevêtrement de corps à terre.

Jonas planta une épée dans l'abdomen d'un Auranien et regarda l'étincelle de vie quitter les yeux de l'homme, puis il jeta un coup d'œil sur sa gauche.

Un jeune garçon gisait au sol, juste à côté, à moitié broyé sous un cheval mort. Jonas se battit pour le rejoindre.

– Je te connais ?

Il passa rapidement en revue les blessures de l'enfant. Le cheval qui avait écrasé ses jambes n'était pas en cause. C'était la profonde balafre ensanglantée sur son ventre, et les intestins carmin que l'on distinguait par-dessous. Un cheval n'avait pas pu faire cela. Une lame aiguisée, si.

– Tu es de mon village. Tu es Jonas. Jonas Agallon. Le frère cadet de Tomas.

Il reconnut le visage pâle du garçon, même s'il ne parvint pas tout de suite à mettre un nom dessus.

– C'est exact. Léo, c'est cela ?

Deux soldats se battaient tout près et passèrent devant eux en chancelant. L'un trébucha sur un corps, et l'autre, heureusement du camp de Jonas, l'acheva. Sur sa gauche, une pluie de flèches brûlantes tirées par les archers en poste sur remparts fendit l'air.

– Jonas, dit le jeune Léo, à voix presque trop basse pour qu'on le comprenne. J'ai peur.

– N'aie pas peur, rétorqua-t-il en se forçant à rester concentré sur le garçon. Ce n'est qu'une blessure superficielle. Tu vas vite récupérer.

Il mentait. Léo ne verrait pas le lever du soleil.

– Tant mieux.

Le gosse lui adressa un sourire peiné, mais ses yeux brillaient de larmes.

– Donne-moi une minute pour me reposer, et je sortirai d'ici.

– Repose-toi aussi longtemps que tu le souhaites.

Il avait beau savoir que c'était une erreur, il s'accroupit près du garçon et lui prit la main.

– Quel âge as-tu ?

– Onze ans. Je viens de les avoir.

Onze ans. Jonas sentit les restes du lapin à moitié cuit, qu'il avait avalés un peu plus tôt, remuer dans son ventre. Tout près, le sifflement d'une flèche transperça l'air et toucha un soldat en pleine poitrine. Pas une blessure mortelle. Le soldat – un Limérien, vu les armoiries qu'il portait à la manche – l'arracha d'un coup, laissant échapper un hurlement de douleur et de rage.

Jonas reporta son attention sur le mourant.

– Tu as été très courageux de te porter volontaire.

– Mon frère aîné et moi-même n'avons pas eu grand choix. Il le fallait. Si je savais tenir une épée, je servirais le roi Gaius.

Servirais le roi Gaius.

Une colère brûlante se fraya un chemin dans la gorge de Jonas, suffisamment épaisse pour qu'il s'étrangle.

– Ta famille sera très fière de toi.

– Auranos est si belle. Si verte. Il y fait si bon… et je n'y étais jamais venu. Si ma mère pouvait mener une vie semblable, alors tout cela en aurait valu la peine.

Le garçon cracha du sang. Jonas l'essuya avec sa manche déjà ensanglantée et passa les environs en revue. Des hommes se battaient tout près, beaucoup trop près. Même s'il le désirait, impossible de rester avec l'enfant plus longtemps. Mais s'il pouvait ramener ce gosse au camp… lui trouver un médecin…

L'étreinte du garçon se resserra sur sa main.

– Pe… pe… peux-tu me rendre service, Jonas ?

– Tout ce que tu veux.

– Dis à ma mère que je l'aime. Et que j'ai fait cela pour elle.

Jonas cilla.

– Je te le promets.

Le garçon sourit, mais son sourire disparut aussitôt et ses yeux se firent vitreux.

Jonas resta assis une minute de plus. Il laissa échapper un rugissement de colère vers le ciel. Quelle injustice, qu'un garçon si jeune doive mourir ce soir, pour aider le roi du Sang à conquérir Auranos !

Et les Paelsians, tout comme lui, appuyaient à chacun de leurs pas, exposaient leurs gorges à la lame de leurs ennemis, sacrifiant ainsi leur avenir même.

La mort du garçon ouvrit douloureusement les yeux de Jonas : il n'y avait aucune garantie que le roi Gaius tienne les promesses qu'il avait faites. Il avait l'avantage. Son armée était nombreuse et entraînée. Paelsia n'était pour lui que de la chair à canon.

Il devait battre en retraite et aller parler au chef. Immédiatement. Agrippant ses épées, il se détourna de l'enfant pour voir s'approcher de lui un avant-bras recouvert d'un gantelet hérissé de pointes. Ce dernier loupa de peu son visage, grâce à un écart de dernière minute. C'était un Auranien qui avait perdu presque toute son armure, hormis son plastron de cuirasse. Son visage était laid et balafré, ses cheveux emmêlés de sang. Quelqu'un avait essayé de lui trancher la gorge, mais il s'était enfui, et la lame n'avait laissé qu'une vilaine égratignure.

– On dit au revoir à son petit frère ? dit le chevalier, qui avait perdu une dent de devant, avec un rire railleur. Voilà ce que l'on récolte, quand on veut se frotter à nous : mon épée dans ton intestin. Et c'est toi le suivant, sauvage !

Jonas brûlait d'une colère noire. Le chevalier l'attaqua, fendit l'air de son épée, qui heurta les lames de Jonas suffisamment fort pour faire claquer ses dents.

Une flèche à l'embout d'acier passa à quelques centimètres de son oreille et toucha la jambe d'un soldat paelsian, qui tomba tout près en hurlant. Le soldat auranien était bien entraîné, mais il avait combattu pendant des heures depuis sa blessure, et sa fatigue était le seul avantage en faveur de Jonas.

– Tu vas perdre, siffla l'assaillant. Et tu vas mourir. On aurait dû mettre un terme à ta misère depuis des années, dans ton pays maudit par la déesse ! Vous devriez nous remercier de vous marcher dessus, comme les cafards répugnants que vous êtes !

Jonas se moquait bien qu'on le traite de cafard. C'étaient des créatures résilientes, fortes et pleines de ressources. Il n'aimait pas qu'on le traite de sauvage. Mais il refusait qu'on lui dise qu'il allait perdre.

– Tu te trompes. Notre malheur a pris fin, mais le tien vient juste de commencer.

Jonas se jeta de tout son poids sur le chevalier, et le cloua durement au sol. Il mit ses lames à l'abri, arracha l'épée des mains de son adversaire et la colla sur sa gorge.

– Rends-toi, grogna Jonas.

– Jamais. Je me bats pour mon roi et pour mon royaume. Je ne me reposerai pas tant que le dernier de vous autres, sauvages, ne sera pas mort !

D'un seul coup, un couteau surgit dans la paume du soldat. Jonas sentit celui-ci lui transpercer douloureusement les côtes. Il roula au loin et attrapa l'épée des deux mains avant que le couteau ne s'enfonce trop profondément.

De toutes les forces qui lui restaient, il abaissa la lame sur la gorge du chevalier, dont la tête vola loin du corps. Avec sa manche, il essuya le sang qui avait giclé dans ses yeux.

Il se releva en titubant et, en proie à d'effroyables souffrances, se fraya un chemin jusqu'à l'opposé du champ de bataille, traversant la rivière qui, à présent, rougeoyait sous le ciel nocturne. Du sang chaud, épais, dégoulinait de ses blessures au flanc, mais il continuait à avancer. Ou à… reculer.

Il traversa le rideau épais de la forêt, là où le campement avait été érigé. Des centaines de blessés, certains à l'agonie, grouillaient dans la zone médicale. Des gémissements de douleur et de misère montaient à ses oreilles.

Jonas continua, les jambes en coton. Enfin, il arriva à destination : la tente du chef. Ces tentes, fournies par les Limériens, étaient plus vastes que n'importe quelle chaumière paelsianne. C'était là que l'élite se reposait et prenait ses repas, généreusement préparés par des serviteurs et des cuisiniers dévoués.

Pendant qu'à deux kilomètres, des garçons de onze ans se battaient et mouraient au combat.

Les gardes de Basilius reconnurent Jonas, sous sa couche de sang frais – le sien et celui de ceux qu'il avait tués. Ils ne protestèrent pas quand celui-ci poussa le rabat qui fermait l'immense pavillon de toile. De la bile lui monta à la gorge lorsqu'il découvrit un tel luxe, après ce qu'il avait vécu durant cette journée.

– Jonas ! s'exclama le chef avec enthousiasme, je vous en prie, entrez, rejoignez-moi !

La fatigue et la douleur extrêmes le firent chanceler. Il craignait que ses genoux ne le lâchent complètement. Le regard du chef se posa sur son flanc blessé et sur son visage, évaluant ses plaies.

– Médecin !

Un seul mot, et un homme s'approcha, releva la chemise de Jonas pour examiner ses blessures. Soudain, une chaise fut placée derrière lui ; il s'y assit lourdement. Heureusement, car la tête lui tournait et il était désorienté. Sa peau était froide et moite. Le monde se troubla brusquement. Le souffle lui manquait.

Le médecin nettoya rapidement ses blessures et les pansa.

– Alors, racontez-moi, fit le chef avec un grand sourire. Comment se passe le combat ?

– N'avez-vous pas médité, tout ce temps ? Je croyais que vous pourriez nous voir à travers les yeux des oiseaux.

Il ne savait pas pourquoi il avait dit cela. Une histoire d'enfant, se rappela-t-il vaguement. Une histoire à laquelle croyait sa mère.

Le chef opina, toujours tout sourire.

– C'est un don que j'aurais bien voulu posséder. Peut-être le développerai-je au cours des prochaines années ?

– Je voulais vous parler en particulier, fit Jonas du bout des lèvres.

Il s'inquiétait pour Brion à présent, culpabilisait d'avoir quitté le champ de bataille avant la victoire. Il avait perdu son ami de vue au cours du combat. Si ça se trouvait, Brion gisait au sol, mourant, sans personne pour le protéger, au cas où un Auranien viendrait à l'achever. Ou une flèche errante transpercerait sa chair sans défense.

Depuis le départ de Tomas, Brion était devenu un frère pour Jonas.

Ses yeux le brûlèrent, mais il décida de croire que c'était à cause de la fumée de la pipe. L'odeur de feuilles de pêcher écrasées et d'autre chose de plus doux et sucré emplit l'air. Jonas reconnut une herbe rare que l'on trouvait dans les Montagnes interdites, et qui donnait lieu à des hallucinations agréables.

– Je vous en prie, parlez librement.

Le chef chassa le docteur d'un geste et s'assit derrière une table qui venait d'accueillir un festin. Les os d'une l'oie sauvage étaient éparpillés à la surface, en compagnie d'une douzaine de bouteilles de vin vides.

– Je m'inquiète, commença-t-il, la mâchoire serrée. À propos de cette guerre.

– La guerre est quelque chose qu'il faut prendre au sérieux. Oui. Et j'ai l'impression que vous êtes un garçon très sérieux.

– Grandir à Paelsia ne m'a pas vraiment laissé le choix, n'est-ce pas ? Je travaille dans les vignobles depuis que j'ai huit ans.

Il essayait de chasser l'amertume de ses propos, en vain. Basilius acquiesça.

– Vous êtes un garçon bien. Votre éthique professionnelle est louable. Je suis tellement impressionné que ma Laelia vous ait trouvé !

Plutôt le contraire, oui... C'était Jonas qui avait trouvé Laelia. Il avait passé du temps dans son lit, à l'écouter commérer sur ses amis, à entendre les histoires de ses ignobles serpents, tout cela pour essayer de gagner la confiance du chef. Pour pouvoir le convaincre de se révolter contre les Auraniens, et prendre son dû.

Même sans la mort de Tomas, Jonas aurait souhaité cela pour son pays.

Mais... il avait eu tort. Il ressentait la vérité tout au fond de lui.

Ce n'était pas le moment de jouer. De jeunes garçons mouraient sur le champ de bataille, donnaient leur vie pour se rapprocher de quelques mètres des murs du palais. Il devait dire ce qu'il était venu dire.

– Je ne fais pas confiance au roi Gaius.

Le chef se cala dans sa chaise rembourrée et scruta Jonas avec curiosité.

– Pourquoi donc ?

– Il y a plus de Limériens que de Paelsians ici. La réputation du roi parle pour lui, une réputation de cruauté et d'avidité. Quelle garantie avons-nous qu'après avoir donné nos vies pour l'aider à conquérir Auranos, il ne change pas d'avis et ne nous tue pas ? Ne nous asservisse pas ? Afin de tout conserver pour lui.

Le chef Basilius pinça les lèvres et tira sur sa pipe.

– C'est vraiment ce que vous ressentez ?

La frustration parcourut vivement Jonas. Son cœur battait la chamade.

– Nous devons nous retirer. Réévaluer la situation avant qu'il n'y ait d'autres victimes. Un garçon est mort devant moi, il avait à peine onze ans. Si je veux assister à la chute d'Auranos, je ne veux pas que notre victoire soit entachée du sang d'enfants.

L'expression du chef devint sérieuse.

– Je ne suis pas du genre à entreprendre quelque chose, puis à faire machine arrière.

Non, il était plutôt du genre à entreprendre quelque chose, et à attendre dans sa luxueuse tente que cela se termine.

– Mais…

– Je comprends vos inquiétudes. Mais vous devez avoir foi en moi, Jonas. J'ai trouvé tout au fond de moi-même les réponses que je cherchais. Et la réponse est, hélas, la guerre ! Tant que ce n'est pas fini, ce n'est pas fini. C'est mon destin de suivre le roi Gaius. Je lui fais confiance. Il m'a payé en sacrifice de sang, et je n'avais jamais assisté à cela auparavant. Incroyable, dit-il en hochant la tête. Le roi Gaius est un homme bon et honorable, qui tiendra toutes les promesses qu'il m'a faites. Je n'en doute pas le moins du monde.

Jonas serra les poings sur ses côtes.

– Donc, s'il est si bon et si honorable, où était-il passé alors que notre pays dépérissait ? Pendant que notre peuple mourait ? En quoi nous aidait-il alors ?

Le chef Basilius soupira.

– Le passé, c'est le passé. Nous devons regarder vers l'avant et tâcher de faire en sorte de rendre l'avenir plus radieux.

– Je vous en prie, réfléchissez à ce que je vous ai dit.

Plus il parlait, plus Jonas était convaincu qu'ils prenaient un chemin très sombre et très meurtrier. Ce qu'il avait vu sur le champ de bataille n'était que le début des malheurs à venir.

– Bien sûr, je vais songer à tout cela. Votre opinion m'importe, Jonas.

– Et votre magie ? Pensez-vous pouvoir vous en servir pour nous aider ?

Le chef écarta les mains.

– Ce ne sera pas nécessaire. Le roi Gaius me dit qu'il détient une arme secrète très spéciale, qui sera prête une fois que nous passerons les murs du palais. Ce n'est pas une bataille appelée à durer des jours et des semaines, ni des mois. Elle sera terminée demain, je vous le promets.

La bouche de Jonas était si sèche qu'il regrettait qu'il ne reste pas de vin dans l'une de ces bouteilles.

– Quelle arme secrète ?

Il reçut un sourire énigmatique pour toute réponse.

– Si je vous le disais, ce ne serait plus un secret, non ?

Le chef se leva et contourna la chaise de Jonas, pour lui asséner une tape dans le dos. Jonas se raidit de douleur, à cause de ses blessures tout juste pansées.

– Croyez-moi, Jonas. Une fois que tout cela sera terminé et que nous récolterons les bénéfices de ce que nous avons semé à Auranos, votre repas de mariage sera le plus beau festin auquel quiconque assistera jamais à Paelsia.

Lorsque Jonas quitta la tente, le rire de Basilius résonnait partout autour de lui. Il aurait aussi bien pu parler à un mur, pour ce qu'il en avait tiré…

Lugubre, il leva les yeux sur la voûte céleste parsemé d'étoiles brillantes, et sur la lune pleine, se demandant pourquoi le ciel ne trahissait aucun signe de la tempête à venir.

CHAPITRE 32

AURANOS

Emilia était à présent tellement malade que même l'effort de redresser la tête lui était douloureux et lui provoquait d'affreux saignements de nez. Cléo avait remplacé Mira à son chevet pour lui faire la lecture et la détourner de la bataille qui faisait rage hors de l'enceinte du palais. Le château paraissait plus sombre, gris et lugubre. Cléo tâcha de trouver un rayon d'espoir auquel se raccrocher, mais à chaque heure qui passait, depuis que le siège avait commencé, tout semblait se présenter de plus en plus mal.

La voix d'Emilia s'entrecoupa.

– Je t'en prie, ne pleure pas. Je te l'ai dit, tu dois être forte.

Cléo essuya les larmes sur ses joues et tâcha de se concentrer sur ce qui était écrit dans le petit recueil de poèmes, l'un des préférés d'Emilia.

– Une personne forte n'a-t-elle pas le droit de pleurer ?

– Tu ne devrais plus gâcher de larmes pour moi. Je sais tout ce que tu as versé pour Théon.

Cléo avait essayé de se réconcilier avec ce qui s'était passé, mais elle avait l'impression que la douleur était encore réprimée, comme si elle était trop récente, trop à vif, et qu'elle ne l'avait pas encore complètement touchée. Perdre quelqu'un qu'elle venait de commencer à aimer était déjà difficile, mais l'idée de perdre aussi Emilia...

Cléo saisit délicatement la fine main de sa sœur.

– Qu'est-ce que je peux faire pour t'aider ?

Emilia se cala contre ses innombrables oreillers colorés. Sur sa table de nuit trônait un gros bouquet de fleurs que Cléo avait ramassées dans la cour du château, lors d'une rare sortie. C'était une vaste parcelle close de verdure, de pommiers et de pêchers, avec un jardin d'agrément magnifiquement entretenu, où les deux sœurs adoraient prendre des cours dehors lorsque leurs professeurs particuliers étaient d'accord.

– Tiens bon, c'est tout, dit Emilia. Et essaie de passer plus de temps avec tes amis dans cette période étrange et déroutante, pas uniquement avec moi. Ça m'est bien égal d'être seule ce soir.

Malgré les épreuves qu'elle affrontait actuellement, la future reine d'Auranos gardait son flegme, comme on le lui avait toujours appris. C'était presque amusant que les deux sœurs se ressemblent si peu, bien que moins de trois ans les séparent – Emilia si mature, et Cléo tout le contraire.

Cléo enroula une mèche autour de son doigt.

– J'essaie de les éviter. Aron est tapi dans l'ombre, je ne sais jamais quand il va me sauter dessus.

Cela amusa Emilia.

– Tu veux dire qu'il n'est pas dehors, en train d'agiter son épée dans tous les sens pour tâcher de protéger sa future épouse ?

Cléo la regarda d'un air prude.

– Ne t'avise pas de plaisanter là-dessus.

– Je suis désolée. Je sais que cette situation ne te fait pas rire.

Cléo poussa un soupir tremblant.

– Pas du tout. Mais assez parlé d'Aron. Ma principale inquiétude, c'est ton bien-être, ma sœur. Et dès que cette bataille sera terminée, et j'espère que ce sera très bientôt le cas, j'enverrai un garde à Paelsia comme je l'ai promis.

– Pour chercher cette Sentinelle aux pépins miraculeux qui pourraient bien me sauver la vie ?

– Oui, et ne sois pas aussi sceptique, car c'est toi qui m'as donné l'idée à l'origine. Avant, je ne croyais même pas à la magie.

– Et maintenant, si ?

– Oui, de tout mon cœur.

Emilia secoua la tête.

– Il n'y a aucune magie qui puisse me sauver à présent, Cléo. Il vaudrait mieux que tu essaies d'accepter le destin.

Cléo se raidit.

– Jamais.

Emilia rit de nouveau, même si c'était un vague bruit dans sa gorge.

– Donc, tu crois que tu peux combattre le destin et gagner ?

– Sans l'ombre d'un doute.

Tant qu'Emilia respirait, il restait l'espoir que l'on puisse trouver un moyen de la soigner. Emilia lui serra les mains.

– Vas-y, va retrouver Mira et Nic, dit-elle.

– Dois-je t'envoyer Mira un peu plus tard ?

– Non, laissons-la se reposer un peu. Je suis sûre qu'elle se ronge les sangs à cause des combats.

– Au moins, ici, les choses sont calmes. J'imagine que ça doit être bon signe.

Si elle n'avait pas déjà été au courant qu'il se passait quelque chose de terrible à l'extérieur, elle ne s'en serait jamais doutée. Les bruits de la bataille ne traversaient pas les murs épais du château.

Cela ne fit pas sourire Emilia. Elle était triste et fatiguée.

– Je l'espère.

– Ça ira mieux demain. Je t'aime, ma sœur.

Cléo se pencha et embrassa le front glacé d'Emilia.

– Moi aussi.

Cléo sortit discrètement de la chambre et longea le couloir à pas feutrés. Un calme sinistre régnait dans le château. Des planches obstruaient toutes les fenêtres.

L'enfermement lui laissait bien trop de temps pour penser à Théon. Cela lui manquait qu'il ne soit pas là pour la suivre au château, la regarder d'un air sévère lorsqu'elle faisait ou disait quelque chose de déplacé. Le soulagement sur son visage quand il l'avait retrouvée indemne, à Paelsia. La chaleur dans son regard quand il avait admis qu'elle comptait énormément pour lui.

Puis, le chagrin étonné lorsque le prince limérien l'avait empalé d'un coup d'épée et lui avait ôté définitivement la vie.

Elle essuya ses larmes en traversant les couloirs qu'ils avaient arpentés ensemble. Sa disparition était un poids constant sur son cœur, qui s'amplifiait chaque jour qui passait.

Elle était tellement fatiguée qu'elle se retira dans ses appartements au lieu de partir à la recherche de Mira et Nic. Mais une fois là, elle se surprit à fixer le plafond, incapable de trouver le sommeil.

Si elle avait débusqué la Sentinelle en exil, tout aurait été différent. Elle aurait, à l'évidence, eu le moyen de rendre à Emilia santé et vitalité.

Peut-être n'était-ce qu'une légende. Y penser la chagrinait.

Tout ce qui lui avait permis de garder son optimisme et sa conviction intacts, c'étaient les histoires d'Eirene. Elles étaient si vivantes, si réelles. Eirene avait redonné de l'espoir à Cléo.

Elle n'avait pas du tout oublié la vieille femme, ces jours-ci. L'enveloppe sur laquelle elle avait inscrit le nom du propriétaire de la taverne locale, par l'intermédiaire de qui Cléo avait prévu d'envoyer un présent en signe de gratitude, n'avait pas été ouverte. Elle était intacte.

La magie trouvera les cœurs purs, même lorsque tout semble perdu.

C'étaient les mots d'adieux d'Eirene. En effet, tout semblait perdu, à présent. Enfermée dans un château, sans savoir quand elle pourrait en sortir saine et sauve, et sa sœur qui dépérissait peu à peu sous ses yeux...

Cléo balança ses pieds hors du lit, déterminée à trouver l'enveloppe. Même si pour l'instant elle ne pouvait rien lui envoyer, elle pourrait rassembler ce dont elle avait besoin au cours de son temps libre. Et du temps libre, ces jours-ci, elle en avait beaucoup.

La petite enveloppe traînait sur sa coiffeuse, sous un tas de livres non lus. Elle la prit et en brisa le sceau.

À la place d'une adresse, elle fut étonnée de découvrir un mot, ainsi que deux minuscules cailloux marron à l'intérieur.

Le mot disait :

Princesse, veuillez accepter mes excuses de ne pas avoir pu vous dire la vérité à mon sujet. C'est un secret que je garde depuis tant d'années, et que personne ne connaît, à part la légende, pas même ma petite-fille. Un cœur pur a plus de valeur que l'or à mes yeux. Votre cœur est pur. Utilisez ces précieux pépins pour soigner votre sœur, afin qu'elle puisse aider Auranos à connaître un avenir plus brillant.

Eirene

Cléo lut ces mots trois fois avant qu'il ne commence à prendre une quelconque signification à ses yeux. Mais lorsque ce fut le cas, la missive lui tomba littéralement des mains.

Eirene ne s'était pas laissée tromper par leurs mensonges, à Nic et elle, quand ils affirmaient venir de Limeros. Elle avait compris que Cléo était la princesse auranienne.

Plus que cela, même. Eirene *était* la Sentinelle exilée. Ils l'avaient cherchée, mais c'était elle qui les avait trouvés.

Et Cléo ne s'en était pas du tout doutée.

Elle baissa les yeux sur les cailloux minuscules, et ses yeux s'ouvrirent grand. C'étaient les pépins de raisin infusés de la magie de la Terre. Ils avaient été en sa possession depuis le début.

Deux pépins, capables de guérir quelqu'un qui allait mourir.

Si elle l'avait su, elle aurait pu sauver la vie de Théon grâce à l'un d'entre eux.

Cette pensée désespérée lui arracha le cœur. Un hurlement de douleur lui échappa, puis elle laissa libre cours à son chagrin et s'effondra par terre, remontant ses genoux contre sa poitrine.

Même secouée de sanglots, elle savait qu'elle n'avait pas de temps pour les larmes ni pour les regrets.

Elle devait aller trouver Emilia.

Cléo se força à se relever et courut vers la porte. Elle surgit d'un coup dans le couloir et se heurta à Nic. Celui-ci recula en titubant sur quelques mètres, le torse endolori.

Il regarda ses yeux rouges et gonflés avec inquiétude.

– Aïe ! On peut dire c'est dans ton habitude de me faire mal, Cléo ! J'ai entendu un cri provenir de chez toi. J'ai cru que tu étais en détresse.

Son cœur palpitait comme les ailes d'un oiseau-mouche.

– Oui. J'ai… les pépins. Eirene… c'était elle, la Sentinelle.

Il la dévisagea d'un air perplexe.

– Combien de verres de vin as-tu bus ce soir ? Je crois que tu es même encore plus ivre qu'Aron.

– Je ne suis pas saoule. C'est la vérité. Viens, nous devons aller voir Emilia immédiatement.

Son cœur lourd se souleva.

– Tu crois vraiment à la magie ? demanda-t-il.

– Oui !

Il opina et un grand sourire s'ébaucha sur son visage.

– Alors, allons sauver ta sœur.

Ils traversèrent précipitamment les couloirs en direction de la chambre d'Emilia, empruntant un corridor où elle surprit une partie de la conversation de deux gardes.

« Leurs forces sont impitoyables, disait l'un. Les murs du palais ne sont pas impénétrables. »

– Ils sont entrés ? s'enquit Nic qui arrêta Cléo dans sa course.

Les gardes eurent l'air penaud, comme s'ils n'avaient pas voulu qu'on les entende.

– J'en ai peur, dit l'un, en hochant la tête, la mine sérieuse. Mais ils n'entreront pas dans le château.

– Comment pouvez-vous être aussi confiants ? demanda Cléo, de plus en plus inquiète.

Ils échangèrent un regard. Elle n'avait que seize ans, mais c'était une princesse et ils étaient tenus de répondre à ses questions.

– Les portes du château sont fortifiées par un sort de sorcière.

– Mon père ne me l'a jamais dit, rétorqua Cléo, incrédule.

– La même sorcière renouvelle le sort tous les ans pour qu'il conserve sa puissance. Mais elle ne nous sera plus d'une grande aide à présent.

– Chut ! siffla son ami.

– Pourquoi ? fit Nic. Où est la sorcière ?

La mâchoire du premier garde se tendit et ses yeux firent des allers et retours entre son ami, Nic et Cléo.

– Le roi Gaius a envoyé sa tête au monarque dans une boîte, il y a trois jours. Mais peu importe. Quoi que ce salaud de roi essaie de faire à présent, le sort tiendra tout de même. Le roi échouera.

Cléo savait que le roi de Limeros avait un fils horrible et assoiffé de sang, mais apparemment, le père était encore pire. Exactement comme l'en menaçaient les rumeurs qu'elle avait entendues à son sujet.

– Pourquoi mon père m'aurait-il caché cela ?

– Le roi veut vous protéger du mal qui se répand autour de nous.

– Alors, pourquoi en parlez-vous ? demanda Nic.

– Parce que vous avez le droit de savoir que nous sommes tous en danger, ici. Le roi nous fait courir un risque à tous en refusant de se rendre.

Son expression se durcit et Cléo inspira un bon coup.

– Vous pensez qu'il devrait rendre les armes ?

– Cela épargnerait bien des morts au combat. Croit-il que nous pourrons rester éternellement à l'intérieur de ce château, portes ensorcelée ou pas ? Nous ne sommes rien de plus que des lapins acculés qui attendent que le loup vienne leur arracher la gorge.

Cléo regarda de haut le lâche pleurnicheur.

– Comment osez-vous dire du mal de mon père ? Il fait les meilleurs choix possibles pour qu'Auranos reste forte. Et pourtant, vous préféreriez qu'il capitule face au roi du Sang ? Croyez-vous que le monde deviendrait alors meilleur ? Croyez-vous que ceux qui ont déjà perdu la vie seraient sauvés ?

– Qu'en savez-vous ? fit le garde d'un ton sombre. Vous n'êtes qu'une enfant.

– Non, rétorqua Cléo d'un ton ferme. Je suis la princesse d'Auranos. Et je soutiens chaque décision de mon père. Et à moins que vous ne souhaitiez vous aussi qu'on trouve votre crâne dans une boîte, vous feriez mieux de respecter votre roi.

Le garde avait désormais l'air d'un chien battu et baissa la tête avec déférence.

– Mes excuses, Votre Majesté.

Cléo serra les pépins si fort dans sa main qu'ils lui piquèrent la peau.

– Retournez travailler, dit-elle d'un ton glacial avant de s'enfuir dans le couloir.

– C'était excellent, Cléo, lança Nic. Tu l'as vaincu avec tes mots !

Elle le regarda d'un air complice, presque amusé. Mais l'inquiétude lui plissait le front.

– Ce n'est pas bien, ce qui se passe par ici, pas vrai ?

Il secoua la tête et son propre amusement disparut.

– Non, ce n'est pas drôle.

– À ton avis, nous allons perdre ?

– Le roi Gaius et le chef Basilius ont beaucoup d'hommes disposés à mourir pour leur cause. Quel que soit le temps que cela prendra.

– Mon père ne se rendra jamais.

– S'il estime qu'il n'a pas le choix, il le fera.

Cléo se rappela la froideur dans les yeux du prince Magnus quand il avait assassiné Théon. Elle ne pourrait pas supporter de le revoir.

– Non, il ne le fera pas.

– Ah bon ?

Elle se força à sourire d'un air confiant et chassa les souvenirs obscurs.

– Tu ne vois donc pas ? Nous ne pouvons même pas envisager de perdre, parce que nous ne perdrons pas. Nous serons vainqueurs et renverrons ces porcs avides là d'où ils viennent. Quand tout redeviendra calme, nous pourrons nous concentrer sur l'aide à apporter à ceux qui le méritent vraiment à Paelsia, et non à ceux qui nous voleraient entièrement notre pays.

– Formulé ainsi, je croirais presque que tu as raison.

– J'ai raison. Ils vont tout changer, dit Cléo en lui montrant les pépins dans la paume de sa main. Quand Emilia sera guérie, le monde deviendra un endroit meilleur, plein de possibilités infinies.

Il approuva.

– Alors, allez-y, princesse !

Lorsqu'ils parvinrent devant la porte d'Emilia, Cléo ne prit pas la peine de frapper, elle entra tout simplement. Nic resta sur le seuil, par respect pour la sœur clouée au lit. Cléo se rua à son côté, incapable de réprimer son sourire. Emilia était tournée vers la fenêtre, trop faible pour seulement bouger la tête et voir sa cadette arriver.

Cléo avait du mal à contrôler son excitation.

– Emilia ! Tu ne croiras jamais ce que j'ai ! Les pépins ! Ne me demande pas comment c'est possible, mais ça l'est. Cela va soigner ta maladie, je le sais.

Emilia ne répondit pas, mais Cléo poursuivit.

– Les Sentinelles sont réelles... j'en ai rencontré une, même si je ne l'avais pas compris à ce moment-là. Elle était comme toi et moi. Et elle voulait t'aider.

Cléo jeta un œil par-dessus son épaule en direction de Nic, qui s'était avancé d'un pas hésitant dans la pièce. Sourcils froncés, il semblait tourmenté.

– Cléo... commença-t-il.

– Je sais que cela a été dur, reprit-elle, en s'asseyant délicatement sur le lit. Perdre d'abord celui que tu aimes. Nous avons cela en commun à présent, je comprends donc ce que tu ressens. Mais nous devons aller de l'avant et affronter ensemble ce qui nous attend. Ce ne sera pas facile, mais je serai forte. Comme tu me l'as demandé.

Nic mit une main sur son épaule.

– Je suis vraiment désolé.

Elle le chassa d'un haussement d'épaules.

– Non, elle va se réveiller. Ça va aller. Mieux que jamais. Emilia, réveille-toi, s'il te plaît.

Elle caressa les longs cheveux miel de sa sœur, déployés sur l'oreiller de soie.

– Elle est partie, Cléo, déclara Nic d'un ton doux.

– Ne dis pas cela. Je t'en prie, ne dis pas cela.

Cléo se mit à trembler.

– Je suis désolé, je suis vraiment désolé.

Emilia contemplait aveuglément le ciel parsemé d'étoiles. Sa peau était fraîche au toucher. Elle avait dû rendre l'âme quelques heures auparavant, lorsque Cléo l'avait quittée.

Lorsque Cléo tâcha de se lever, ses jambes la lâchèrent. Nic la rattrapa avant qu'elle ne tombe. Les pépins s'échappèrent de sa main. Elle se mit à sangloter, et martela le torse de Nic de ses poings. Sa tristesse était insupportable. Elle en mourrait. Elle voulait mourir.

La solution se trouvait dans sa main mais c'était trop tard. Elle avait échoué.

Emilia n'était plus de ce monde.

– Je suis désolé, murmura Nic, qui se laissait frapper sans broncher.

Il tâcha de l'attirer contre elle pour la consoler, mais elle continuait à le frapper.

– Les pépins ! s'écria-t-elle, puis elle se jeta au sol à la recherche des précieux grains.

Enfin, elle les trouva et se releva, se raccrochant au bord du lit.

Le visage d'Emilia était d'un blanc spectral. Même ses yeux avaient l'air plus clairs, d'un gris terne. Cléo effleura le visage de sa sœur, les doigts tremblants, ouvrit ses lèvres exsangues et poussa les deux pépins à l'intérieur. Lorsqu'ils touchèrent la langue d'Emilia, ils chatoyèrent d'une lumière blanche, puis disparurent.

Comme par magie.

– S'il vous plaît. S'il vous plaît, faites que cela fonctionne !

Ses paroles ressemblaient à un doux cri.

Elle attendit pendant ce qui lui parut une éternité, mais rien ne se produisit. Rien.

Il était trop tard.

Cléo finit par se tourner vers Nic. Ses yeux furent inondés de larmes quand il vit le chagrin sur son visage. Une froideur de glace pénétra lentement en elle.

– Ma sœur est morte. Elle est morte toute seule en regardant les étoiles.

Elle avait du mal à reconnaître sa propre voix.

Emilia et Simon avaient compté les étoiles au cours de la nuit romantique qu'ils avaient passée ensemble. Il lui avait confié qu'ils deviendraient des étoiles quand ils mourraient et qu'ils veilleraient sur ceux qu'ils aimaient. C'était pour cela qu'Emilia avait tourné son visage vers la fenêtre ce soir. Elle le cherchait.

Nic resta tout près, gardant le silence. Elle ne s'attendait pas qu'il parle. Rien de ce qu'il dirait n'arrangerait la situation.

– Je suis arrivée trop tard, répétait-elle. Je suis arrivée trop tard. J'aurais pu la sauver, mais je suis arrivée trop tard.

Elle serra la main froide de sa sœur et s'assit au bord du lit, tout près d'Emilia, jusqu'au petit matin. Nic resta à son côté durant cette veillée funèbre, assis par terre en tailleur près de la fenêtre.

– Nous devrions lui fermer les yeux, maintenant, dit-il enfin.

Cléo ne pouvait pas parler. Elle se contenta de hocher la tête.

Nic s'approcha d'Emilia et lui ferma les yeux, de sorte que Cléo aurait pu croire que sa sœur dormait.

– Nous devons l'annoncer à ton père, déclara-t-il. Je m'en chargerai, ne t'inquiète pas. Ne t'inquiète de rien. Ça ira.

Elle secoua la tête.
– Plus rien n'ira plus jamais.
– Je sais que cela ne doit pas être facile à entendre pour toi en ce moment, mais il faut être forte. Peux-tu y arriver ?
Il prit son visage entre ses mains.
– Peux-tu être forte ?
Lors de sa dernière conversation avec Emilia, celle-ci lui avait demandé d'être forte. C'était tout ce qu'elle désirait. Et Cléo le lui avait promis.
– Je peux essayer, murmura-t-elle.
Nic opina.
– Allons-y.
Il passa un bras autour d'elle et ils se dirigèrent vers la porte. Cléo jeta un œil par-dessus son épaule et regarda sa sœur une dernière fois. Elle semblait si paisible dans son lit, comme si elle allait se réveiller d'un moment à l'autre d'un rêve agréable, prête à prendre le petit déjeuner.
Ils descendirent le couloir en direction des appartements de son père, Nic gardant la main dans le dos de Cléo, pour la soutenir au cas où ses jambes la lâcheraient de nouveau.
Un instant plus tard, une explosion ébranla tout le château.

CHAPITRE 33

AURANOS

Le lever de soleil était la plus belle chose au monde, même en temps de guerre. Lucia s'était réveillée très tôt et, devant sa tente, attendait que le ciel revête un éclatant mélange d'orange et de rose au-delà du campement. Un faucon volait haut dans le ciel, ses ailes dorées reflétaient les premières lueurs du matin.

Elle détestait être ici. On l'avait tenue éloignée du plus gros de la bataille, mais elle n'ignorait pas la vérité : des hommes mouraient de part et d'autre du siège. Et elle voulait que cela se termine.

Lucia s'était résolue à demander l'autorisation à son père de retourner à Paelsia, mais cette pensée se volatilisa à l'instant où deux gardes aidèrent son frère à entrer dans sa tente. Le roi en personne, lugubre, les suivit peu après. Le visage de Magnus était en sang, ses yeux mi-clos.

– Que s'est-il passé ? s'exclama-t-elle.

Un médecin se précipita dès que les gardes se retirèrent et découpa la veste et la chemise de Magnus pour les lui enlever. Son bras avait été tranché jusqu'à l'os. Une méchante blessure sanglante sur son abdomen montrait qu'il s'était aussi fait poignarder.

– Je ne savais même pas qu'il était encore là avant qu'on le ramène au camp sur un brancard, déclara le roi. Je ne voulais pas qu'il s'implique si vite dans le combat, mais il aime aller contre mes ordres. L'idiot.

Lucia tendit une main tremblante vers lui, mais la retira pour la coller sur sa bouche.

– Magnus !

– Il a perdu beaucoup de sang. Je voulais qu'on l'amène ici pour qu'il soit tranquille.

La colère s'embrasa en elle.

– Magnus, pourquoi faire une chose pareille ? Pourquoi te montrer irresponsable au point de t'exposer à ce genre de danger ?

Magnus, l'air las et les yeux vitreux, se tourna vers elle. Il ne répondit pas.

Le médecin eut brusquement l'air effrayé, et Lucia porta toute son attention sur son frère.

– Que faites-vous ? Aidez-le ! Sauvez-le !

Le visage de l'homme blêmit quand il examina les blessures du prince.

– J'ai peur qu'il ne soit trop tard, Votre Majesté. Il est mourant.

Le roi jura, dégaina son épée et la posa sur la gorge du médecin.

– Vous parlez de l'héritier du trône de Limeros.

– Je… je ne peux rien faire pour lui. Ses entailles sont trop profondes.

Sa voix trembla, et il ferma les yeux comme s'il pensait que sa punition pour cette déclaration serait la mort.

– Je peux secourir mon frère, dit Lucia. Mais demandez d'abord au médecin de partir.

– Partez, gronda le roi, son épée laissant une estafilade dans la gorge du médecin, dont le sang jaillit immédiatement. Allez soigner vos propres blessures.

Portant sa main à son cou, le médecin s'enfuit à toutes jambes loin de l'épée du roi.

Lucia s'écroula à genoux à côté de son frère. Il gisait sur le sol détrempé de sang. Son souffle était plus lent, mais son regard ne quitta pas le sien. En dépit de la douleur, on y lisait de la colère. Et de la lassitude.

– J'ai appris ce que tu avais fait aux garçons de tes cours d'escrime, dit-elle d'un ton doux. Ça ne me plaît pas, ce que tu essaies de devenir. Mon frère vaut mieux que cela.

Les yeux du jeune homme se plissèrent, ses sourcils se froncèrent.

– Tu voudrais bien te rendre au cœur de la bataille pour faire encore couler le sang. Penses-tu qu'enfoncer de l'acier dans la chair te donnera l'impression d'être un homme ? Combien en as-tu tué aujourd'hui ?

Elle n'attendait pas de réponse. Même s'il était bel et bien capable de parler, ils n'avaient pas discuté depuis la nuit où il était rentré de Paelsia.

– Si tu n'étais pas mon frère, je te laisserais mourir. Mais quel que soit le nombre d'individus que tu aies tués, quel que soit l'imbécile que tu tiennes absolument à être, quel que soit le mépris que tu éprouves pour moi, je t'aime quand même. Tu m'entends ?

Un éclair de détresse traversa le regard de Magnus et celui-ci porta son attention sur la toile de la tente, comme s'il ne pouvait plus supporter de voir son visage.

Cela brisa le cœur de Lucia, mais peu importait à présent. Plus rien n'importait, à part sa magie.

Par chance, elle était très en colère à cet instant. Cela aiderait.

Elle ignorait comment sa magie fonctionnait, elle savait simplement que c'était efficace. Elle la pratiquait seule et avec le professeur que son père lui avait affecté, la vieille dame qui se prétendait elle aussi une sorcière, bien qu'elle fût incapable de le lui démontrer.

Air, Eau, Feu, Terre.

Lucia jeta un regard sur son père quand elle appuya les mains sur le bras de Magnus. On voyait clairement l'os sous le sang et les muscles. Son estomac fit une embardée.

– J'ai demandé à soigner d'autres blessures, père. J'aurais pu m'entraîner avant cela. Si ça se trouve, je ne vais pas y arriver.

Le roi lui avait refusé d'exercer ses pouvoirs sur les autres blessés, laissant aux médecins la tâche insurmontable de s'occuper d'eux.

– Tu vas y arriver, dit-il d'un ton ferme en rengainant son épée. Vas-y, Lucia, guéris-le.

Elle savait déjà qu'elle pouvait soigner quelques égratignures pour s'être entraînée sur elle-même. Mais l'entaille plus profonde d'un couteau, ou d'une épée comme celle-ci… elle ne savait pas.

La seule chose dont elle était sûre, c'était qu'elle ne pouvait pas perdre son frère.

Lucia concentra toute son énergie pour soigner la blessure. Alors que dans un pâle éclat de lumière blanche, la chaleur de sa magie de la Terre quittait ses mains pour pénétrer dans le bras de Magnus, il cambra le dos comme s'il agonisait.

Cela faillit l'arrêter, mais elle n'osa pas. Elle ne savait pas si elle saurait canaliser ce niveau de magie. Ce recours extrême, comme elle l'avait fait avec Sabina, l'affaiblissait. Son professeur croyait que c'était parce que c'était encore nouveau pour elle, et qu'il fallait du temps et de la pratique pour qu'elle devienne plus forte.

Au lieu de se retirer, de crainte de lui faire encore plus mal, elle fit passer la puissance de la magie à travers ses mains dans sa blessure. Il se contorsionna de douleur à son contact, alors que ses mains rayonnaient d'un blanc étincelant. La blessure commença à se ressouder, la chair se referma, laissant une peau parfaitement lisse.

Elle continua. Elle posa les paumes sur son estomac mutilé et déversa sa magie dans la plaie.

Cette fois, un cri strident de douleur s'échappa de la gorge de Magnus.

L'ignorant, Lucia persévera. Elle déplaça les mains sur son visage en sang, soigna les contusions et coupures jusqu'à ce qu'il finisse par la chasser.

– Ça suffit, gronda-t-il.

Cela n'avait rien d'une reconnaissance éternelle pour lui avoir sauvé la vie.

– As-tu beaucoup souffert ?

Il laissa échapper un grondement, qui aurait pu être un rire affligé.

– Ça m'a brûlé les os comme de la lave.

– Bien. Peut-être que la douleur va te servir de leçon et que tu ne te montreras plus aussi intrépide.

Le ton âpre de Lucia lui valut un regard lourd de sens.

– Je ferai de mon mieux, ma sœur. Mais je ne te garantis rien.

Elle avait mal aux yeux. Elle mit un moment à se rendre compte qu'elle pleurait, ce qui ne fit que décupler sa colère.

– Je te poignarderai moi-même si jamais tu es assez bête pour frôler de nouveau la mort.

Son expression féroce finit par se calmer. Les larmes de Lucia, aussi rares fussent-elles, avaient tendance à le toucher, même quand ils se querellaient.

– Ne pleure pas, Lucia. Pas pour moi.

– Je ne pleure pas à cause de toi. Je pleure à cause de cette guerre stupide. Je veux qu'elle cesse.

Le roi examina le bras et le ventre nus de Magnus, et se servit d'un vêtement pour essuyer le sang. Les blessures avaient complètement disparu. Un orgueil inouï brillait dans ses yeux.

– Incroyable. Simplement incroyable. Ton frère te doit la vie.

Elle jeta un regard à Magnus.

– Sa reconnaissance me suffit en guise de rétribution.

Magnus déglutit, et une sorte de vulnérabilité se faufila derrière ses yeux noisette avant qu'il ne les détourne.

– Merci de m'avoir sauvé la vie, ma sœur.

Le roi aida Lucia à se relever.

– Tu affirmes que tu souhaites que cette guerre soit terminée.

– Plus que tout.

– Nous sommes au point mort. Nous avons percé les murs du palais, mais nous ne pouvons pas aller plus loin. Le roi Corvin et ses partisans sont enfermés à l'intérieur du château et refusent de se rendre.

– Alors, enfoncez la porte, dit Magnus en se relevant du sol maculé de sang.

Son visage était pâle et il avait des cernes noirs sous les yeux. Si elle avait soigné ses blessures, il allait tout de même lui falloir un moment pour qu'il récupère complètement.

– Nous le ferions si nous pouvions. Mais un sort de protection a été jeté sur la porte. On ne peut pas l'enfoncer… pas par un moyen normal.

– Un sort de protection, répéta Lucia, surprise. D'une sorcière ?

– Oui.

De la colère, liée aux mensonges successifs du roi, étincela en elle.

– C'est donc pour cela que vous m'avez amenée ici ? Parce que vous étiez déjà au courant ? Pourquoi ne pas m'en avoir parlé auparavant ?

– Parce que je n'étais pas sûr que ce que l'on m'avait dit fût vrai, tant que nous n'avions pas accès à la porte même. On m'a amené la sorcière censée avoir jeté le sort pour qu'elle réponde à des questions. Elle n'a pas été d'une grande aide.

– Où est-elle à présent ? s'enquit Magnus.

– Partie.

– Vous l'avez laissée partir ? demanda Magnus, incrédule. Ou l'avez-vous tuée ?

Le roi lui adressa un léger sourire.

– C'est elle qui avait conspiré avec mon ennemi. Elle l'aurait aidé. Elle n'aurait pas changé de bord. Sa mort a été plus rapide qu'elle ne le méritait.

Un frisson parcourut les bras de Lucia. Le roi reporta son attention sur elle ; la dureté sur son visage devint inquiétude et bienveillance. Il prit délicatement ses mains dans les siennes.

– J'ai besoin de ta magie pour percer ce sort.

Elle jeta un coup d'œil vers son frère pour qu'il la conseille. C'était une vieille habitude.

Magnus surprit son regard soucieux.

– Ç'a l'air dangereux.

– Pas pour ma fille, rétorqua le roi. Elle n'est pas une sorcière ordinaire ; c'est une enchanteresse, qui a au bout de ses doigts une réserve infinie de puissante magie.

– En êtes-vous absolument certain ? demanda Magnus, le débit heurté. Si vous vous trompez…

– Je ne me trompe pas, répondit le roi d'un ton ferme.

– Bien sûr que je vais vous aider, père, dit Lucia. Pour Limeros.

Voir Magnus frôler la mort dans cette bataille lui donna une seule envie : qu'elle se termine, coûte que coûte. Tout ce qu'elle désirait, c'était rentrer chez elle le plus vite possible. Le roi lui serra affectueusement les mains et lui sourit.

– Merci. Merci, ma magnifique fille.

Sans tarder, et avec la protection de vingt gardes limériens, ils la guidèrent à travers le champ de bataille jonché de cadavres. Elle essaya de ne pas voir les visages des morts. Toute cette douleur et cette destruction insensées auraient pu être évitées, si seulement les Auraniens s'étaient rendus. Elle s'était mise à les détester autant que son père pour avoir laissé cela s'aggraver.

– Tu dois arrêter, si cela devient trop insupportable pour toi, dit Magnus, suffisamment fort pour qu'elle l'entende, une fois qu'ils parvinrent devant l'entrée du château. Promets-le-moi.

– Je te le promets.

Elle opina, porta son attention sur les grandes portes en bois devant elle. On ne pouvait pas s'y méprendre : on y avait clairement jeté un sort. Un sort très, très puissant.

– Peux-tu le voir ? demanda Lucia

– Quoi ?

– Le sort. Il brille sur la porte. Je… crois qu'il provient des quatre éléments combinés.

Magnus secoua la tête.

– Je ne vois qu'une porte, une grosse porte.

Le problème n'était pas la porte. C'était le sort. Et il était jeté par une sorcière très puissante, une sorcière qui avait considérablement approfondi la magie pour créer ce genre de choses.

La magie du Sang a contribué à ce sort, songea brusquement Lucia. Quelqu'un – ou plusieurs personnes – avait été sacrifié pour créer une telle protection.

Que les Auraniens soient disposés à accepter cela renforça d'autant plus sa détermination. Il y avait du sang sur leurs mains, autant, voire plus, que sur celles des autres.

Lucia allait devoir faire appel à beaucoup de magie pour percer ce mur de protection. Se surpasser. Son pouvoir était au plus fort lorsqu'il venait du fin fond d'elle-même. Elle se souvint de ce qu'elle avait ressenti quand elle avait vu Magnus à deux doigts de mourir et qu'elle avait invoqué sa toute nouvelle magie.

Celle-ci remonta à la surface pour la saluer. La force de l'Air, la poussière de la Terre, l'endurance de l'Eau et la brûlure du Feu.

Magnus et les autres la regardèrent tendre les mains vers les portes, vers le sort, et tout lâcher.

Une fois que la magie de Lucia rencontra la magie du Sang de l'autre sorcière, elles brûlèrent. Le sort de protection apparut, comme un dragon ardent qui essayait de la vaincre, mais son père avait raison, sa magie était plus puissante. Elle compensait. Elle changeait. Elle grandissait sous ses yeux.

Les portes explosèrent dans une boule de feu qui fit trembler la terre sous leurs pieds. L'onde de choc toucha les gens dans un rayon de trente mètres et les projeta brutalement en arrière. Lucia heurta violemment le sol, et la douleur la submergea.

Des hurlements de terreur emplirent ses oreilles. Des gens mouraient incendiés, d'autres avaient la gorge tranchée par des éclats de bois tranchants ; certaines victimes gisaient en lambeaux, des membres éparpillés ici et là. Des rivières de sang imprégnaient la terre.

La dernière chose que vit Lucia avant de perdre connaissance, c'était la force de l'armée de son père qui passait comme un ouragan le pas de la porte en flammes et pénétrait dans le château auranien.

CHAPITRE 34

AURANOS

Après l'explosion qui souffla le portail, ce fut le chaos. Cléo ne pouvait pas s'abandonner au chagrin, ni tomber à genoux et pleurer la mort de sa sœur. Elle n'avait pas d'autre choix qu'aller de l'avant. Leurs ennemis étaient entrés dans le château de force.

Des cris affolés et le bruit métallique et violent d'épées qui s'entrechoquent résonnaient à leurs oreilles alors que Nic et elle détalaient dans les couloirs. Elle s'accrocha à son bras.

– Que pouvons-nous faire ?

De la sueur perlait sur son front alors qu'il restait concentré sur leur chemin.

– Il faut que je trouve Mira. Nous devons… je ne sais pas. Je veux aider. Je veux me battre, mais je sais que ton père aimerait que je vous protège, ma sœur et toi.

– Comment ? Comment pourrions-nous être en sécurité désormais ?

Nic, lugubre, secoua la tête.

– Nous devrons nous cacher. Puis essayer de nous échapper, quand nous en aurons l'occasion.

– Je dois trouver mon père.

Il hocha la tête, puis jura dans sa barbe. Aron descendait à toute vitesse le couloir obscur dans leur direction. Il agrippa la chemise de Nic.

– Ils sont partout ! cria Aron. Que la déesse nous vienne en aide ! Ils ont réussi à entrer en faisant tout sauter !

– Tu vas bien ? demanda Cléo malgré elle.

Le garçon saignait d'une coupure sous l'œil gauche.

– On m'a attrapé ! Je me suis battu, je me suis enfui. Prenez cela pour vous protéger.

Il tenait une épée ensanglantée, serrée dans sa main droite. Une vision éclair du meurtre de Tomas Agallon traversa l'esprit de Cléo et sa gorge se serra. Elle chassa péniblement le souvenir.

Quand Aron se rapprocha, elle sentit son haleine avinée.

– Tu es saoul !

Il haussa les épaules.

– Un peu, peut-être.

Sa lèvre se retroussa de dégoût.

– Le jour vient tout juste de se lever, et tu es déjà ivre.

Il l'ignora.

– Alors, que sommes-nous censés faire à présent ?

– Nic veut retrouver Mira, et que nous nous cachions.

– Je pense que c'est une excellente idée. Et ta sœur ?

– Emilia… elle… elle est morte.

Cléo tressaillit et Nic l'attira contre lui.

Le visage trouble d'Aron blêmit sous le choc.

– Cléo, non, je ne peux pas le croire.

Elle inspira par saccades.

– Nous n'avons pas le temps. Ne dis rien de plus. Elle s'est éteinte et je ne peux plus rien faire pour l'aider. Nous devons survivre. Et je dois retrouver mon père. Va chercher Mira, dit-elle en regardant Nic. Retrouve-nous dans le couloir près de l'escalier, d'ici un quart d'heure. Si nous ne sommes pas là, continue et cache-toi où tu peux. Il y a des tas de chambres en haut. Trouves-en une et sois le plus discret possible. C'est un très grand château, et ce siège ne peut pas durer éternellement.

Nic désigna Aron.

– Ça ira ? De l'avoir pour seul et unique protecteur ?

– Nous n'avons pas le choix.

Nic opina.

– Je vous retrouve vite. Prends garde à toi, Cléo.

Il l'embrassa rapidement sur la joue avant de partir dans le couloir en courant.

– Nous devrions peut-être l'accompagner, suggéra Aron. Plus on est nombreux, plus on est en sécurité.

– Pas forcément. Plus on est nombreux, plus on risque d'attirer l'attention.

Cléo tâcha de dépasser sa peur et son chagrin pour réfléchir à une solution. Elle n'en avait qu'une : trouver le roi, et ensuite, se cacher jusqu'à ce que ce soit terminé. Si Auranos ne réussissait pas à résister à l'ennemi, il faudrait bien qu'ils parviennent à s'échapper du palais pour partir en exil et tout arranger. Elle espérait que son père avait un meilleur plan en tête. Pour l'heure, survivre était leur unique objectif.

Aron ne broncha pas davantage et courut avec elle en silence à travers les couloirs labyrinthiques. Quand ils tournèrent au virage suivant, Cléo s'arrêta net.

Elle ne pouvait pas parler. Elle se contenta de regarder fixement la personne familière qui se tenait devant elle, une épée à la main.

– Bien, bien, dit le prince Magnus. Exactement la princesse que je cherchais.

Un mur de peur s'abattit sur Cléo. Tout ce qu'elle voyait, c'était Magnus qui enfonçait son épée dans la poitrine de Théon.

– Qui êtes-vous ? demanda Aron.

– Moi ? dit Magnus en inclinant la tête. Je suis Magnus Lukas Damora, prince et héritier du trône de Limeros. Et vous, qui êtes-vous ?

Aron cilla, surpris de se retrouver face à un membre aussi illustre de la famille royale, même s'il était leur ennemi.

– Je suis le seigneur Aron Lagaris.

Cela fit naître un petit sourire chez le prince.

– Oui, j'ai entendu parler de vous. Vous êtes plutôt célèbre, seigneur Aron. Vous avez tué le fils du viticulteur, et vous êtes à l'origine de tout cela, n'est-ce pas ?

– C'était de la légitime défense, répondit Aron d'un ton nerveux.

– Bien sûr. Je n'en doute pas, rétorqua Magnus alors que son sourire mauvais s'élargissait. Et vous êtes, si je ne m'abuse, actuellement fiancé à la princesse Cléiona, n'est-ce pas ?

Aron se raidit.

– Oui, en effet.

Son regard se posa brusquement sur Cléo, qui fit tout ce qu'elle put pour ne pas reculer en le voyant.

– Que c'est romantique. Comme vous pouvez le constater, nous y sommes arrivés. Et nous ne sommes pas prêts de partir. Rendez-vous !

Les paroles de Cléo sortirent sans réfléchir.

– À vous ? *Jamais*.

Les traits de Magnus se durcirent.

– Allez, je sais que nous avons connu des frictions dans un passé pas si lointain, mais il n'y a aucune raison pour que vous vous montriez désagréable.

– Je peux vous trouver un million de raisons de ne pas avoir envie d'être aimable avec vous.

– Princesse, vous ne devriez pas être malpolie envers ceux qui sont à présent des invités dans votre pays. Je vous propose ma main en signe d'amitié.

Ses joues la brûlèrent.

– Vous osez envahir ma demeure, et maintenant vous me traitez comme une enfant naïve ?

– Mes sincères excuses si vous prenez les choses ainsi. Mon père sera ravi de faire enfin votre connaissance. Ne rendez pas les choses plus difficiles qu'elles ne doivent l'être. J'ai échoué une fois à vous présenter à lui. Je n'ai pas l'intention que cela se reproduise.

Cléo agrippa le bras d'Aron, attendant qu'il dise ou fasse quelque chose. Qu'il montre que, sous sa façade d'ivrogne égoïste, se cachait un véritable héros à qui elle pourrait pardonner toutes les choses horribles qu'il avait faites par le passé.

– Le prince a raison, répondit Aron, lugubre. Si nous voulons nous sortir de ce mauvais pas, nous devons obéir. Nous devons nous rendre.

Elle lui adressa un regard froid et furieux.

– Tu es si incroyablement pathétique que tu me donnes envie de vomir.

– Oh, oh, ne me dites pas qu'il y a de l'eau dans le gaz avec votre amoureux, la veille de votre mariage. Ne me forcez pas à renoncer à mes idéaux romantiques du véritable amour.

Les propos cinglants de Magnus étaient teintés d'amusement. Cléo se tourna vers ce monstre.

– Non, en réalité vous avez tué le garçon que j'aimais sous mes yeux.

Il la regarda, confus, avant que la compréhension ne se glisse dans ses yeux sombres. Puis ses sourcils se froncèrent.

– Je lui ai demandé de rompre les rangs.

La lèvre inférieure de Cléo tremblait.

– Il me protégeait. Et vous l'avez tué.

Ce petit froncement de sourcils qui contredisait son air habituellement glacial s'accentua encore.

– Attendez, dit Aron, de qui parlez-vous ?

Elle l'ignora et se força à garder une expression neutre.

– Prince Magnus…

– Oui, princesse Cléiona ?

– Je veux que vous transmettiez un message de ma part à votre père.

– Vous pouvez assurément le lui livrer vous-même, mais très bien, de quoi s'agit-il ? répliqua Magnus.

– Dites-lui que son fils a encore échoué.

Sur ces mots, Cléo se retourna et repartit en courant le plus vite possible. Elle connaissait mieux que quiconque les couloirs de ce château. Le grognement furieux du prince résonna contre les murs de pierre, quand il la perdit de vue.

Dans d'autres circonstances, cette infime victoire aurait pu la faire sourire. Et si elle ressentait un certain regret à quitter Aron, cela s'arrêtait là. S'il voulait se rendre aux Limériens sans se battre, il en avait encore l'occasion, mais ce serait sans elle.

On entendait, en haut, des hurlements de colère et le cliquetis du métal contre le métal. Elle se figea sur place, s'adossa au mur. *Pas par là*. Il lui fallait trouver un autre chemin. Elle ne pouvait pas renoncer à retrouver son père.

Quand elle prit le couloir, quelqu'un l'agrippa par les cheveux et les tira si fort qu'elle crut qu'on essayait de les lui arracher. Elle hurla et essaya de donner des coups de pied et de griffer celui qui l'avait attrapée. Un soldat limérien la dévisageait avec curiosité.

Le regard de la jeune fille se posa d'un coup sur son épée, qui ruisselait de sang jusqu'au sol de marbre.

– Qu'avons-nous donc ici ? demanda-t-il. On est jolie, n'est-ce pas ?

– Lâchez-moi, gronda-t-elle. Sinon, vous êtes mort.

Puis, étonnamment, il la lâcha et tituba. Du coin de l'œil, Cléo le vit s'effondrer au sol tandis que derrière lui surgissait son assaillant.

Le roi Corvin était là, avec sur son visage un masque de fureur, son épée recouverte de sang jusqu'à la garde.

– Père ! haleta-t-elle.

– Tu n'es pas en sécurité ici.

Il l'attrapa par le bras et la traîna à moitié dans le couloir.

– Je vous cherchais, dit-elle. Ces hommes...

– Je sais. Cela n'aurait pas dû se produire, dit-il, jurant dans sa barbe. Je ne sais pas comment ils ont réussi à entrer.

– On m'a dit que les portes étaient protégées par un sort qu'a jeté une sorcière. Est-ce la vérité ?

Il la dévisagea. Son cœur fit des embardées quand elle constata qu'il avait été blessé. Il avait une vilaine coupure sur la tempe et du sang dégoulinait sur sa joue.

– Oui, c'est vrai.

Cléo n'avait jamais imaginé que son père pût croire aux sorcières ou à la magie. Il avait tourné le dos à la déesse après la mort de sa mère, et elle n'avait jamais posé de questions. Elle aurait bien voulu connaître la vérité. Il l'entraîna dans une petite salle, au bout du couloir. Il ferma la porte et s'y adossa. Une minuscule fenêtre laissait entrer juste assez de lumière.

– Merci, ma déesse, je vous ai trouvé ! dit-elle, se laissant enfin aller au soulagement. Il nous faut mettre la main sur Nic et Mira. Nous devons rester cachés jusqu'à ce que nous puissions nous échapper.

– Je ne peux pas partir, Cléo, murmura-t-il en secouant la tête. Et nous ne pouvons pas laisser Emilia toute seule.

Et, à cet instant précis, toutes les larmes qu'elle avait retenues depuis qu'elle avait quitté la chambre de sa sœur se mirent à couler à flots, telle une rivière infinie.

– Elle n'est plus, Emilia n'est plus, je l'ai trouvée tout à l'heure dans ses appartements. (Elle s'efforça de reprendre son souffle, tout en sanglotant. Sa poitrine se soulevait...) Elle est... morte.

Le chagrin traversa brièvement le visage du roi, ainsi qu'autre chose de plus obscur et de plus froid.

– J'ai eu tort, Cléo, je suis désolé. J'aurais dû envoyer mes hommes pour mettre la main sur cette Sentinelle exilée dont tu m'as parlé à Paelsia. J'aurais dû croire que ce que tu prétendais était possible. J'aurais pu lui sauver la vie.

Elle n'avait aucune réponse à cela. Elle aurait bien voulu que les choses se passent autrement.

– C'est trop tard, à présent.

Il lui serra le bras si fort qu'elle poussa un petit cri de douleur. C'était aussi efficace qu'une gifle pour qu'elle retrouve ses esprits et cesse de pleurer.

– Il faut que tu sois forte, Cléo. À présent, tu es mon héritière.

Il avait la voix entrecoupée. La jeune fille eut un haut-le-corps. Elle n'y avait même pas pensé.

– J'essaie, père !

– Tu n'as plus le choix, ma fille chérie. Tu *dois* être forte. Pour moi, pour Auranos, pour tout ce qui t'est cher.

La panique serra la poitrine de Cléo.

– Nous devons y aller.

Il y avait une profonde douleur sur le visage du roi. Ses yeux brillaient de larmes.

– Ce n'est pas juste, j'ai été idiot. Un idiot aveugle. J'aurais pu éviter cela, mais c'est trop tard à présent.

– Non, ce n'est pas trop tard, ne dites pas cela !

Il secoua la tête.

– Ils vont gagner, Cléo. Ils vont tout conquérir. Mais tu dois trouver un moyen de le reprendre.

Elle le regarda, confuse.

– De quoi parlez-vous ?

De la sueur goutta de son front. Il toucha son cou, et sortit une longue chaîne de sous sa chemise. Il tira dessus pour la briser. Au bout pendait une bague en or sertie d'une pierre violette qu'il colla dans la main de la jeune fille.

– Prends-la. Elle appartenait à ta mère. Elle a toujours cru qu'elle avait le pouvoir d'aider à trouver les Quatre sœurs.

– Les Quatre sœurs, souffla Cléo.

Elle se rappela les propos d'Eirene. Quatre cristaux qui contenaient l'essence de l'*elementia*. Ce que les deux déesses avaient volé avant de se le partager : Feu et Air, Terre et Eau.

– Mais pourquoi ma mère aurait-elle eu un tel objet en sa possession ?

– Elle a été transmise dans sa famille par un homme censé avoir eu une aventure avec une sorcière. C'était il y a tellement longtemps que c'est devenu une légende. Ta mère y croyait. J'allais la donner à Emilia le jour de son mariage, dit-il, la voix brisée. Mais le destin en a décidé autrement et je l'ai gardée. Tu dois la prendre. Si tu arrives à trouver les Quatre sœurs, tu seras suffisamment puissante pour reprendre ce royaume à ceux qui cherchent à nous détruire.

Elle leva les yeux sur son visage, serrant la bague très fort.

– Je ne savais pas que tu croyais à la magie.

– J'y crois, Cléo. Même si je n'y croyais pas, je crois en la foi que ta mère avait en elle, affirma-t-il avec un sourire peiné. Mais je t'en prie, sois prudente. Quelle que soit l'arme dont le roi Gaius s'est servi pour briser le sort de protection, elle doit être puissante et dangereuse.

– Venez, il faut y aller, le pressa Cléo. Nous trouverons les Quatre sœurs ensemble, nous reprendrons ce royaume ensemble.

Il lui caressa la joue, une expression de douloureuse tristesse sur la figure.

– J'aimerais que ce soit possible.

– Que faites…

Cléo se tut peu à peu. Il y avait quelque chose dans sa posture, collée au mur. Son autre main était bien serrée sur son flanc. Le regard de Cléo se dirigea vers le sol, où elle remarqua enfin la flaque de sang qui s'y était formée.

Ses yeux se reposèrent d'un coup sur le visage de son père.

– Non !

– J'ai tué celui qui m'a fait cela, dit-il en secouant la tête. Maigre consolation.

– Vous avez besoin d'aide. Vous avez besoin d'un médecin, d'un guérisseur !

– C'est trop tard.

Cléo colla sa main tremblante sur son flanc pour s'apercevoir qu'il était trempé de sang. La douleur la submergea.

– Non, père, je vous en prie. Vous ne pouvez pas me laisser. Pas comme cela.

Il glissa encore un peu, et elle le rattrapa pour l'aider à rester debout.

– Je sais que tu feras une reine merveilleuse.

Tant de larmes ruisselaient sur son visage qu'elle ne voyait plus rien.

– Non, je vous en prie, ne me laissez pas !

La voix de son père était hachée, comme s'il devait faire de grands efforts pour parler.

– Je t'aime. Je t'aimerai toujours. Sois plus intelligente que moi. Sois une meilleure souveraine que moi. Aide à restituer son ancienne splendeur à Auranos. Et crois en la magie… toujours. Je sais qu'elle est là, quelque part, qu'elle attend que tu la trouves.

– Non, je vous en prie, non, murmura-t-elle. Ne partez pas, j'ai besoin de vous.

Il finit par glisser au sol. Son étreinte sur sa peau se resserra douloureusement, avant de se relâcher complètement.

Son père était mort.

Cléo dut se flanquer la main sur la bouche pour ne pas hurler. Elle s'effondra et ramena ses genoux contre sa poitrine, se balançant d'avant en arrière. Un cri de douleur immense resta coincé dans sa poitrine, menaçant de l'étrangler. Puis elle se raccrocha à son père, ne voulant pas le laisser partir, même si elle savait que c'était trop tard.

– Je vous aime, je vous aime tant.

Il ne s'était pas rendu aux Limériens. S'il l'avait fait, tout cela aurait pu être évité.

Mais elle savait que ce n'était pas la vérité. Ce roi de Limeros, Gaius, était un tyran. Un dictateur. Un homme mauvais qui abattait ceux qui se mettaient sur son chemin. Si son père s'était écarté pour éviter la violence et le bain de sang, elle était sûre et certaine qu'il se serait fait tuer de toute façon, pour ne pas constituer de menace pour l'avenir.

Cléo garda la tête sur l'épaule de son père, comme quand elle était petite et qu'elle avait besoin de réconfort pour une raison idiote, un gros chagrin ou un genou écorché. Il la serrait toujours contre lui en lui assurant que tout irait bien. La douleur se calmerait. Elle irait mieux.

Mais elle ne guérirait jamais de cela. Elle avait connu un tel malheur qu'elle avait l'impression qu'une partie de son cœur avait été arrachée et laissait une blessure ensanglantée. Elle resterait ici et laisserait le prince Magnus la trouver. Le laisserait la transpercer d'un coup d'épée afin qu'elle puisse retrouver paix et calme, après tout ce chaos et cette douleur.

Cette pensée désespérée ne dura que quelques minutes avant qu'elle n'entende la voix de sa sœur dans sa tête, qui la pressait d'être forte. Mais comment, alors qu'on lui avait tout enlevé ?

La bague lui attira l'œil. Elle l'avait laissée tomber. La grosse améthyste brillait dans la maigre lumière de la pièce.

Elle était une descendante du chasseur, l'homme de Paelsia qui avait aimé Eva, l'enchanteresse. Qui avait caché les Quatre sœurs, après que les déesses se furent détruites les unes les autres par pure vengeance et avidité. Si ce que son père lui avait confié était vrai, alors c'était la bague d'Eva. Celle qui lui permettait de toucher les Quatre sœurs sans que la magie infinie ne la corrompe.

Cléo l'attrapa et la glissa au majeur de sa main gauche.

Elle lui allait parfaitement.

Si cette bague avait le pouvoir de l'aider à trouver les Quatre sœurs, elle lui procurerait également celui d'exercer leur magie sans qu'elle ne la corrompe. Elle pourrait s'en servir pour reprendre son royaume à ceux qui le lui avaient volé. Cette pensée la fit sécher ses larmes et retrouver sa lucidité. Elle ne capitulerait pas. Pas aujourd'hui. Jamais.

Cléo leva une dernière fois les yeux sur le visage de son père avant de se pencher pour l'embrasser.

– Je serai forte, murmura-t-elle. Je serai forte pour vous. Pour Emilia. Pour Théon. Pour Auranos. Je le jure, je leur ferai payer ce qu'ils ont fait.

CHAPITRE 35

PAELSIA

Alexius regarda la vieille dame mettre son linge à sécher sur un fil étendu entre deux arbres flétris, à côté de sa modeste chaumière de pierre. Son visage était lugubre, et de temps à autre elle levait les yeux vers lui.

– Disparais de ma vue, dit-elle d'un ton strident.

Il ne bougea pas de son perchoir. Elle posa ses mains sur ses hanches.

– Je sais qui tu es. Je sais que tu es venu plusieurs fois auparavant. C'est toi, n'est-ce pas, frère ? Aucun des autres ne voudrait plus s'embêter avec moi, dorénavant.

Eirene, la sœur d'Alexius, avait quitté le Sanctuaire il y avait plus de cinquante années de mortelle. Elle aurait pu être jeune et belle et pleine de vie, et le rester éternellement. Mais à présent, derrière le voile, elle était devenue ridée, voûtée, grise de vieillesse et de dur labeur.

Elle avait fait son choix. Une fois que l'on quittait le Sanctuaire, on ne pouvait plus jamais y revenir.

– Es-tu conscient de la guerre qui fait rage en ce moment ? demanda-t-elle.

Alexius ne savait pas si elle croyait réellement qu'il était son frère ou si elle était légèrement folle – une femme qui parlait aux oiseaux.

– Elle va se terminer dans le sang et la mort, comme toutes les guerres. Le roi du Sang recherche la même chose que toi, je le sais. Crois-tu que tu la trouveras avant lui ?

Comme il ne pouvait pas lui répondre, il ne prit même pas la peine d'essayer.

– La fille est née. Elle vit, frère. Je l'ai vue dans les étoiles il y a des années. Mais il y a de fortes chances pour que tu sois déjà au courant. Elle peut trouver les Quatre sœurs. Les Anciens seraient ravis que tout revienne à la normale.

Eirene s'aigrit.

– Sans les cristaux, le Sanctuaire va disparaître. Je le vois dans ce royaume. Tout est lié. Tout est lié, frère, plus même que je ne l'ai jamais cru, dit-elle avec un rire acerbe. Peut-être est-ce pour le mieux. Si je dois mourir mortelle, pourquoi le même destin ne serait-il pas réservé à tous, quel que soit le temps qu'ils aient vécu, aussi importants qu'ils s'imaginent ? Tout finit bien par s'arrêter.

Eirene avait quitté le Sanctuaire parce qu'elle était tombée amoureuse d'un mortel. Elle avait tourné le dos à l'immortalité par amour. Elle croyait que quelques années emplies de passion et de vie valaient bien mieux qu'une existence interminable et parfaite. Sa faiblesse avait alors dégoûté Alexius. Pour une Sentinelle, cinquante ans, ce n'était guère plus qu'un instant.

Elle jeta un œil sur l'oiseau par-dessus son épaule, avant de retourner dans sa petite chaumière.

– Prends garde à une chose, frère. Ne sous-estime pas ton aptitude à te soucier des mortels, surtout ceux qui sont beaux. Au bout de deux mille ans, cela pourrait finir par causer ta perte.

Il n'avait toujours rien dit à Danaus, à Timothéus, ni même à Phèdre, sur la magie de la magnifique princesse brune. Elle était trop importante, et Alexius s'était mis à faire de moins en moins confiance aux siens, ces derniers mois. Il devait continuer à veiller sur elle. Il devait trouver le bon moment pour communiquer avec elle.

Et très vite, il lui faudrait trouver le moyen de la tuer.

CHAPITRE 36

AURANOS

La victoire leur appartenait. Le roi d'Auranos avait été tué. La princesse aînée et héritière du trône avait été retrouvée morte dans ses appartements. Mais il restait encore un petit détail à régler : la princesse Cléiona s'était enfuie du palais.

Pour une fille aussi jeune et d'apparence inoffensive, elle était très rusée.

Si jamais Magnus se retrouvait nez à nez avec elle, il ne la laisserait pas lui glisser une troisième fois entre les doigts. Il n'aimait pas qu'on lui résiste. Il n'aimait pas non plus l'écharde de culpabilité qui s'était frayé un chemin sous sa peau, à cause de la tragédie impitoyable qui s'était abattue sur la jeune fille – la mort de son père et de sa sœur, ainsi que celle du garde qui l'avait protégée à Paelsia. Celui qu'elle prétendait aimer. Celui que Magnus avait tué de sa propre épée.

Insignifiant. C'était fait. Et il ne pouvait rien y changer, même s'il l'avait voulu.

Magnus n'avait pas avoué à son père qu'il avait été de nouveau à deux doigts de la capturer. Il était convaincu que ce deuxième échec relatif à la princesse ne lui vaudrait pas les faveurs du roi. De plus, il ne tenait pas à interrompre ses festivités. Magnus était la seule autre personne invitée au dîner privé avec le chef Basilius, dans la tente fortement protégée de son père. Ils trinquaient à leur victoire mutuelle, au meilleur vin de Paelsia.

Magnus s'abstint. Il s'inquiétait trop pour la santé de Lucia pour être d'humeur à faire la fête. Elle gisait toujours, inconsciente, des heures après que sa magie eut fait une percée à travers les portes du château, leur garantissant la victoire. La force de l'explosion l'avait également assommé, mais quand il était revenu à lui, quelques instants plus tard, il était seulement secoué, pas blessé.

Lucia, en revanche, était couverte de sang. Fou de panique, Magnus la porta jusque chez le médecin. Lorsqu'il arriva, ses coupures et abrasions avaient par miracle – ou par magie – complètement disparu. Mais elle restait inconsciente.

Le médecin, déconcerté, lui dit qu'elle avait besoin de repos et qu'elle finirait par se réveiller. Pendant qu'il attendait, il avait prié la déesse Valoria pour qu'elle la ranime. Sa sœur croyait de tout son cœur en la déesse. Pas lui, mais il était prêt à essayer.

Deux cents personnes, au moins, des trois royaumes, avaient été tuées dans l'explosion. Mais pas Lucia. Et Magnus s'en réjouissait.

Elle l'avait guéri sans hésiter quand il avait frôlé la mort, même après leurs nombreuses disputes. Il avait cru qu'elle le détestait, mais elle l'avait aidé, quand il était vraiment dans le besoin.

Il était seul responsable de sa propre blessure. Il avait été distrait au cours du combat, quand quelque chose avait attiré son regard – des cheveux d'or parsemés de sang rouge vif. Le corps d'Andreas Psellos, le soupirant de sa sœur et le plus grand rival de Magnus depuis l'enfance, gisait en lambeaux sur le champ de bataille. Ce spectacle lui avait coupé le souffle suffisamment longtemps pour qu'un Auranien lui assène non pas un, mais deux coups d'épée avant de se faire tuer à son tour par un soldat paelsian.

Andreas était mort et ne poserait plus de problème.

La victoire lui paraissait bien plus futile qu'il ne l'aurait jamais cru. Il avait méprisé ce garçon, c'était vrai. Mais le voir vaincu, brisé, en sang...

Cela l'avait déconcerté.

Or, à présent, il faisait tout ce qu'il pouvait pour le chasser de son esprit. Le combat était terminé, et en dépit des nombreux morts, c'étaient eux, les vainqueurs. Magnus vivait, et Lucia était désormais dans le coma pour avoir respecté les volontés du roi. Plus de douze heures s'étaient écoulées, et il n'avait rien appris de neuf à son sujet.

C'était le dîner, le roi et le chef trinquaient, riaient de leur victoire et portaient un toast à leur avenir radieux. Magnus était assis avec eux à table, mais n'avait pas touché à son assiette.

– Oh, mon fils, dit le roi en souriant. Toujours si sérieux, même un jour comme celui-ci.

– Je suis inquiet pour Lucia.

Le roi se fendit d'un grand sourire.

– Ma chère arme secrète. Aussi puissante que je l'ai toujours espéré. Impressionnante, n'est-ce pas ?

– Très, acquiesça le chef de tribu en descendant son quatrième verre de vin. Et une très belle fille. Si j'avais des garçons, je pense que nous pourrions constituer une belle alliance entre nos pays.

– Certes.

Le chef jeta un coup d'œil sur Magnus.

– À propos de... J'ai bel et bien une fille dont on n'a pas encore parlé. Elle n'a que douze ans, mais elle ferait une excellente épouse.

Magnus tâcha de dissimuler son dégoût. L'idée d'une future mariée si jeune lui donnait clairement la nausée.

– On ne sait jamais ce que l'avenir nous réserve, dit son père, en passant le doigt sur le bord de son verre. Donc, je suppose que nous devrions réfléchir à ce que nous ferons du butin de guerre. Les jours et semaines à venir seront décisifs.

– Nous devons nommer des représentants afin de nous assurer que nul n'est lésé, comme nous en avons parlé. Bien sûr, je fais confiance à Limeros pour se montrer honnête dans ses transactions avec nous.

– Bien sûr.

– Tant de choses ici, tant de richesses. Or, trésors, ressources naturelles. Eau de source. Forêts. Des champs et des champs de récoltes. Un royaume qui regorge de gibier. C'est un paradis.

– Oui, acquiesça le roi, et bien sûr, il y a l'histoire des Quatre sœurs.

Le chef arqua un sourcil brun et broussailleux.

– Vous y croyez ?

– Pas vous ?

Le chef vida son verre.

– Si, bien sûr. J'ai cherché à percer le secret de leur localisation pendant mes années de méditation, et j'ai envoyé ma propre magie sur des kilomètres pour essayer de deviner où elles se cachent.

– Avez-vous réussi ? demanda le roi.

Le chef agita une main.

– Je crois que je suis tout près du but.

– Je crois qu'elles sont ici à Auranos, répondit le monarque d'un ton égal.

– Vraiment ? Qu'est-ce qui vous fait penser cela ?

– Auranos prospère, verte et luxuriante, comme le Sanctuaire légendaire, tandis que Paelsia dépérit et que Limeros se transforme en désert de glace. Simple déduction, vraiment.

Tout en y réfléchissant, le chef fit tourner le reste de vin ambré dans son verre.

– D'autres se sont dit la même chose. Je ne suis pas sûr d'y croire forcément. Je pense que les gouvernails en pierre sculptée trouvés à Limeros et à Paelsia nous renseignent sur leur emplacement.

– Peut-être, s'autorisa le roi Gaius. Mais avoir pris ce royaume au roi Corvin signifie posséder tout ce que celui-ci recèle, avec un accès illimité et indissociable dans ma quête. Trouver, ne serait-ce qu'un seul cristal équivaudrait à une magie infinie – mais les détenir tous...

Le chef de tribu opina. Ses yeux étincelaient d'avidité.

– Nous pourrions devenir des dieux. Oui, c'est bien. Nous les trouverions ensemble, et nous les partagerions équitablement – cinquante cinquante.

– Ce projet vous plaît ?

– Oui, beaucoup.

– Vous savez, votre peuple vous considère déjà comme son dieu. Suffisamment pour vous rétribuer en sacrifice de sang et vous payer des impôts sur le vin afin de vous garantir un mode de vie agréable, dit-il alors que le roi Gaius se calait dans sa chaise. Il vous prend pour un grand sorcier, un descendant des Sentinelles, même, qui va bientôt se révolter pour venir les délivrer de leur condition sordide.

Le chef tendit les mains en un geste modeste.

– Sans mon peuple, je ne suis rien.
– Je vous connais depuis un certain temps, mais il faudrait tout de même me donner un aperçu de cette magie.
Une faible lueur de mécontentement traversa le visage du chef Basilius.
– Vous ne me connaissez pas depuis assez longtemps. Un jour, peut-être, je vous montrerai mon véritable pouvoir.
Magnus examina attentivement son père. Il se passait quelque chose d'étrange ici, qu'il ne comprenait pas entièrement, mais il se garda bien de poser des questions. Quand le roi lui avait demandé de participer à ce dîner et à cette fête, il lui avait clairement expliqué qu'il n'était là que pour observer et apprendre.
– Quand entamons-nous notre quête des Quatre sœurs ? s'enquit le chef.
Son assiette et son verre étaient vides.
– J'ai l'intention de commencer immédiatement, répondit le roi.
– Et quels sont les deux éléments que vous aimeriez posséder ?
– Deux ? J'aimerais les posséder tous les quatre.
Le chef se renfrogna.
– Tous les quatre ? C'est cela, partager à cinquante cinquante ?
– Non.
– Je ne comprends pas.
– Je sais, et c'est triste… vraiment.
Un sourire s'étira sur le visage du roi.
Le chef le fixa un moment, d'un regard voilé par les deux bouteilles de vin qu'il avait bues. Puis il se mit à rire.

– Vous avez failli m'avoir. Non, Gaius. Je vous fais confiance pour respecter votre parole. Nous sommes comme des frères depuis le sacrifice de sang de votre bâtard. Je n'oublie pas.

– Moi non plus.

Le roi continua à sourire, quand il se leva et contourna la table.

– Il est temps de se reposer. Demain est un autre jour, un jour radieux. J'en ai assez des tentes. Nous devrions emménager au château. On y est bien mieux.

Il tendit la main au chef Basilius, que leur échange amusant faisait encore sourire. Celui-ci prit la main du roi et, en chancelant, se leva.

– Un bon repas. Vos cuisiniers sont à recommander.

Le roi Gaius l'observa.

– Montrez-moi un peu de votre magie. Juste un peu. Je pense que je l'ai mérité.

Le chef se tapota le ventre.

– Pas ce soir. Je suis bien trop repu pour de telles exhibitions.

– Très bien. Bonne nuit, mon ami.

Le roi tendit de nouveau la main.

– Bonne nuit.

Il serra la main du roi, qui l'attira contre lui.

– J'ai cru aux légendes. Celles qui racontaient que vous étiez un sorcier. J'ai vu suffisamment de magie pour ne pas douter de ce genre d'histoires, jusqu'à ce que j'aie eu assez de preuves pour les réfuter. Je dois admettre, il y avait de la peur. Si je suis un homme d'action, je ne possède moi-même aucune magie. Pas encore.

Les sourcils du chef se froncèrent.

– Me traitez-vous de menteur ?

– Oui, répondit le roi. Exactement.

Prenant l'épée qu'il avait cachée dans son autre main, le roi Gaius trancha la gorge du chef d'un geste vif et rapide.

Les yeux du chef s'ouvrirent grand de surprise et de douleur, et il s'éloigna en titubant.

– Si vous êtes vraiment un sorcier, ajouta Gaius d'un ton froid, guérissez-vous.

Magnus agrippa le bord de la table, mais ne bougea pas. Chaque muscle de son corps s'était tendu à cause de cet échange.

Du sang jaillit entre les doigts du chef. Son regard affolé se porta d'un coup sur l'entrée de la tente, gardée uniquement par les hommes du roi Gaius. Sa confiance lui avait permis de venir ici sans poster aucun garde du corps dans le coin.

– Oh, et notre accord cinquante cinquante ? fit le roi avec un petit sourire. C'était uniquement pour une durée limitée. Auranos m'appartient. Et à présent, Paelsia aussi.

Le chef Basilius eut l'air complètement paniqué par la tournure des événements, et s'effondra au sol dans un bruit lourd. D'un petit coup à l'épaule, le roi le retourna sur le dos : il avait les yeux écarquillés et vitreux, et le sang suintait de sa blessure béante à la gorge.

Magnus réprima l'envie urgente de s'enfuir. En un sens, il ne pouvait pas dire qu'il était surpris. Cela faisait un moment qu'il attendait que son père reprenne le dessus sur le chef.

Lorsque le roi Gaius jeta un coup d'œil rapide sur son fils, comme pour vérifier comment il réagissait à cela, il ne vit qu'une expression légèrement ennuyée sur le visage du prince.

Il laissa échapper une espèce d'aboiement aigu en guise de rire.

– Allez, tu n'es pas du tout impressionné ? Oh, Magnus, reconnais-moi au moins cela !

– Je me demande si je devrais être impressionné ou inquiet, rétorqua Magnus d'un ton égal. Pour ce que j'en sais, vous pourriez bien me faire la même chose.

– Ne sois pas ridicule, je fais tout cela pour toi, Magnus. Ensemble, nous trouverons les Quatre sœurs – c'est mon objectif dans la vie depuis que je suis enfant et que l'on m'a raconté ces histoires. Les trouver toutes les quatre nous procurerait l'ultime pouvoir. Nous pourrions diriger l'univers même.

Un frisson parcourut la colonne vertébrale de Magnus, quand il vit l'hystérie dans les yeux de son père.

– Je ne peux pas dire que mon père n'a pas de perspectives.

– Claires et précises. Maintenant – le roi se dirigea vers l'entrée de la grande tente luxueuse – allons donc informer les peuples d'Auranos et de Paelsia que leurs dirigeants sont morts et qu'ils doivent s'incliner devant moi. Ou mourir.

CHAPITRE 37

AURANOS

– Juste une fois, dit Brion dans sa barbe, j'aurais voulu que tu te trompes.

Jonas jeta un coup d'œil sur lui.

– Je me suis trompé des tas de fois.

– Pas celle-ci.

– Non, pas celle-ci.

Ils se tenaient en lisière de la forêt et regardaient le corps du chef Basilius maculé de sang, suspendu à la vue de tous. Le roi Gaius exhibait le meurtre comme symbole de la faiblesse de l'ancien chef de Paelsia. Il n'était ni dieu ni sorcier, comme son peuple l'avait toujours cru. Il n'était qu'un homme.

Un homme mort.

Après sa mort la nuit précédente, l'armée limérienne avait retourné son épée contre les mêmes soldats paelsians aux côtés desquels ils s'étaient précédemment battus. Ceux qui refusèrent de s'incliner devant le roi Gaius eurent immédiatement la gorge tranchée ou la tête coupée, que l'on exhibait ensuite sur des pointes. La plupart se prosternèrent devant Limeros et firent serment d'allégeance. La plupart avaient peur de mourir.

Chaque fois que Jonas était contraint d'assister à ces atrocités, il sentait son cœur s'assombrir un peu plus. Non seulement Auranos, mais Paelsia était aussi tombée entre les mains de ces monstres limériens avides et traîtres, dirigés par leur roi du Sang et de la Mort. C'était tout ce qu'il avait redouté.

Il avait retrouvé Brion juste à temps. Son ami s'était retrouvé face à une lame limérienne, et vu l'expression féroce et insolente sur le visage de Brion, il ne comptait pas s'incliner devant le roi Gaius. Quand le chevalier avait levé son épée, prêt à trancher la tête de Brion, Jonas l'avait tué et attrapé Brion avant de s'enfuir.

Il avait beaucoup tué depuis que cette guerre avait commencé. Il s'était considéré comme un chasseur avant cela, mais un chasseur d'animaux, pas d'hommes. À présent, sa lame avait trouvé le cœur de nombreux êtres humains. Le peu qui restait en lui du jeune garçon de dix-sept ans s'était endurci. Chaque fois qu'il tuait, cela devenait plus facile, et les visages des hommes dont il prenait la vie étaient de moins en moins aisés à distinguer les uns des autres. Mais ce n'était pas le chemin qu'il aurait choisi, s'il avait su où celui-ci le mènerait en fin de compte.

Ensemble, Brion et Jonas avaient rejoint d'autres garçons paelsians, ceux qui refusaient de céder à cette folie. Ils étaient à présent un groupe de six, réunis sous le couvert de la forêt.

– Et maintenant ? demanda Brion, l'air lugubre. Que pouvons-nous faire, à part observer et patienter ? Si nous repartons là-bas, nous serons massacrés.

Jonas songea à son frère. Depuis son meurtre, tout avait changé. Une vie pleine d'épreuves dans des conditions sordides à Paelsia, ce n'était rien par rapport aux horreurs qui les attendaient.

– Nous devons attendre de voir ce qui va se passer, dit enfin Jonas.

– Donc nous sommes censés rester en retrait comme des lâches ? grommela Brion. Et laisser le roi Gaius détruire notre royaume ? Massacrer notre peuple ?

À cette idée, l'estomac de Jonas se souleva. Il détestait se sentir impuissant. Il tenait à agir tout de suite, mais il savait qu'ils se feraient tous tuer dans ce cas.

– Basilius a commis de nombreuses erreurs. Il en est mort. Et si vous voulez savoir la vérité, c'était un piètre chef. Il nous fallait quelqu'un de fort et de capable, pas quelqu'un qui se laisserait aussi facilement berner par le roi Gaius. La défaite de Basilius m'écœure. En raison de son avidité et de sa stupidité, nous autres devrons souffrir.

L'injustice de la situation fit râler les quatre autres garçons rassemblés. La mâchoire de Jonas était serrée. Il leva la voix pour se faire entendre.

– Mais nous avons toujours survécu, en dépit du sort qui s'acharne contre nous. Paelsia dépérit depuis des générations. Mais nous, nous vivons encore.

– C'est le roi Gaius, à présent, dit un dénommé Tarus. Il nous a détruits, et maintenant il nous possède.

Le gosse qui parlait n'avait pas plus de quatorze ans, c'était le frère aîné du garçon que Jonas avait vu mourir sur le champ de bataille.

– Personne ne nous possède, tu m'entends ? Personne.

Jonas se rappela les paroles de son frère Tomas.

– Si tu veux quelque chose, prends-le. Parce que personne ne te le donnera jamais. Nous allons donc reprendre ce que l'on nous a volé. Puis nous créerons un avenir meilleur pour Paelsia. Un avenir meilleur pour nous tous.

– Comment ?

– Jonas n'en sait rien, dit Brion, qui souriait en fait pour la première fois depuis des jours. Mais il y arrivera d'une façon ou d'une autre.

Jonas ne put s'empêcher de lui rendre son sourire. Son ami avait raison. Il saurait comment arranger cela. Il n'y avait aucun doute dans sa tête.

Jonas jeta un œil en direction du palais auranien. S'il étincelait d'or sous le soleil, une partie brûlait encore de l'explosion survenue la veille à l'aube. Un nuage de fumée noire s'élevait au-dessus de lui.

Il avait entendu les rapports. Le roi était mort. Emilia, la princesse aînée, était morte elle aussi. Toutefois, on n'avait pas encore retrouvé la princesse Cléo.

Quand il avait appris la nouvelle, il avait été surpris que son cœur lourd s'allège quelque peu.

La fille qu'il tenait responsable de la mort de son frère, celle qu'il avait tant désiré tuer pour obtenir vengeance, celle qui avait si astucieusement réussi à échapper à son propre destin, à ses chaînes, et à un abri surveillé et verrouillé.

Elle était reine à présent. Une reine en exil.

Il devait la retrouver.

L'avenir, tant celui de Paelsia que d'Auranos, dépendait désormais complètement de sa survie.

CHAPITRE 38

AURANOS

La chambre à coucher de la princesse Cléo était désormais celle de Lucia. Magnus était à son chevet pendant que les médecins et les guérisseurs l'entouraient, mais ils s'en allèrent quand ils comprirent qu'ils ne pourraient rien faire de plus pour l'aider. Elle était allongée dans le grand lit à baldaquin, son magnifique visage pâle et ses cheveux de nuit déployés sur les oreillers de soie.

Magnus demeurait à son chevet en maudissant la déesse qui n'avait pas répondu à ses prières. Il restait une seule guérisseuse. Elle essuyait le front de Lucia avec un tissu frais et humide.

– Sortez de là, dit-il d'un ton cassant.

La femme le regarda, effrayée, avant de détaler en dehors de la chambre. Il provoquait fréquemment ce genre de réaction ces jours-ci. À cause de ses actes sur le champ de bataille, de l'aisance avec laquelle il ôtait la vie de ceux qui se trouvaient sur son chemin, et du fait qu'il ait été présent lorsque le chef Basilius avait été assassiné, sa réputation de prince du Sang avait presque rattrapé celle de son père.

Seule Lucia avait été en mesure de percer sa vraie nature – avant même que son épée n'ait goûté au sang. Mais peut-être Magnus était-il mort la nuit où il lui avait montré ses véritables sentiments. Le masque qu'il avait toujours porté s'était détruit, et un nouveau s'était formé, plus fort et plus épais que jamais. Il aurait dû se réjouir de cette amélioration. Pourtant, il ne ressentait que du chagrin pour ce qu'il avait perdu.

– L'amour d'un frère pour sa sœur, observa le roi derrière lui. C'est une véritable beauté.

Les épaules de Magnus se contractèrent, mais il ne détourna pas son regard du visage de Lucia.

– Elle ne va pas mieux.

– Elle va s'en tirer.

– Comment pouvez-vous en être sûr ?

Les propos de Magnus étaient aussi cinglants que son épée.

– J'ai la foi, mon fils. Elle est exactement comme la prophétie l'avait prédit, une enchanteresse telle que le monde n'en a jamais vu en mille ans.

Il essaya de déglutir.

– Ou alors est-ce simplement une sorcière qui s'est détruite pour vous aider à remporter votre victoire sur Auranos.

Son père partit d'un rire railleur.

– Magnus, ce que tu peux être pessimiste ! Attends, c'est tout. Demain, je m'adresserai à mes nouveaux sujets et je les rassurerai sur leur avenir. Tout le monde est désormais citoyen honoraire de Limeros. Tous vont fêter ma victoire.

– Et si ce n'est pas le cas, vous veillerez à ce qu'ils soient punis.

– Je ne peux pas avoir de dissidents. Ce ne serait pas convenable, n'est-ce pas ?

– Vous pensez que personne ne va s'opposer à vous ?

– Quelques-uns, peut-être. Je serai obligé de les punir pour l'exemple.

Que son père réagisse aussi calmement l'exaspérait au plus haut point.

– Juste quelques-uns ? Nous avons débarqué chez eux, tué leur roi, la princesse aînée et conquis leur royaume – et nous avons assassiné le chef paelsian. Vous croyez qu'ils vont accepter tout cela sans broncher ?

– Nous ne sommes pas responsables de la mort de la princesse Emilia. Quelle tragédie que sa maladie ! Je ne tuerai jamais une innocente. Après tout, sa présence au palais m'aurait permis de conquérir plus facilement le cœur des citoyens d'Auranos.

– Et la princesse Cléiona ? Elle est reine, à présent.

Les traits du roi se durcirent. C'était le premier signe de tension que Magnus décelait.

– Elle serait assez maligne de venir me voir et implorer ma protection.

– La lui donneriez-vous ? Ou lui trancheriez-vous la gorge, à elle aussi ?

Le roi sourit – un sourire froid – et passa le bras autour des épaules de son fils.

– Honnêtement, Magnus, trancher la gorge d'une jeune fille de seize ans ? Pour quel genre de monstre me prends-tu ?

Quelque chose attira l'attention de Magnus. Lucia battait des paupières. Magnus retint son souffle. Mais après avoir attendu quelques instants, rien d'autre ne se produisit. Le roi resserra son étreinte sur l'épaule du garçon, comme s'il devinait qu'il se trouvait désormais en grande détresse.

– C'est bon, fils. Elle récupérera à temps. Ce n'est que temporaire.

– Comment le savez-vous ?

Sa voix était étranglée. Le roi opina, confiant, l'air désormais très sérieux.

– Parce que la magie opère toujours en elle, et je n'en ai pas encore terminé. Je dois trouver les Quatre sœurs. Laisse-nous, Magnus, je vais veiller sur elle.

– Mais père…

– Je t'ai demandé de partir, tout de suite.

Son ton était ferme et sans appel. Sa requête non négociable.

Magnus s'éloigna du lit et gratifia son père d'un regard noir.

– Je reviendrai.

– Je n'en doute pas.

Il quitta la pièce et colla son dos contre le mur du couloir. C'était comme s'il avait reçu un coup de poignard dans le cœur. Si Lucia ne se réveillait jamais, alors il la perdrait pour toujours. Le chagrin pour la seule personne au monde qu'il ait jamais aimée et qui l'avait aimé en retour fit se dérober ses jambes sous lui.

Il toucha son visage, et se demanda ce qu'était cette humidité chaude. L'espace d'un instant, il crut qu'il saignait.

Jurant dans sa barbe, il essuya ses larmes et se promit qu'elles seraient les dernières qu'il verserait jamais. De la force, pas de la faiblesse, voilà ce dont il avait besoin à partir d'aujourd'hui.

CHAPITRE 39

AURANOS

Le roi Gaius se tenait sur le balcon du château et regardait ceux qui étaient rassemblés pour l'entendre évoquer sa victoire ici, à Auranos, une foule de plus d'un millier de personnes.

Il les terrorisait, tout comme son armée qui les entourait et qui guettait le moindre signe de discorde. Cléo tira le bout de la capuche de sa cape plus près de son visage en écoutant cet homme détestable débiter, tout sourire, ses mensonges et fausses promesses.

Elle était épuisée. Toute la journée et toute la nuit, elle avait rasé les murs du palais fortifié, désormais envahi par la sécurité limérienne. Mais nul ne prêtait réellement attention à une gamine.

Chaque fois qu'elle commençait à perdre la foi, elle touchait la bague que son père lui avait donnée pour y puiser de la force – la bague de sa mère. La bague d'Eva, l'enchanteresse.

Le royaume de Cléo lui avait été arraché. Sa famille était décimée. Elle était seule. Mais elle n'était pas encore prête à s'enfuir. Nic et Mira n'étaient pas arrivés au château à temps. Le roi Gaius avait à l'évidence étendu sa « généreuse » hospitalité en leur faveur aussi. Ils se tenaient sur le balcon avec lui, en tant que représentants auraniens, l'air pâle et affolé, mais aussi courageux que possible, vu la situation.

Avoir la preuve qu'ils vivaient lui donna un semblant d'espoir qu'elle pourrait les libérer. Elle avait besoin de ses amis à son côté, si elle devait trouver un plan pour réparer ce qui s'était si horriblement passé. C'était la dernière requête de son père.

Cléo refusait de croire qu'elle pourrait échouer.

D'un seul coup, elle sentit un regard chaud sur le côté de son visage. Quand elle jeta un coup d'œil sur sa gauche, elle eut le souffle coupé. Jonas Agallon, lui aussi revêtu d'un manteau, se tenait à moins de trois mètres. Elle craignait qu'il ne sonne l'alarme, lorsqu'il porta son index à ses lèvres.

Le garçon qui l'avait kidnappée, emprisonnée, et qui avait indiqué au prince Magnus où elle se trouvait afin qu'il puisse essayer de l'entraîner à Limeros en tant que prisonnière de guerre lui intimait de se taire. De rester calme.

Cléo resta paralysée quand il traversa discrètement la foule, venant se placer juste derrière elle.

– Je ne vous veux aucun mal, murmura-t-il.

Elle se retourna lentement vers lui.

– J'aimerais pouvoir en dire autant.

Elle colla le bout bien aiguisé de son épée sur son abdomen.

Au lieu d'avoir l'air paniqué, il eut le toupet de lui adresser un petit sourire.

– Bien joué.

– Vous ne direz pas cela quand vous saignerez à mort.

– Non, je suppose que non. Vous ne devriez pas être ici, Votre Majesté. Vous devez partir immédiatement.

Elle le foudroya du regard, et lui enfonça un peu plus son épée dans la chair pour lui montrer qu'elle ne plaisantait pas.

– C'est un sauvage paelsian qui fait serment d'allégeance à l'homme qui a volé mon royaume et détruit ma famille qui dit ça ?

Ignorant le danger que représentait l'épée, il se pencha pour effleurer son oreille de ses lèvres.

– Non, un rebelle qui se prépare à arrêter le roi du Sang. Un jour, très bientôt, soyez prête.

Elle leva les yeux sur lui, confuse, alors qu'il s'éloignait d'elle. Elle rangea immédiatement l'épée sous sa cape afin que personne ne la voie. Quand elle regarda de nouveau autour d'elle, Jonas était perdu dans la foule.

– Donc vous voyez – le roi Gaius parlait haut et fort depuis son perchoir royal – l'avenir appartient à Limeros. Et si vous me rejoignez, il vous appartiendra à vous aussi.

Un murmure désapprobateur parcourut la foule, mais le sourire du roi s'élargit encore.

– Je sais que vous êtes inquiets pour la sécurité de votre princesse Cléiona. Les rumeurs abondent, selon lesquelles elle aurait été tuée. Je vous assure que ce n'est pas le cas. Elle est saine et sauve, et devrait très bientôt être mon invitée au palais. Considérez cela comme un acte de générosité qui montre que je suis bien disposé envers tous les Auraniens durant cette transition.

Cléo, confuse, grimaça. Comment pouvait-il affirmer ce genre de choses ? Elle n'était pas son invitée.

– Nous devons vraiment arrêter de nous rencontrer comme cela, fit une voix odieusement familière.

Elle regarda sur sa droite, paniquée, et constata que le prince Magnus se tenait à son côté.

Avant qu'elle ne puisse reprendre son épée, deux gardes l'attrapèrent par les bras et la maintinrent fermement en place. Le prince Magnus se rapprocha et glissa sa main sous sa cape afin de localiser son arme. Il examina celle-ci avec dédain.

– Lâchez-moi, exigea-t-elle.

– Vous n'avez pas entendu mon père ? demanda Magnus désignant le balcon avant que ses yeux marron ne se reposent brusquement sur les siens. Vous êtes cordialement invitée. Mon père n'apprécie pas trop d'être déçu. Je vous conseille donc d'accepter son invitation le plus gracieusement possible. Je sais que cela doit être un moment très difficile pour vous.

Ses sourcils bruns s'arquèrent quand il la regarda.

Elle lui cracha dessus.

– Je veillerai à vous tuer de mes mains !

Il essuya le crachat, puis lui attrapa le menton. Son regard devint glacial.

– Et moi, princesse, je veillerai à dîner avec vous, ce soir.

Il adressa un signe de tête aux gardes.

– Emmenez-la.

En lui tenant les bras avec force, les gardes accompagnèrent Cléo en direction du château. Elle avait beau vouloir hurler, se débattre, elle gardait la tête haute, arrogante. Elle se montrerait féroce. Ce destin particulier finirait bien par lui servir. À l'intérieur du palais, elle retrouverait Nic et Mira. Ensemble, ils trouveraient le moyen de s'échapper. Ils trouveraient comment utiliser la bague de sa mère pour localiser les Quatre sœurs. Avec elles, elle détiendrait encore plus de pouvoir pour reprendre Auranos et vaincre ses ennemis à tout jamais.

Jonas lui avait dit de se tenir prête, mais prête à quoi ? Elle ne lui faisait pas confiance. Quelques mots échangés à voix basse sur le ton de la conspiration ne changeaient rien. Pour ce qu'elle en savait, c'était lui qui avait informé Magnus de sa présence dans la foule.

Quoi qu'il en soit, son combat n'était pas encore terminé, loin de là. Il ne faisait que commencer. Et oui, Cléo serait forte. Comme son père et Emilia le lui avaient demandé.

Elle serait forte.

Elle récupérerait le trône qui lui revenait.

Elle serait reine.

Remerciements

Le Dernier Royaume n'existerait pas sans l'incroyable équipe de Razorbill, et leur dévouement pour mettre le monde de Mytica entre les mains des lecteurs. Un grand merci à Laura Arnold, mon éditrice géniale, qui connaît ces personnages aussi bien que moi – sans toi, tout aurait été beaucoup moins sympa et beaucoup moins organisé ! –, à Ben Schrank pour m'avoir donné la chance de participer à tout cela, à Erin Dempsey pour son soutien depuis le premier jour, à Jocelyn Davies pour avoir été super dès le début ; à la merveilleuse Richelle Mead pour le dîner en haut de la CN Tower, au cours duquel nous avons discuté à bâtons rompus de mon amour de midinette pour les histoires de vampires, à Shane Rebenschied pour la couverture superbe et dangereusement belle, et à Jim Carthy, agent extraordinaire.

Et merci à ma famille et mes amis qui m'ont soutenue à travers chaque étape de ce voyage à couper le souffle, et qui m'emmènent souvent déjeuner ou dîner quand il leur semble qu'une pause s'impose. Ce livre – et ma santé mentale actuelle ! – n'aurait pas été possible sans vous tous dans ma vie ! Je vous aime !

Imprimé à Barcelone par :

Composition et mise en pages
Nord Compo à Villeneuve-d'Ascq

Dépôt légal : février 2016
ISBN : 979-10-224-0152-4
POC 0136